MW01360348

SPLIT

Debbie Loots

Split is fiksie.

Die woordverklarings boaan hoofstukke is afkomstig van etymonline.com, 'n aanlyn-etimologiebron, met die uitsondering van dié vooraan hoofstuk 1 en hoofstuk 7, wat onderskeidelik van Google se ingeboude soekfunksie en urbandictionary.com afkomstig is.

Queillerie
is 'n druknaam van NB-Uitgewers,
'n afdeling van Media24 Boeke (Edms) Beperk,
Heerengracht 40, Kaapstad

Omslagontwerp deur Joey Hi-Fi
Geset in 11.5 op 15pt Dante deur Susan Bloemhof
Gedruk en gebind deur Paarl Media Paarl,
Jan van Riebeeck-rylaan 15,
Paarl, Suid-Afrika

Eerste uitgawe 2015

ISBN 978-0-7958-0098-6
ISBN 978-0-7958-0099-3 (epub)
ISBN 978-0-7958-0100-6 (mobi)

Vir Sirk

ଓଃ

Nostalgie is nie meer wat dit was nie.

Peter de Vries

Split (n.)
A tear, crack, or fissure in something, especially down the middle or along the grain.

1

Party Saterdae, as die wind nie oor die mynhoop opkom en sand in die oord se swembad waai nie, dan gaan swem Vera.

Die oord is net buite Randfontein en het laas jaar nuwe eienaars gekry, 'n man en vrou van Cradock af. Hulle het nie geweet die mynhoop is so naby die swembad nie. Die dorp se mense het gespot en gesê toe die myn jare terug bankrot gespeel het, het die eienaars in plaas van om die gat toe te gooi 'n swembad gebou, en toe die plek verkoop as 'n oord.

Vera dink die nuwe eienaars was dom om nie snuf in die neus te gekry het oor die naam alleen nie, *Dunes Holiday Resort*. Die matrieks het elke jaar vir die snaaksigheid die *Dunes* op die bord langs die pad met spuitverf verander na *Dust*. En party jare het die munisipaliteit dit nie kom skoonmaak nie, en so het die dorp se mense gewoond geraak om te praat van die *Dust Holiday Resort*. En die kinders van *Dusty's*.

Die Cradock-eienaars het plante bo-op en rondom die hoop geplant om die sand uit die swembad te probeer hou, selfs ou visnette van Durban af opgekoop, die goed met toue aanmekaargewerk en oor die hoop probeer trek. Maar dit het nie veel gehelp nie. Mens kon nooit swem as die wind waai nie, maak nie saak hoe warm dit was nie.

Dis die Saterdag voor die einde van die maand. Vera was dorp toe om geld te gaan trek vir haar board en lodging by haar mahulle, en sy het amper nie daarna gaan swem nie. Dis laatoggend en baie warm. In die son lê en tan was nog nooit haar ding nie, sy's blas genoeg. Maar sy is klaar met die bietjie leerwerk vir haar verpleegkursus en nie lus om by die huis rond te lê nie.

Haar broer Ivan skiet duiwe in die tuin halfdood met haar pa se windbuks en sy kan die verskillende klanke en reuke van die slagting nie meer vat nie – dit terwyl haar ma, wat in die kombuis besig is, soos gewoonlik maak asof sy niks sien of hoor nie.

Dis toe dat Vera 'n lift vat oord toe saam met tannie Martie van langsaan wat op pad Krugersdorp toe is om by haar dogter te gaan braai.

"Jy moet oppas vir die manne by die swembad, hoor jy, Vera," sê tannie Martie toe hulle ry. Sy kyk haar op en af. Vera het haar minirokkie aan wat sy laas maand by Uniewinkels op rekening gekoop het, die een wat sy net dra as haar pa werk toe is.

Vera kyk by die groen Datsun se vuil venster uit. Sy weet waarvan tannie Martie praat. Die Krugersdorp- en Fochville-ouens wat altyd skelm bier drink by die oord en ogies maak vir die Randfontein-meisies, of enige ander mooi, nuwe gesiggies. En dis veral die klomp wie se meisies swanger is en wat een van die dae moet trou wat op Saterdae soos vlieë om die swembad uitsak.

"Ek's nie dom nie, tannie Martie," sê sy, al voel sy so. "Ek ken hulle soort. Ek het ander planne vir my lewe."

"O. Nogaals, nè?" sê tannie Martie. Vera weet van haar dogter Sara wat laas jaar met 'n appey op die myn moes trou. "En watse planne nogaals, as ek mag vra?"

Vera probeer haar rok oor haar knieë trek. Die helderpers blommetjies lyk skielik vir haar goedkoop.

"Ek wil by Joburg General gaan verpleeg, tannie," sê sy sag. "As ek volgende jaar klaar is met my kursus op die dorp."

"Nogaals, nè?" sê tannie Martie. Sy knik haar kop stadig, so asof sy iets weet wat Vera nie weet nie.

Hulle draai regs oor die brug, uit op die ou pad tussen Randfontein en Krugersdorp. Dis nou nie meer ver oord toe nie.

"En waar gaan jy bly in Johannesburg, as ek mag vra?"

Vera kyk vir haar. Vir haar geteasde rooi hare en haar rooi wange. Tannie Martie dra altyd oranje of geel crimplene-rokke wat Vera se ma sê nie by haar vel pas nie. Dit laat haar nog rooier lyk as wat sy alreeds is. Sy't 'n vetrolletjie om haar maag en haar boarms met hulle puisies dril as sy ratte verander of oor 'n slegte deel van die pad ry.

"By my ma se suster, Brenda, in Triomf, tannie," sê Vera. "Net totdat ek op my eie voete kan staan en blyplek naby die hospitaal kan kry. As ek eers een-en-twintig is."

Tannie Martie frons. "Triomf is mos daar waar die polisie die swartes en kleurlinge se huise platgeslaan het, nè?"

"My ma sê so, tannie."

"Is daai vrou nie skeef nie? Brenda? Jou pa kan haar nie vat nie, soos ek dit onthou."

"Ek weet nie, tannie."

"En wat het jou pa nogaals te sê, oor al jou grand planne nou?" vra sy toe hulle uiteindelik voor die oord se bord langs die hoofpad stop. Sy kyk vir Vera.

"Niks nie, tannie," sê sy en klim uit. "Baai, tannie."

"Ek kom so vyfuur se kant weer hier verby, Vera. Ek sal jou 'n lift gee as jy voor die bord wag," roep tannie Martie agterna. "En onthou om te pasop, hoor!" skree sy toe sy wegtrek.

Behalwe vir 'n paar vreemde kinders is dit stil by die swembad. Nie een van die dorp se mooi blonde meisies is daar nie, die klomp wat by Foschini en Edgars werk en altyd daar aankom in hulle bikini's wat hulle op appro huis toe vat vir die naweek en Maandag weer terughang in die winkel. Vera weet, want hulle swem nooit. Hulle lê net en smeer sonneblomolie oor hulle lywe, druk tissues reg rondom die rande van die costumes in en tan dan die hele dag. Hulle maak altyd asof hulle haar nie sien nie.

Vera dink hulle is jaloers op haar. Nie omdat sy mooi is nie, want sy is nie, hoewel sy mooi gebou is – haar ma sê so, en sy gee nie eintlik komplimente nie – maar omdat sy swem terwyl hulle hulle gemakeupde gesigte met tissues moet druk-druk om die sweet te probeer uithou uit hulle oë, dik van die eyeliner en mascara. Hulle is jaloers omdat sy induik, lengtes swem, haar lang swart hare skud dat die druppels oraloor spat as sy uitklim, haar gesig sonder make-up hard afdroog, en dan in die warm waterplasse op die leiklip rondom die swembad gaan lê sonder om te worry dat haar costume iets gaan oorkom. En sy het self 'n mooi een, 'n swart-en-wit bikini met rooi aarbeitjies op wat sy met haar eerste double-pay gekoop het toe die hospitaal al die leerlingverpleegsters eenkeer vir 'n noodgeval ingeroep het. 'n Massiewe sinkgat het in 'n agterpad tussen Randfontein en Krugersdorp geval en 'n paar mense was dood en 'n klomp beseer. Die helfte van 'n huis langs die pad was weg en twee karre was binne-in. Sy het nog nooit so iets gesien nie. Dit was vir 'n week daarna in die koerant.

Vera skud haar handdoek oor die gras oop en duik in. Sy swem tot sy moeg raak, hang dan oor die rand terwyl sy met haar hande plas-plas in die lou water voor haar. Net toe sy weer wil swem, sien sy hom. Hy lê reg langs haar handdoek, haar uitgewaste blou handdoek, op sy goudgele wat helder afsteek teen die groen van die gras: op sy elmboë lê hy en kyk rond met sy donkerbrille voor sy oë.

Sy sien dadelik hy is nie van die dorp af nie, ook nie van Westonaria of Fochville nie. Hy is maer en seningrig en baie witter as die ander lot ouens wat ná skool lekker vet geraak het van baie braaivleis eet en nie meer rugby speel nie. En wat almal gitswart gebrand is van heelnaweek se rondlê langs die swembad.

Toe doen sy iets wat sy nog nooit in haar lewe gedoen het of wou doen nie, nie eers met Hendrik vir wie sy laas jaar afgesê het nie. Sy doen iets wat haar laat skrik vir haarself. Sy tjaaf hom. Sommer so asof dit 'n alledaagse ding is.

Sy wag eers om sy oog te vang, trek haarself stadig uit die swembad, gaan staan op die rand en trippel so asof die leiklip haar voete brand terwyl sy die water in haar hare van bo tot onder op die gras langsaan uitdruk. En toe swaai sy haar nat slierte heen en weer en kyk reguit vir hom, in sy blou oë in vas. Sy brille is af en hy glimlag skeef vir haar. Sy loop nader en gaan lê langs hom op haar handdoek. Haar oë is toe, maar sy voel hy kyk vir haar en sy kan nie help vir die glimlag om haar mond nie.

Hy fluister skielik iets in haar oor, maar sy kan nie mooi hoor nie, sy voel net die hoendervleis oor haar lyf kom van sy warm asem.

"Ek's Willem," blaas hy saggies teen haar wang, "en jy's mooier as mooi."

Sy sit regop, trek haar bene teen haar lyf vas, en kyk vir hom. "Jy's nie van hier af nie, nè?"

"Nee. Ek's gestuur," sê hy ernstig en leun weer nader. Sy gesig is 'n paar sentimeters van hare af. "Al die pad van die Noord-Transvaal af, om jou te kom haal en saam met my terug te vat Pietersburg toe."

Sy weet hy speel met haar, maar sy is nie goed met grappies nie en sy voel simpel toe sy dankie sê, maar sy weet nie wat anders om te sê nie, wat om te maak met haar hart wat skielik so in haar bors te kere gaan nie, hoe om haar stem terug te kry en weer normaal te wees nie.

"Kom ons gaan swem," sê hy en trek haar regop. "Jy laat dit so lekker lyk."

Sy weet sy's in die moeilikheid toe hy haar later agter by die toilette begin soen. Hy het gesê sy moet hom wys waar dit is, hy weet nie, dis sy eerste keer hier, en toe vang hy haar onverwags net toe hulle om 'n hoek kom waar niemand hulle kan sien nie.

Sy het nog nooit oopmond gesoen nie, Hendrik was altyd so ordentlik, hy het haar altyd gevra of hy mag en sy het meestal nee gesê. Willem het nie gevra nie, en sy het nie nee gesê nie. Al was sy nie seker dat dit die regte ding is om te doen nie, hom terug te soen asof sy weet hoe, en hom toe te laat om haar lyf met net die twee stukkies lap bo en onder al hoe stywer teen hom vas te trek.

Sy skrik toe hy skielik sy hand in haar broek tussen haar bene druk en stoot hom hard weg. "Wat maak jy?"

"Hei!" sê hy en hou sy hande op, so asof sy die een is om voor bang te wees. "Sorry, ek weet, ek weet. Ek kon myself nie help nie. Jy's so mooi. Ek sê jou mos."

Sy hou haar arms oor haar bors vas en loop vinnig terug na haar handdoek toe, hy agterna.

"Relax," sê hy en probeer bybly, "ek weet jy's nie daai soort meisie nie. Ek weet jy het nog nooit nie."

Haar gesig raak weer rooi. Sy trek vinnig haar rok oor haar costume aan en druk haar handdoek in haar sak. Sy kyk nie vir hom nie.

Hy plant sy voete wydsbeen voor haar neer, in haar pad, toe sy hek toe wil loop, en vat haar skouers styf vas. "Kyk vir my," sê hy. "Asseblief."

Hy's lank, sy skaduwee val oor haar lyf. Sy kyk vir hom.

"Ek is uit my hart uit jammer, regtig. Ek was net . . . Ek weet nie." Hy skud sy kop en kyk weg. Dit lyk asof hy bedoel wat hy sê.

"Dis oukei," sê sy en probeer glimlag. "Ek's laat, ek moet my lift gaan vang."

Hy dra haar sak tot by die bord langs die hoofpad. Toe tannie Martie in haar groen karretjie oor die bult kom en langs hulle aftrek, staar sy hom eers nors deur die oopgedraaide venster aan, maar sy glimlag toe hy met haar begin gesels en sy hoor sy pa-hulle boer met beeste in die Noord-Transvaal.

"Nogaals, nè?"

Toe hulle wegry, sê sy vir Vera: "Daar's nou vir jou 'n catch. So 'n man kom nie aldag oor 'n meisie se pad nie." Sy druk haar elmboog in Vera se sy. "Nou vir wat lyk jy so of jou tjank afgetrap is, kind? Jy kan darem jou sterre dank ek's nie 'n paar jaar jonger nie."

Toe hy die volgende week by die hospitaal langs kom van die Klerksdorpse landbouskou af op pad terug Pietersburg toe, was sy so verras deur die mooi bos dahlias, die ander verpleegsters se geflikflooi met hom in sy netjiese broek en hemp, sy blonde kuif wat hy agtertoe gebrylcreem het, en sy blou oë wat vir niemand anders kyk nie, net vir haar, dat sy vergeet van haar gevoel die dag toe sy saam met tannie Martie van die oord af teruggery het huis toe. Die gevoel dat hy iets van haar probeer steel het.

Hair-splitting (n.)
To *split hairs* "make over-fine distinctions" is first recorded 1650s, as *to cut the hair. Hair* also being 18c. slang for "female pudendum", *hair-splitter* was noted in 1811 as slang for "penis".

2

Willem glimlag vir homself in die spieël. Marie wag in die parkeerarea oorkant die Griek se kafee. Hulle het gister die tyd afgespreek toe hy haar van die tiekieboks voor die biblioteek af gebel het.

Hy trek sy vingers deur sy kuif en tik liggies met sy vingerpunte oor sy wange. So 'n titsel van sy nuwe aftershave sou nou net die ding gewees het, maar Vera sal snuf in die neus kry; dis Saterdagoggend en hy het gesê hy gaan net gou kafee toe.

In die gang tel hy die karsleutels van die halfmaantafel af op en knipoog vir homself in die spieël.

Lien kom in die gang af gehardloop, haar plakkies en trui in die hand.

"Gaan ons kafee toe?" vra sy.

Sy probeer sy hand vat, maar hy lig sy arm. Hy kyk oor sy skouer kombuis toe.

"Jy kan nie vandag saam nie, ek't ander goed in die dorp om te doen," sê hy sag en hurk af. Hy kyk haar in die oë. "Ek sal vir jou ietsie saambring, ek belowe."

"Ek wil nie ietsie hê nie." Sy praat hard. "Ek wil saamkom. Ek kom altyd saam."

"Wat nou?" Vera kyk om die kombuisdeur, voorskoot om haar lyf. Sy kou iets. "Huil jy, Lien?"

"Pappa sê ek kan nie saam kafee toe gaan nie." Sy snuif.

Vera frons. "Willem?"

"Oukei dan," sê hy en staan op. Hy druk sy beursie in sy broeksak en vat die kind se hand.

Toe hy wegtrek, staan Lien soos altyd op die passasiersitplek. Sy wikkel 'n los tand langs die rooi stukkie tandvleis waar haar voortande eers was, heen en weer. Haar mond is wyd oopgerek teen die truspieëltjie, en haar sweterige voete trap sy Volkswagen se wit leersitplek vuil. Hy moet homself inhou om haar nie aan die arm te gryp en plat te druk nie. Ná 'n rukkie leun sy teen die sitplek terug. Toe hulle by die stopstraat stilhou, kyk sy vir hom. Hy weet sy wil hê hy moet sy arm uitsteek en haar teen die leuning vasdruk wanneer hy links opdraai kafee toe, soos hy altyd doen. Sy gaan lank wag, dink hy, en verbeel hom hy trap die briek so hard dat sy deur die venster skiet, oor die kar se neus trek en onder die wiele beland.

Hy trek stadig weg. Hy sal 'n plan moet maak, en gou.

Die eerste keer dat hy met haar praat, is toe hulle voor die kafee stop. "Wag hier, Lien," sê hy en rek om haar kant se venster bietjie oop te draai. Hy sluit die deur. "Ek sal nie lank wees nie. Moenie uitklim nie en moet met niemand praat nie, oukei? Los jou venster net so."

Voor sy iets kan sê, is hy uit en drafstap hy oor die pad. Hy kyk vinnig om en sien hoe klouter sy oor bestuurderskant toe. Met haar neus teen die venster kyk sy vir hom. Haar mond is oop en sy druk haar sweterige hande teen die ruit vas. Hy herken haar amper nie, die kind met die kort, wilde boskaas, platgedrukte neus en wye oë. Vera kyk nie behoorlik na haar nie, dink hy, sy lyk verwaarloos, haar hande en voete is alewig vuil. Vera moet haar hare bietjie laat groei sodat sy meer soos 'n meisie lyk. Sy praat met hom, so deur die toe venster. Hy sien haar mond oop en toe gaan, nes 'n vis s'n. Sy noem hom op sy naam, soos sy partykeer maak om sy aandag te kry, maar hy kan niks hoor nie. Hy kyk nie weer vir haar voor hy langs Marie ingeklim het en hulle verby haar ry nie.

"Is daai nie jou kind in die kar nie?" vra Marie toe hulle 'n entjie verby is.

"Moenie worry nie." Hy stoot sy hand onder haar romp tussen haar bene in op. Haar sykouse is glad en hy sukkel om vatplek te kry. "Sy sal oukei wees. Ons het tyd."

"Sy lyk nie baie happy nie." Marie druk sy hand met haar knie weg en haar hoëhakskoen trap die petrolpedaal dieper in. Hy bly stil.

"Dis warm vandag," sê sy. "My ma sê dis agt-en-twintig."

Sy vee 'n paar keer onder haar neus en snuif hard. Willem sak teen die sitplek af. Die huise flits verby terwyl sy praat. Aan die begin het hy probeer luister, gemaak asof hy hoor wat sy sê, asof wat uit haar mond kom vir hom saak maak, maar hy doen dit nie meer nie. Hy dink nie sy kom agter nie. Sy hou net aan. Partykeer pla dit hom nie, hy sny uit, ander kere wens hy sy wil stilbly. Soos nou. Hy is senuweeagtig vandag. Haar pratery irriteer hom meer as gewoonlik. Hy kyk vir haar, sy oë eers op haar borste in die stywe rooi bloes, toe op haar kort rompie. Hy voel weer teen haar binnebeen op en af en probeer die sagte vleis knyp.

"Moenie vir jou stuitig hou nie, Willem." Sy lag.

Toe sy voor die huis se garage stop, kyk hy vinnig op sy horlosie en toe agter om haar verby. Die plek se geute is afgedop en hy sien die tuin kort water. 'n Storie oor sy wat by haar ma bly en haar pa wat 'n ruk terug dood is, flits deur sy kop.

Hy kyk weer vir haar. Sy leun nou terug teen die venster. Haar boarms is tegelykertyd styf en sag, hy kan die halfmaan-sweetkolletjies op die bloes onder haar arms sien. Hy kyk van haar borste af op in haar blou oë, na die swart strepe wat oor haar ooglede getrek is, haar vol lippe. Hy leun nader.

"Nie in die kar nie, wag," sê sy.

Hy druk sy hand agter haar rug in en maak die deur oop. Sy

gil. Hulle tuimel op die gras uit, hy beland bo-op haar en druk sy ereksie hard tussen haar bene op. Hy hou sy hand oor haar mond. "Sjjj. Die bure." Hy wens hy was nie so op sy bleddie senuwees nie.

Sy kyk rond. "Jy kan bly wees dis Saterdag, almal is dorp toe," sê sy tussen sy vingers deur voor sy hulle saggies begin te byt. Hy maak sy oë toe en probeer ontspan.

Toe hy weer kyk, het sy die boonste knoop van haar bloes oop en haar bra is afgeskuif sodat die donkerpienk van haar tepels wys. Hy kreun en druk sy gesig in haar sagte borste in. Sy lag.

"Kom ons gaan in," sê sy en wikkel onder hom uit.

Lien sukkel om regop te bly, haar knieë gly oor die sitplek terwyl sy deur die kar se venster kyk. Dis glibberig van haar voete se sweet en sy kan die korreltjies van die sandhoop waarop sy gespeel het teen haar vel voel skuur. Dis seer. Sy hou aan die briekhandvatsel vas, tussen die twee sitplekke, om nie om te val nie en skryf haar naam met spoeg teen die venster. Haar oupa het haar geleer om haar naam te skryf nog voor sy skool toe is. Hy sê sy is slim. Haar pa sê vir haar oupa hy moenie sy tyd mors met haar nie. Maar dan sê haar oupa sy moes haar ma se breins gekry het, want haar pa sê sulke simpel goed.

Sy sien haar nael is vuil van die sand en sy byt hom kort af en spoeg hom uit voor sy die sweet aan haar gesig teen haar mou afvee. Sy wens sy mag haar venster heeltemal oopmaak.

'n Meisie met vlegsels en groen strikke in haar hare loop by die kafee uit. Sy lek al om 'n roomys-cone. Dit lyk lekker. 'n Man hou haar hand vas. Lien is dors. Toe hulle 'n entjie verder is, kyk die meisie om en glimlag toe sy vir Lien sien. Lien steek vir haar tong uit en trek haar gesig op haar lelikste. Sy wil sien of sy die meisie kan laat huil soos sy en haar boetie Ben hulle klein boetie Dawid laat huil as hulle lelike gesigte trek. Hulle doen dit want dan kom haar ma in die kamer in en sy kan sien hoe hulle probeer om hom te troos. Lien maak dan sj-sj-sj en klap saggies aan sy doek met haar hand deur die kot se relings. Hy's al meer as twee en hy's 'n regte sissie. Hy dra nog doek en toe hy een aand van sy bed afval, toe sit haar ma hom weer terug in die ou kot. Haar ma sê sulke tye Lien en Ben is soet kinders en noem Lien haar regterhand. Partykeer gee sy haar 'n soentjie op haar voorkop voor sy weer uitloop. Maar toe eendag vang sy vir Lien en Ben net toe hulle haar boetie wakker maak en vir hom lelike gesigte trek, en toe gee sy hulle hard pak met haar plakkie. Nou moet hulle buite speel en roep haar ma hulle net in om te kom eet. Haar maatjie langsaan sê haar ma sê sy mag nie meer met Lien speel nie, ook nie by haar nuwe skool nie, want Lien speel te rof. Sy is in Lien se klas. Sy sê haar ma sê Lien lyk soos 'n weeskind wat 'n wind gesluk het met haar maer bruin bene en kort wit hare. By die skool speel niemand met haar nie. Die juffrou sê Lien moet vir haar ma sê om haar elmboë te skrop, sy soek nie vuil kinders in haar klas nie.

Die meisie met die groen strikke trek haar pa se hand en wys met haar roomys na Lien toe. Lien skrik en gly teen die sitplek af en gaan sit op die vloer met haar kop op haar arms. Sy kyk nie toe iemand teen die venster klop nie, maar sy kan deur die oop skrefie hoor wat die man sê toe hy wegloop. "Kom, Veronique," sê hy, "aan sulke klas mense is daar nie salf te smeer nie."

Lien wens haar naam was Veronique.

"Jirre, Lien, hoekom lê jy op die warm trui?" Willem maak die vensters oop en vee die kind se vuil handmerke aan die binnekant van die voorruit met sy mou af.

"Ek het ietsie vir jou!" sê hy toe sy nie antwoord nie. Hy haal 'n boksie Toff-o-Luxe uit die vol papiersak in sy arms. "Hoekom is jou gesig so rooi? Ek was nie só lank weg nie, jy't seker maar aan die slaap geraak, nè?" Hy wink haar nader. "Kom, staan bietjie hier langs my."

Sy klouter op die sitplek.

"Ek gaan een van die dae my eie besigheid begin," sê hy terwyl hy in die truspieëltjie kyk en wegtrek. Hy vee oor sy hare. "'n Spares shop."

Hy druk haar met sy arm teen die sitplek vas toe hulle opdraai in die straat huis toe.

Sy bly stil, sê niks. Sy doen dit partykeer, sommer net om moedswillig te wees. Hy weet nie of sy iets vir Vera gaan sê nie, en of hy dalk gou 'n storie moet uitdink nie. Nee wat, dink hy, wat weet 'n sewejarige kind tog nou? Hy sal die kans moet vat.

Toe hulle by die huis stop, hardloop Lien reguit kombuis toe. Willem loop vinnig met die papiersak melk en brood agterna.

Vera se wange is rooi van die oond se hitte en haar lang swart hare plak teen die kante van haar gesig vas. Sy kyk nie vir hom nie, sit die rak vol koekies wat sy uit die oond gehaal het op die ingeboude tafel neer, gooi die oondhandskoene op die vloer en stap die gang af kamer toe, hy agterna.

Hy probeer alles, maar niks help nie.

"Jy lieg, Willem!" snou sy hom toe. Hy kyk na die trane wat oor haar wange loop, haar opgeswelde oë. Haar neus is rooi. Sy het nog nooit vir hom so lelik gelyk nie.

* * *

Hulle bly nou in Suidstraat. Willem sê dis in een van Pietersburg se beste buurte. Hy sê om te trek is soos om oor te begin. Vera wens hulle kon liewer terug Randfontein toe, as hulle dan nou moet trek om oor te begin. Terug huis toe.

Daar's 'n gevoel wat oor haar kom wanneer sy in die oggende in Randfontein wakker word wat sy weet sy nooit in Pietersburg sal kry nie. Die Nola- en Black Cat-grondboontjiebotterfabrieke se soetsout en stowwerige graanreuke, hulle veraf gedreun wat haar altyd so van vieruur af saam met die voëltjies wakker gemaak het, is iets waarmee sy grootgeword het. En Robin Alexander se stem wanneer haar ma die draadloos in die oggende sag in die kombuis aangesit het. Dit was gewoonlik nog donker dan en dit het beteken haar pa is uit myn toe.

Wanneer sy die radio hoor aankliek, het sy haar kamerjas en slippers aangetrek en by die kombuistafel onder die helder buislig gaan sit en tee drink saam met haar ma. Hulle het nie gepraat nie, net geluister na Robin Alexander. Net elke nou en dan vir mekaar gekyk en geglimlag as hy iets snaaks sê. Hy het 'n manier van praat wat Vera gelukkig laat voel het, maak nie saak hoe donker die nuwe dag deur die kombuisvenster vir haar gelyk het nie, dwarsdeur haar kinderjare.

Pietersburg, aan die ander kant, is warm, en die sonbesies in die doringbome skree al van vroeg af so skril dat dit voel asof sy gaan mal raak. Die mense dink die dorp se jakarandabome met hulle pers blomme wat al langs die breë strate van die bo-dorp skaduwees oor die pad gooi, is mooi. Meeste van hulle plant oranje, rooi of geel kannas in rye teen hulle garages af, of voor die draadheinings aan weerskante van hulle hekkies, dit lyk nes klein mielieplantasies, en hulle dink dis mooi. Sy dink nie so nie. Die lug hier is te helder vir haar, te skoon. Dit laat alles rondom uitspattig lyk. Sy vererg haar partykeer. Dis soos 'n swart gesig wat ewe skielik in die dorp voor jou opdoem, tussen al die wittes. Mens skrik jouself op die plek kwaad. Jy voel amper beledig. Dis die vreemdheid van goed, dink sy, wat haar die meeste ontsenu.

In Randfontein is dinge eenvoudig. Alles voel vir haar wit en swart daar. Of grys, dit hang af van watse kant die wind die dag oor die mynhope waai. In Homelake veral, die uitbreiding waar hulle in die groot mynhuis langs die brug gebly het, is baie erwe leeg, partykeer staan net 'n klompie vaalgroen bloekombome in 'n leë plot se hoek, agter teen 'n draad. Sy dink dit gee die huise rondom spasie om asem te haal.

Sy mis Randfontein. Maar Willem wil niks weet nie.

"Ons het mos al probeer, Vera," het hy gesê toe sy hom nou

die oggend weer por, ná sy die vorige week gedreig het om haar goed te pak en die kinders te vat oor die ding met die vrou haar nog steeds woedend maak, en hy haar soos altyd sag gemaak het met sy mooi praatjies. "Ek hoort nie bo op die Wesrand nie. Die sales-ouens daar ken my nie goed genoeg nie, dit vat lank vir hulle om mens te vertrou."

Hy's hier gebore, het hy later die aand ná 'n paar biere gesê en begin aangaan soos hy altyd aangaan, of sy nou wil hoor of nie. Oor die plaas wat sy ouers verloor het, waarvan hulle verwilder is deur die volk wat heeltyd gemor het oor geld, altyd meer wou hê, nóg. Die beeste wat hulle afgeslag en partykeer nog half lewend aan die heinings rondom die huis vasgemaak het om sy ouers skrik op die lyf te jaag.

"My ma het nou nog nagmerries van die gebulk, Vera. Hulle is later soos sleg kaffers van hulle plaas af, gedros," het hy gesê. "Skaars klere aan hulle lywe gehad. En wat's oor van die plaas? Boggerol. Als geplunder en afgebrand. Daar's niks. En waar's hulle nou? Waar's my pa nou?" Sy weet. "In die dorp. Twee bleddie dorpsjapies. Jissis." Hy het sy kop geskud, opgestaan en die laaste van sy bier afgesluk. "En hulle dink dis my skuld, hulle sê dit nooit nie, maar ek weet wat hulle dink. Ek kan sien in my pa se oë, as hy die dag vir my kyk."

Dié aand, die aand toe sy gedreig het om te loop, het hy bygesê, reguit in haar oë gekyk met sy bloues: "Ek kén dit hier, Vera, die Noord-Transvaal is in my bloed, Pietersburg is my dorp. My pa-hulle sal nie oorleef as ek hulle alleen hier los nie. Nie weer nie. Asseblief."

En al het sy geweet hy het te veel gedrink, dat dit voel asof sy teen haar sin iets van haarself vir hom gee, wat weet sy nie, maar iets, het sy ingestem. Want hy't die aand vir haar gekyk met 'n soort sagtheid wat sy net op sy gesig gesien het as hy partykeer vir Ben of Dawid optel. Amper soos die eerste kere toe hulle net ontmoet het. Sy kon haarself nie help nie.

Die huise in Suidstraat lyk altyd toe. Stil. Vera dink nie daar bly kinders in die straat nie. Niks roer wanneer sy op die stoep staan en maak asof sy nie oor die lae betonmuurtjies langsaan kyk nie, oor die bure se vaalgroen grasperke en rooi kannaplantasies wat twaalfuur die middag begin bewe in die hitte van die son.

Willem is meestal naweke op die pad, hy lyk deesdae vir haar gelukkig. Sy is bly, dit maak dit makliker om nie aan die ander vrou te dink nie. Hulle het nog nie weer oor haar gepraat nie, maar Vera maak seker dat as sy dorp toe gaan, sy nie by die Griek se kafee langs ry nie, anders onthou sy weer die dag toe Lien die kombuis ingehardloop het. Sy kon die sweet ruik wat in die kind se hare droog geword het, al het sy toe net 'n doppie vanilla essence in die tweede baksel koekiedeeg gegooi. Die kind het gebabbel, oor haar skouer bly kyk, een stryk deur vertel van haar pa en die vrou met die blonde hare en hoe sy in die kar voor die Griek se kafee moes wag. Hoe warm sy gekry het, hoe bang sy was. Aanmekaar gepraat. Vera het haar later nie meer gehoor nie, net die kind se mond sien oop en toe gaan, haar haasbek, haar groot oë in haar rooi gesig, haar aanhoudende getrippel. Sy wou mal word.

Vera skop die kombers af, trek die oranje gordyne oop en kyk deur die kantgordyne uit oor die grasperk. Haar onderklere voel los aan haar lyf. Willem hou van haar so sonder die hammetjies om haar heupe, soos hy dit noem.

Sy onderbroek van vanoggend lê nog net waar hy dit uitgetrek het voor hy gestort het en die huis uit is. Sy voel oor haar borste en plat maag, af oor haar boude en bene en buk om haar voete te vryf. Daar is eelte aan haar kleintoontjies, die stanery in die saal keil haar bene op.

'n Draaisproeier kierts-kierts op die grasperk van die mense oorkant die straat, en in die verte hoor sy 'n klein vliegtuigie sy neus die lug in druk, op pad iewers heen. Sy tas agtertoe vir haar pakkie sigarette op die bedkassie en trek een uit. Dit lyk of die bure oorkant tóg bestaan. Sy leun vorentoe. Daar's 'n blonde man op die grasperk. Hy trek die tuinslang met die sproeier oor na 'n ander deel van die tuin, kyk skielik in haar rigting op. Sy deins agter die gordyn in, nog op haar hurke. Hy kan haar nie deur die kantgordyne sien nie, sy weet, maar haar hart klop hard teen haar bors, so asof sy uitgevang is. Haar bene voel lam toe sy regop staan en agteruit badkamer toe begin loop, haar oë stip op die venster. Sy sit die platgedrukte sigaret op die bedkassie neer.

Op 'n Saterdagoggend is daar nie veel op die dorp te doen behalwe window shopping nie. Die son se hitte is droog, amper skroeiend op haar vel wanneer sy nie in die skaduwee van die winkels se afdakke stap nie. Sy voel dit veral op die hoeke van die strate wat die hoofstraat kruis, wanneer sy wag vir die ligte om groen te word.

Niemand ken haar nie. Sy het haar wyepypbroek aan, die een wat 'n week terug nog styf gesit het maar vandag nie meer haar maag só indruk dat sy ongemaklik voel en probeer om die rolletjie om haar middel met 'n los hempie weg te steek nie. Haar lang swart hare is gewas en hang vir die eerste keer vir haar mooi om haar gesig. Dit blink. Sy het lipstiffie aangesit, iets wat sy nooit doen wanneer Willem nie by die huis is nie.

'n Kar toet agter naby haar. Vera staan op die hoek van die laaste dorpstraat wat die hoofstraat kruis.

"Hallo!" sê 'n man uit 'n wit bakkie by die verkeerslig. Hy leun oor na die passasierskant toe. Sy sien eers 'n harige arm met 'n goue polshorlosie wat die sitplek plat druk, en toe sy afbuk om te kyk: blou oë agter 'n blonde kuif.

"Buurvrou!" Hy lag. "Ons bly oorkant julle, ek en my vrou, Maryna." Hy kyk vinnig vorentoe en toe weer terug vir haar, sy ander arm hang los oor die stuurwiel. "Julle is maar skaars, nè? Hoe lank is dit nou, vyf maande?"

"Ja . . . om en by," sê sy.

"Maryna dreig lankal om julle oor te nooi, hoor. Ek sal vir haar sê ek het jou raakgeloop." Hy krap sy kop, "Nee, weet jy, ek loer sommer later daar by julle in, kom maak ordentlik kennis."

Die lig is groen en 'n kar toet agter hom.

"Baai," sê hy en knipoog voor sy iets kan sê. Sy sien hoe kyk hy vir haar in die truspieëltjie net voor hy om die draai ry.

Hy klop lank voordat sy uiteindelik die deur oopmaak.

"As ek jou nie vroeër jou karretjie in die garage sien trek het nie, sou ek gedink het jy's nie hier nie," sê hy.

Hy staan met sy skouer teen die kosyn, die gleufies wat sy kam in sy kuif gemaak het is nog nat en sy vel tussenin blink in strepies agtertoe.

"Ek was in die kombuis besig."

"Nooi jy nie jou buurman in nie? Dis mos nie goeie maniere om jou gaste op die drumpel te laat staan nie, jong."

"My man is nie hier nie."

"My vrou ook nie." Hy lag.

Sy ruik Old Spice en Colgate toe hy verby haar druk die sitkamer in.

"Ek sal 'n vinnige koppie koffie drink, maar dan moet ek waai." Hy vryf sy hande.

Sy kyk hoe hy op die rooi bank gaan sit en sy bene met lang kouse en veldskoene aan soos 'n vrou s'n kruis.

"Wat staan jy so daar?" vra hy toe sy buitekant toe loer. "Maryna is nog by haar ma in Potties, sy kom eers later vanaand huis toe." Hy bly 'n oomblik stil. "Ons het nie kinders nie. Sy kan nie."

"O. Jammer." Sy gaan sit oorkant hom op die punt van 'n stoel.

Hy lyk skielik verbouereerd. "Nee, ék is jammer dat ek so met die deur in die huis val wat my persoonlike sake betref."

Sy glimlag. "Dis oukei."

"Julle het kinders, nè?"

Sy oë lyk vir haar blouer as vroeër. Sy kyk af na haar hande. "Ja.

Drie. Hulle is na hulle oupa-hulle toe vir die naweek." Sy praat te vinnig.

"Dan moet dit julle dogtertjie wees wat ek 'n paar keer oor ons muur sien loer het. Sy's mos blond, nè?"

"O ja. Lien. Sy's maar aan die wilde kant, ek hoop nie sy't gepla nie."

Hy lag. "Glad nie! Sy's enige tyd welkom. Maryna is mal oor kinders."

Vera kyk by die venster uit, sy hou haar hande styf op haar skoot vas en rek haar nek, maak asof sy iets buite soek. "Lien hou van geselskap," sê sy. "Is daar nie ander kinders in Suidstraat nie?"

"Ongelukkig nie. Ons praat baie daaroor, ek en my vrou nou; dis partykeer so stil soos die graf, veral oor naweke. Dis lekker dat julle nou hier is, met die kinders."

Hy kyk rond, vroetel met sy hande. "Jy's kunstig, nè?"

"Hoekom sê jy so?"

"Ek kan sien, al hierdie vreemde prente teen die muur . . . Is daai met krale geplak?" Hy wys na die bruin vrou met haar kaal bolyf wat 'n trom tussen haar bene vasdruk.

"Ja." Sy staan skielik op. "Ek gaan gou koffie maak, melk en suiker?"

"Ja. Twee, dankie." Dit lyk asof hy ook wil opstaan.

"Sit." Haar stem is hard en sy sien hy frons. Sy probeer glimlag. "Ek's nou terug." Sy voel hoe sy oë haar kombuis toe volg.

Vera gaan sit nie weer oorkant hom nie, sy bly staan langs die koffietafel nadat sy die twee koppies neergesit het. Hy het dalk met sy oë vir haar gesê om by hom te kom sit, op die rooi bank, of dalk het sy dit vanself gedoen, sy weet nie. Hulle sit vir 'n paar sekondes stil langs mekaar, sy been druk teen haar broek. Toe draai hy skielik na haar toe, vou sy hand oor haar bors en soen haar. Sy sak terug onder die gewig van sy lyf en dit voel asof die rooi bank hulle met sy sagte kussings insluk.

Sy vingers tokkel ritmies oor haar kaal boud. Die wysie klink bekend. Sy lê skuins bo-oor hom, haar een been is oor syne gegooi.

"Dis asof ek rondloop met hierdie seerplek in my binneste," sê hy, "'n ding wat net nie wil gesond raak nie."

"Ek weet." Sy vryf oor sy nat penis en krul die sagte naeltjiehare om haar vingers.

"Jy weet nie, jy's nie 'n man nie. Jy het kinders."

"Ek het ook 'n seerplek," sê sy, haar hand terug om sy penis wat hard word onder haar sagte polsing. Hy trek homself onder haar uit en kyk vir haar. Sy hare is nou droog en sy kuif val vorentoe oor sy oë.

Hy buk af en soen haar tepels, trek hulle liggies tussen sy tande orent. Sy hare kielie haar bors en sy lag. Ná 'n rukkie draai hy sy lyf vir die tweede keer bo-op hare en druk haar bene met sy knieë oop. Voor sy haar oë toemaak, sien sy Willem se onderbroek lê nog op die vloer, aan sy kant van die bed.

Split (v.)
U.S. slang meaning "leave, depart" first recorded 1954. Of couples, "to separate, to divorce" from 1942.

3

Die verskil tussen Pietersburg se bo- en onderdorp is vir haar amper soos die verskil tussen Randfontein se Homelake met sy mynhuisies en Greenhills, waar die ryk mense bly. As sy op enige hoek van Pietersburg se hoofstraat staan en af ondertoe kyk, na die begraafplaas se kant toe, lyk alles droog en stowwerig, amper armoedig. As sy boontoe kyk, na die koppie wat Tzaneen se kant toe lê, sien sy die huise sit dieper in, 'n entjie weg van die straat met sy jakarandabome aan beide kante, die blomme wat bo-op die bult saamsmelt in 'n mengelmoes van wit en pers.

Vera loop by die Griek se kafee in en probeer onthou wanneer laas sy vir haarself 'n Coke en chocolate gekoop het.

Buite gaan sy staan en kyk na die leë parkeerarea oorkant die pad. Sy wonder waar die blonde vrou vir hom staan en wag het. Sy proe amper nie die Chocolate Log nie, so vinnig eet sy dit op. Haar keel brand van die Coke se gas, maar sy hou aan drink tot alles op is. Toe vat sy die bottel weer die kafee in, kry haar deposito terug en stap oor die rooi lig kar toe sonder om links of regs te kyk.

Die smaak in haar mond wil nie weggaan nie – soetsuur, chocolate-Coke en twee van Willem se senuweepille sonder water afgesluk. Hy hou altyd 'n boksie in die huis aan, net vir die wis en onwis sê hy. Sy het een pil raakgebyt.

Die kinders kom netnou huis toe en sy is nie lus vir hulle nie, sy wens sy kan nog 'n dag alleen wees, oor die ding van gister kom: die blonde man, die seks, en dat sy nie sleg voel nie. Dat sy opgewonde raak as sy daaraan dink, dat sy vir die eerste keer in 'n lang tyd uitsien na iets. Waarna weet sy nie. Hy't niks gesê toe hy later geloop het nie, niks belowe nie. Sy weet nie wat sy naam is nie, wil ook nie weet nie. Sy wil ook nie vir hom sê wat hare is nie. Iets moet fout wees met haar. Dalk is dit die boek wat sy destyds by hulle loseerder in Randfontein geleen het, by Sonja. Toe hulle in die huis in Greenhills gebly het, die een met sy ekstra kamer wat Willem aangedring het hulle uitverhuur. Vera het voor haar heilige siel geweet dis verkeerd, die boek is vulgêr. Maar sy kon nie ophou lees toe sy eers begin het nie.

Vanoggend toe sy in die stort seep oor haar borste, haar maag en tussen haar bene vryf, kon sy dit weer voel: hy wat by haar bloes inkyk toe sy buk om die bekers op die koffietafel neer te sit, die blos op sy wange toe sy sy oog vang, sy skaam glimlaggie, sy hand op haar bors.

In die sitkamer probeer sy deur die kantgordyne sien. Sy wonder of Maryna al terug is van Potgietersrus af.

Willem se Volkswagen ry by die oprit in. Sy skrik. Sy het skoon vergeet van hom, dat hy ook vandag huis toe kom. Toe hy by die kombuis se agterdeur inloop en sy tas neersit, omhels sy hom.

Hy ruik soos altyd. Sy asem nes 'n babahondjie s'n, een wat nou net wakker geword het, die suur van sy ma se melk in sy mond. Sy lippe is sag, sy lyf hard, sy voel oor sy dag oue stoppelbaard en sy weet: hy het nie vandag kliënte gesien nie. Sy probeer die koue styfheid wat skielik oor haar lyf kom teen syne warm druk.

"Hei, dis mos hoe dit gedoen word!" sê hy met sy neus in haar nek. "Mmm, jy ruik lekker. Kinders nog nie hier nie?"

"Nee. Eers so vyfuur se kant," sê sy teen sy oor. "Jy's vroeg."

"En jy's bly, nè?" Hy soen haar op die mond en trek haar boude styf teen hom vas. Sy baard kielie haar wang en sy kan haarself nie help nie, sy lag.

"Ek dog ons het klaar gepraat." Hy staan van die bed af op en voel vir sy onderbroek op die vloer.

"Ek weet jy sien haar weer. Waar was jy vandag? Dis Sondag. Jy't nie kliënte gesien nie, nè?"

"Ek was op die pad, Vera. Ek's klaar met haar, ek't jou gesê. Hoekom krap jy so?"

"As my ma darem moet uitvind . . . Jy kan bly wees my pa is dood!" Sy haal 'n sigaret uit die pakkie op die bedkassie. Haar hande bewe.

"Jy bedoel seker jý is bly." Hy gaan sit op die kant van die bed. "Jy's nou ontslae van hom, nes jy nog altyd wou wees."

"Nee, jý is ontslae van hom, Willem! Hy's al een wat nooit vir jou slimpraatjies geval het nie. En maak nie saak van sy foute nie, hy't nie agter elke vrou aangeflerrie soos jy nie!"

"Tipies. Die ou monster is dood, en nou's hy skielik 'n hero. Lyk my jy't vergeet van sy naam onder die swartes op die myn." Sy druk haar vingers in haar ore. Sy't dit al genoeg gehoor. Maar hy praat net harder. "Satan, Vera, Satan! En hoekom?" Hy slaan sy hand hard op die matras. "Nee, hoor wil jy nie."

"Dit was oor sy hare!" sê sy, maar sy weet dit is nie waar nie.

Mens kon haar pa ruik as jy naby genoeg gestaan het. Galsterig, het haar ma dit genoem. Sy bos bruin hare het hy partykeer in 'n kort poniestert vasgemaak as dit te lank begin raak het, en die fyn krulle rondom sy kop was meestal olierig. Toe sy klein was, was sy seker dis omdat die ponie vir die swartes soos die duiwel se stert gelyk het dat hulle hom Satan genoem het, maar later het sy anders begin dink. Partykeer het haar pa vir hulle sy rooi kneukels aan tafel gewys, sonder om iets te sê. Hy was trots daarop dat almal bang was vir hom. Sy, haar ma en Ivan ook.

"Ek's moeg," sê Willem en staan op. Hy trek sy broek aan.

"Moeg vir die alewige bakleiery. Ek't gesê ek's jammer. Ek't ook vir haar gesê dis verby."

"So dan hét jy haar weer gesien?"

Hy steek een van Vera se sigarette op en trek sy vingers deur sy kuif.

"Ek gaan haal gou my goed uit die kar," sê hy. "Dit was 'n lang naweek op die pad." By die deur kyk hy terug en knipoog vir haar. "Hei! Ek wou nog vir jou sê jy't maer geword. Jy lyk mooi so sonder die hammetjies."

Hulle loer later die aand in. Die kinders is net in die bed. Hy stel hom aan Willem voor as Simon. Simon pas hom nie. Hy lyk meer soos 'n Henk. Simon en Maryna. Vera kyk vir hom, hou aan, tot hy wegkyk. Hoekom sy dit doen, weet sy nie.

Maryna is plomp met donkerrooi hare, en sy is vriendelik. Sy vryf haar kort, dik vingers heeltyd teen mekaar en lag vir alles. Elke sin eindig sy met 'n laggie, so asof dit 'n teken is dat sy nou klaar is. Dis kort sinne, bietjie soos 'n masjiengeweer. Dit lyk vir haar asof Maryna die hartseer trek wat om haar mond kom sit wanneer sy stilbly, heeltyd probeer wegpraat.

Toe Simon badkamer toe was en sy oppad kombuis toe, loop hulle mekaar in die gang raak. Sy soen hom sonder om 'n woord te sê en vir 'n paar sekondes druk hy haar styf teen hom vas. Sy hoor Willem en Maryna in die sitkamer praat en trek haarself los. Toe loop sy die kombuis in, en hy die gang af sitkamer toe waar sy hom hard hoor saamgesels.

"Nice mense," sê Willem later toe hulle weg is ná 'n koppie tee. "Ons moet hulle bietjie oornooi wanneer ek weer by die huis is."

Lien draai om en loop op haar tone in die donker gang terug na haar en Ben se kamer toe. Haar ma-hulle se bedlampie skyn oor die gang deur die skrefie van die deur wat haar ma altyd oop los sodat sy vir Dawid kan hoor as hy huil.

Sy het gesien hoe soen haar ma die man wat oorkant die straat bly. Haar ma het so mooi gelyk toe sy vir hom kyk met haar arms om sy nek. Haar hare het amper wild om haar kop gestaan, asof iemand dit omgekrap het. Maar dit was mooi. Haar wange was pienk. Bietjie soos 'n prentjie in een van haar pa se boeke met die kaal vroue in wat sy en Ben partykeer onder die rooi bank uitkrap en deurblaai.

Sy is nie so kwaad vir haar ma soos sy vir haar pa was oor hy haar in die kar gelos en met die ander vrou se kar vir haar weggery het nie. Sy dink dis oor sy nog nooit haar ma so mooi gesien glimlag het nie. Sy het gelukkig gelyk. Sy ken haar ma nie so nie. Sy wens sy kan. Sy verlang na die mooi vrou toe sy in haar bed klim. Baie meer as na haar ma.

Lien haal die boekie sonder lyne en die potlood wat haar ouma gister vir haar by Oase gekoop het onder haar bed uit, en in die maanlig wat deur die kantgordyne skyn, teken sy die mooi vrou. Maar toe sy by haar gesig kom, kry sy dit nie reg nie. Die vrou se mond lyk lelik en hard. Toe vee sy dit uit met die uitveër aan die agterkant van haar potlood. Maar dit werk nie. Die vrou se gesig raak net al hoe gryser. Toe sit sy spoeg op haar vinger en vee die vrou se hele gesig uit. Dwarsdeur die bladsy.

Lien gooi die boekie en potlood terug onder die bed. Sy kyk vir haar vuil naels, kou hulle almal af en spoeg hulle tussen die bed en die muur uit voor sy later aan die slaap raak.

Toe word sy wakker en skree vir haar ma van die klomp klein katjies wat onder haar bed met hulle lang naels krap. Toe kom haar ma in en tel haar op. Haar gesig lyk soos altyd, haar swart oë kyk oor Lien se kop na iets anders in die kamer, sy kyk nie vir haar nie. Dalk kyk sy of Ben nog slaap. Lien lê met haar kop teen haar ma se bors. Sy verlang na die mooi vrou.

Dis negeuur en die bordjie in die biblioteek se venster sê hulle maak Maandae eers halftien oop.

Vera gaan staan langs die sementfontein oorkant die ingang en kyk rond. Sy sit die plastieksak neer, steek 'n sigaret op en gaan sit op die harde randjie. Die water sproei koud teen haar bloes vas.

Ná 'n rukkie trap sy die sigaret dood, tel die plastieksak op, sit dit weer neer. Wat maak sy hier? Wanneer laas was sy in 'n biblioteek? Kon dit nog op skool gewees het?

Toe die houtdeure uiteindelik oopswaai, spring sy op en draai die derde sigaret onder haar hak dood. 'n Paar mense stap saam in. Binne gaan staan sy en kyk rond. Rye donker houtrakke, die reuk van ou matte, die sagte ritseling van mense wat loop, wat weet waarheen hulle gaan, wát hulle soek. Sy voel soos 'n skoolkind, skuldig. Die boek brand deur die plastieksak teen haar bors. Waar om te begin? Sy wil nie die vroue agter die toonbank vra nie, sy kan sien hulle is die soort wat sal dink sy is mal, selfs pervers. Die katalogus. Hoe gebruik mens dit nou weer? Sy onthou hoekom sy nie van biblioteke hou nie: sy voel dom.

"My Here, Vera." Haar pa het sy werksak hard in die hoek neergegooi en 'n Black Label uit die yskas gehaal. "Vir wat wil jy jou tyd mors? Kyk hoe skeef het jou ma se suster uitgedraai met al daai geleerdheid van haar. Alleen en vol stront."

Hy het haar ma se jonger suster nooit op haar naam genoem nie. Vir hom was Brenda alleen omdat sy nie 'n man gehad het nie. Haar ma het die koppies hard op die droograk neergesit, maar haar pa het nie agtergekom nie. Sy weet hy het haar ma gegrief, veral as hy eers begin het met iets waaroor sy nie saamgestem het nie, en dit was baie keer.

Maar haar ma het altyd stilgebly. Dit het vir Vera gevoel asof sy haarself met haar stilstuipe straf, sy wat so dom was om as jong meisie verlief te geraak het op 'n myner, sy wat uit 'n geleerde familie kom. Maar die stilstuipe was vir almal om haar ma ook swaar, veral vir haar en Ivan.

"Oor my dooie liggaam," was haar pa sè laaste woorde oor

haar plan om ná skool ’n verpleegkursus in Johannesburg te gaan doen. En dit was nog voor sy genoem het sy kon by Brenda in ’n kamer gaan bly, dit sou hom niks kos nie. “Daar is niks verkeerd met Randfontein se hospitaal nie. Jy bly onder my dak tot jy die dag mondig is, dan praat ons weer.”

Nie dat sy regtig veel belanggestel het om te gaan verpleeg nie, sy wat so menssku is. Maar haar wiskundejuffrou het destyds gesê haar punte is goed genoeg om aansoek te doen, die staat sou betaal. En dit was ’n manier om weg te kom van die huis af, van haar pa af. Maar dit was meestal omdat Brenda eenkeer vir haar iets oor haarself gesê het, iets in haar raakgesien het, en dit is wat sy dink haar aangespoor het om te wil probeer. Dit was die slag toe Brenda vir haar ma kom kuier het en haar pa dubbelskof gewerk het.

Vera was toe dertien en versigtig vir Brenda. Sy was kwaai, en mooi op ’n manier wat Vera nie kon kleinkry nie. As sy vir jou met haar donkergrys oë kyk nadat sy jou iets gevra het, moes jy mooi dink oor wat jy sê, want sy het fyn geluister. Tot vandag toe nog. Mens kom nie weg met bolangse antwoorde by haar nie. Haar ma sê Brenda dink te diep oor die mensdom en sy probleme en dan wonder sy te lank agterna hoekom sy so ontsteld raak oor alles.

“Jy gaan anders uitdraai as jou ma, Vera,” het Brenda daai keer vir haar op die stoep gesê nadat hulle bietjie gesels het. “Jy lyk dalk nes jou pa, maar ek kan sommer sien, jy’s net so slim soos jou ma.”

Maar Brenda was verkeerd oor haar.

“Veels geluk,” het sy jare later gesê, toe Vera met die trein Johannesburg toe is om haar te vertel sy is swanger, sy gaan nie die volgende jaar Joburg Gen. toe nie, sy gaan met Willem trou, nog voor sy vir haar ma of pa gesê het. “Ek hoop net dis nie ’n dogter nie.”

Toe haar pa eers dood is, die jaar wat Dawid gebore is, toe is dit te laat vir haar. Toe's sy al te lank wat sy vandag is. Dom. Haar ma het ná haar pa se begrafnis ook nie meer stilgebly nie. Vir niemand of niks nie. Sy het oor alles iets te sê, so asof sy opmaak vir haar jare lange stilswye.

Na haar pa se dood het Vera en Willem sak en pak Randfontein toe getrek – die groot huis in Greenhills in – met die hoop dat haar ma sal help met die kinders. Maar haar ma het by Ivan en Sanet en hulle baba ingetrek, gesê hulle het haar meer nodig. En die paar kere wat haar ma kom kuier het, het sy Willem goed laat verstaan wat sy dink van sy konstante uithuisigheid, van sy kwansuise gereisery vir besigheid, en veral van hulle mooi, jong loseerder wat so sag met haar lang bene en kaal voete op die volvloermatte kon stap dat mens partykeer vir haar geskrik het as sy agter jou praat.

Vera weet nie of sy van haar ma hou noudat sy deesdae so baie te sê het nie. Sy dink as sy moet kies tussen haar ma en Robin Alexander in die oggende, dan sou dit hy wees.

* * *

Willem drafstap die poskantoortrappe twee-twee af buitentoe, hande in sy broeksakke. Hy glimlag, sy oë trek klein teen die laatoggendson en hy groet almal by wie hy verbyloop.

Poppie. 'n Vars lentebriesie in 'n tyd wat vir hom voel soos die middel van die winter. Lank en maer met 'n ovaal gesiggie en donker hare, haar laggie amper soos 'n dogtertjie s'n, 'n giggeltjie. Sy's heelwat jonger as hy, maar hy kan sien sy hou van hom. Haar hoë wangbene met hulle fyn akneemerke laat haar eerder soos 'n tienermeisie lyk as lelik; die bleek onderlaag en donker lyne wat soos 'n kat s'n uitkrul bokant haar oë laat hom aan Cleopatra dink. Hy het dit een keer vir haar gesê in die poskantoor, waar sy agter die toonbank werk, en hy kon aan die verwilderde uitdrukking in haar oë sien sy het nie geweet van wie hy praat nie. En toe hy netnou weer daar was, sien hy die ekstra swart krulletjies wat sy langs haar oë getrek het en kry op die plek 'n ereksie.

Sy het nog nooit seks gehad nie, hy kan sien, daar's 'n kuisheid aan haar wat hy ook by Vera opgetel het aan die begin. Vera. Hy kry 'n kol op sy maag. Sy maak hom in sy eie huis op sy senuwees, hy's gedurig op sy hoede vir een van haar jaloerse uitbarstings. G'n mens kan so leef nie. Hy weet nie hoe lank hy nog sal kan uithou nie.

Poppie is anders as Marie. Blonde, praterige Marie, easy-going. Hy kon dadelik sien Marie val vir hom, van die eerste dag af. Marie van wie hy ook nou moet afsien. Dis beter so, sy begin al hoe meer temerig raak. Poppie is meer eksoties en geheimsinnig. Sy gaan harder werk wees. Maar vir 'n uitdaging was hy nog nooit bang nie.

Hy vee oor sy hare, stap om die hoek terug kar toe, agter om die spuitfontein verby, en toe sien hy haar.

Sy staan in die biblioteek se deur, en later sou hy vir homself sê hy het haar nie herken nie omdat dit die laaste plek was waar hy sou verwag het om haar te sien.

En ook omdat sy anders lyk as gewoonlik. Sý vrou met 'n sak boeke in die hand.

Hy gaan staan stil, bekyk haar van agter om die skietende water. Sy lyk nie soos die tipiese Pietersburg-vrou nie. Sy lyk modern. Nie mooi nie, maar anders. Hy kan sien sy is ouer as Marie en Poppie, haar groot donkerbrille voor haar oë, nes Nana Mouskouri s'n op sy nuwe plaat, haar lang steil hare, die nuwe wyepypbroek. Ja, sy het beslis maer geword. My vrou, dink hy. 'n Warmte stoot in sy bors op. Hy glimlag en stap reguit op haar af. Sy sien hom nie.

"Ek dog jy's nie een vir lees nie. Vol verrassings, nè?" sê hy en gryp haar om haar lyf net toe sy op die randjie van die fontein wil gaan sit.

Sy gil toe die sak uit haar hande val. Mense stop, kyk en stap weer aan. Hulle buk saam af en hy tel die twee boeke op. Hy kyk vir haar. Sy lyk bang.

"Hei, dis net ek," sê hy en gee vir haar die boeke.

"Willem." Sy klink kortasem. Sy haal haar donkerbril af. Hy kan nie onthou dat hy al ooit die groen vlekkies in haar oë gesien het nie.

Sy probeer die boeke in die plastieksak terugdruk, maar dit val weer. Hy tel een op en lees hardop: "Nancy Friday. *My Secret Garden: Women's Sexual Fantasies.*" Hy kyk vir haar en toe terug na die boek in sy hande. Hy moet gaan sit op die sementrandjie.

"Willem," sê sy sag.

"Jy sê die hele tyd 'Willem'. Willem wat, Vera?" Sy lyk skielik soos 'n vreemdeling, nie soos sy vrou nie. Hy skud sy kop. "Waar kry jy die boek? In die biblioteek? Onder wat? Pornografie?"

"Willem . . ."

"Jissis, Vera!"

"Oukei!" Sy kyk vinnig om haar rond. "Wat's so erg aan die boek? Ons leef nie meer in die donker eeue nie."

Hy sê niks, gluur haar net aan, die boek styf in sy hand vasgeklem.

"Ek't dit by Sonja gekry, oukei? By die loseerder in Asterstraat," sê sy. "Toe ons nog in Randfontein gebly het . . ." Asof hy nie weet nie.

"Sonja," sê hy. Die merrie, dink hy. Sý wie se suster oorsee bly en gedurig vir haar allerhande seks-boeke gepos het. Sý wat hom verlei het, na haar kamer genooi het een aand toe almal al bed toe was en hy alleen plate geluister het in die sitkamer. Hy het op die langhaarmat gelê, oorfone oor sy ore, oë toe, hom amper doodgeskrik toe sy aan sy arm tik, oor hom buk in haar deurskynende rooi bra en broekie.

"Moet ek vir jou 'n storie lees voor jy gaan slaap?" het sy gevra.

"Ja." Hy het nie helder gedink nie, boonop amper asseblief en dankie gesê, onthou hy.

"Ek wag vir jou in my kamer."

Hy kon dit nie glo nie, sy geluk, onder sy eie dak. Hy is op sy tone die gang af verby hulle kamer. Hy het daar ingeloer. Vera was vas aan die slaap, soos gewoonlik; hy moet haar partykeer hard stamp om wakker te word wanneer Dawid begin huil in die nag, of as Ben siek is met kroep en hoes. Dis toe dat Sonja vir hom uit haar boek gelees het. Hulle was die aand lank besig tot hy vir Dawid hoor huil het, die outjie was net gebore, en hy's toe vinnig die gang af terug kamer toe waar hy Vera wakker gemaak het. Willem onthou hy het daarna die laken oor sy kop getrek en soos 'n klip geslaap.

"Ek't vergeet van die boek," sê sy. "Ek't dit nou die dag in 'n boks in die garage gekry en dit toe vir die eerste keer gelees."

"Wat maak jy met dit hier in die dorp?"

Sy sit weer haar bril op, kyk vinnig om haar rond, en toe weer terug na hom. Hy kan haar oë nie sien nie, kan nie uitmaak wat in haar kop aangaan nie.

"Ek wou iets in die boek vir die vrou in die biblioteek wys," sê sy en gaan sit langs hom op die fontein se randjie. Haar broek skuur teen sy been en die hitte van haar arm laat die hare op syne regop staan. Hy skuif verergd eenkant toe en kyk haar op en af.

"Jy wou wát?" sê hy. "Hulle sal jou toesluit, Vera, die boek is onwettig!"

"Ek weet! Ek het nie, oukei!" Dit lyk of sy bloos. "Ek was te veel op my senuwees om te onthou hoe 'n katalogus nou weer werk. Anders sou ek dit self opgesoek het. Ek wou net sien wat oor dit geskryf is. Of daar iets is om te lees daaroor, om te verstaan." Sy probeer aan sy arm vat, maar hy pluk dit weg. "Ek het gedink as die vrou vriendelik lyk, dan sal ek vir haar die woorde in die boek wys. Net die woorde, nie die boek nie, Willem."

Hy frons. "Waarvan praat jy? Watse woorde?"

Hy wens skielik hy't sy mond gehou, hy't nie gevra nie.

Sy vroetel met haar bloes se knoop voor sy fluister: "Female orgasm." Sy haal haar bril af. "Willem. Wat is dit? Is daar so iets? In die boek . . ."

Hy kan sy ore nie glo nie. "Is jy van jou kop af?"

Hy sien sy skrik vir die hardheid in sy stem. Die koudheid. Dis asof sy besef sy't 'n fout gemaak om vir hom te sê. En dis ook reg so, dink hy, sy moet weet, sy moet weet sy't 'n manier om alles te bederf, om iets wat ordentlik en normaal behoort te wees, goedkoop te maak.

"Dis nie nodig om beledigend te wees nie!" sê sy. "Ek het haar toe nie gewys nie, oukei! Ek was te op my senuwees, ek sê mos."

Hy skud sy kop, probeer bedaar.

"Waarna soek jy, Vera?" vra hy ná 'n rukkie. Hy kan die woorde nie sê nie. Female orgasm. Veral nie in Engels nie. Hy kan nie dink dat hy dit al ooit gesê het nie. Of daaroor gedink het nie. Hy skud weer sy kop. Uit sy vrou se mond. Hy kyk vir haar. Hy weet sy gevoelens staan oor sy gesig geskryf, maar hy kan dit nie help nie. Hy wys met sy kop na die ander boek wat sy op haar skoot vashou. "Wat's daai?"

Toe dit lyk asof sy wil opstaan, spring hy eerste op, trek die boek uit haar hande en lees hardop: *"Moeder, vertel my tog."* Hy begin skielik te lag, te hard, hy weet, maar hy gee nie om nie. Laat sy bietjie voel hoe dit voel om verneder te word. Hy blaai deur die boek. "Hemel, Vera, van die een uiterste na die ander. Wat nog?"

Sy gryp die boeke by hom. "Ek moet huis toe. My skof begin netnou."

"En die boeke?"

"Ek sal hulle by jou *Playboys* bêre," sê sy terwyl sy hulle terug in die plastieksak druk en wegstap. "Onder die rooi bank se kussings."

Hy's stom. Skud eers sy kop. Sy's 'n paar treë weg toe hy agterna roep: "Lyk my die duiwel het in jou gevaar, Vera!"

* * *

Dit voel asof sy kouekoors het, haar hele lyf bewe. Sy stap vinnig kar toe, probeer om nie om te kyk nie.

Toe sy oor die groen lig draf, kan sy nie anders nie. Sy kyk terug. Hy is weg. Sy draai links by Uniewinkels se hoek op, 'n systraat in en stap twee blokke verder die dorp uit na waar die huise begin. Parkering hier is verniet. Sy druk die boeke teen haar bors vas en sluit die kar oop. Binne gooi sy alles op die passasiersitplek, draai die venster af en soek haar sigarette in haar handsak. Sy sukkel om een op te steek. Haar hande bewe.

Eers ná die tweede trek ontspan sy en laat haar kop teen die kopstuk terugval. Sy het amper met die hele sak patats vorendag gekom. Hoe dom.

Sy kyk na die boeke wat onder haar handsak uitsteek en tel die Nancy Friday op. *Women's Sexual Fantasies*. Van wanneer af het vrouens sexual fantasies? En hier, in dié land, Afrikaanse vrouens? Sy dink nie so nie. Haar skoonma? Haar ma? Verregaande. G'n wonder dis verbied nie. Sy druk die sigaret dood, laat sak haar kop in haar hande. Hoekom het sy dan die boek gelees? Daar is erge goed in. Mans en vrouens, vrouens en vrouens. Almal saam, die vreeslikste goed wat vrouens in hulle koppe het oor seks.

En dan die female orgasm. Hulle praat baie daaroor in die boek. Hoe dit voel. Wat dit is. In detail. Sy verstaan die woorde, sy weet wat dit beteken, maar sy verstaan nie hoe dit in die regte lewe werk nie. Nou voel dit sy sal nooit weet nie. Sy mag nie weet nie. Dis sonde. En sy dink nie sy het Willem al ooit so vir haar sien kyk nie. Nie eers op sy kwaadste nie. In afgryse. Asof sy melaats is. Raak sy nou nes Brenda? Is dit in haar gene? Raak sy 'n feminis? Wat is 'n feminis? Haar ma sê Brenda is een, behalwe dat sy ook 'n lesbiër is. Dis lelike woorde vir haar. Vreemde woorde. Sy wil nie so wees nie.

Sy voel skielik paniekerig en kyk op, deur die voorruit. 'n Vrou stap op die sypaadjie verby, sy lyk normaal, ordentlik, so met haar kind aan die hand. Nie soos sý nie. Haar skoonma sal die duiwel blameer as sy moet uitvind van die goed wat Vera lees en die goed wat sy doen, eers vir haar bid en haar dan uitkryt as 'n hoer. Soos destyds, toe sy gehoor het Vera is swanger met Lien.

Dalk moet sy net eerlik wees. Vir Willem alles vertel, die boek weggooi en Simon nooit weer sien nie. Sy is tog lief vir Willem, sy wil nie skei nie. Wat maak sy dan met 'n ander man?

Sy steek nog 'n sigaret op en vryf oor haar koue boarms voor sy die kar aansit en huis toe ry om te gaan aantrek vir haar skof.

* * *

Simon. Sy het nog nie weer met hom gepraat nie, hom net 'n paar keer vroegoggend die bakkie uit die oprit sien trek, sy keps laag oor sy oë. Maar dit voel nie vir haar dis verby tussen hulle nie.

Maryna, het sy gesien, werk by die bank, die navraetoonbank. Vrydae, wanneer Vera gaan om geld te trek vir die volgende week, loop sy verby haar in haar liggroen bloes en donkergroen romp. Maryna met haar hare styf in 'n bolla, in die holte van haar nek. Soos 'n lugwaardin s'n. Maar sy lyk nie soos een nie. Sy groet Vera altyd wanneer sy haar raaksien, opkyk van waar sy met 'n kliënt praat of agter die toonbank met papierwerk besig is.

Wanneer Willem vir 'n paar dae huis toe kom, gaan dinge ook sy gewone gang: seks meestal eerste, ná sy die kinders in die bed het, daarna stry hulle oor die een of ander iets, maar die boek word nooit genoem nie. Hy drink 'n paar biere, hulle baklei oor Marie, oor geld, oor die kinders en oor Lien se klosserige hare wat Vera eenkeer kort afgesny het. Dan drink hy nog bier en praat oor die plaas.

Die *Moeder, vertel my tog* wat sy by die biblioteek uitgeneem het, het sy besluit om te hou. Sy weet dis so goed soos steel, maar als is daar in, al die goed waaroor sy nie kan praat nie. Sy gaan die boek vir Lien gee wanneer dit tyd is.

Die Nancy Friday hou sy ook, vir haarself. Die boek laat haar op 'n vreemde manier lewendig voel, 'n opgewondenheid kom oor haar as sy dit lees, 'n soort gevoel wat sy nie geweet het bestaan nie. Wat om daarmee te maak weet sy nie. Sy vermoed dit het iets met female orgasm te doen. Maar sy is nie seker nie. Sy dink Willem is reg. Daar is fout met haar. Sy is nie meer wie sy was nie.

Toe Simon een oggend weer kom klop, ná sy die kinders gaan aflaai het en nie haar kar in die garage getrek het teen die son nie maar in die oprit gelos het vir hom om te sien, hardloop sy om die deur oop te maak, hou sy hom vas asof sy hom jare laas gesien het, soen sy hom aanmekaar. Dis vir haar te laat vir terugdraai.

Simon se kop beweeg op en af met die deining van haar maag terwyl sy vir hom uit die Nancy Friday lees. Sy hand flap sy pap penis heen en weer. Hy luister, oë op die plafon. Hy geniet die stories, sy kan sien, en sy is bly toe hy harder aan sy penis begin te trek.

"Kom hier." Hy draai homself bo-op haar, maak die boek uit haar vingers los en gooi dit in die hoek van die kamer waar dit sag op sy broek land. Sy lag en maak haar oë toe terwyl hy in haar oor fluister wat hy alles met haar gaan doen.

"Ek's nie liberaal nie," sê sy. "Ek was nog nooit nie. Ek's eintlik baie konserwatief."

Hy lag. Sy is mal oor hoe hy lag.

"Dis waar," sê sy. "Ek weet jy glo my nie."

Hy lê langs haar op die bed. Hulle is in 'n motelkamer net buite Tzaneen, die enigste motel in die omgewing, dieselfde een waarin Willem seker ook al geslaap het, dink sy, en beslis nie alleen nie.

Sy steek 'n sigaret op, druk die kussings teen die muur en sit regop.

"Ek's streng grootgemaak," sê sy.

Hy is stil. Sy kyk vir haarself in die groot spieëlkas, haar lang donker hare hang deurmekaar om haar gesig, haar bene is gekruis voor haar kaal lyf. Sy lyk anders as gewoonlik. Sagter.

"My pa was 'n mynkaptein, hy's 'n paar jaar terug dood." Sy vang sy oog in die spieël, hy luister. Sy kyk weg, na die gordyne met hulle sonverbleikte blomme. Hy't 'n rukkie gelede die venster daarmee toegetrek.

"My ma het nooit gewerk nie," sê sy. "Haar familie dink sy't sleg getrou. Net haar suster Brenda het kom kuier. Partykeer." Sy kyk weer vir hom in die spieël. "Sy's 'n lesbiër."

Hy frons.

"Weet jy wat's dit?"

"Ja."

"Ek sou nie, as dit nie vir Brenda was nie."

Sy sien hy kyk weg.

"Ek het goed gedoen op skool," sê sy ná 'n rukkie, "biologie veral."

"Dit kan ek glo." Hy knyp haar been.

"Ek's ernstig," sê sy. "Ek wou Johannesburg toe, ek wou by die hospitaal gaan werk het daar, maar my pa wou niks weet nie. Hy wou hê ek moes in Randfontein verpleeg, elke Sondag kerk toe gaan en vir ewig onder sy dak bly." Sy glimlag. "Met goeie ou Hendrik trou as ek dan nou moes trou."

"Wie's Hendrik?"

"'n Goeie man, ek sê mos." Sy sug. "My skoolliefde. Hy wou trou. Ek wou nie."

Hy sê niks.

"En toe ontmoet ek vir Willem," sê sy. "Hy't my gecharm met sy mooi praatjies. Ek het amper nie my verpleegkursus klaargemaak nie."

"Was jy só verlief?"

Sy glimlag. "Ek was, ja."

"En nou?"

Sy haal haar skouers op, voel skielik hartseer.

"Wie weet," sê sy, "mens verander na 'n ruk, doen goed wat jy nooit gedink het jy sou nie." Sy wonder skielik of sy hom moet vra oor female orgasm, of hy sal weet, maar sy is bang as sy die woorde sê, kyk hy vir haar soos Willem haar aangekyk het. Simon het klaar genoeg rede om sleg te dink oor haar. Toe druk sy haar elmboog in sy sy, byt speels sy oor. "Kom! Vertel jy."

Hy glimlag skaam. "Ek's gelukkig getroud."

Toe sy snork, sê hy: "Ek is ernstig."

"Wat maak jy dan met my?"

"Ek het seks met jou."

"Hoekom nie met haar nie?"

"Wie sê ek het nie met haar nie?"

"Hoekom dan twee?"

"Wie sê ek het net twee?"

"Stop dit!"

Hy knyp weer haar been. "Dit voel nie genoeg nie," sê hy ná 'n rukkie.

"Wat?"

"Wat ek met haar het."

"Is jy lief vir haar?"

"Ja. Sy's 'n goeie vrou. Sy sou 'n goeie ma gemaak het."

"En?"

Hy kyk vir haar. "Lees 'n stukkie uit jou boek vir my, toe? Ons het nog bietjie tyd."

Sy druk haar sigaret dood, gaan tel die boek in die hoek op en toe kom lê hy weer met sy kop op haar skoot.

'n Week later vertel Willem haar. Hulle sit by die kombuistafel en eet die laaste van die bredie wat sy gemaak het.

Sy ma en pa het die kinders vroeër kom haal en beesvleis saamgebring. "Willem is baie lief vir bredie, Vera," het haar skoonma gesê en die homp vleis, toegedraai in bruinpapier en dun velletjies plastiek, op die kombuistafel neergesit.

"Ek weet, Ma. Dankie." Vera wou haar nie in die oë kyk nie.

Ná 'n paar happe sê Willem nou: "Jy sal nooit raai vir wie ek op Tzaneen raakgeloop het nie." Hy kyk op.

"Wie?"

"Swannie."

Sy sluk haar hap vleis.

"Swannie?" sê sy ná 'n rukkie en kyk af in haar kos.

Hy swaai sy vurk voordeur se kant toe. "Ja, man, Johan Swanepoel. Ons buurman oorkant die straat se vennoot."

"O."

"Ek was in Gabriels. Hy't glo parte gesoek vir een van hulle trokke. Ek wou nog besigheid praat, maar toe sien ek iets is fout."

"Ja?"

"Ek vra toe hoekom hy so bek-af is. Toe sê hy hy gaan volgende week begrafnis toe."

"Begrafnis toe?" Sy kyk op.

"Ja. Dis baie sleg."

"Wie s'n?" Sy voel koud, haar arms en bene smelt aan haar stoel vas.

"Wat's sy naam nou weer?" Hy kyk vir haar. "Ons buurman oorkant die straat?"

Sy bly 'n rukkie stil. Sy sukkel om sy naam te sê. "Simon?"

"O ja," sê hy. "Simon." Hy vat 'n groot hap. "Mmm." Hy stoot met sy vinger 'n stukkie vleis tussen sy tande los. "Jy kan kook, Vera. Dis vir seker."

"Is hy dood?" Sy sit haar mes en vurk neer en vou haar arms oor haar bors.

Hy kyk vir haar asof hy nie weet waarvan sy praat nie.

"O . . . Nee. Hy's nie dood nie. Sy vrou is. Glo selfmoord gepleeg. Dinsdag. Haarself gehang. In die huis glo. Hy't op haar afgekom. Die arme ou."

Hy vat nog 'n hap. "Wat's haar naam nou weer?"

"Maryna."

"Dis reg, ja." Hy skud sy vurk in die lug. "Maryna."

"Weet jy hoekom? Het Swannie iets gesê?"

Hy lag. "Sy't hom glo gevang met die buurman se vrou, in hulle bed. Daai sexy blonde enetjie. Sy bly links van hulle, in die siersteenhuis, die een met die oranje son op," sê hy. "Haar man is glo heeltyd op die pad. Baie soos ek." Hy lig sy wenkbroue, knipoog vir haar. Sy kyk af. "Ek dink sy't aan haar senuwees gely of iets, Maryna nou. Dalk was dit die cherry op die koek."

Sy hoor hoe die vleis in sy kieste rondmaal ná nog 'n hap. Hy byt 'n beentjie raak, haal dit uit en sit die wit stukkie op die bord se rand neer.

"Ek sou dit nooit van hom gedink het nie," sê hy terwyl hy die beentjie van naderby bekyk. "Hy lyk nie die tipe nie."

"Ja," sê sy sag en tel weer haar mes en vurk op. "Die lewe is vol verrassings."

* * *

Hy is verlief. Hy weet. Hy het al amper vergeet hoe dit voel, so halsoorkop tot oor sy ore toe.

Hy kan nie onthou dat hy ooit so oor Vera gevoel het nie, nie eers aan die begin nie. Sy was vir hom 'n challenge, hy sien dit nou. En toe hy haar uiteindelik sover kry, ná weke se sagmaak en mooipraat, toe's sy sommer gou swanger. Hy't gedink haar pa gaan hom te lyf gaan, destyds toe hulle hom en haar ma vertel het, hy't Willem uit sy huis gejaag, hom allerhande name toegevoeg. Nooit weer daarna 'n woord met hom gepraat nie. Goddank die man is dood.

Willem speel met die fraiings van die rooi-en-wit blokkiesplekmatjie waarop sy roomys en sjokoladesous 'n rukkie terug nog gestaan het. Pizza eet is 'n nuwe ding in die Noord-Transvaal, en soos met alle nuwe dinge is dit verskriklik lekker. Bietjie ver om te ry vir 'n aand uit, al die pad Potgietersrus toe, maar vir háár gee hy nie om nie.

Hy kyk hoe sy van die badkamer af terugstap tafel toe. Sy lyk pragtig in haar stywe ligblou rokkie. Hy staan op toe sy by die tafel kom, skuif haar stoel uit en kyk na haar ferm klein borsies, platgedruk teen haar rok toe sy vorentoe leun om te sit.

"Poppie . . ." sê hy en kyk in haar oë.

"Willem."

Sy vroetel met die kettinkie om haar nek. Haar naels is lank en rooi geverf, nes haar lippe, en oor haar oë wat afkyk, is pikswart strepe getrek. Twee ekstra lang krulle loop uit haar ooghoeke so 'n entjie teen haar slape op. In die halfdonkerte kan hy amper nie die akneemerke onder haar onderlaag sien nie. Sy kon 'n model gewees het, sy is so lank, dink hy, of 'n lugwaardin. Hy het nog altyd 'n ding vir lugwaardinne gehad. Al het hy nog nooit gevlieg nie. Hy dink aan die foto van die Suid-Afrikaanse Lugdiens se lugwaardinne wat hy nou die oggend in die koerant gesien het. Hulle het in 'n ry by die groot Boeing se trap af gestaan, hulle blou uniforms se rompies net kort genoeg om knie te wys, bolla in die nek en bolhoedjie op die kop. Pragtig.

"Ek wil oor begin," sê hy.

"Wat bedoel jy?"

Hy draai sy trouring heen en weer om sy vinger voor hy opkyk. "Ek wil 'n nuwe lewe saam met jou hê, Poppie. Dis wat."

Hy glimlag, vat haar hand op die tafel en soen haar vingers, een vir een. Hulle ruik soos rose.

"Ons ken mekaar skaars, Willem. Hoe seker is jy van alles?" Haar stem bewe.

"Poppie," sê hy, "ek's lief vir jou. Ek wil met jou trou, môre as ek kan. Ek wil jou hê, jou elke dag van my lewe sien, vir altyd."

Hy dink hy sien trane in haar oë.

"My make-up." Sy lag terwyl sy onder haar oë tik. "Jy's nog getroud." Haar wimpers fladder.

"Nie meer vir lank nie, nie as ek dit kan help nie," sê hy. "Dis verby tussen my en Vera, al lankal, eintlik al van die begin af. Dis net die kinders."

"Wat van hulle?"

"Dit gaan sleg wees." Hy probeer glimlag. "Maar moenie worry nie, ek sal dit uitsorteer."

Die kelner kom met die rekening en Willem druk sy hand in sy sak vir sy beursie. Hulle is stil totdat die kelner wegloop.

"Dit was heerlik, dankie," sê sy.

"My plesier."

Sy kyk na haar goue horlosie. "Dit raak laat."

"Oukei," sê hy. "Ek vat jou terug, op een voorwaarde."

Sy lig haar dun wenkbroue. "En dit is?"

Hy leun nader. "'n Soen."

Sy is stil die sestig kilometer terug Pietersburg toe. Elke nou en dan kyk hy vir haar. Sy kyk by die venster uit, die koppies flits agter haar in die maanlig verby en die lig skyn nou en dan deur die stywe krulle wat sy hoog op haar kop vasgesteek het.

"Kan ek môre 'n brief kom pos?" vra hy.

"Gaan die brief oorsee?" Sy klink ernstig.

"Wat?"

Sy lag. "Ek terg. Ek's nou by die oorsese toonbank. Reg langs die ingang vir die swartes." Sy trek haar neus op. "Net vir 'n maand of so. Vir opleiding. Dan's ek weer terug by plaaslik."

"Solank ek weet waar om jou in die hande te kry, is als reg. Dalk kan ek jou steel vir middagete?"

Sy leun skielik oor en soen hom lank op sy wang. "Dit sal lekker wees."

Hy voel die taaiheid, ruik die soetheid van haar lipstiffie nog lank nadat hy haar afgelaai en dit afgevee het, ook nog in die donker badkamer by die huis waar hy dit probeer afwas het. En, verbeel hy hom, selfs toe hy in die bed langs Vera klim, kan hy nog voel hoe plak sy wang teen die kussing vas.

Toe Vera ná 'n rukkie haar kaal lyf na hom toe draai, haar been oor hom gooi, hou hy sy oë toe, probeer hy met lang, eweredige asemhaling wys hy slaap. Maar toe sy haar hand onder sy lyf inwikkel en haar vingers om sy ereksie vou, kan hy nie meer nie. Hy draai sy lyf haastig bo-op hare, sy wang anderkant toe, sy penis stotend teen haar dy.

* * *

In die biblioteek kom dit by haar op. In die koelheid en die stilte, net voor sy by die groot houtdeure uitloop. Willem het weer iets met 'n ander vrou aan die gang. Dis ook nie dieselfde een as laas, die witkop Marie nie; dis iemand anders, Vera kan dit ruik aan hom. Háár ruik aan hom. Maar dit maak nie saak nie. Nie meer nie. Sy't besluit sy gaan bly.

Vandat Maryna begrawe is, was sy nou al 'n paar keer by die dominee op die dorp. Sy het hom die hele storie vertel, ná sy belowe het om terug te gaan kerk toe. Al haat sy die plek van kleins af al, die klomp geveinsdes in hulle kerkhoede en dasse wat haar en Ivan altyd skeef aangekyk het wanneer haar pa hulle in sy ou DKW voor die NG Kerk gaan aflaai het. En hulle 'n uur later weer kom optel het. Hy en haar ma was nooit kerk toe nie, nie sover sy kan onthou nie, maar sy en Ivan moes. Vera kon dit nie kleinkry nie, maar sy het geweet vra help nie. Haar ma sou net haar kop skud en na haar pa kyk om te antwoord, en haar pa sou sê hy hoef nie te verduidelik nie want terwyl hulle onder sy dak bly, geld sy reëls, en basta met die res.

Die dominee het vir haar gebid en voorgestel sy gooi die Nancy Friday-boek weg. Dit was vir haar moeilik, maar sy het. Haar ma het eenkeer gesê alles in die lewe het 'n prys, en sy dink dis die prys wat sy moes betaal om 'n goeie vrou te kan wees. Dit, en om alles waaroor sy in die boek gelees het te vergeet. Maar die *Moeder, vertel my tog* het sy tog gehou. Sy moes 'n boete betaal netnou toe sy vir die bibliotekaresse sê sy't dit verloor. Dit was nogal baie vir 'n ou boek, maar sy gee nie om nie. Dis amper asof sy haar skuld afbetaal het; nie net vir die biblioteekboek nie, maar ook vir Simon, en die Nancy Friday-boek, alles is op een slag afbetaal. Maar sy voel nie soos sy gedink het sy sou nie. Soos die dominee gesê het nie.

Buite die biblioteek is die laatmiddagson nie meer so skroeiend soos vroeër nie. Vera stap vinnig die trappe af. By die sementfontein staan sy stil, druppels water waai teen haar gesig en arms vas. Sy maak haar oë toe en lig haar kop, keer haarself net toe sy haar mond wyd in die koel mis wil oopmaak. Die mense sal skrik.

* * *

Willem het besluit om 'n week of twee af te vat, sy sales was goed genoeg vir die volgende twee maande se rekeninge. Hy wil al sy aandag aan die ding met Poppie gee, net totdat hy seker is van haar gevoelens vir hom. Dit lyk boonop asof Vera sy tydjie by die huis geniet.

Hy het nie verwag om haar wéér daar te sien nie, langs die biblioteek se fontein. Al het hy geweet dis haar af-dag en sy kan enige plek op die dorp wees. Soos by Oase of die OK, wat ver weg van die munisipale geboue af lê, of die Griek se kafee in die bodorp. Nie hier voor die biblioteek nie. Wat soek sy?

Sy hand gly stadig van Poppie se boud af en hy gaan staan. Poppie ook. Sy kyk vir hom. "En nou?"

Hulle is 'n paar meter van Vera af. Dit lyk asof sy opkyk, maar haar oë is toe, sy't 'n leë OK-sak in haar hand en die mis van die fontein waai teen haar vas. Hy kan haar harde tepels teen die nat bloesie sien druk, twee bruin knoppies tussen die verbleikte lap se rooi rose en groen blare. Sy het wragtig nie 'n bra aan nie. Hy dink al hoe meer sy is nie lekker nie.

"Wat maak die vrou? Is sy mal?" sê Poppie.

Hy't sy tong verloor, voel dit vir hom. Hy skud sy kop.

"Wat's fout, Willem? Dit lyk of jy 'n spook gesien het." Poppie trek aan sy arm. "Hei!"

Haar lang naels druk diep in sy pols in en dis asof hy skielik wakker skrik. Hy stoot Poppie vinnig aan die arm agter om Vera verby, en toe hulle 'n ent weg is, fluister hy: "Dis Vera, Poppie. My vrou."

"Dís jou vrou?" Sy gaan staan en begin te lag, dit klink anders as die mooi, sagte laggie waaraan hy gewoond begin raak het. "G'n wonder jy wil haar skei nie."

"Wat bedoel jy?" Hy probeer om nie geïrriteerd te klink nie, stuur haar verder weg tot hulle agter die biblioteek gaan staan. 'n Man en vrou loop tussen die rakke boeke deur in die groot glasvensters. Die vrou staan stil en kyk vir hulle. Niemand is gewoonlik hier agter rond nie. Hy probeer verby Poppie 'n skewe glimlag vir haar gooi, maar toe hy weer kyk, is sy weg.

"Sy's mal. Dis duidelik. En lelik." Poppie staan met haar hande in haar sye. "En vir wat vat jy haar kant?"

"Ek't net geskrik toe ek haar sien, dis al," sê hy.

Hy trek haar nader, gooi sy oog weer vinnig biblioteek se kant toe. Niemand nie. Hy kyk vir haar. "Jy's die enigste een vir my, Poppie."

Sy trek uit sy omhelsing los. "Jy't 'n week om vir haar te sê, Willem. Ek het my beginsels."

Sy vingers gly van haar arm af toe sy omdraai en wegloop. 'n Entjie verder gaan staan sy en kyk om, daar's trane in haar oë. "Of ék sê vir haar. Jy kan kies." Toe loop sy verder. Hy kyk haar agterna tot sy om die draai verdwyn.

Hy voel vir sy sigarette in sy hempsak. Miskien is dit die beste, hoe gouer hoe beter. Terwyl die kinders nog klein is. Ná 'n rukkie skiet hy sy stompie iewers in 'n bedding in en stap agter om die biblioteek terug kar toe, hande in sy sakke.

Vera se kar staan nie voor die garage toe hy by die huis aankom nie. In die kombuis druk hy sy neus in die OK-pakkies op die tafel, 'n hongerte is skielik oor hom. Daar's niks lekkers in nie, sy koop altyd net wat nodig is.

Hy trek 'n stoel onder die tafel uit, voel aan sy hempsak vir sy sigarette, haal die leë pakkie uit en gooi dit in die rigting van die asblik. Dalk het sy sigarette onthou. 'n Tweede gekrap in die sakke lewer weer niks op nie. Die bier is op, die laaste een het hy gisteraand gedrink. Melk dan maar. Hy trek die yskasdeur oop en dink eers hy sien gesigte toe hy die sespak sien. Botteltjies Castle. Yskoud. Hy krap in die boonste laai rond vir die oopmaker.

Die gas van die vinnige slukke bier laat sy wange bol en hy stop om asem te skep, breek 'n wind op. Hy klots die oorblywende bier in die bottel rond, sit dit op die tafel neer voor hy die koskas oopmaak en wiegend aan 'n handvatsel 'n pak chips uithaal. Dis wragtig Krismis. Hy steek 'n hand vol in sy mond en vat nog 'n sluk bier.

Vera stop buite en 'n rukkie later hardloop die twee seuns in en spring in sy arms. Willem kreun en hurk af. Hy kyk vir Ben met sy waterblou oë, nes sy pa s'n. Die kind kyk hom weer te ernstig aan.

"Waar was Pappa?"

Hy vra hom altyd. En altyd met 'n frons. Maak nie saak of Willem weke lank op die pad was en of hy hom vroeër die dag gesien het nie. En Willem sê altyd dieselfde ding, so vrolik as wat hy kan. "By die werk, seun!"

Hy kreun weer en sit hulle neer, vryf die twee se hare deurmekaar. "Waar kom my twee laaities nou vandaan?"

"Die crèche, Pappa," sê Dawid. Hy's 'n mooi kind, met sy donker oë en blas vel. Maar hy kan sien hier kom moeilikheid. Die kind is nou maar eers drie, maar hy staan nie vir hom terug nie, ook nie vir Vera nie. Sy het 'n sagte plekkie vir hom, sê die kind lyk nes haar oorlede pa. Hy reken dit is omdat hulle hom sy naam gegee het. Hy hoop net nie hy haal die ou man se streke ook uit nie. Nie dat Vera se ma beter is nie. Hy kan nie onthou dat hy al ooit in sy lewe so 'n swartgallige ou vrou teëgekom het nie. Hy loop maar lig vir haar.

Willem staan op toe Vera en Lien inkom. "Dankie vir my bier, skattebol," sê hy, "en die chips." Hy leun nader om haar te soen. Haar bloes voel droog.

Sy omhels hom, haar lippe is sag teen sy mond. "My plesier."

Oor Vera se skouer sien hy Lien trippel, haar skooltas in haar hand. Sy kan nooit stilstaan nie. Altyd iets.

"Pa . . ."

"Nie nou nie."

"Ek wil net ietsie vra, Pappa!"

"Later," sê hy.

"Pappa . . ."

Haar hare lyk vir hom by die dag yler. Hy's verlig toe hy sy vingers deur sy eie digte kuif trek. Lien glimlag. Hy skrik half. Haar voortande lyk vir hom vreemd, dis asof hy hulle vir die eerste keer raaksien. Dis te groot vir haar mond, amper soos 'n haas s'n. Die kind lyk elke dag onaardiger. Hy sukkel nou nog meer om haar te verdra ná sy destyds vir Vera van Marie gesê het.

"Ek't gesê nie nou nie." Hy weet hy praat te hard.

Vera kyk op van waar sy besig is om die res van die chips in 'n bak uit te gooi. "Wat's fout?"

"Niks," sê hy en knipoog vir haar.

Vera frons.

Lien loop koponderstebo kamer toe, die seuns agterna.

"Wat maak jy heeldag met jouself, Willem?" Vera steek 'n chip in haar mond. "Seker lekker vir jou om bietjie af te wees, nè?" sê sy.

Hy gaan sit by die kombuistafel. Vera gee 'n bottel bier en die oopmaker aan, trek 'n stoel langs hom uit en gaan sit. Sy't ook 'n bier in die hand.

"En nou?" vra hy ná sy eerste sluk.

"Ag, ek's net lus," sê sy. "Dit lyk altyd so lekker. En?" Sy kyk vir hom.

"Nee, ek drink al lankal bier," sê hy en kyk af.

"Willem!"

"Oukei, oukei. Ek't die tuin natgemaak vanoggend. Die garage bietjie uitgesort. En toe die gras gesny. Het jy nie gesien nie?"

"Ek het," sê sy. "En toe?"

"Toe's ek dorp toe, Vera." Hy probeer die byt uit sy stem hou. "Ek't gaan gesels met Cecil in die spares shop."

"Wat sê hy?" Sy trek haar gesig ná haar eerste sluk bier.

"Nee, sake lyk goed," sê hy. "Ons gaan nou die vennootskap-ding doen. Hy't die papiere reg. As dinge goed gaan, is ons oor twee maande partners van die grootste en beste spares-winkel in Pietersburg!"

Sy vat nog 'n sluk en trek weer haar gesig. Hy wens sy wil ophou met haar aansittery.

"Jy moet oppas vir Cecil, Willem," sê sy. "Die dorp lê vol oor sy wheeling en dealing."

Hy probeer kalm bly. "En hoe sal jy nou weet? Is dit oor jy deesdae so lekker in die dorp rondlê?"

"Biblioteek toe is nie in die dorp rondlê nie," sê sy. "En jy hoef nie so sensitief te wees nie, ek probeer maar net help." Sy kyk by die venster uit.

"Wat het toe van jou wildslaghuis-planne geword?" vra sy. "Dáár was nou 'n goeie idee vir jou." Sy kyk weer vir hom. "Dalk moes jy bietjie gewag het voor jy met Cecil geteken het."

Hy vererg hy hom. Wat weet sy van besigheid? Wie's sy om hom te vertel?

"Ek sou die slaghuis ook saam met Cecil begin het, Vera. Hy's die een met die contacts vir die wildsplase. Anyway, besigheid is besigheid. Jy moet net weet wat jy doen."

"Het jy al weer geld by jou pa geleen?"

Hy staan skielik op. Hy't nou genoeg gehad van haar stront.

"Ek moes. Waarmee dink jy het ek die share in die spares-besigheid gekoop? Die sales wat ek op die pad doen, sit elke dag kos op die tafel, vir jou en die kinders, dit betaal die rekeninge. Daar's niks oor die einde van die maand nie. Boggerol!"

Hy kyk rond vir sy sleutels.

Sy gryp sy arm. "Wag. Kom sit, Willem. Asseblief. Jy's reg, weet jy. Ek waardeer dit dat jy so hard werk. En die spares-besigheid is 'n goeie idee. Dis net dat ons jou pa-hulle al klaar so baie skuld. Ek's bekommerd oor waarmee ons hulle gaan afbetaal. Jy weet my salaris is maar min."

Haar glimlag irriteer hom en hy kyk weg.

"Maar elke bietjie help tog, nie waar nie?" sê sy.

Hy trek sy arm los en sit die bier hard op die tafel neer. Sy moenie dink sy kan hom een oomblik aanvat en dan ewe skielik witvoetjie soek nie. Hy's nie 'n fool nie. Sy met haar buie.

"Jy't darem 'n manier om iets wat mooi is lelik te maak, Vera. Jy't my nou skoon my lus vir die bier laat verloor." Hy loop deur toe. "Ek gaan 'n entjie ry."

"Gaan jy weer by jou nuwe girlfriend kuier?" Haar stem is skril.

Sy staan op, gryp sy bottel op die tafel en tiep al twee hulle biere in die wasbak uit. Hy wil probeer keer, dis geld die drein af, maar toe los hy dit. Hy voel skielik moeg, amper verlig. Dis nie sy skuld nie. Niemand met gesonde verstand kan met so 'n vrou huishou nie.

"Ek't nie meer krag nie, Vera."

Sy gaan sit weer by die tafel, haar kop tussen haar hande. "Ek's jammer, Willem. Ek weet nie wat my makeer nie. Ek sal ophou."

Haar oë pleit toe sy opkyk. Hy kyk weg.

"Kom sit weer, asseblief. Ek gaan nou begin kos maak. Pap en wors en daai lekker tamatie-en-uiesous waarvan jy so baie hou."

Hy sê niks. Hy kyk deur toe.

Sy staan op en maak die yskas oop. "Hier's nog 'n bier." Sy

hou een uit na hom en mik vir die oopmaker. "Kom, ek maak die bottel oop vir jou."

"Nee, los." Hy sien die karsleutels langs die ketel blink en tel dit op. "Netnou gooi jy dit ook in die drein af," sê hy en loop by die oop agterdeur uit.

* * *

Dis besig in die gang. Die swart verpleegsters koek voor hulle teekamer saam, party kyk af op hulle horlosies wat bokant hulle groot borste vasgesteek is, ander lag hard en stamp en stoot mekaar vriendelik.

Dis vir Vera vreemd om soveel swart gesigte saam op een plek te sien, sy probeer altyd om hulle nie aan te gaap nie. Hulle oë is skerp, hulle vang jou kyk en laat mens dan simpel voel met hulle strak geterugstaar in jou oë. Aan die begin wou sy by die matrone kla oor hulle hulle so wit hou, maar sy het dit nou gewoond geraak.

Die matrone sluit altyd hulle teekamer. Seker oor sy bang is iets raak gesteel of in die kaste weggesteek om later uitgesmokkel te word hostel of lokasie toe.

Partykeer voel dit vir haar asof die swart verpleegsters hulle werk beter doen as sy, die helpers ook. Wanneer sy by die swart pasiënte se sale verbyloop op pad uit, staan sy partykeer 'n rukkie in die deure en kyk vir hulle, hoe maklik hulle die siekes versorg en bedsere dokter, hoe bedpanne net op die regte plek tussen die lakens ingeskuif word, die warmte waarmee hulle met die kinders praat, die gelag met oop monde en tande wat teen donker velle afsteek.

Die kere wat sy saam met een in 'n wit saal gewerk het, het sy gevoel of die swart verpleegster net reg staan om die ding waarmee sy besig is uit haar hande te vat, asof sý die een is wat die bedpan onder die siek man se wit boude wil inskuif of uithaal, asof sy nie uit senuweeagtigheid druppels pie op die bed gaan laat beland nie. Nie die ou man se lyf te vroeg gaan laat sak en hoop hy voel nie sy louwarm ontlasting deur sy dun blou vel in sy lyf intrek nie.

Die verpleegster kyk meestal af, haar gesig uitdrukkingloos, wanneer Vera haar kwaai aangluur, sý wat net daar is om goed aan te vat, sy wat dadelik behoort uit te loop met die vuil lakens, bedpanne en medisynebottels. Die matrone staan gewoonlik by die deur. Sy hou alles met valkoë dop. Swart verpleegsters en helpers bly nie langer in die saal as wat nodig is nie. Die wit pasiënte en hulle mense raak kriewelrig en praat partykeer hard met die matrone, veral as daar 'n plaasboer se vrou of kind lê en dit lyk asof die verpleegsters te lank rondstaan.

Die matrone kom van voor af in die gang af geloop, daar's twee nuwe wit verpleegsters kort op haar hakke. Die laatmiddagson skyn in geel strepe deur die hoë venstertjies oor die vroue, en vir 'n oomblik lyk hulle vir Vera soos gesalfdes uit die Bybel.

Eers toe die matrone die swart verpleegsters se teekamer oopsluit en 'n klomp van hulle by die vertrek inbondel, sien sy die ou vrou in haar donkergroen rok en swart hoedjie agter die twee wit verpleegsters staan, verder af in die gang. 'n Klompie swart verpleegsters staan nog in die gang en gesels terwyl Vera probeer verbydruk. Sy wil huis toe, haar skof eindig vroeër op 'n Donderdag en sy het klaar vir haar payslip gaan teken by die personeelafdeling.

Toe sy by die swart verpleegsters en die matrone verby is, staan die vrou in die donkergroen rok reg voor haar. In haar pad.

"Skuus," sê Vera, koponderstebo, en mik óm die vrou.

"Is jy Willem Barnard se vrou?" vra sy, nie sag genoeg dat net Vera haar kan hoor nie.

Vera kyk op. Die vrou lyk moeg, twee diep kepe trek haar mondhoeke af, haar digte wenkbroue gooi 'n skaduwee oor haar oë. Grys hare steek onder haar bolhoed uit en staan aan weerskante van haar gesig af weg. Die dun hoedrekkie om haar ken trek styf. Van naderby lyk sy amper bekend, soos iemand wat dalk by Vera se ma gekuier het toe sy 'n kind was, in Randfontein, op die stoep wanneer haar pa by die werk was. Miskien iemand wat Brenda aangestuur het vir haar ma om te help. 'n Charity case, soos haar ma dit noem.

"Hoekom wil tannie weet?" vra sy.

Die stilte wat skielik oor die gang sak, suis in haar ore. Sy kyk om haar rond, vang party se oë, ander kyk weg. Die ou vrou sien niks. Vera kan nie ver genoeg omdraai om te sien waar die matrone is nie. Sy kyk terug vir die vrou.

"Is jy?" vra die vrou weer. "Dit lyk soos jy."

"Ja, ek is Vera Barnard," sê sy. "Willem se vrou."

"Hy skuld my dogter geld." Die vrou se stem is nou harder.

Vera voel oor haar leë uniformsakke vir sigarette.

"Marie het 'n kind gehad, 'n seuntjie. Sy seuntjie. Hy's twee maande oud. Willem het haar gesê hy sal help, maar hy het nog nie. Laas maand net die helfte gegee van wat hy beloof het."

Vera hoor iemand asemhaal en sy is nie seker of dit sy is nie.

"Ek's jammer, tannie." Vera praat sag. Sy kyk rond. Almal kyk weg, niemand praat nie.

"Jammer help sweet blow all," sê die vrou. "Die kind moet eet, hy het doeke en klere nodig, en dis net om mee te begin."

Vera kyk weer terug. Die matrone staan in die gang, haar gesig is rooi. Sy draai skielik om en loop weg, die twee nuwe verpleegsters skarrel agterna. Vera vee oor haar voorkop en gee die swart vroue voor die teekamerdeur 'n vuil kyk. Sy voel die trane kom. Die skande, hier voor húlle. Een vir een loop die verpleegsters die teekamer in.

Vera vat die ou vrou onder haar elmboog. "Kom, tannie." Sy druk haar die gang af en stap by 'n oop agterdeur uit.

Dis warm buite.

"Waar is tannie vandaan?"

"Ons bly in die onderdorp. Ek moes loop van daar af."

"Ek sal tannie gaan aflaai."

Die vrou gaan staan en trek haar elmboog los. "Ek weet nie of Marie sal wil . . ."

"Oukei, die dorp dan."

"Dankie."

Sy help die ou vrou in die passasiersitplek van haar kar in. Toe sy om die Anglia loop om ook in te klim, sien sy iemand kom nader. 'n Swart vrou. 'n Verpleegster.

Vera slaan die kardeur hard toe, slinger haar handsak oor op die agterste sitplek en sukkel om die kar aan die gang te kry. Toe die swart verpleegster aan die venster klop, trap sy die petrol 'n paar keer diep in voor sy die kar in eerste rat sit.

Die verpleegster bly staan.

Vera draai die venster af en kyk op. "Wat is dit?"

Die vrou buk af. "Ek soek 'n lift dorp toe, asseblief."

Sy is mooi, vir 'n swart vrou. Maer, met 'n lang nek. Haar gesig lyk soos 'n wit mens s'n. Seker 'n baster. Vera voel die trane kom toe sy weer aan die baba dink, maar sy sluk hulle terug. Toe raak sy kwaad vir die verpleegster. Bleddie cheek.

Die verpleegster se gesig bly strak, haar donker oë stip op haar. Vera kyk vir die vrou langs haar. Dié klou 'n gehawende handsak styf teen haar bors vas, staar voor haar uit asof sy nie 'n woord tussen hulle twee gehoor het nie.

"Ek wil by die OK kom voor hulle toemaak," sê die verpleegster.

Vera kyk na haar halfoop handsak wat op die agterste sitplek lê. "Ek weet nie, mag jy . . ."

Die verpleegster frons. "Mag ek wat?"

"Ek't al klaar iemand in die kar."

"Ek sal agter sit."

"My handsak . . . My man sal nie daarvan hou nie." Vera se

gesig word warm en sy staar na haar kneukels wat al hoe witter raak soos sy stywer om die stuurwiel klou.

Die vrou langs haar kyk vir die eerste keer na hulle kant toe. "Fok Willem, Vera," sê sy skielik, "dis jou kar." Sy kyk weer vorentoe. "Gee die arme vrou 'n lift, man."

Vera laat sak haar kop op haar hande. Dalk sal die ou vrou stilbly as daar iemand anders in die kar is, dalk sal sy dan nie verder hoef te hoor oor Willem en die baba nie.

Sy klim uit, skuif haar sitplek vorentoe en staan eenkant. Dit lyk of die verpleegster glimlag.

"Pasop net my handsak," sê Vera.

Sy klim terug en trek met 'n vaart weg. Hulle ry in stilte deur die hospitaal se hekke dorp toe.

In die truspieëltjie lyk die verpleegster amper koninklik met haar ken in die lug, haar oë wat buitentoe kyk. Vera wonder hoeveel sy in die hospitaalgang gehoor het.

"Waar bly jy?" vra Vera.

"By die hospitaal. In die hostel."

"Bly julle almal daar?"

Sy kyk vir Vera in die truspieëltjie. "Jy meen nou die ander swart verpleegsters?"

"Wie anders?" Vera skud haar kop.

Die verpleegster kyk weer by die venster uit. "Meeste van ons bly daar. Maar party bly by hulle mans en kinders in Sheshegolokasie."

Sy het 'n mooi stem.

"Is jy 'n regte verpleegster?" vra die ou vrou ná 'n rukkie en kyk met 'n stywe nek agtertoe.

"Ja, mevrou, net soos dié mevrou." Sy wys met haar kop na Vera toe.

"Kan dit wees?" Die ou vrou kyk vir Vera.

"Ja, selle opleiding."

Vera wil nie met hulle praat nie. Sy wens hulle wil stilbly. Sy wil van die twee ontslae raak, so gou as moontlik, sy wil alleen wees.

By die eerste verkeerslig net voor die dorp draai sy links op.

"En nou?" Die vrou langs haar klink senuweeagtig. "Gaan jy nie dorp toe nie?"

Vera sê niks.

"Waar gaan jy nou, mevrou?" Die verpleegster leun vorentoe net toe Vera oor die tweede stopstraat ry. Die kar kreun die steilte uit, verby die huise wat diep agter in hulle erwe lê, die lang grasperke wat voor uitstrek tot waar die sypaadjies begin. "Ek moet vyfuur weer by die hospitaal wees, mevrou. Ek moet nog by die OK kom."

"Ek moet geld by die huis gaan haal," sê Vera. "Het jy jou pasboek by jou? Ek wil nie in die moeilikheid raak met jou in my kar nie."

Die verpleegster antwoord nie, sy sit net weer terug en kyk by die venster uit. Haar ken is nog hoër gelig. Vera trap die pedaal dieper in. Sy is bly sy het dit genoem, sy skuld haar niks.

By die huis stop sy voor die dubbelgarage. "Bly sit, ek's nou terug."

"Lekker plek, nè?" sê die vrou langs haar. "Kos seker 'n fortuin elke maand, só 'n plek. En dan wil hy niks betaal vir sy eie kind nie."

"My man betaal ook nie," kom dit van agter af. Vera en die ou vrou kyk vir mekaar voor hulle omdraai. "Hulle is almal dieselfde, swart en wit, hulle wil net seks, seks, seks en dan, net so, split hulle, vat die pad." Sy klap haar vingers, kyk nog steeds by die venster uit. "Hoor nie eers of daar 'n baby is nie."

Die twee kyk weer vorentoe.

"Gee my handsak aan, asseblief," sê Vera en maak die deur oop. Sy het sigarette nodig. Die dag het nie einde nie.

"Hier, tannie." Vera druk die note in haar hand. Hulle staan buite Oase se ingang.

"Dankie," sê die ou vrou. "Jammer oor ek jou by die werk kom pla het." Sy vroetel aan die rek om haar ken. "Jy's self 'n ma, ek het gedink jy sal verstaan."

Die verpleegster maak haar keel hard skoon en toe hulle omkyk na waar sy agter hulle uitgeklim het, groet sy vinnig en stap weg.

"Ek gaan terug Randfontein toe," sê Vera terwyl sy die verpleegster agterna kyk. "Na my ma toe."

"Gaan jy hom los?"

"Ek dink so, ja."

"Ek moet OK toe." Die ou vrou lyk skielik kriewelrig. "Weet jy wat daai swart verpleegster se naam is?"

Vera skud haar kop.

"Ek's Magda," sê die ou vrou en glimlag vir Vera voor sy ook vinnig koers vat.

Vera kyk vir die soveelste keer op haar horlosie. Dit maak nie saak nie, sê sy vir haarself. Dis verby. Hy kan doen wat hy wil, seks hê met wie hy wil. Sy's klaar met hom. Sy't besluit. Net daar toe sy voor die ou vrou gestaan en gesê het sy gaan terug Randfontein toe. Niks wat hy doen, traak haar meer nie. Dis verby. As haar hande net wil ophou bewe, haar hart net nie so vinnig wil klop nie.

Sy swaai haar bene van die bed af en sit met haar hande op haar knieë. Dis donker. Oorkant sien sy iemand in die huis beweeg, die staanlamp in die sitkamer brand. Sy staan op, kyk deur die kantgordyne. Hulle het nooit weer ná Maryna se dood gepraat nie. Dis amper drie maande. Wat is daar in elk geval om vir hom te sê? Dat sy seergemaak is omdat sy nie die enigste ander vrou in sy lewe was nie? Dat sy dink hy is 'n liegbek, nes haar man, of dat sy jammer is, jammer dat sy op haar manier skuld dra oor Maryna.

Sy kyk op haar horlosie, outomaties. Moet weer kyk om seker te maak sy het reg gesien. Dis tweeuur in die oggend.

Sy gaan sit weer op die kant van die bed. Haar ma wou vroeër niks weet toe sy haar gebel het nie. Maar sy moes iemand vertel.

"Hy verneuk my, Ma. Weer. Ek kan nie meer so aangaan nie." Sy kon dit nie uitkry nie, vir haar ma sê daar's 'n kind ook nie.

"Ek het jou van die begin af gesê hy is moeilikheid, maar jy't mos nie ore nie."

Vera was moeg. Sy wou nie stry nie. "Kan Ma nie net met die myn reël vir blyplek nie? Asseblief. Ma het tog nog kontakte daar."

"Wat van werk? Hoe gaan jy vir jouself sorg? En die kinders?" het sy gesê. "Het jy al daaraan gedink? Daar's nie werk by die hospitaal nie. Dis vol."

"Ek sal ander werk kry, Ma."

"Daar's altyd Brenda," het haar ma skielik sagter gesê. "Ek is seker sy't 'n kamer of twee."

"Ek's nie een van Brenda se charity cases nie, Ma. Ek het nog my trots. Ek kan nie sak en pak met die kinders daar aankom nie. Dis nie reg nie. Willem se pa sê ook dinge raak al hoe erger in Johannesburg. Hy sê dis gevaarlik vir die wittes. Ek ken Randfontein."

"Jy gaan hom in elk geval weer terugvat, Vera, jy weet dit. Dis nie die eerste keer nie."

"Dis verby, Ma." Sy het die trane voel kom. "As Pa geleef het, sou hy my gehelp het."

"Sou hy? Regtig?" Haar ma se stem was koud.

Vera kon nie verder praat nie.

"Selfbejammering kry mens nêrens in die lewe nie, Vera. Jy't jou eie bed gemaak. Jy kon jou bietjie geleerdheid verder gevat het as jy net jou kop gebruik het, nie geval het vir die eerste, beste man se mooipraatjies nie."

Toe klink haar ma skielik moeg, moeg vir haar. "Jou pa is dood en ek het my hande vol met jou broer-hulle se nuwe baba. Sanet is sieklik na die geboorte."

Vera moes die foon toedruk sodat haar ma nie die trane wat weer begin loop het, in haar stem kon hoor nie.

"Hoekom probeer jy nie eers weer kyk of jy jou huwelik kan uitsorteer nie, my kind," het sy gesê toe Vera lank stilbly. "Gee dit nog 'n rukkie, toe, dan praat ons weer."

Iemand loop skielik vlak verby die kamervenster buite. Dit voel of al die bloed in haar lyf in haar voete opdam, sy kan nie vorentoe of agtertoe nie. Haar hart klop in haar ore. Toe sy begin loop, is dit stadig die gang af, by die kinders se kamers verby waar die gordyne dig toegetrek is.

Sy gaan staan voor die voordeur, buk af, loer deur die vis-ogie, sien Simon se erf van hoek tot kant, wit in die lig van die maan en die straatlamp. Sy sien die gholfbalposbus wat reg in die middel rond uitbult so duidelik asof dit amper voor die deur staan.

'n Swart gesig doem skielik in die ogie op. Sy gil agter haar hand en gee 'n paar treë terug.

Toe haar asemhaling bedaar, kyk sy weer deur die ogie. Die gholfbalposbus is terug. Als lyk stil.

Toe hoor sy dit. 'n Sagte klop. Dit kom van agter af, die kombuis. Sy draai om, loop stadig op haar tone tot vlak voor die deur tussen die gang en die kombuis en loer om die kosyn. Behalwe vir die maan is die venster bokant die wasbak donker. Weer 'n sagte klop.

"Wie's daar?" Haar stem is hard.

Sy loop tot voor die wasbak en kyk op haar tone deur die venster. Toe sien sy haar in die buitelig op die trappie sit, 'n swart vrou met 'n kind op haar rug. Vera maak die venster oop, die vrou draai om en kyk op in haar oë.

"Mevrou," sê sy, die swart verpleegster van vroeër.

Vera skud haar kop, so asof dit die vrou weer op haar regte plek terug sal sit, uit haar lewe, waar sy hoort.

"Wat maak jý hier?" Sy sluit die agterdeur oop en staan eenkant toe. "Kom in!"

Die vrou staan op, loop in en gaan sit skeef op 'n stoel. Vera maak die kombuisdeur toe en gaan staan voor die vrou. Sy lyk vreemd sonder haar wit uniform, meer soos haar soort. Anders as sy.

"Ek't jou gevra, wat maak jy hier? Ek het my amper doodgeskrik!"

Die vrou lyk bang en haar oë is moeg. "Ek soek plek om te bly vir 'n paar dae, mevrou. Asseblief." Haar vingers speel met die onderste knoop van die kombers om haar lyf. "Ek't gehoor die ou mevrou sê jy't kinders, jy sal verstaan." Sy kyk vir Vera. "Vandag. Buite voor Oase."

"Maar my hemel, dis mos nie dieselfde nie!"

Vera loop om die tafel, sit die ketel aan, stoot die deur tussen die gang en die kombuis op 'n skrefie toe. Haar hande klap hard teen haar bobene soos sy voel vir sigarette in haar kamerjassakke voor sy een uitvis en tussen haar lippe vasknyp terwyl sy die laaie een vir een van bo af deurgaan op soek na vuurhoutjies. Sy gaan sit oorkant die vrou, voel haar donker oë op haar toe sy die asbakkie in die middel van die tafel nader trek.

Eers ná sy die eerste diep teug se rook uitblaas, kyk sy vir die vrou. "Wat wil jy hê? Ek't al die geld wat ek kon vandag vir die ou vrou gegee."

"Ek soek net plek om te bly vir my kind. Asseblief. My ma het hom van die lokasie af gebring. Ek het nie geweet nie. Sy's siek. Sy kan nie meer na die baby kyk nie. Ek moet plan maak, mevrou."

"Jy's seker mal," sê Vera. "Jy kan nie hier bly nie. My man moenie eers weet jy was hier nie, in die huis, wat nog te sê van jou kind. Jy weet dis teen die wet. Hulle kan ons almal toesluit." Sy staan op, sit die ketel af en begin in die kaste rondsoek vir 'n ou beker. "Wil jy 'n koppie tee hê?"

"Asseblief, mevrou." Dit lyk asof sy trane teen haar mou afvee.

Vera voel die vrou se oë op haar terwyl sy tee maak.

"Ek het my eie probleme," sê sy sag. Sy sit 'n blikbeker voor die vrou neer. "Ek het drie suikers ingeroer."

"Dankie." Die vrou trek die tee nader en vat 'n slukkie.

"My man kan enige tyd terugkom," sê Vera.

"Ek weet."

"Jy weet wat?" Vera skuif die ou stompies in die asbak met haar sigaret eenkant toe voordat sy dit dooddruk.

"Ek weet mevrou wag vir hom, heelaand al."

"En hoe, as ek mag vra, weet jy dit? Loer jy mense af, of wat?"

"Ons is al lankal hier," sê sy. "Ons het agter die garage gesit." Sy wys in die rigting van die agterdeur.

"Hoekom kom jy dan nou eers uit?"

"Ek was bang vir jou man, as hy kom en hy sien my en sê die polisie. Ek hoor mense gaan dood in die tronk. Hulle familie sien hulle nooit weer as hulle toegesluit raak nie. Ek is bang, mevrou. Vir my kind."

"Ag, dis belaglik." Vera skud haar kop. "Jy oordryf. Dis net as mens onwettige goed aanvang dat jy in die moeilikheid raak. Vra my! Ek sit nou in die moeilikheid oor jou! As hulle jou hier kry, dink hulle ek is kop in een mus met julle."

Die vrou sê niks.

"Kon jy my van buite af sien?" vra Vera ná 'n rukkie.

Sy knik en vat 'n sluk tee. "Ons het eers geslaap en toe word ek wakker en loop om die huis en sien jou in die kamer."

Vera vroetel met haar pakkie sigarette in haar sak. Sy kyk terug oor haar skouer sitkamer toe, so asof sy hom al die pad deur alles kan sien: deur die vis-ogie, verby die gholfbalposbus, deur die vis-ogie in sý voordeur, die sitkamer, al die pad slaapkamer toe waar sy langs hom gelê het. Sy kyk weer terug na die vrou en tik hard met haar vinger op die tafel.

"Drink jou tee, julle moet hier uit."

Vera vat groot slukke, haar keel brand. Die vrou drink stadig, versigtig, met tuitlippe. Sy vat haar tyd.

Toe Vera haar leë koppie neersit, voel sy vir 'n sigaret in haar sak en kyk vir die eerste keer weer na die kind. Sy oë is oop, groot en donker, hy is tjoepstil. Hulle kyk vir mekaar, sy en die swart kleintjie, en sy wonder hoe lank hy al wakker is.

"Ek't 'n plan," sê sy skielik en staan op.

Dis stil buite en die klik-klak van haar plakkies slaan in haar ore op en vibreer in haar binneste, al die pad tot by sy voordeur. Hy maak die deur oop voordat sy kan klop.

"Hallo, Vera," sê hy. Dit lyk of hy wil glimlag, sy oë is sag. "Ek het jou al van jou agterdeur af hoor aankom."

"Hallo, Simon." Sy kyk na haar voete en toe weer op na hom. Daar's 'n pyn in haar bors. Haar bene voel lam. "Klank het die geneigdheid om te trek in die nag."

Hy sê niks.

"Ek't gesien jou lig is aan." Sy wys na sy sitkamer toe. "Ek't 'n guns nodig."

"Dié tyd van die nag?"

Sy vryf haar hande, kyk om haar rond. "Daar's 'n vrou saam met wie ek by die hospitaal werk. Sy't 'n plek nodig om te bly, vir 'n rukkie. Ek't gewonder, siende dat jy alleen is . . . of jy haar nie dalk kan help nie?"

Hy kyk terug die huis in asof iemand anders uit die donker gaan kom en vir hom besluit. Sy kyk vir hom. Hy het maer geword. Sy wens sy kan aan hom vat, hy kan sy arms om haar sit. Sy wens hy lyk nie so ver van haar af al is hy so naby nie.

"Sy't 'n kind by haar," sê sy sag.

Hy skud sy kop, lyk skielik paniekerig. "Ek weet nie of ek kans sien vir so iets nie, Vera. Nie nou nie. Vreemde mense in my huis."

"Hulle kan buite in die buitekamer bly."

"In die buitekamer?" Hy frons.

Vera wink vir die vrou waar sy onder die boom langs die huis skuil. Sy kom koponderstebo aangedraf, die kleintjie begin te huil.

"Nee, Vera," sê hy toe hulle nader kom. Sy sien hoe hy skrik. Hy kyk vinnig die straat op en af, tree terug die huis in. "Ek kan nie glo jy sit my in so 'n posisie nie, ná alles."

Hy maak die deur sag in hulle gesigte toe. Die baba huil harder en sy ma se lyf begin ritmies op die maat van haar susgeluide skud.

Vera kyk na die stil, donker huise rondom hulle. Dit voel asof die ligte skielik oral aangesit gaan word, asof mense gaan uitkom en hulle sien, die polisie gaan bel. Sy draai om en klop. Harder, toe hy nie oopmaak nie. Sy druk haar mond teen die deur, blaas haar asem hard oor die vis-ogie uit. "Hulle't nêrens nie, Simon. Maak oop. Asseblief. Ek kan hulle nie help nie. Ek het my eie probleme."

Sy gaan sit op die stoep se trappie. Dis seker hoe Brenda baie keer al moes gevoel het, dink sy. Desperaat. As sy so in die moeilikheid raak vir ander mense, haar met hulle probleme opsaal. Haar ma het haar hoeveel keer al vertel. Hoe goed Brenda is, wat sy alles doen vir haar naaste, veral vir vrouens, maak nie saak of hulle swart of wit of bruin is nie. "Dat my suster nog nie in die tronk sit nie, is 'n wonder," sê sy altyd. Vera skud haar kop. Sy is nie Brenda nie. Wat dink sy vang sy aan?

Hulle gaan sit op die voordeur se boonste trappie. Die kind is stil. Al drie kyk om toe Simon 'n rukkie later weer die deur oopmaak, 'n skinkbord met koffie en 'n bak beskuit in sy hande, suikerpot en melkbeker met doilies oor. Hy sit die skinkbord op die onderste trappie neer.

"Maryna het nog die beskuit gebak. Ek hoop nie dis al oud nie," sê hy sag.

"Beskuit hou maande," sê Vera en vat een. Sy wil huil, sy is so verlig.

Die vrou maak die kleintjie los en hou hom op haar skoot vas. Hy suig hard aan 'n stuk beskuit en kyk vir Simon.

"Suiker?" vra Simon. Vera volg sy oë en sien die vrou vir die eerste keer glimlag. Sy lyk mooi. Hy haal die doilie af en die rooi kraletjies klingel.

"Ek drink nie suiker nie, dankie, meneer," sê sy. "Ook nie melk nie."

"My naam is Simon," sê hy. "Sit die kleintjie op die gras neer, op die kombers, dan kan jy jou koffie drink."

Sy staan op en met die kind wat styf met sy bene om haar lyf klou, arms om haar nek, gooi sy die kombers oor die gras oop. Die kleintjie se oë bly op Simon. Sy swaai hom af, maak seker hy sit, en kom skuif weer tussen Vera en Simon in. Toe vat sy haar koffie, doop 'n beskuit 'n paar keer voor sy hap.

"Jou vrou kan bak," sê die vrou ná 'n rukkie, haar oog op die kind.

Simon sê niks, hy roer sy koffie lank terwyl hy die donkerte in kyk.

"Moet ons nie ingaan nie?" vra Vera later. "Die polisie patrolleer partykeer vroeg in die oggend hier in die straat af."

"Ons sal hulle seker hoor voor hulle ons sien." Hy leun vorentoe, kyk om die vrou vir Vera en glimlag. "Klank het mos die geneigdheid om te trek in die nag."

"So hulle kan bly," sê Vera. Sy kyk oor haar skouer na die bewegings van die vrou in sy spaarkamer. Die lig is aan en deur die gordyne kan mens nie sien sy is swart nie.

Hy sit langs haar op die trappie. "Vir tyd en wyl."

"Dankie, Simon."

Later, toe die kind slaap, kom die vrou weer uit, en hoewel hy protesteer, tel sy die skinkbord op en dra dit kombuis toe. Vera kan hoor hoe sy die koppies was en op die draaddroograk neersit. Toe raak dit stil. 'n Toilet spoel, 'n deur trek toe.

Hy skuif tot teenaan Vera en glimlag toe sy vir hom kyk. "Dis koud." Hy sit sy arm om haar. Sy haal haar skouers op, maar nie so dat hy dink sy wil sy arm afskud nie, en kyk vorentoe, saam met hom, na haar huis oorkant die straat.

Die plek lyk anders so van ver af, nie soos die huis waarin hulle al amper tien maande bly nie. Die binnekant ken sy, maar net sekere dele van die buitekant is vir haar bekend, van party hoeke af. Ander dele is vir haar vreemd, sien sy min of kom sy glad nie by uit nie, soos agter die garage byvoorbeeld. Of waar haar kinders deur die draadheining van die buurman skuins agter hulle kruip om in sy swembad te swem wanneer hy nie daar is nie. Sy wonder skielik hoeveel mense ooit stop en 'n paar treë terug gee, sover gaan as om oorkant die straat te gaan staan en kyk vir hulle huise soos sý nou vir hare kyk: die lae, golwende betonmuurtjie, die Spaansestyl-voordeur wat die lang siersteenhuis in twee ongelyke dele deel: links die sit- en eetkamers met hulle groot vensters, drie baksteenlengtes bo en onder, en regs die drie slaapkamers in 'n ry. Eerste Lien en Ben s'n. Hulle vensters is toe, die oranje gordyne dig. Die twee slaap altyd vas. Dan is dit Dawid se slaapkamer. Die een venster met die diefwering voor is oop. Hy raak nog wakker in die nag, sy sal hom hoor van hier af. Langsaan is die hoofslaapkamer: sy kan die dubbelbed vaagweg in die maanlig sien deur die kantgordyne, selfs hoe haar lyf die beddegoed in die nag deurmekaargedraai en op 'n bondel aan die voetenent gelos het. Sy wonder of hy vir haar kyk, partykeer, hier van sy voorstoepie af.

Lien sit op haar hurke in haar ma-hulle se kamer en loer deur die kantgordyne. Die man oorkant die straat het sy arm om haar ma se skouer. Lien se bene raak lam en sy gaan sit. Sy het die swart vrou se kind gesien piekniek hou op die gras op hulle kombers netnou. Dit het lekker gelyk, al is dit nag. Haar ma lyk nie meer soos sy gelyk het toe sy die man in die gang gesoen het nie. Lien kan haar gesig sien, maak nie saak dat dit ver is nie. Haar ma frons en haar lippe lyk soos 'n lang swart streep wat oor haar mond getrek is. En dit lyk of sy koud kry, of sy gevries het, sy sit so stil. Toe sy dink haar ma kyk vir haar, kruip Lien agteruit en loop saggies terug na haar en Ben se kamer toe.

Sy klim in die bed en skrik toe hy praat.

"Waar was jy?"

"Nêrens."

"Waar's Ma?"

"Sy slaap."

"Jy jok."

Sy sê niks en rek onder die bed in om haar boekie en potlood by te kom. "Slaap nou," sê sy.

Later kyk sy na die prentjie wat sy geteken het van al die mense wat buite piekniek hou. Sy het haar ma se gesig dié keer reggekry, die lang swart streep vir haar mond was maklik, maar die gesig van die man langs haar ma het sy met spoeg op haar vinger stukkend gevee. Sy het nie eers probeer om hom te teken nie. Sy het haar pa en Ben en Dawid ook geteken, hulle sit in die middel van die kombers. Die swart vrou en haar kind sit op die gras langs haar ma en die man, ver weg, hulle velle het sy hard ingekleur. Dit lyk donkergrys en blink en die bladsy is ingeduik, sy het so hard op hulle gesigte gedruk. Sy't vergeet om vir hulle oë en monde te teken. Hulle lyk vir haar lelik en sy gooi die boekie weer onder die bed in.

Toe onthou sy sy is nie in die prentjie nie. Sy buk af en haal die boekie weer uit en teken haarself waar sy bokant almal vlieg. Haar nuwe wit sykouse met hulle wit blommetjies en wit blaartjies op wat haar ma vir haar gekoop het, is oor haar arms getrek. Die sykouse is vir haar so mooi, sy is seker mens kan daarmee vlieg.

"Ek weet van die ander vrou," sê Vera skielik. "Jou buurvrou." Sy skud Simon se arm om haar skouer af.

Hy kyk nie vir haar nie. Sy vryf oor haar dye.

"Ek't gehoop jy gaan sê dis net 'n skinderstorie. Dat dit net ek was."

Dit klink asof hy inasem, iets wil sê. Sy kan hoor hy kyk op, nie vir haar nie, sy oë is seker op die strale van die son wat haar huis se dak 'n sagte pienk begin te kleur, maar sy hou aan afkyk, soek nie sy oë nie, bestudeer haar toonnaels, druk haar ken dieper af in die leegte tussen die knope van haar kamerjas wat styf oor haar knieë span. Sy voel haar hart teen haar bobene klop, trek haar tone op en laat hulle een vir een terugklap teen haar plakkies.

So sit hulle tot sy die Volkswagen van die dorp se kant af teen die bult uit hoor dreun. Toe hulle al twee gelyktydig opstaan, voel sy die skielike koue teen haar skouer aftrek grond toe. Sy kyk vir hom, hy kyk vir die pad.

"Hy was nog nooit só laat nie," sê sy. "Of so vroeg nie." Sy stap die trappies af. Voor op die sypaadjie staan sy stil en trek haar kamerjas stywer om haar lyf vas. Die Volkswagen ry stadiger, verander na 'n laer rat en sy weet hy is amper by die hoek van die straat.

"Hy's jou nie werd nie, Vera," sê hy.

Sy kyk om. "En jy is?"

"Ek't nie so gesê nie."

Sy sê niks.

"Alles verander," sê hy. "Partykeer is dit nie 'n slegte ding nie." Hy draai om, stap in en trek die deur agter hom toe.

Sy is by die huis se agterdeur in net toe die Volkswagen in die oprit indraai. Hy sit nie die enjin soos gewoonlik af om die laaste entjie tot voor die garage in te sluip nie. Hy trap die petrol een keer diep in, net voor hy die kar afsit, soos 'n tiener wat nog nie genoeg van sy joyride gehad het nie, wat nie bang is vir sy pa wat vir hom in die kombuis wag nie. Seker van homself.

Sy gooi water in die ketel en sien deur die venster die ligte teen die garagedeur skyn. Van waar sy by die kombuistafel gaan sit het, kan sy hom in die sagte lig deur die oop agterdeur op die sementpaadjie sien aangeloop kom.

Dit is 'n goeie posisie om in te wees, dink sy terwyl sy vir hom kyk. Jy sien altyd die waarheid in mense raak wanneer hulle dink niemand kyk nie. Hy loop koponderstebo. Sy lang kuif swaai heen en weer soos hy sy bene vorentoe gooi, los, so uit sy heupe, amper pronkerig, voor hy die lang blonde hare met sy vingers uit sy gesig trek en opkyk, in haar oë vas, en sy, vir 'n sekonde, voor hy besef wat aangaan, die geluksaligheid op sy gesig sien.

Die bogger, dink sy, toe sy sien hoe sy glimlag vries, hoe die lig in sy blou oë verdof en hy huiwer, soos 'n hings wat in die bek geruk word.

Sy staan op toe hy die kombuis inloop en sit die ketel af. Met haar rug na hom begin sy die knope van haar kamerjas losmaak.

"Vera . . ."

Sy draai om, die kamerjas val grond toe. Sy trek haar nagrok oor haar skouers, laat val dit langs haar.

"Wat maak jy?" sê hy en kyk haar kaal lyf op en af asof hy dit vir die eerste keer sien.

"Wat dink jy?"

"Het jy dan geen skaamte nie?"

"Ek is jou vrou."

Hy kyk af, skud sy kop. "Ek's jammer."

Sy voel hoe haar tepels regop staan in die koue van die oggendlug deur die oop agterdeur, die hoendervleis op haar bene.

"Ek weet wat aangaan, Willem. Jy wil skei." Haar tande begin skielik op mekaar te klap. "Ek wil ook skei. Ek weet van jou kind."

Sy sien hy skrik. Sy stap nader en druk haar bewende hand oor sy mond, begin sy belt los te maak.

"Nee, Vera," sê hy en stoot haar weg. "Dis genoeg. Ek het beginsels."

Sy begin lag, en toe sy sien hoe verbaas hy is, lag sy nog harder, sy sit haar hand voor haar mond om te probeer keer, maar sy kan nie. Dit voel asof haar lyf saam lag, soos 'n ou mens met ritteltit. Sy kan sien hy dink sy is nou finaal van haar trollie af toe hy haar kamerjas optel en oor haar skouers probeer trek. Dit laat haar nog harder lag.

"Kom," sê hy sag en vat haar om haar skouers. "Kom lê. Jy gaan die kinders wakker maak as jy so aangaan."

Waar die trane vandaan kom, weet sy nie. Willem het die kinders skool toe gevat, die matrone gebel en gesê sy kom nie vandag in nie. Hy het haar gedwing om van sy pille te drink, dokter Beukes gebel, en toe nog twee ingegee. "Slaap bietjie," het hy sag gesê ná sy dit afgesluk het. Hy't haar hare uit haar gesig gevee en opgestaan. Sy vingers was warm. Toe moes sy ingesluimer het, en nou vee sy daar waar hy geraak het en die trane loop en maak die kussing nat sonder dat sy 'n spier in haar gesig roer.

Van waar sy lê, sien sy dis stil oorkant die straat. Alles lyk dig toe. Sy lig haar kop, spits haar ore. Verbeel sy haar of hoor sy 'n kind huil? Sy laat val haar kop terug teen die kussing, lig dit dadelik weer, draai die nat, koue kussing om, lê weer terug en maak haar oë toe.

* * *

"Sy't heeltemal uitgehaak, Poppie," sê Willem sag en loer oor sy skouer kamer toe. Die deur is op 'n skrefie getrek.

"Sy weet . . . nee, dis nie oor ek haar gesê het nie, sy't self . . ." Hy gaan sit op sy hurke, rug teen die muur.

"Ek moet seker maak sy's orraait voor ek enige moves maak, sy's kapabel en sê ek moet die kinders vat."

Hy dink hy hoor iets en staan op. "Ons praat later."

Hy loop op sy tone kamer toe, luister by die skrefie. Klink stil. In die kombuis haal hy die laaste bier uit die leë yskas en soek sy sigarette in sy hempsak. Hy gaan sit op die trappie by die kombuisdeur en steek 'n sigaret op. Dis halfvier. Hy moet onthou om die kinders netnou te gaan haal. En kos te koop; dit is nou ook sy probleem.

Hy kyk hoe die wit, dynserige sigaretrook voor hom in die lug op trek. Hy voel beter. Daar's nou nie meer omdraai nie. Hy het geskrik toe Vera hom sê sy weet van die kind, maar nou is hy amper verlig. Dit maak dinge makliker, hy is nie lus vir 'n uitgerekte bakleiery nie. Sy wil ook skei.

Hy bekyk die droë agtertuin. Sy oë volg die lyn van die buitekamerdak, op na die donserige wolkie wat reg bokant in die lug hang. Hy dink skielik aan Poppie, en gisteraand. Dit het baie vir haar beteken. Sy't nou wel nie so gesê nie, maar hy weet – sy't hom alles gegee. Hy glimlag voor hy 'n sluk bier vat en weer aan sy sigaret trek. Hy kon haar nie net so alleen in die hotelkamer los nie, veral nie nadat hy so ampertjies alles opgeneuk het nie. Dit was so hittete of dinge het sleg uitgedraai.

Eers kon hy nie wag om die spul krulle op haar kop los te torring nie, kon dit sien wanneer hy sy oë toemaak: swart lokke wat sag oor haar spierwit skouers bons, oor haar kaal borsies, haar pienk tepels.

Sy het in haar deurskynende kamerjas uit die badkamer geloop, voor die spieëlkas gaan staan, haar rug na hom toe terwyl hy vir haar op die bed gelê en kyk het. Sy het met geoefende vingers knippies uit die korf getrek en die pruik afgehaal, en op die kas neergesit. Sy't haar kop vooroor gegooi, haar vingers 'n paar keer deur haar yl skouerlengte hare getrek, regop gestaan en omgedraai na hom toe. Al haar make-up was af en vir die eerste keer vandat hy kan onthou, het hy gerek om die bedlampie langs hom af te sit en was dit 'n gesukkel om sy ereksie weer aan die gang te kry.

"Hoe voel jy, Willem?" wou sy later weet.

In die donker kon hy sien haar bruin oë was stip op hom, haar lippe dun en wit sonder haar rooi lipstiffie, en hy moes homself herinner dat hy langs die vrou lê op wie hy verlief is, met wie hy gaan trou.

"Goed, Poppie, ek voel goed," het hy gesê en sy oë toegemaak.

'n Rukkie later het hy haar lang bene weer onder die laken oopgetrek. Dié keer was daar nie probleme nie.

Toe hy nog 'n keer oor die grasperk voor hom kyk, sien hy iets kleins langs die garage lê, helder geel. Dalk 'n stukkie speelgoed? Hy skiet sy stompie links oor die gras, tel sy bier op en stap soontoe. Die babaskoentjie is voos. Hy bekyk die ding van alle kante af. Dis te klein om een van sy kinders s'n te wees. Hy kyk rond. Snaaks, daar is nie ander kinders in die buurt nie, nie sover hy weet nie. Hy sal by Vera hoor.

Vera. Hy kyk op sy horlosie, sluk die laaste van sy bier af en volg die kronkelende sementpaadjie met 'n drafstap die agterdeur in. Hy gooi die skoentjie in die asblik.

"Mamma slaap nog," sê hy en kyk in die truspieëltjie na sy drie kinders, styf ingeryg op die Volkswagen se agterste sitplek. Lien sit soos gewoonlik langs die venster, Ben aan die ander kant met klein Dawid in die middel, sy ronde gesiggie wat uitdrukkingloos vorentoe kyk.

Oor 'n paar dinge stem hy en Vera saam en is hy haar dankbaar, hoewel hy dit nie vir haar sal sê nie. Dié dat sy nooit gedink het dis nodig om die kinders Sondae kerk toe te stuur nie – sy sê sy het 'n oordosis daarvan gekry toe sy 'n kind was en die NG Kerk soek in elk geval net mens se geld. En dat sy nie erg was oor familiename vir die kinders nie, behalwe natuurlik vir Dawid. Maar dan is sy naam ook kort, nes die ander twee s'n.

"Dis 'n onnodige las wat mens saamdra, ander mense se name," het sy gesê toe Lien gebore is. En hy het saamgestem. Hy wat self swaar dra aan die naam van sy oupa, 'n beesboer wie se skoene hy volgens sy pa nooit sal kan volstaan nie. En hy kon Vera die skuld gee sonder om sleg te voel, haar heidense maniere blameer, toe sy ouers kla oor die kinders se volksvreemde name.

"Waar het jy gehoor mens noem jou kind Lien? Waarvoor

staan dit, Willem? Lien klink soos 'n bynaam, nie soos 'n volwaardige noemnaam nie," het sy ma eers gesê.

En toe Vera aandring op Ben, nadat hy gebore is, net omdat dit vir haar sterk klink, was sy pa die ontstigte een. Dit was sy eerste kleinseun. "Ek ken niemand met die naam Benjamin nie. Dis 'n Kakie-naam, sover ek weet."

Met Dawid se geboorte, kort ná Vera se pa dood is, het sy ouers niks gesê toe sy hom na haar pa wou noem nie. Hy dink hulle was maar te bly sy het iets tradisioneels gedoen, iets wat vir hulle sin gemaak het. Hy self het gedink dis vreemd dat sy hom Dawid wou noem. Sy wat nooit met haar pa oor die weg gekom nie – inteendeel, hy het altyd gedink sy kon hom nie verdra nie. Hy sal seker nooit verstaan hoe haar kop werk nie.

"Oupa kom julle netnou vir die naweek haal," sê hy en kyk vir hulle in die spieëltjie.

"Gaan ons nie visvang nie, Pappa?" vra Ben.

"Die dam is toegemaak vir die naweek, seun." Hy wil nie vir die kind lieg nie, maar eerder dít as om hom te sê sy ouers staan op skei. Hy is so sensitief, die outjie.

"Hoekom is die dam toe?" vra Lien.

Hy is bly sy kan nie sy gesig sien nie. "Hulle maak die dam skoon, Lien." Hy probeer om nie kortaf te klink nie, dit maak haar gewoonlik net meer knaend oor 'n ding. Sy bly stil en hy is verlig, kry dit selfs reg om vir haar in die spieëltjie te knipoog, maar sy kyk nie vir hom nie.

"Jannie sê hy en sy pa gaan die naweek visvang," sê sy.

"Seker by die Ebenaeser-dam," sê hy.

"Nee. Hy't gesê by die dorp se dam."

"Lien. Asseblief. Los dit. Hulle maak die dam die naweek skoon, ek het netnou daar verbygery."

Sy kyk nou vir hom, hy sien haar donker oë vlugtig in die spieëltjie voor hy vorentoe kyk. Hoekom kon sy nie mooi gewees het nie? Of net ten minste stil? Dis oor Vera haar nie genoeg aandag gee nie, die kind het nie 'n voorbeeld van hoe om te wees nie, sy ken nie haar plek nie. Hy sien swarigheid vir haar. Sy en Poppie sal nie oor die weg kom nie.

Die seuns is stil. Hy steek sy arm agtertoe en kielie Dawid se been. Hy voel die vet beentjie onder sy vingers wegswaai. Nog so klein en al klaar so vol kak.

Hy kyk weer in die truspieëltjie na die drie wat op 'n manier te oud lyk vir hulle jare, te ernstig, en skud sy kop voor hy vrolik "Jan Pierewiet" begin te fluit.

"Die kinders is weg, Vera," sê hy sag. Hy gaan sit op sy kant van die bed. Haar rug is na hom toe gedraai. "My pa't hulle kom haal. Hy stuur groete."

Hy kyk venster toe, dit begin skemer raak. Sy lê al lank. Hy het Poppie belowe dié naweek sorteer hy alles uit.

Sy draai skielik om na hom toe, haar oë so wawyd oop en donker dat hy skrik.

"Naand," sê sy en glimlag, "ek het lank geslaap, lyk my."

"Jy het ja." Hy vee oor haar hare. Dit voel sag. Hy trek sy hand vinnig weg. "Hoe voel jy?"

"Oukei." Sy sit regop.

Hy druk die kussing agter haar rug in, rek om die bedlampie aan te sit.

"Nee, los," sê sy. "Ek's nie lus vir die lig nie."

Sy tel die laken van haar bors af op en kyk af oor haar lyf.

"Ek't jou aangetrek." In die sagte lig lyk sy vir hom jonk, soos jare gelede.

"Ek en die kinders trek volgende week terug Randfontein toe," sê sy.

Hy sê niks.

"Wat's haar naam?" Haar oë is op iets buite die venster.

"Poppie."

"En jou kind se naam?"

"Michael."

"Weet sy van hom, jou nuwe girlfriend, weet sy jy het nóg 'n kind, by 'n ander vrou?" Sy kyk vir hom.

"Nee."

"Poppie," sê sy sag, asof sy met haarself praat.

Sy sit skielik regop, dit lyk asof sy iets sien. Hy probeer deur die kantgordyne kyk, verbeel hom hy sien 'n swart vrou en 'n baba. Hy skud sy kop, kan nie wees nie. Sy oë is terug op Vera, wat bleek lyk toe sy teen die kussing terugsak, amper asof sy 'n spook gesien het. Sy maak haar oë toe. Sy's beslis nie lekker nie.

Hy staan op en vat aan haar skouer. "Ek gaan maak vir jou tee."

Shed (v.)
"Cast off", Old English *sceadan*, *scadan* "to divide, separate, part company; discriminate, decide; scatter abroad, cast about", strong verb (past tense *scead*, past participle *sceadan*), from Proto-Germanic **skaithan* (cognates: Old Saxon *skethan*, Old Frisian *sketha*, Middle Dutch *sceiden*, Dutch *scheiden*, Old High German *sceidan*, German *scheiden* "part, separate, distinguish", Gothic *skaidan* "separate"), from **skaith* "divide, split".

4

Vera lê op haar enkelbed in die kamer wat sy met Lien deel, die deken oor haar bene. Dis laat, die kind moet kom slaap. Sy staan op.

Die seuns se kamer is stil. Haar ma is in die kombuis besig om die aandete se laaste skottelgoed af te droog en weg te pak.

"Dis maar 'n klein ou kombuisie," sê haar ma toe sy Vera in die deur sien staan. "Kleiner as Ivan-hulle s'n."

Vera skud haar kop, sy sê niks. As sy nog een keer moet hoor hoe gelukkig sy is dat haar ma op sulke kort kennisgewing die mynhuis gehuur gekry het, en dat dit net tot tyd en wyl is, totdat Vera op haar voete is, dan gaan sy skree. Sy het Vera goed laat verstaan dat sy teen haar sin by Ivan-hulle uitgetrek het om haar te help, en dat die myn Vera nie sou toegelaat het om alleen in die huis te bly nie, dat dit 'n groot opoffering van haar ma se kant af is.

"Ek dog jy slaap al," sê haar ma. Sy gooi die halfklam vadoek oor haar skouer en gaan sit by die tafel.

"Waar's Lien, Ma?"

"Sy's nou-nou net hier uit na my kamer toe, glo om iets te gaan soek." Haar ma trek die vadoek van haar skouer af en klap dit in die lug, soos 'n sweep.

Vera frons. "Wat soek sy in Ma se kamer?"

Haar ma haal haar skouers op.

"Sy't iets gepraat van kiekies . . . "

"Foto's? Vir wat? Watse foto's?"

Haar ma staan op en sit die ketel aan. "Wil jy tee hê?"

"Nee, Ma. Watse foto's soek sy?"

"Los die kind, Vera."

"Ma! Antwoord my."

"Kiekies van jou en Willem se troudag."

"O."

Vera onthou die dag. Hy in sy swart pak, wit hemp en smal swart das, sy digte kuif wat amper regop in die wind krul. Soos 'n blonde Elvis. Sy met haar swanger lyf, haar enkels geswel, die dun bandjies van die wit skoene wat sy skaars oor haar voete vasgemaak kon kry, die hoed wat sy ma haar gemaak dra het, die lang cream rok. Potsierlik. So het sy gevoel. Sy het haarself belowe dat as sy eendag weer trou, sy haar eie rok sal kies. Willem se ma kon haar skaars in die oë kyk die dag, sy was so kwaad.

Vera kry Lien op haar ma se dubbelbed, haar oë rooi, die skoenboks vol foto's op die bed uitgesprei.

"Wat doen jy?" Sy probeer haar stem vriendelik hou.

"Niks, Ma." Lien begin die foto's bymekaarskraap en in die boks sit. Sy druk die deksel bo-op, stoot die boks onder die bed in, spring op en probeer verby Vera skuur deur toe.

"Wag, Lien." Vera vat aan haar skouer. "Wat's fout?"

"Niks, Ma." Lien draai onder haar hand uit.

"Is dit oor jou pa?"

"Nee, Ma," sê sy, maar sy kyk nie vir Vera voor sy uitloop nie.

Vera trek die boks weer uit. Sy strooi die foto's oor die oranje deken, tel hulle een vir een op, kyk, en gooi hulle weer terug in die boks.

Sy is nie meer die vrou op die foto's nie, die skaam een wat met toe oë onder Riebeeckmeer se wilgebome gestaan het nie. Maar Willem lyk nog net dieselfde. Sy lang skraal lyf, skewe glimlag, oë wat afkyk, hande in sy sakke in plaas van om haar arm. Nes 'n filmster. Sy onthou sy het siek geraak later en in haar ma-hulle se badkamer opgegooi. "Dis wat mens kry as jy jou naarheid met koek probeer wegeet," het haar ma gesê toe sy Vera kom soek oor sy so lank weggebly het. Sy onthou haar pa het die hele dag in hulle slaapkamer agter 'n toe deur gesit, en haar ma het later gesê hy het eers die aand, toe die laaste mense weg is, uitgekom kombuis toe, en sonder 'n dooie woord aangesit vir ete.

'n Babafoto van Willem is een van die laastes wat sy teruggooi. Hy lyk vir haar nes Ben, sy oë, die manier wat hy vir mens kyk, koppie effens skeef, so asof hy verskoning maak vir sy mooiheid, die effek wat hy op jou het. Die enigste foto van hulle almal saam, van haar, Willem en die kinders, lê half weggesteek onder 'n vou in die deken.

Sy kyk lank na die groepie, sy met haar kop anderkant toe gedraai, Dawid op Willem se arm, Lien wat styf teen hom staan en Ben in sy camo-broek langs haar. Lien het almal se gesigte dwarsdeur uitgevee. Dis nog nat van die kind se spoeg. Vera wil haar terugroep, met haar raas, maar toe los sy dit. Sy kyk vir die foto, streel oor elkeen, druk haar vyf vingers deur die gate waar hulle gesigte eers was. Toe sit sy die foto terug in die boks, die deksel bo-op en bêre dit.

Later lê sy in die bed, arms agter haar kop op die kussing, oë op die donker plafon. Sy hoor aan Lien se asemhaling hoe sy uiteindelik aan die slaap raak. Toe Vera haar oë toemaak, dink sy aan Willem en sy nuwe meisie.

* * *

Poppie sit oorkant Willem in die restaurant, sy't 'n stywe rooi rok aan wat net so bokant haar knie sit, haar swart hare is in ronde krulle op haar kop vasgesteek. Twee identiese lokkies hang langs haar gesig af en sy speel nou en dan met een, trek dit reguit en los dit om terug te bons. Dit lyk nes twee varkies se stertjies.

Hy trek aan een. Dit voel vir hom hard, krakerig en taai as hy druk. Hy vee sy vingers onder die tafel teen sy broek af voor hy haar hand nader trek. Sy kyk af en hy verbeel hom sy lyk tranerig.

"En nou?"

"Ek weet jy moet jou kinders sien, Willem." Haar stem is sag.

Hy dink aan Vera, aan die oproepe, aan sy geskerm, die verskonings wat hy maak oor hulle nie die skoolvakansie kon kom kuier nie.

"Ek't nou net in 'n nuwe huis ingetrek, Vera," het hy gesê, die eerste keer toe sy vra, nadat hy verduidelik het oor die onderhoud wat hy nie kan betaal nie.

"Nie jý nie, Willem," het sy gesê en hy kon hoor sy probeer haarself inhou, "jy én jou nuwe girlfriend het nou net in 'n nuwe huis ingetrek."

"Ek't jou mos gesê van haar, dis nie nuus nie."

"Wil jy vir my sê daar's nie plek vir die kinders in die huis nie?"

"Dis nie wat ek sê nie, Vera."

"Wat dan? Dat jou girlfriend nie jou drie kinders vir die vakansie wil oppas nie?"

Hy het kalm gebly. "Ek en Poppie werk. Penina Park is 'n nuwe uitbreiding. Die kinders kan nie alleen bly nie, daar's nog net 'n paar huise hier en met die bouery loop die swartes soos wittes oral rond. Dis gevaarlik. Die polisie is al 'n paar keer uitgeroep omdat die mense sê die klomp drentel vir kwaadgeld tussen die huise rond."

"Wat van jou ma-hulle?"

Hulle vra aanhoudend na die kinders.

"Wat nou van die kinders, Willem?" vra Poppie en kielie die binnekante van sy hande. "Ek weet dis nou eers die middel van die jaar, en ek wil nie kla nie, maar ek gaan Kersfees by my ma-hulle kuier in Naboom. Ek het hulle belowe ek bring jou saam."

Haar ouers verwag van hom om iets te sê, hulle van sy planne met hulle dogter te vertel, hy weet. Nes sy ma wat gedurig kla dat hy met Poppie aan die trou moet kom, saambly is heidense maniere, sê sy. Hy sal met Cecil moet praat oor 'n lening, en gou ook, of bank toe gaan. Sy pa sal nie weer kan help nie.

"Die kinders kom Desember, Poppie," sê hy. "Ek kan nie meer uitstel nie. Vera het my ma-hulle gebel."

Haar lang naels krap nou oor sy vingers. Hy ril van lekkerkry.

"Vir wat?"

"Sy wou weet of die kinders daar kan bly vir die Desembervakansie," sê hy. "By hulle."

"Maar dan's dit mos nou uitgesorteer."

"Hulle sal darem vir 'n paar dae na ons toe ook moet kom."

Sy maak haar mond oop en weer toe net toe die kelnerin die rekening op 'n piering voor hom neersit.

Hy kyk op en glimlag. "Dankie, Gerta," sê hy en haal sy beursie uit sy broeksak.

Sy het laas week hier begin. Hy het haar raakgesien toe hy een middag sigarette by die kafee langsaan kom koop het. Sy het buite die restaurant se deur gestaan en rook, haar wit voorskoot styf om haar lyf vasgebind oor haar kort rompie. Met haar lang bene oormekaar gekruis het sy teen die venster geleun en hom van kop tot tone deurgekyk toe hy verbyloop.

"Hoe ken jy haar, Willem?" vra Poppie toe sy wegstap.

"Haar naambordjie, Poppie." Hy beduie met sy vinger bokant sy bors.

"Jy's danig met haar." Sy kyk af.

"Hei, dis nie waar nie! Ek's danig met jou, net met jou." Hy lig haar ken en kyk haar in die oë. "Kom ons gaan huis toe, ek het planne met my aanstaande vrou."

Toe hulle uitloop, dink hy weer aan hulle: Lien, Ben en Dawid. Dit klink skielik vir hom soos vreemdelinge se name, iemand anders se kinders, nie syne nie.

"Ek het gedink, Willem."

Hy sug en draai om van waar hy besig is om die laaste aartappels te skil voor hy hulle in die pot water op die stoof gooi. Nog iets wat hom verbaas het, is dat Poppie glad nie kan kook nie. Nooit geleer het nie en glad nie wil nie. "Jy't my te vroeg gepluk, weet jy, ek het nie tyd gehad om te leer nie," het sy geterg toe hy eenkeer iets daaroor gesê het.

Hy kyk vir haar. Sy sit op een van die ingeboude kombuistafel se bankies, bene gekruis, besig om haar naels te verf. Die bankies kan nie vorentoe of agtertoe skuif nie, hulle is aan die kombuisvloer vasgeskroef. Hy het geweet dis nie 'n goeie idee nie, maar die man wat dit ingesit het, het gesê dis hoe die stel kom, dis van die plan af en hulle kan dit andersins nie waarborg nie. Toe los hy dit maar. En nou's hy jammer, want hy voel dit elke dag wanneer hy by die tafel ontbyt eet en moet vorentoe leun om sy pap by sy mond te probeer uitkry sonder om te mors.

"Waaroor het jy gedink?" sê hy en vryf sy neus teen die skielike skerp reuk van haar Cutex Remover.

Sy kyk op oor die fyn borseltjie waaraan 'n druppel rooi Cutex hang.

"Die kinders kan by ons kom bly vir Kersfees," sê sy.

Hy krap sy kop. "Ek dog dan jy wil hulle nie saamvat na jou ma-hulle toe nie."

"Nee, hulle bly hiér, by die huis." Sy beduie heen en weer met haar hand wat die borseltjie vashou. Sy oë is nou op die rooi druppel wat lyk asof dit enige oomblik gaan val. "Óns gaan na my ma-hulle toe, nie húlle nie."

"O," sê hy.

"Ons laat hulle 'n Kersboom opmaak en gee vir hulle 'n koek vir Kersdag."

"Net hulle alleen?"

"Hulle's mos nie babas nie."

"Lien is nou eers agt," sê hy en krap weer sy kop. "Of dalk is sy al nege."

"Wel? Is dit nie 'n goeie idee nie?"

Hy draai om en rol die twee stukke steak wat sy ma-hulle vroeër vir hom kom aflaai het by die winkel uit die bruinpapiersak, trek die sagte plastiekvelletjie af en gooi dit in die asblik. Hy vryf sout en peper in, gooi die vleis vol olie in die pan, en sit 'n plaat aan.

Toe hy weer omdraai, vadoek in sy hande, sit sy nog steeds en kyk vir hom, haar hand met die Cutex-borseltjie in die lug. Sy lyk afgehaal en hy's uit die veld geslaan, sy oë soek na waar die druppel Cutex op die tafelblad kon geland het. Hy sien niks.

"Ek praat met jou," sê sy.

"Ek weet, Poppie," sê hy. "Ek dink nog oor wat jy gesê het."

"Wat's daar om oor te dink?"

"Ek weet nie hoe Vera gaan voel oor als nie. Of Lien oud genoeg is nie."

"Wil jy vir my sê jy's chicken? Moet jy vir haar alles sê wat ons doen?" Sy druk die borseltjie hard op en af in die botteltjie voor haar.

"Nee, Poppie."

"Wat sê jy dan?"

Hy glimlag. "Ek sê dis 'n goeie idee. Hoekom nie?" Hy gaan sit op sy hurke voor haar, die vadoek nog in sy hande. "Jy's reg. Ek is die baas van my eie plaas, nie sy nie."

Sy giggel skielik.

"En nou?" vra hy, gemaak kwaai.

"Niks," sê sy, "jy lyk net potsierlik as jy so voor my op jou knieë staan."

"Potsierlik?" Hy staan op, bind die vadoek om sy kop, druk sy bene wydsbeen bo-oor haar skoot, hande in sy sye. "En nou? Lyk Pietersburg se one and only Zorro nog potsierlik vir jou, jonge dame?"

Sy giggel weer en hou haar hand met die vars gedoopte borseltjie so ver as moontlik weg oor die tafel. Haar ander hand stoot die oop botteltjie Cutex Remover weg, bolletjies nat rooi watte lê oral. Hy sien 'n nuwe druppel Cutex aan die borseltjie gevaarlik oor die houttafelblad wieg, pluk die vadoek van sy kop af, stoot homself nog verder oor haar sodat hy haar stywe klein borsies teen die binnekante van sy bobene voel druk, rek oor en vang die druppel in die vadoek net voor dit die tafelblad tref.

"Het jou!" sê hy en bly staan, haar lyf nou vasgepen tussen sy bene, haar arms wyd agtertoe oop, en sy kop-aan-kop met sy groeiende ereksie. Haar warm asem blaas teen sy broek vas.

Hy kyk op haar pruik af, laat val die vadoek en maak sy gulp oop. Toe trek hy sy onderbroek eenkant toe, sy ereksie nou sentimeters van haar mond af. Of sy verras of geskok lyk toe sy vinnig opkyk na hom toe, is hy nie oor seker nie. Hy glimlag vir haar en voel sy wil haar teësit toe hy haar kop afdraai, ferm maar versigtig, die pruik voel los. Hy druk haar saamgeperste lippe 'n paar keer saggies teen sy harde penis. Toe sy uiteindelik haar mond oopmaak vir hom, kry albei sy hande houvas in die hare agter haar kop en sug hy terwyl hy opkyk plafon toe.

"Eina!" mompel sy skielik en stoot hom van haar af weg. Sy staan regop, haar hande hou agter haar kop vas. Die pruik is los. Daar is trane in haar stem. "Trek op jou zip!" Sy klink amper histeries, dit laat hom dink aan Vera.

Hy druk sy skielik pap penis terug in sy onderbroek en trek sy gulp op. "Jammer, Poppie."

Net toe ruik hy die steaks, draf om die stoofplate af te sit, trek die pan met die amper verkoolde stukke vleis af op 'n koue plaat en sien die aartappels in die pot langsaan is gelukkig nog nie droog gekook nie. Vera het altyd die lekkerste aartappelslaai gemaak, onthou hy. Hy sal later probeer dink wat hy daarin geproe het. Hy draai om en stap terug na Poppie toe. Sy sit weer op die stoel, gesig in haar hande.

"Ek't nie geweet jou hare kom so maklik los nie." Hy kniel en trek haar hande voor haar oë weg. "Kyk vir my." Hy vee 'n lang swart traan van haar wang af toe sy opkyk.

"Hoekom dink jy dra ek 'n pruik," sê sy, "omdat dit vir my lekker is?"

"Ek't gedink dis mode." Hy vryf oor haar arms, hulle voel koud. Hy trek haar regop. "Kom, gee my 'n drukkie."

Sy voel stokstyf in sy arms, en toe hy agter oor haar kop in die waai van haar nek vryf, voel hy die kaal kol waar daar eers hare was. Hy druk haar saggies weg, sy hande op haar skouers.

"En nou, my liefste Poppie, gaan ek vir ons die lekkerste aartappelslaai onder die son maak," sê hy. "Hoekom gaan sit jy nie weer bietjie make-up op nie, en dan kom relax jy en verf jou naels verder. Ek gooi solank vir jou 'n glasie cane en lemonade in."

Sy kyk op, haar oë blink, en hy kan sien dis nie net van trane nie.

Sy maak snorkgeluidjies wanneer sy slaap, ook iets wat hy nie van haar geweet het of sou gedink het nie. Nie dat dit hom pla nie, inteendeel, dis oulik.

Toe sy vroeër terug in die kombuis kom, was haar pruik weer hoog op haar kop vasgesteek in groot, stywe krulle, haar oë pikswart omlyn en haar lippe rooi geverf. Hy was bly toe sy hom 'n soen op sy wang kom gee waar hy by die tafel gesit en aartappels sny het. Hy kon ruik sy't haar tande geborsel. 'n Paar krulle het los agter oor haar skouers gehang, oor die kaal kol, het hy later gesien. Hy het vir haar twee stywe drankies ingegooi, een ná die ander, en kort voor lank was sy weer haar ou self.

Die seks later was beter as wat hy verwag het, sy was beslis gewilliger as vroeër.

Rift (n.)
Early 14c., "a split, act of splitting", from a Scandinavian source (compare Danish and Norwegian *rift* "a cleft", Old Icelandic *ript* (pronounced "rift") "breach", related to Old Norse *ripa* "to break a contract" (see *riven*). Figurative use from 1620s. Geological sense from 1921. As a verb, c.1300.

5

Dis toe gouer op hom as wat hy verwag het. Desember.

Willem hoor Poppie kreun en op haar rug draai. Sy begin harder te snork. Hy draai haar stadig op haar sy en skuif teen die bed se kopstuk op, druk die kussing agter sy rug in, versigtig om haar nie te pla nie. Hy is wawyd wakker.

Selfs in die donker kan hy sien alles in die kamer is blou, of ligblou. Wanneer hy in die dag deur die gang loop, sy zip optrek nadat hy in die toilet was, sien hy dit veral: haar gunstelingkleure. Dis amper soos om deur die kleurprismas waarvan hy op skool geleer het te loop, een wat vasgehaak het by blou, pienk en pers. Blou: húlle slaapkamer; pienk: die middelste een waar sy haar jasse en ander goed in die hangkas hang; pers: die kleinste kamer, langs die ingangsportaal.

Naweke, wanneer sy dorp of kerk toe is, trek hy altyd die gordyne oop sodat die son deur die vensters en kamerdeure oor die gang kan skyn, maar nes sy by die huis inkom, loop sy heel eerste die gang af, in elke kamer in, en trek die gordyne weer toe. Hy't dit nou al gewoond geraak.

Poppie draai weer op haar rug en begin hard te snork. Willem gooi die laken van hom af, kyk na haar waar sy oopmond op haar rug lê, en glip uit die bed. Hy voel vir sy onderbroek op die grond en tel die sigarette en vuurhoutjies op die bedkassie op. Toe hy terugkyk, draai sy weer op haar sy en vang sy oog die blink kaal kol agter haar kop. Dit is yl en plek-plek donserig, amper nes 'n varsgeplukte hoender. Net toe dit voel hy wil gril, kyk hy vinnig weg en trek die deur saggies agter hom toe. Hy skrik nog partykeer as hy haar sien so sonder die pruik. Dis nog iets waaraan hy sukkel om gewoond te raak.

In die kombuis haal hy 'n bier uit die yskas en loop sitkamer toe waar hy op die rooi bank gaan sit, sy voete op die glasbladtafel. Hy's bly Vera wou die bank nie hê nie. "Waar gaan jy dan jou *Playboys* bêre as ek hom vat?" Sy't hom onkant gevang, hy kon nie uitmaak of sy ernstig of sarkasties was nie. Hy't nie 'n antwoord reggehad nie.

Hy moes Poppie se arm omtrent draai om die bank te kon hou. Hy't vir haar gesê dis syne, hy het dit gekoop, dat dit niks met Vera te doen het nie. En dis waar, mens kon nie anders as om dit raak te sien in Bradlows se venster nie, die rooi fluweelbank met sy groot, sagte kussings tussen al die bruin kunsleerstelle. Dit was toe hy en Vera een aand hier in Pietersburg se hoofstraat window shopping gedoen het, toe Lien nog 'n baba was en sy ma-hulle haar vir die aand opgepas het. Hy het gaan staan, vir die bank gekyk in die helder lig.

"Ek sou nooit gedink het dis jou styl nie," het Vera gesê toe sy omdraai van waar sy 'n entjie aangestap het.

Hy onthou hy het net vir haar gekyk, hy kon nie vir haar sê dat die bank hom aan alles laat dink behalwe hoe dit in die leë sitkamer van hulle eenslaapkamerwoonstel gaan lyk nie. Aan seks met prostitute waaroor hy nog net gedroom het, aan die binnekante van casino's in Las Vegas, aan die skaamtelose showgirls wat hulle bene hoog opskop met net deurtrekkertjies tussen hulle boude deur en tosseltjies vasgeplak aan hulle tepels, die girls waarna hy oor en oor kyk in die *Playboys* wat Cecil partykeer vir hom onder die kroegtoonbank aangee om huis toe te vat. Hy het die rooi bank die volgende oggend op rekening gaan koop.

"Ek haat dit dat sý op dié bank gesit het," het Poppie een aand gesê. Haar onderlip het begin bewe. "Kan jy nie 'n ander bank vir ons kry nie, 'seblief, Willem?"

Hy wou nie, nie eers vir haar nie. En hy het mooigepraat. Lank na hulle saam ingetrek het. Gepaai. Maar dit het haar nie stil gehou nie, sy't net weer begin, amper elke aand ná ete wanneer hy vir haar plate in die sitkamer speel en sy op een van die stoele gaan sit, nie langs hom op die bank nie.

"Hei! Hoekom kry ons nie liewer vir jou 'n hondjie nie?" het dit laas week sommerso vanself uit sy mond uitgekom.

Waar hy dié belaglike idee vandaan gekry het, weet nugter, hy moes desperaat gewees het, iewers in sy kop gedink het 'n hond sal haar aandag aftrek, haar op iets anders laat fokus of so iets. Hy weet wragtig nie.

Hy sluk die laaste van sy bier, druk die sigaret in die bruin glasasbak dood en krul op met sy knieë teen sy bors. Net toe hy aan die slaap wou raak, onthou hy skielik hy is veronderstel om die klein gebroedsel die volgende dag te gaan optel en hy het Poppie belowe om ná werk 'n draai by Oase te gaan maak om koskleursel te koop. Sy wil die hond dadelik pienk dye. Hy sug, sit weer regop en rek om sy pakkie sigarette op die koffietafel by te kom.

Dis toe dat nog iets hom tref, uit die bloute uit, iets wat die hele dag al aan hom knaag, waarop hy net nie sy vinger gesit kon kry nie: hy was ook veronderstel om die kinders vandag in Randfontein te gaan haal. Dis die bleddie agtste Desember, dis skoolvakansie. Fok.

* * *

Hy het die kinders nie kom haal nie.

En Vera dink eers later die aand om hom te bel, toe sy oor haar asprisheid is, toe sy sien hoe sleg Ben dit vat dat Willem nie opdaag nie, toe dit al te laat is.

En toe blameer sy sommer vir Hendrik, wat al die pad van Durban af kom kuier; sy's al die hele week op hol, soveel so dat sy dwarsdeur die dag die ding met Willem in haar agterkop geskuif het, haarself oortuig het dis sý verantwoordelikheid, hy weet mos wanneer die skole sluit, hulle het afgespreek, al lankal. Maande al. Na hy wakkergeskrik het toe sy sy ma gebel het. Sy kan nie alles op haar vat nie.

Sy het vroeër eers in die sitkamer gaan sit en lees aan die ander boek wat sy in die boks saam met die Nancy Friday gekry het, *The Feminine Mystique*. Toe't sy al begin dink hy het vergeet van die kinders, toe sy die boek onder in haar klerekas gaan haal het. Maar sy het nie gebel nie. Sy het begin lees.

Sy het nie destyds vir Willem daarvan gesê nie, en ná 'n ruk van kyk en deurblaai het sy gesien dat dit nooit nodig was om die boek weg te gesteek het vir hom nie, ook nie om sleg te voel dat sy nooit met die dominee oop kaarte daaroor gespeel het nie. Die naam het vir haar interessant geklink, maar dis toe nie soos die Nancy Friday nie – daar's niks seks in nie, dis 'n boek oor die baie ongelukkige huisvrouens in Amerika, oor hoeveel minder hulle as mans betaal word as hulle gaan werk, en hoe tydskrifte daar saamkoek om hulle 'n rat voor die oë te draai en hulle sover te kry om blink stofsuiers en duur kookstelle te koop, en om huis skoonmaak en kinders grootmaak te laat klink soos vrouens se doel in die lewe. Sy het eers gedink dis die soort boek waarvan Brenda sou hou, maar sy kon nêrens optel dat daar ook oor swart of kleurlingvroue gepraat word nie, toe dink sy Brenda sal sê dis rassisties.

Sy het die boek neergesit toe Ben van buite af ingehardloop het om te hoor, op haar horlosie gekyk, gejok, elke keer meer minute afgetrek sodat hy nie moet weet hoe laat sy pa regtig is nie.

Later het hy 'n eetkamerstoel tot langs die voordeur getrek, sy hare netjies in 'n sypaadjie plat gekam, kouse hoog oor sy kuite, skoene blink gepoets. Lien het hom gehelp. Toe het hy nog geglimlag, en hy is nie een wat sommer sy gevoelens wys nie. Dis toe dat sy begin kwaad raak het vir Willem, so kwaad dat sy hom wou laat voel hoe dit voel as jy jou kinders vergeet. En weer gedink het sy gaan hom nie bel nie.

Hy het moeg geraak, haar sesjarige seuntjie met sy oumensoë, maar vasgeplak op die stoel bly sit, na die deur bly kyk. Lien het vir hom Oros en 'n broodjie gebring. Hy het 'n paar happe gevat, die bordjie en glas langs hom op die vloer neergesit, totdat Lien dit weer kombuis toe gevat het. Dawid het later langs Ben op die vloer gaan sit.

Haar ma het niks gesê toe sy terugkom van haar kuier by Ivan en Sanet nie, maar Vera kon sien wat sy dink. Sy het vir die kinders nag gesê en is reguit kamer toe.

"Moet ons hom nie bel nie, Ma?" het Lien gevra. Sy het haar oë gevryf.

"Hy is seker op pad," het Vera gesê.

"Bel hom, asseblief Ma."

Vera het haar kop geskud.

Later is Lien en Dawid bed toe en het Vera hulle tasse uitgepak. Ben het op die vensterbank aan die slaap geraak, sy hand styf om sy tas se handvatsel geklem. Sy het probeer om sy vingers los te maak, hom op te tel, maar dit was asof hy lood ingesluk het. Sy kon hom nie roer nie. Toe gooi sy 'n deken oor sy bene en gaan sit weer op die stoel in die sitkamer.

Sy het die maan in die oop venster sien opkom, later koud begin kry en opgestaan om vir haar 'n kombers te gaan haal. Die karre wat verbygery het, het minder geraak. En sy het haar kop al hoe minder gelig, minder gedink dat een van die karre die oprit gaan inry, die ligte oor Ben gaan skyn, sy hom wakker gaan maak, hy regop gaan spring, lig soos 'n veertjie, en uitroep dat sy pa hier is om hulle te kom haal. Toe was sy nie meer kwaad nie, sy het begin jammer voel, maar toe was dit te laat om te bel. Dis nie haar skuld nie, het sy vir haarself gesê.

"Is jy bly Hendrik kom kuier?" Haar ma kyk ver oor die tuin uit na iets anderkant die heining. Vera staan op die rooigepoleerde stoepie. Sy probeer sien wat haar ma sien, maar daar is net nog 'n mynhuis oorkant die straat, een wat nes hulle s'n lyk.

'n Vierkantige huis met 'n houtvloergang waaruit 'n sitkamer, kombuis en badkamer aan die een kant loop, en drie klein slaapkamers in 'n ry aan die ander kant. Die tuin rondom is klein en omhein met ogiesdraad, voor loop 'n sementpaadjie deur 'n vaal grasperk en verby 'n rotstuin, en die agterplaas is groot genoeg vir mens om 'n wasgoeddraad te span.

"Ja, dit sal lekker wees om hom weer te sien," sê sy en kyk vir haar ma. "Om te sien hoe hy nou lyk."

"Waar gaan hy slaap, Vera?"

"In die sitkamer op die bank, Ma. Dis net vanaand, Willem kom haal die kinders mos nou môre, dan kan hy in die seuns se kamer slaap."

Haar ma kyk vir haar, slaan haar katoenhoed se rand op sodat Vera die geel vlekkies in haar oë in die son sien flits. "Hulle pa het vergeet van hulle," sê sy. "Dalk omdat hy hulle so lanklaas gesien het. Hy's sy eie kinders nie meer gewoond nie. Die arme goed."

Vera kyk af. "Dis nie die einde van die wêreld nie, Ma. Ten minste het hy vroeg gebel en jammer gesê."

Sy't vanoggend nog slegter gevoel oor sy nie gister gebel het nie, gedink dalk sal sy beter voel as sy opkom vir hom, vir sy menslikheid, almal maak tog foute, dalk sal haar ma en die kinders haar vergewe as sy hóm vergewe het, as hulle haar vra hoekom sy dan nie gebel het om te hoor waar hy is nie, en sy nie kan verduidelik nie. Maar dit lyk vir haar niemand dink daaroor nie, net sy. Sy's verlig. Sy probeer om dit nie te wys nie.

"Hy sê hulle het 'n nuwe hondjie, die kinders sal lekker met hom kan speel," sê sy.

Haar ma is nie beïndruk nie. "Maak maar verskonings vir hom soveel jy wil, ek het elke dag nog minder tyd vir daai man. En jy moenie dinge so opmekaar reël nie, mense se lewens word ontwrig."

"Hendrik het lankal verlof ingesit, Ma. Dis nie sy skuld dat Willem nie gister die kinders kom haal het nie. Almal maak foute."

Haar ma frons vir haar en werskaf verder in die bedding wat sy die vorige week al langs die heining oopgespit het. Hoekom sy so in die tuin moet werk, weet die vader alleen, so asof sy jare lank hier gaan bly.

"Is jy nou seker Willem kom môre?" Haar ma kyk nie om nie, sy hou aan met skoffel.

"Ja, Ma! Hy't so gesê toe hy gebel het."

Haar ma kreun en staan regop, sy druk haar hand in haar rug.

"Kom sit 'n bietjie," sê Vera. "Wat karring Ma so heeltyd met die tuin?"

"Niks kom van sit en ginnegaap nie."

"Daar's lemoensap op die stoep."

"Lemoensap?" Haar ma frons. "Jy moenie 'n man probeer beindruk nie. Jy't nie geld nie, Vera."

"Ek hoef Hendrik nie te beïndruk nie. Ek ken hom. En ek's moeg om altyd so armsalig te wees! Wat's een boks lemoensap nou?"

Haar ma stap die stoep op en drink haar glas op een slag leeg.

"Ek hoop nie jy sien hom as 'n uitkomkans nie," sê sy en vee haar mond af.

"Waarvan praat Ma?"

"Jy weet goed wat ek bedoel. Hendrik is 'n goeie man, en hulle is dun gesaai. Moenie hom misbruik of vals hoop gee nie."

"Hemel, Ma! Wat dink Ma van my? Ek en Willem is skaars geskei!"

"Maak nie saak nie," sê haar ma. "Die mens se drang om te oorleef laat hom snaakse goed doen."

"Ma klink nou nes Brenda."

Haar ma snork. "Daar's nou 'n voorbeeld van iemand wat nie 'n man nodig het om na haar te kyk nie."

Vera rol haar oë. Dis omdat sy 'n lesbiër is, dink sy, maar sy sê: "Dis omdat sy geleenthede gehad het."

"Nee, dis omdat sy iets van haar geleenthede gemaak het. Dis wat."

So ewe, dink Vera. So asof haar ma iets van háár geleenthede gemaak het. "Ek het nie 'n man nodig nie, Ma. Ek kyk goed na myself en die kinders, dankie."

"Van wanneer af? Jy bedoel ék kyk goed na jou en die kinders." Haar ma draai om en begin die stoeptrappies afstap. "Daai bietjie salaris wat jy elke maand huis toe bring, betaal skaars die kinders se skoolfooie en klere." Sy draai weer om en kyk vir Vera. "Is jy nie veronderstel om kommissie te kry op wat jy verkoop nie?"

Vera gaan sit op die draadstoel. "My sales is nog nie so dat ek kommissie kan kry nie, ek kry net my basiese salaris, Ma weet mos. Hulle gaan my weer volgende maand vir sales training stuur, in Krugersdorp."

"Jy was nog nooit goed met mense nie, ek weet nie hoekom jy klere in 'n klerewinkel staan en verkoop nie."

"Dis al wat daar was."

"My pensioen is min, en jou broer-hulle sukkel ook. Jy sal vinnig moet plan maak, Vera."

"Ja, Ma."

Ivan. Sy haat hom partykeer. Al kry sy hom jammer. Haar ma se witbroodjie, van hy gebore is. Sieklik en kleinserig, tot vandag toe nog. Geen wonder die myn het hom geboard nie. Nou ploeter hy en Sanet en hulle drie kinders aan, en hou alewig hand bak vir haar ma wat nie vir hom nee kan sê nie. En sy drinkery help ook nie.

"Ek gaan in die tuin aan," sê haar ma. "Vat die kinders bietjie swembad toe. Ons gaan by Ivan-hulle braai vanmiddag."

"Hendrik kom netnou!"

"Laat hy saam kom braai. Hy ken mos vir Ivan."

Sy wag nie vir Vera om te antwoord nie, sy gaan weer in die bedding aan.

"Jy weet hoe ek oor jou voel, Vera. Niks het verander nie."

Sy lê met haar kop op sy bors en luister na sy hart se geklop. Hulle lê en sweet en fluister onder die deken wat sy oor hulle opgetrek het. Sy lig haar kop vinnig toe sy Lien in die ander enkelbed hoor kreun en lê weer toe die kind se asemhaling rustig raak. Haar rug is na hulle toe gedraai.

"Het jy regtig nooit ander vrouens uitgevat nie?" fluister sy.

"Ek het vir jou gewag." Hy vryf oor haar hare. "Ek weet mos van ou Willem se trieks."

Sy draai haar kop en kyk vir hom in die donker. "Ek wil nie nou al trou nie, Hendrik. Ons kan kyk hoe dinge gaan, ons vat dit stadig."

Sy kan sy swart oë sien blink.

"'n Paar ekstra maande maak nie saak nie. Ek wag al lank."

Sy gaan lê weer op sy bors, probeer haar ma se woorde uit haar kop hou. "Willem kom die kinders môre haal," sê sy. "Hy't 'n nuwe liefde in sy lewe."

Hy trek saggies aan haar hare. "Is jy seker jy's oor hom?"

Sy waai die deken op en af, wens vir 'n bietjie spasie.

"Ek't gedink ek sou erger voel oor alles," sê sy. "Sy rondslapery, geliegery . . . Maar dit gaan eintlik oukei, so saam met my ma en die kinders."

"Het jy plek vir my? Jou lewe klink vol."

Sy krul sy borshare om haar vinger. "Ek dink ek's amper gelukkig."

Hy lag weer saggies. "Amper?"

"Ja. Hoe voel 'n mens as jy heeltemal gelukkig is?"

Hy trek haar hare speels en draai sy lyf onder haar uit. "Jy sal weet," sê hy en sit regop. Hy trek aan, kyk na haar terwyl sy sy versigtige bewegings dophou. Toe loop hy op sy tone terug en soen haar op haar mond.

"Lekker slaap, Vera. Sien jou môre."

"Nag, Hendrik."

Sy kyk hoe hy met sy skoene in die hand uitloop, en 'n rukkie later hoor sy die kraak van die bank waarop haar ma vir hom in die sitkamer bed opgemaak het. Sy draai op haar rug, skop die deken af vloer toe, lê kaal, bene wyd uitgestrek op die enkelbed, hande onder haar kop. Sy mis die tierlantyntjies van die plafon in haar kamer toe sy 'n kind was, die groot ou mynhuis met sy breë gang en houtvloere wat haar in die nagte wakker gemaak het met sy alewige krakery. Sy het altyd gedink dis 'n spook wat in die gang ronddwaal. Sy mis die ou oranje lampskerm in haar kamer, die een met die lang fraiings waarop die vlieë altyd in die somerbriesie heen en weer gewieg het.

"Gaan Ma met hom trou?"

Vera skrik, soek Lien se oë in die donker, sien haar lyf draai onder die deken na haar toe.

"Ek weet nie," sê sy. "Ek sal sien."

Sy kyk weer op na die plafon. Lien is stil en ná 'n rukkie rek Vera af om die deken op die vloer by te kom. Sy trek dit oor haar lyf.

"Is Ma lief vir hom?"

"Liefde bestaan nie, Lien. Slaap nou."

Vera draai na die muur toe. Ná 'n rukkie hoor sy Lien ook op haar ander sy draai. Sy besef sy het haar iets vertel wat sy nie oor haarself geweet het nie.

* * *

"Dit gaan 'n lekker Kersfees wees! Ek belowe julle!" sê Willem.

Hy kan sien hulle glo hom nie, maar hy is opgewonde en kan nie help om dit te wys nie. Al is dit net omdat hy vir die volgende paar dae nie oor hulle hoef te worry nie, hy nie Poppie se kilheid en oop-en-blote vyandigheid teenoor hulle hoef te sien nie, nie so in die middel van alles hoef te wees nie. Wat help dit hy kies kant? Hulle kant? Hy moet saam met háár in vrede leef wanneer hulle teruggaan Randfontein toe.

"Ons gaan gou vir julle 'n groot roomyskoek koop voor ons ry, en baie kos vir die paar dae, en presente vir Kersdag!" sê hy.

Hulle sê niks. Ben probeer nog glimlag, maar die ander twee bly bot, oë op hulle voete, hulle kyk net op wanneer hy direk met hulle praat.

Hy kyk vir Poppie. Sy is besig om die laaste van twee mielies wat sy vroeër vir haarself gekook het, by die kombuistafel te sit en eet. Toe hulle by Oase was, het hy gewonder hoekom sy net twee koop, maar sy was in so 'n buitengewoon goeie bui dat hy die oomblik nie wou bederf nie. Toe bly hy maar stil.

Dit lyk asof sy in haar eie wêreld is, asof hy en die kinders nie bestaan nie, sy eet een stryk deur.

Hy kyk weer vir die kinders en glimlag. "Ouma en Oupa kom die dag ná Kersdag terug van hulle kerk se konferensie in Pretoria af en dan gaan hulle sommer dadelik hier aankom en julle kom oplaai, oukei?"

"Wanneer gaan ons huis toe?" vra Lien.

Vir 'n oomblik is hy omvergegooi. "Wat bedoel jy?"

"Terug na Ma toe."

"O," sê hy. "Eers ná julle by Ouma-hulle gekuier het."

Poppie staan op, gooi die twee mieliestronke in die asblik en loop by die oop agterdeur uit. "Ek wag in die kar, Willem," sê sy sonder om om te kyk.

Sy oë volg haar, in haar goudgeel kortbroek waarin haar lang bene nog bruiner lyk, die wit hempie wat styf trek oor haar blaaie en haar pikswart pruik waarvan 'n paar krulle oor haar skouers losgeskud het, en hy sê: "Ek kom, Poppie, ek kom!"

"Pa gaan ons doodmaak," sê Ben en kyk deur toe.

"Ag, moenie so sissie wees nie," sê Lien. "Pa kan nie 'n vlieg doodmaak nie, al wil hy. Hy's te pathetic."

Dis wat haar juffrou vir die nuwe seun in hulle klas genoem het toe hy nie sy Engelse huiswerk gedoen het nie. "You are pathetic, Hannes," het sy gesê en met haar lat teen die bord langs haar getik waar daar groot "English Homework" geskryf gestaan het. "Can't you read?"

Dis 'n lekker woord om te sê en sy sê dit soveel kere as wat sy kan. Almal is pathetic. Veral tannie Poppie. Sy haat haar. Sy wens sy kon sê sy is 'n bitch, maar die seuns is klikkiebekke. Hulle sal haar ma sê, en dan gee sy haar weer pak met haar plakkie, al is sy een van die dae nege.

Lien maak die boks met die roomyskoek op die kombuistafel oop en haal die broodmes uit die laai.

"En waar's ons presente, hè?" vra sy terwyl sy met die mes op die middel van die koek tik, al tussen die pienk icing-rosies deur. "Hy't gesê hulle gaan vir ons presente los, en baie kos. En wat kry ons? Niks presente nie en net koolkoppe!"

"Pa sê daar's mince in die vrieskas, Lien. Ons moet dit net gaarmaak."

Sy kyk op. "Kan jy miskien kosmaak, Ben?"

"Jy's 'n meisie! Jy moet!" sê Dawid. Hy staan op 'n kombuisstoel met sy hande op die tafel, wieg vorentoe en agtertoe. Sy oë is stip op die koek. Hy gryp skielik 'n rosie en druk dit in sy mond.

"Hei!" sê Lien en swaai die broodmes voor sy neus. "Moenie vir jou ongeskik hou nie!"

Dawid spoeg die halfgekoude rosie op die tafel uit. "Sies!" sê hy. "Dis sleg."

"Sies vir jou," sê Lien. "Waar's jou maniere, mannetjie, gaan gooi jou opgooi in die asblik."

"Nee!" sê Dawid en vee die pienk hopie spoegsel van die tafel af op die vloer.

"Dawid!" skree Lien.

"Sjuut, Lien! Moenie skree nie," sê Ben en gaan haal die besem en skoppie. "Pa gaan vir ons presente bring. En hy't gesê ons moet wag vir Kersfees om die koek te sny." Hy probeer opvee wat van die rosie oorgebly het, maar dis 'n pappery en hy mors net nog meer.

Sy is siek en sat vir sy alewige ordentlikheid. Sy goeie maniertjies. "Rêrig?" sê sy en druk die mes in die koek. Dis hard en sy forseer dit met al twee hande in.

"Lien!" sê Ben.

Sy druk die mes al hoe dieper in en probeer om die roomys te saag. Heen en weer. Toe dit nie wil werk nie, trek sy die mes uit en lig dit met al twee hande bokant haar kop en steek die koek so hard sy kan. In die middel. Sy dink dis hoe mens iemand doodmaak.

Die mes is so diep in die koek in sy kan hom nie uitgetrek kry nie. Sy kyk vir die twee seuns. Hulle oë is groot. Dawid se mond hang oop. Selfs hy lyk nou verskrik. Toe tel sy die koek met die mes op en slaan dit hard op die tafel neer. Twee keer. Dit bars soos 'n waatlemoen in stukke oral oor die tafel en val op die vloer.

Lien kyk vir die twee seuns. Niemand sê 'n woord nie. Toe buk sy af, tel 'n stuk koek op wat begin smelt. Sy mik vir Ben, kyk hom in die oë.

Hy kry sy stem terug. "Nee, Lien!"

Toe pot sy hom, teen die wang. Dawid val half van die stoel af vloer toe, tel 'n stuk op en gooi haar teen die been, en toe Ben 'n stuk op die tafel gryp, die mooiste en grootste deel wat nog rosies op het, en haar gooi, gryp sy stukke met al twee hande en gooi gelyktydig vir Ben en Dawid.

Toe hulle later gly-gly sit, uitasem en taai, en simpel raak en die laaste van die roomys van die tafel aflek, staan net die mes nog regop in die middel van die verlepte boks wat begin krul rondom van al die gesmelte roomys.

Dit vat hulle lank om alles skoon te kry.

Toe gaan bad die seuns en Lien maak vir hulle mince in 'n pan soos sy haar ma gesien mince maak het, met uie en water, en kook 'n koolkop tot hy pap is, in 'n ander pot. Sy gooi baie sout oor alles.

Dawid is te bang toe hulle moet gaan slaap, want Lien het vir hulle spookstories vertel. En toe Ben sê sy moet liewer by hulle in die kamer slaap, sleep sy die matras in die pers kamer van die bed af en tot tussen die seuns se beddens.

Later, toe die twee slaap, teken sy die mooiste roomyskoek in haar nuwe tekenboek wat oom Hendrik haar vir Kersfees gegee het net voor hulle by die huis weg is. Sy maak sagte skaduwees aan die kante van die koek soos sy in 'n biblioteekboek oor potloodtekeninge gesien het.

Lien probeer lank om die rosies reg te kry, maar sy kan nie uit haar kop uit onthou hoe 'n roos se blare lyk nie. Ná 'n ruk teken sy linte en strikke rondom die koek, pleks van die rosies. Dis makliker en lyk net so mooi.

Split (adj.)
1640s, past participle adjective from *split* (v.). *Split decision* is from 1946 of court rulings.

6

"Het jy kleingeld?" Vera kyk vir Hendrik voor sy verder in haar oranje handsak op haar skoot krap, hom omdop en uitskud. Sy sit in die passasiersitplek van sy Ford Fairlane.

Hy haal sy beursie uit sy broeksak en zip die binneste deel oop waarin hy sy sente hou.

Alles het so vinnig gebeur, iets waaraan hy gewoond geraak het met haar. Met die klomp wat al weer onwettig staak, was hy vroeg klaar by die myn en net by die voordeur in toe hy die drie in die sitkamer sien staan: paraat, nes 'n ry soldaatjies.

"Hallo, oom Hendrik," het hulle saam gesê en begin giggel terwyl hulle aan mekaar stamp.

Ben het sy suster aangepor, haar met sy elmboog gedruk en toe gebloos. "Sê jy, Lien!"

"Wat gaan aan, julle?" Hy het op die naaste stoel gaan sit.

"Oom Hendrik, Ma sê ons kan die vakansie Durban toe gaan as ons plek kan kry om te bly. Maar sy sê ons moet eers vir oom vra of oom dink die kar sal daar kan kom."

Lien het geglimlag, sy het haar hande agter haar rug vasgehou, soos altyd. "Ma sê die kar is laas week gediens."

"Asseblief, oom Hendrik!" het Ben gepleit.

Hendrik het opgestaan en net so weer uitgeloop, langsaan toe, reguit by Don se huis in. Hulle werk saam. Don het gesê hy mind nie om Hendrik se skofte vir die week oor te vat nie, en met dié dat Vera klaar op verlof was vir die week, kon hulle Durban toe.

"Hier," sê hy en wys vir Vera die kleingeld in sy hand.

"Sal jy bel, of moet ek?" vra sy.

"Nee, bel jy," sê hy. "Jy praat beter as ek."

Vera kyk verergd deur die venster park toe. Hy wens partykeer hy was meer soos Willem. Hy wat destyds Vera se voete onder haar uitgeslaan en so vinnig reggekry het om met haar te trou.

Maar vandag is hý verloof aan haar, hoewel hy nie seker is wanneer sy eendag met hom gaan trou nie. Hy het haar gesê dis nie reg teenoor die kinders om saam te bly nie, die keer toe sy eers nee gesê en sy ma se trouring vir hom teruggegee het.

"Wat gaan die mense sê, en die kinders by die skool? Dis erg genoeg dat hulle ouers geskei is, Vera."

"Ek't jou gesê ek wil nie nou al trou nie, ek wil goed stadig vat vir eers."

Hy't stilgebly, na die ring gekyk terwyl hy een vir een sy vingers daardeur gesteek het. En toe, sommer uit die bloute uit, vat sy die ring by hom en druk dit aan haar vinger. Die goue bandjie met sy rooi en geel steentjies het haar gepas asof dit vir haar bedoel was. Hy kon sien sy was self verras. Toe't sy opgekyk.

"Dis net vir die kinders se onthalwe, moenie enige idees kry nie." Sy het kwaai probeer klink, maar hy kon die sagtheid in haar oë sien, en voor hy homself kon keer, het hy het haar gegryp en gesoen, of sy nou wou of nie.

Hendrik kyk verby haar, oor die oop veld. Daar's 'n telefoonhokkie aan die een kant, en 'n entjie verder sien hy 'n parkie se verbleikte swaaie. 'n Boom steek agter uit. Dis verlate en die lappie grond lyk maar treurig vir 'n plek wat veronderstel is om 'n speelplek vir kinders te wees. Dis somer, maar dit het weke laas gereën en die son skroei enige stukkie groenigheid wat dit waag om kop uit te steek in sy glory in.

"Hendrik! Asseblief." Vera druk haar elmboog in sy ribbes. "Bel. Dit raak laat."

Sy het haar sigarette uit en sit dit saam met haar vuurhoutjies in die cubbyhole. Die kinders sit agter en fluister vir mekaar, hulle bly stil wanneer sy praat. Hendrik kyk terug oor sy skouer en knipoog.

"Oukei, laat ek sien wat ek kan doen."

Hy maak die deur oop, klim uit, los dit oop, klop aan die agterdeur en wys vir die kinders om hulle vensters oop te maak voor hy die paar meter telefoonhokkie toe loop. Dis al vieruur en nog steeds bleddie warm.

Soos hy nader kom, sien Hendrik die hokkie lyk net so armsalig soos die parkie, en hy skud sy kop. Dis omdat hier 'n klomp fietas in Randgate bly dat die munisipaliteit niks doen met die plek nie. Hy hoop die foon werk.

Hy los die deur agter hom op 'n skrefie oop en voel in sy hempsak vir die stukkie papier met die telefoonnommers op. Hy druk aan sy plat pakkie Texan Filters voor hy die velletjie agter uithaal en oopvou. Die eerste naam is Four Seasons-hotel, dan Baltimore-vakansiewoonstelle en laaste Seabreeze en Seaview, ook woonstelle.

Hy besluit om Seabreeze en Seaview eerste te bel. Hulle is die goedkoopste. Dis die twee grootste blokke en lê die verste van die strand af, maar dis nou maar hoe dit moet wees. Hy was nie reg vir Vera se skielike vakansieplanne nie, en sy spoorwegpensioen is amper klaar.

Hy tel die foon op, blaas daaroor en vee die stof teen sy hemp af. Hy hou die gehoorstuk 'n entjie van sy regteroor af weg. Daar's 'n luitoon. Hy druk die mikkie 'n paar keer af voor hy bel. Sekondes later lui dit in Durban. Hy gooi geld in.

"Seaside-akkommodasie, goeiemiddag." 'n Vrou se stem. Sy klink vriendelik.

"Goeiemiddag, dame!"

"Waarmee kan ek help, meneer?" Hy hoor iemand in die agtergrond met haar praat.

"Wag, Fazied," sê sy, "ek't 'n man op die lyn! Jammer, meneer." Hy hoor haar vroetel met wat soos die blaaie van 'n groot boek klink. "Soek u akkommodasie?"

"Ja. Asseblief!" sê hy. "Het julle dalk 'n woonstel? Dis vir twee grootmense en drie kinders. Hulle's elf. . ."

"Vir wanneer is dit, meneer?"

Hy hoor iets, buk af en kyk deur die gekrapte venster terug kar toe. Vera het al die deure oopgemaak en leun teen die Fairlane se bonnet. Sy kyk na die huise oorkant die straat terwyl sy haarself met die vakansiedeel van die koerant koel waai, haar vingers skiet kort-kort aan die sigaret in haar ander hand. Die kinders klouter by die agterdeur uit en begin nader draf, op pad parkie toe. Lien is voor. Toe hulle verbyhardloop, skop hulle stof reg rondom die hokkie op. Dit dwarrel by die deurskrefie in.

"Hallo! Meneer?"

Hy draai om en leun met sy rug teen die venster, sy hand om die mondstuk gevou. "Jammer. Ek's hier. Dis vir . . . dis van môreaand af vir 'n week," sê hy.

"Dis skoolvakansie, meneer." Haar stem is kwaai.

"Ek weet, dame, dis hoekom ek bel. Ek het drie . . . "

"Ons is vol bespreek vir die week, meneer. Jammer."

"Is jy seker . . ." vra hy, maar terwyl sy die foon neersit, hoor Hendrik haar vir Fazied sê hoe mense daarvan hou om haar en hulle eie tyd te mors.

Hy dink om gou 'n sigaret te rook voor hy weer bel en wonder skielik hoe Willem dit sou gedoen het as hy so vinnig blyplek moes kry. Hy sou seker 'n woonstel uit die meisie by Seabreeze gecharm het, haar iets vir haar moeite belowe het.

Hendrik buk weer af en loer deur die venster na Vera. Sy draai om, vang sy oog en beduie met al twee hande en 'n skewe kop 'n vraagteken. Sy laat val haar sigaret en draai die stompie met haar skoensool die pad in. Hy waai vir haar en glimlag, draai weer om en tel die telefoon op, die papier en geld reg in sy hand. Hy bel.

Dit lui aan die ander kant en 'n vrou antwoord. Hy is seker dit klink nes die eerste een. Hy frons.

"Hallo?" sê sy weer.

"Middag," sê hy, "is dit Seaview-vakansiewoonstelle?"

"Dis reg, meneer, waarmee kan ek u help?"

Nou is hy seker. "Het ek nie nou net met jou gepraat nie?"

Sy sug. "Meneer, ek praat met baie mense, ek kan nie sê nie."

Hendrik hoor Fazied in die agtergrond iets mompel oor tee gaan haal. 'n Stoel krap oor die vloer.

"Is dit Seaview of Seabreeze?" vra hy stadig.

Sy blaas haar asem hard in die mondstuk uit. "Dis al twee, meneer. Dis Seaside-akkommodasie en ons het beide blokke. Hoe kan ek help?"

"Ek's op soek na akkommodasie." Hendrik herken nie sy eie stem nie. Hy hoor weer die boekblaaie.

"Vir wanneer is dit, meneer?"

"Van môre af vir 'n week."

"Meneer, dis skool . . ."

Hy druk die mikkie af, knyp die foon met sy oor teen sy skouer vas, haal die papier weer uit. Hy begin die Four Seasons bel. Hy weet hy mik hoog, maar hy het niks om te verloor nie.

"Four Seasons Hotel, goeiemiddag. Sherrie wat praat, waarmee kan ek help?"

Beslis vriendeliker, goeie teken, dink hy, en gooi geld in.

"Middag, Sherrie, het jy plek vir twee grootmense en drie kinders van môreaand af vir 'n week?" Laat hy sommer alles in een asem uitkry.

"Nee, meneer. Ons het niks. Dis skoolvakansie en ons is vol bespreek vir volgende week, al vir vyf maande, meneer. U kan die Royal-hotel op die strand probeer."

Hulle weet al twee dis te duur vir hom.

"Dankie," sê hy.

"Wag, ek kan hulle telefoonnommer vir u gee. Hou net so . . ."

"Toemaar," sê hy. "Ek het dit, dankie. Tot siens."

Hy sit die foon neer en voel vir sy pakkie sigarette, vies oor sy hande wat so bewe. Dis tyd vir 'n break.

Hy leun terug teen die kant van die hokkie, lig sy voet teen die vensterraam op en klop die styf gepakte boksie saggies teen sy knie totdat 'n sigaret uitskiet. Hy steek een op, trek diep in en blaas die rook gelyktydig deur sy neus en mond uit. Sy hand beweeg outomaties na sy lippe toe op soek na klein stukkies tabak op sy tong.

Hy kan die kinders deur die venster sien, hulle lag, salig onbewus van die vier blokke huise om die park, almal omtrent dieselfde tyd gebou in dieselfde styl: saai ou mynhuisies, verbleikte rooi sinkdakke, kakiebostuine, 'n paar karre op bakstene. Randgate, beslis die weeskind van Randfontein se uitbreidings. En die mense hier soek alewig skoor. Dís die eintlike rede dat sy hande moet bewe, dink hy. Gelukkig ruk dinge eers later hand-uit; saans wanneer die mans van die werk af kom, dronk en oproerig, na vroue toe wat skel en kinders wat bang onder beddens wegkruip. Dis die stories wat by die myn rondloop. Naweke is die ergste. Hulle is boonop 'n klomp rassiste, die Randgaters. Nóg 'n goeie rede vir hom om versigtig te wees, want mense dink maklik hy's 'n kleurling. Hy dink dit moet sy donker krulhare wees, sy lang sidies en digte snor. Sy vel grens aan die verkeerde kant van blas en hy het bruin oë.

Hy hou die deur met sy voet oop vir die rook om uit te trek. Toe vee hy sy gesig teen sy mou af, knyp die halfgerookte sigaret tussen sy lippe vas en kyk nie vir Vera voor hy Baltimore se nommer bel nie. Dit lui baie langer as die ander kere. Net voor hy die foon neersit, antwoord 'n man. Hendrik gooi sy laaste kleingeld in.

"Hallo?"

Nie vriendelik nie, nie 'n goeie begin nie, dink hy, en skiet die sigaret by die deurskrefie uit. Hy sien skielik die droë graspolle buite raak en vergeet amper van die man op die foon. Sy oë soek en bly op die kooltjie wat gloei in die gras.

"Middag," sê hy.

Hendrik stoot die deur oop en draai sy skoensool 'n paar keer op die sigaret om seker te maak dis dood. Hy soek 'n klip, maak die deur wyd oop en druk dit teen die deur vas. Op pad kar toe kyk hy terug na waar die kinders speel.

Vera sit skuins op die passasiersitplek met haar bene by die kar uit en hy hoor Terry Jacks se "Seasons in the Sun" op sy tape deck speel soos hy nader loop. Lien is mal oor die ou liedjie en hy kyk weer om, dink of hy haar moet roep, maar toe hy sien hoe sy lag terwyl sy vir Dawid swaai, bly hy stil. Hy klim terug in die kar en los die deur oop.

"En?" Vera draai die musiek sagter en kyk vir hom.

"Alles is propvol," sê hy. "Máár die man by Baltimore sê daar's dalk 'n woonstel. Hy sal my oor vyf minute bel."

Sy skud haar kop. "Óf hy het 'n woonstel óf hy het nie, Hendrik."

"Hy moet eers met sy broer praat, hy dínk daar's een, maar sy broer kan vir seker sê. Hy's net gou winkel toe."

Hy weet wat sy dink. "Ek't hom die tiekieboks se nommer gegee, dis binne-in geskryf. Moenie worry nie, Vera. As hy nie bel nie, bel ek hom terug. Relax net 'n bietjie."

"So die ander is vol," sê sy.

"Ja, tjokkenblok."

Sy krap in die cubbyhole rond vir haar sigarette, steek een op en vat 'n trek voor sy weer in haar sitplek terugsak. Toe skop sy haar skoene af, swaai haar bene bo-op die dashboard en kruis haar skraal enkels. Sy kliek haar tone soos sy in die bed maak net voor sy elke oggend begin wakker word en druk haar voete teen die ruit plat.

Sy het die bruin rok aan wat sy amper elke tweede dag dra, die een met die blomme op. Hy dink sy kan die ding maar weggooi, dit lyk vir hom verbleik van die baie was. Dis ook bietjie kort na sy smaak, maar sy het mooi bene en hy veronderstel sy moet hulle seker wys terwyl sy nog kan. Hy dink sy lyk goed vir die ma van drie kinders. Sy het gister weer haar hare gekleur, die swart waarvan hy nie hou nie. Dit laat haar gesig harder lyk, ouer as haar twee-en-dertig jaar, en haar dun lippe en lang gesig meer opvallend. Wanneer sy aan haar sigaret trek, verbeel hy hom, is die lyne bokant haar bolip dieper as wat hy onthou. Nie almal sal dink Vera is 'n mooi vrou nie.

"Ek't regtig nodig om weg te kom, Hendrik. En ek dink dit sal lekker vir die kinders wees om bietjie vakansie saam met ons te hou, eerder as wat hulle weer na Willem toe piekel," sê sy en kyk by die venster uit.

"Ek weet," sê hy, maar voeg nie by dat hy dink al die nuwe planne is bietjie uit die bloute uit nie, en nie hoe hy die weke wat voorlê vir homself voorgestel het nie.

Hy steek 'n sigaret op en hulle rook in stilte. Hy spits sy ore vir die kinders se stemme en ontspan toe hy al drie hoor.

"Ek mis Durban," sê hy ná 'n rukkie. "Dit sal lekker wees om terug te gaan."

Die telefoonhokkie se deur kraak. Hulle kyk om. 'n Man het die klip weggeskuif en is besig om die deur agter hom toe te trek. Sy vriend leun met sy rug teen die buitekant, hy probeer vastrapplek kry vir sy voet teen die venster.

"Hendrik! Die ou gaan bel!" Sy gryp sy arm.

"Relax, ek's seker hy sal nie lank wees nie."

"Gaan praat met hom. Sê vir hom hy moet gou maak, sê ons wag vir 'n belangrike oproep." Sy druk die sigaret in die asbakkie dood en draai in haar sitplek om, haar oë op die hokkie.

"Hulle lyk nie soos die tipe met wie mens moet mors nie," sê hy en probeer om nie te kyk nie. Hy wil nie hê die mans moet dink hulle staar nie. "Die kinders is by ons. Mens weet nooit met die Randgaters nie. Hulle's rof."

"Wat's jou probleem! Is jy bang vir twee skoolseuns, Hendrik? Ek sal hulle gaan uitsorteer." Sy begin om uit die kar te klim.

"Vera! Moenie vir jou nie simpel hou nie." Hy gryp haar arm. "Wag net. Hulle sal nou-nou weg wees." Hy wys met sy kop na die huise rondom hulle. "Jy gaan net slapende honde wakker maak. Ek kan die man in Durban altyd weer bel. Klim in die kar en bly stil!"

Sy ruk haar arm uit sy hand en val terug in haar sitplek. "Dis so bleddie warm, ek kan dit nie vat nie."

Hulle sit vir 'n rukkie stil.

"Vertel my bietjie hoe dit by die werk gaan, toe?"

"Dit gaan oukei, Hendrik, jy weet dit, ek vertel jou elke dag."

Hendrik kyk terug na die kinders toe. Hy sien 'n ouer seun by die parkie, frons, en voel vir sy pakkie sigarette.

Vera kyk weer na die telefoonhokkie. Die man is nog besig.

"Hendrik?"

"Oukei."

Hy klim uit en loop nader, gesels met die man wat buitekant staan, steek sy sigaret vir hom op en loop verder na die kinders toe. Hy weet Vera kyk en sy gaan vies wees, maar as die lewe hom iets geleer het, is dit om probleme aan te vat soos hulle gebeur en nie te worry oor dié wat nog nie bestaan nie.

Hy skop in die rigting van 'n droë graspol. Hoe vergelyk mens dié plek met die mooi groen tuine en parke in Durban waar hy vir soveel jare gebly het? Dis 'n skreiende skande.

Toe hy nader kom, sien hy die ouer seun is eintlik 'n jong man. Hy lyk so in sy twintigs. Hendrik kyk koes-koes om die swaaie vir hom en Lien. Die ou dra 'n té groot swart leerbaadjie, 'n paar noupypjeans en afgeleefde skerppuntskoene. Dit lyk soos dié wat die ducktails in die sixties gedra het. Sy hare is beslis te lank vir hom om nog op skool te wees. Hy leun teen die enigste boom in die park en sê vir Lien iets wat haar laat giggel.

Hendrik hoor Ben roep en kyk waar hy en Dawid kop onderstebo van die klimraam af hang.

"Gaan ons Durban toe, oom Hendrik?" vra Ben toe Hendrik nader loop.

Ben glimlag so asof hy sy pa se kar die erf sien inry het om hom vir die vakansie Pietersburg toe te vat. Met die sigaret tussen sy lippe vasgeknyp, swaai Hendrik vir Dawid van die raam af en draai hom 'n paar keer in die rondte voor hy hom neersit. Hy is uitasem. Die kind raak groot. Hy hou die hand met die sigaret agter sy rug vas.

"Ek weet nog nie, Ben. Ons wag vir 'n man om ons van Durban af te bel."

Hendrik hoor Lien weer giggel. Hy vryf oor Dawid se hare en stap om die swaaie soontoe. Sy skrik toe hy agter haar praat.

"Lien, ons gaan nou-nou huis toe. Kom."

Hendrik se oog vang die outjie s'n en hy gluur vir hom tot hy omdraai en skop-skop wegslenter. Die mannetjie kyk oor sy skouer terug en glimlag. "Baai, Lien."

"Baai, Frikkie."

Sy ruk haar skouer weg toe Hendrik nader kom. "Ek's nie meer 'n kind nie, oom Hendrik!" sê sy en klim op 'n swaai. "Oom kan nie altyd lelik met my boyfriends wees nie."

"Jy's nou eers elf, Lien, en daai ou is moeilikheid, ek kan sien."

"Net omdat hy in Randgate bly, maak hom nie sleg nie. Sy pa en ma is ook geskei en sy stiefpa slaan hom. Ek kry hom jammer."

Die foon lui en Hendrik kyk na die hokkie. Hy sien die twee mans wegloop. Hulle gaan staan, kyk vir Hendrik en hy wys vir hulle met sy duim dis reg, die oproep is vir hom.

"Hou 'n ogie oor jou broers," sê hy. "Ek gaan gou hoor of ons môre op vakansie gaan!"

Lien klap haar hande, sy gil van plesier en hy glimlag toe hy drafstap om die foon te gaan antwoord.

Hendrik sit die foon neer en loop uit. Die deur klap hard agter hom toe. Hy voel Vera se oë op hom en kyk terug vir die kinders. Die jong man is nêrens te siene nie. Lien stoot Dawid weer op die swaai.

"En?" vra Vera toe hy by die kar kom. Sy leun weer teen die bonnet, hou die koerant oor haar kop teen die son.

"Vol." Hy klim in die kar.

Sy gaan sit langs hom en steek vir hulle sigarette op.

"Ek sou baie graag wou terug," sê hy uiteindelik. "Ek was gelukkig daar. Dalk alleen, sonder jou, maar gelukkig." Hy kyk vir haar en glimlag. Sy druk haar voete weer teen die vensterruit op.

"Ek weet jy hou nie van die myn nie, Hendrik, maar hoe's dit slegter as die spoorweg?"

"A train is onnn top and a mine is innnnside!" sê hy.

Sy lag.

Hy kyk verby haar na die stukkie veld wat vaal raak soos die son stadig agter die huise se dakke sak.

"Dink net," sê sy terwyl sy oor die park kyk. "Die see, die lekker weer, loop op die strand. Die vars lug. Ek kan gelukkig wees."

"En daar's goeie skole daar." Hy skrik vir homself. Sy kyk vir hom. "In Durban," sê hy vinnig, so asof sy nie weet nie.

"Wat sê jy, Hendrik? Dat ons soontoe moet trek?"

Sy frons, maar hy sien die hoop in haar oë. Dit laat haar gesig sag lyk en maak skielik iets in hom los wat hy nie kan keer nie.

"Hoekom nie?" sê hy. "Ek kan maklik werk op die spoorweg kry, die pay is dalk nie so goed soos op die myn nie, maar daar's goedkoop huise op die Bluff. En dis naby die see."

Hy druk haar hand. "Jy sal ook maklik werk kry," sê hy. "En jou ma kan ook kom, sy kan in die middae na die kinders kyk, en as ons naby genoeg bly, kan sy hulle see toe vat om te gaan swem. Wie wil nou vir 'n week op vakansie gaan as jy elke dag op vakansie kan wees!"

Sy lag. "Die kinders sal mal wees daaroor."

Sy gryp skielik sy hand. "Wat van Willem? Hoe gaan die kinders vakansies by hom in Pietersburg kom?"

"Hy kan hulle vlieg, Vera. Hy't geld."

Sy trek haar hand uit syne en val teen die sitplek terug.

"Wat nou?" sê hy.

"Ek't jou nog nie gesê nie," sê sy, "dit gaan nie goed met sy besigheid nie. Ek's nie eers seker wanneer ek weer onderhoud gaan kry nie. Hy sê hy spaar vir hom en Poppie se honeymoon, so ewe. Daar was nie geld na die troue nie, en hy skuld haar." Sy skud haar kop en kyk vir hom. "Asof dit my traak. En dan moet hy seker nog vir sy ander kind ook betaal. Ek wonder of Willem se ma-hulle ooit weet hulle het nog 'n kleinseun." Sy klik haar tong. "Ek vertel hulle sommer."

Hendrik kyk vir haar, probeer uitmaak wat sy voel, maar sy wys niks. Vera het hom eenkeer vertel Willem het nog 'n kind, en hy het nie vir haar so gesê nie, maar hy was nie verbaas nie en hy dink daar gaan nog 'n paar in Willem se lewe opduik.

"Vergeet van Willem, oukei?" sê hy. "Van sy honeymoon-planne, sy kind. Ons kom goed reg. En ons trek Durban toe! Wie gee om of hy geld het om die kinders op te vlieg? Ons kan oor begin in Durban."

Sy kyk vir hom, haar oë lyk nou vol hoop. "So ry ons dan môre?"

"Ja," sê hy en vat weer haar hand, "ons kan vanaand pak en môre die pad vat en dinge gaan uitkyk daar. Ek kan vir Jack bel. Hy bly op die Bluff. Dalk kan hy my ou werk vir my organise. Goeie shunters is skaars. Ons kan huise en skole gaan soek, ons kan ook sommer bietjie strand toe gaan. En as als uitwerk, dan kom haal ons jou ma."

Vera frons. "Dink jy sy sal wil saamkom?"

Hy glimlag. "Wie gaan nou nee kan sê vir Durbs? Sy's mos nou gewoond om by ons te bly, Vera. Wanneer laas het sy gepraat van teruggaan na Ivan-hulle toe? Sê jy my!"

Vera glimlag. Hy kan sien sy weet dis waar. Vandat hy Randfontein toe getrek het, en Vera se ma saam met hulle in 'n groter huis in Homelake bly, is sy nie meer so vol dinge nie. Sy hou van haar kamer, en die huis het twee badkamers en hy maak seker die kinders verstaan om hulle ouma altyd eerste kans te gee in die oggend. En dis nie dat hy dit doen omdat hulle haar nodig het vir die kinders nie, en hulle hét – met hom wat so ontydig skofte werk en Vera wat dikwels eers na vyf by die huis kom – nee, hy hou van Anna, sy is 'n onverwagte bonus saam met sy nuwe gesin wat soos 'n Kersgeskenk uit die hemel in sy skoot geval het.

"Waar gaan ons bly?" vra Vera ná 'n rukkie. "Dis oral vol."

Hy vryf oor haar lang hare. Dit voel sag.

"Dis oukei, Vera, noudat ons 'n plan het, is dit die laaste van ons worries. As ons eers daar is, kan ons rondry en gaan vra. Mense kan nie vir jou in jou gesig nee sê nie, veral nie met kinders nie."

"Ek gaan sê gou vir hulle!" sê sy en klim uit.

Hendrik voel aan sy hempsak vir sy pakkie Texan Filters, steek een op en draai in sy sitplek om om te kyk hoe sy oor die park hardloop, na haar kinders toe.

Hulle trek die volgende oggend vroeg weg. Vera het die aand eiers gekook en sandwich spread-toebroodjies gemaak. Hulle sal in Harrismith stop om koeldrank te koop.

Dis lank stil in die swaar gelaaide Fairlane, die seuns het aan die slaap geraak, Ben op Lien se skouer en Dawid met sy kop op Ben se skoot. Lien se oë is toe.

"Sing bietjie vir ons Sonja, toe, Lien?" sê Vera.

Die son is besig om op te kom en gooi 'n sagte lig oor die veld. Die vaal bossies aan weerskante van die teerpad raak stadigaan groener.

Hendrik kyk vir Vera. Sy krap in die cubbyhole rond vir haar sigarette.

"Ag nee, Ma," sê Lien en maak of sy gaap. Maar hy kan hoor sy wil. Hy glimlag.

"Ag toe, man, jy klink nes sy. Eintlik mooier." Vera steek 'n sigaret op en draai haar venster bietjie oop. Sy blaas die rook by die skrefie uit.

Lien sug, en toe sing sy: "O, ek verlang na jou . . ."

Split (v.)
To leave the scene: "This place is beat, let's split."

7

Die klam hitte klou soos 'n tweede vel aan haar vas en die walm van 'n kind se lyf wat agter haar verbyhardloop, help nie. Dit laat haar hare rys en gee haar hoendervleis.

"Stop dit!" Sy kyk te laat om om te sien wie die sondebok is. Hy of sy is met 'n vaart die kombuis uit, die sitkamer in. Sy kan die kind se voete op die kaal houtvloer hoor stamp, hoor hoe dit sagter raak oor die mat wat agter onder die bank uitsteek en dan uiteindelik verdwyn by die oop voordeur uit.

Vera rek oor die stoof, versigtig vir die twee potte brinjalkerrie en rys bo-op, en vee die wasem aan die venster met die plathand af. Vir 'n paar sekondes kan sy die baksteenmuur sien wat al langs die nou sementgangetjie agter om die huis loop en, bokant die muur, die steil ivy-vergroeide helling wat op tot teenaan die pad strek. Deur die venster lyk dit asof die mengelmoes van blare die stukkie blou lug wat bo uitsteek probeer versmoor, en dan, skielik, raak alles weer weg agter 'n wit stoommuur. Sy haat Durban.

Sy sit die plaat met die rys af, trek die pot eenkant toe en begin die kerrie roer, kap-kap daarin totdat die pers vel van die brinjal 'n waterige geel pappery word. Toe buk sy vooroor en skep 'n bietjie op die lepel, blaas 'n paar keer en slurp dit op. Souterig maar afgewater, nes haar ma haar geleer het. Glad nie so warm soos die kerrie wat Hendrik altyd maak en waarvan sy niks hou nie. Sy druk-druk weer daaraan, hou haar oog op die twee ingange wat uit die sitkamer en eetkamer die kombuis in loop.

Sy verstyf toe sy Hendrik se arms om haar lyf voel en stamp sy seilwerksak hard met haar knie weg toe sy hom teen haar been voel skuur. Haar gesig raak nog warmer.

"Ek't jou nie gehoor nie," sê sy en probeer haarself loswikkel. "Ek kry warm, Hendrik."

"Maak die vensters oop, daar's 'n lekker briesie buite," sê hy en sit sy sak op die kombuistafel neer.

"Jy bedoel 'n bergwind."

Vera het dié warm wind vir die eerste keer gevoel toe hulle laas jaar in Durban aangekom het, sommerso met die intrapslag. Sy kon skaars uit die kar klim of dit was asof 'n deurskynende warm wolk haar teruggedruk het, terug die effens koeler Fairlane in. Sy het dit nie toe as 'n slegte teken gesien nie. Sy was opgewonde om by die see te kom bly. Maar nadat die hitte, en veral die wind, haar 'n paar keer ondergekry het, kan sy nie help om te dink dat dit 'n slegte idee was om Durban toe te trek nie.

Hendrik sit die ketel aan. "Tee?"

Sy skakel die kerrieplaat af en sê niks.

Hy is stil terwyl hy koppies uit die kas haal en tee maak.

"Kom sit, Vera."

Sy trek 'n stoel onder die tafel uit en gaan sit dwars, een skouer teen die stoel se rug. Sy kyk na sy sak langs die twee koppies, stoot dit hard weg en vat haar tee.

"Wat gaan ons vir geld doen?" vra sy. "Dis nou al 'n jaar, Hendrik, ek kry nie werk nie. Willem betaal elke maand kort en hy't die kinders nog nie een keer gesien vandat ons hier bly nie. Die seuns vra gedurig na hom. Miskien moet ons terug Randfontein toe."

"Ek het gedink om die Fairlane vir 'n Mini in te ruil," sê hy. "Ek het vandag 'n groen tweedehandse een met 'n wit leersunroof gesien."

Vera sit haar koppie neer en kyk vir die eerste keer die middag in sy oë. "Jy's seker mal. Hoe dink jy gaan ons almal in die kar pas? En wat van my ma? Sê nou sy wil saam iewers heen?"

"Dit sal baie help, Vera," sê hy. "Dink bietjie daaroor. Die Fairlane is afbetaal en ons kan 'n goeie prys vir hom kry. Ons kan die Mini cash koop én daar sal nog heelwat geld oor wees. Jy weet hoe vreet die Fairlane petrol."

Hy glimlag, slurp al om sy lepel en sluk hard aan sy tee. Sy kyk weg.

"En die kinders gaan mal wees oor die Mini," sê hy. "Dis so 'n oulike ou karretjie."

Sy staan op en loop kamer toe om haar sigarette te gaan haal.

"Die verkoopsman het gesê ons kan hom vir 'n test drive vat, Vera. Later vanmiddag," roep hy agterna.

"Ek wil nie 'n Mini hê nie. Dis agteruitboer," sê sy sonder om terug te kyk.

Hoe hulle almal in die kar gekom het, haar ma inkluis, weet sy nie, maar hulle ry al met die kus langs op die Bluff se hoofpad, die wit leersunroof oop. Sy het haar pakkie sigarette en boksie vuurhoutjies in die piepklein cubbyhole gesit en vir haar en Hendrik elkeen een opgesteek net voor hulle by die huis weggetrek het.

Sy was bekommerd dat die swaar gelaaide karretjie nie die steil bult van die huis af op see toe sou kon uitkom nie en sy was bly toe Hendrik die dingetjie in tweede rat gery kry tot daar waar mens die eerste stukkie see van bo af kan sien.

"Ek kan nie julle rook ruik nie, Vera!" sê haar ma. Sy sit styf ingedruk agter langs die kinders.

"Dis oor die sunroof oop is, Ma," sê Vera, "al die rook trek bo uit." Sy druk haar arm deur die opening en hou haar hand bak teen die wind. Dis lekker koel. "Kyk," sê sy.

"Gaan ons die Mini koop, oom Hendrik?" vra Ben.

Ben is al van kleins af lief vir karre, veral grotes, en Vera dink die Mini is dalk te klein na sy smaak. Hy aard na haar ma se kant van die familie, hulle is almal ewe kar-mal. Haar ma en Brenda, Brenda wat bang is om te bestuur nadat sy eenkeer amper iemand doodgery het. Sy sê mense se karre is uitspruitsels van hulle ego's. Ook maar goed sy ken nie vir Hendrik nie, Vera wil nie weet wat sy van hom en sy Mini sal dink nie.

"Ek weet nog nie, Ben," sê Hendrik en kyk vir Vera. "Dis hoekom ons hom nou vir 'n test drive vat."

Vera kyk na die huise wat nou baie groter lyk deur die Mini se venster as deur die Ford Fairlane s'n. Sy kry skielik skaam en trek haar arm terug op haar skoot.

"Ek hou van die Mini," sê haar ma. "Dis 'n oulike karretjie."

"Hy ry lekker vinnig," sê Ben.

"Die kattebak is net bietjie klein vir wanneer mens op vakansie wil gaan," sê haar ma.

"Ons ís mos op vakansie, Ma," sê Vera en kyk vir Hendrik. "Ons bly by die see. Waar sal ons nou wil heen?"

"Bloemfontein toe." Hendrik se oë is stip op die pad.

Vera frons. "Bloemfontein toe. Vir wat?" vra sy voor sy onthou Hendrik se ma-hulle het op 'n plaas net buite Bloemfontein gebly voor hulle dood is. Eers sy pa aan 'n hartaanval op 'n trekker terwyl hy besig was om te ploeg, en kort daarna sy ma. Hendrik dink haar hart was gebreek. Hy sê hulle was onafskeidbaar.

Sy kyk vir hom. Hendrik kyk links en regs waar hy by 'n stopstraat stilgehou het, die sigaret is tussen sy lippe vasgeknyp terwyl hy die kar in eerste rat sit. Hy ry stadig oor.

Sy ma het nooit van haar gehou nie. Nes Willem se ma. Die laaste twee jaar op hoërskool het sy ma 'n paar keer vir hom in die koshuis kom kuier en toe vir Vera ontmoet. Hendrik het haar later vertel sy ma het hom teen haar gewaarsku.

"Sy dink jy gaan my hart breek," het hy gesê en sy kon daardie dag in sy oë sien hy wou hê sy moes sê dit is nie so nie. Dit was die begin van hulle probleme.

"Bloemfontein. Dit klink lekker," sê haar ma. Sy tik Vera op haar skouer. "Kan ek maar saamkom?"

"Natuurlik, Ma," sê Hendrik en vang haar oog in die truspieëltjie. Hy glimlag.

Ma, dink Vera. Hulle is skaars drie maande terug in Durban se landdroshof getroud en hy maak klaar asof haar familie al vir jare syne is.

"Ons kan op ons ou plaas gaan kuier," sê hy. "Dis net buite die dorp, my oom-hulle boer nou daar."

"Dit sal gaaf wees, Hendrik. Haai, ek kan amper nie glo jy en Vera was so lank gekys op skool en ek het nooit jou ouers geken nie." Sy sug. "Vera se pa was maar moeilik, hy't nie van mense gehou nie."

"Ek onthou, Ma," sê hy.

"Maar hy het darem van jou gehou, Hendrik. Hy sou nie omgegee het as jy met Vera getrou het in plaas van Willem nie. Dit sê baie."

Vera draai in haar sitplek om en probeer met haar oë vir haar ma wys om stil te bly, maar haar ma frons net vir haar en soek Hendrik se oë in die truspieëltjie.

"Weet jy, ek het jou nooit gevra nie," sê haar ma. "Het jy broers en susters, Hendrik?"

"Nee, Ma. Ek's al kind."

"Nooit," sê sy. "Maar dan moet jy vir jou 'n klompie kinders aanskaf."

Vera rek haar oë nog groter vir haar ma.

Hendrik lag. "Ek het mos kinders, Ma."

"Jou éie kinders, bedoel ek nou. Vera is lank nie te oud om nog enetjie te hê nie. Sy kan haar mos op 'n ander manier handig maak, siende dat sy nie werk kan kry nie." Sy kyk vir Vera en knipoog. "Nè, Vera?"

"Ma is nie snaaks nie." Vera swaai vorentoe en druk haar sigaret in die asbakkie dood.

"Die drie hier agter is meer as genoeg vir my," sê hy. "Maar dankie in elk geval, Ma."

Hulle hou in Brighton Beach se parkeerarea stil en Vera kan skaars vinnig genoeg uitklim en haar sitplek opslaan vir die kinders.

"Stadig oor die klippe, julle," sê sy en druk haar hande oor haar ore teen die skielike gille. Hendrik slaan sy sitplek op en help haar ma uit – of help haar liewer op, dink Vera, so laag is die Mini teen die grond. Die kinders hardloop strand toe, Lien stop om haar plakkies uit te trek, die seuns is kaalvoet.

"Nie te lank nie!" roep sy agterna. Sy voel weer hoe die hitte soos 'n deurskynende wolk oor haar neersak terwyl hulle stadig agter die kinders aanstap en kyk hoe hulle mekaar in die vlak seewater nat spat.

"Dis tyd dat jy vir Lien 'n bra koop, Vera," sê haar ma.

* * *

Lien is verlief op die Engelse outjie wat drie huise van hulle s'n af bly. Hy is in standerd ses in Brighton Beach-hoërskool en sy naam is Jonathan Trapido. Hy surf elke naweek saam met sy groot broer by Anstey's Beach waar die branders meestal die beste is vir surf op die Bluff. Hy het haar naam saam met syne in 'n hartjie uitgekrap op die bas van die boom voor hulle huis, aan die agterkant, sodat niemand dit kan sien nie. Hy moes oor die hartjie se lyne skryf, want sy naam en hulle al twee se vanne is lank. Sy oefen elke dag haar trou-handtekening, Lien Trapido, met 'n potlood op die laaste bladsye van al haar skoolboeke en vee dit weer uit voor iemand dit kan sien. Dit klink en lyk vir haar mooi.

"I love you, Lien," het hy eendag gesê toe hulle agter sy huis marbles speel. Sy het hom vir die derde keer in 'n ry gewen en staan met sy favourite wit ghoen in haar hand en kyk vir hom. Hulle het 'n groter tuin as Lien-hulle s'n. Daar is baie blomme orals en die grasperk is altyd kort gesny. Dit lyk asof hulle al vir baie jare daar bly. Sy dink dis die eerste keer in haar lewe dat iemand vir haar sê hy is lief vir haar. "You're not like other girls."

"Thanks," sê sy hoewel sy wou sê, "I love you too," maar sy kon nie dink om dit oor haar lippe te kry nie. Toe soen hy haar vinnig op haar mond en hulle speel weer 'n game.

"Jy is hopeloos te jonk, Lien," sê haar ma toe sy haar die aand vra of sy saam met Jonathan in die stad fliek toe kan gaan. Hulle kan 'n bus soontoe en terug vat, hy sê hy het dit al baie gedoen. "Los die seuns tot jy oud genoeg is vir sulke dinge, oukei? Vroeg ryp is vroeg vrot."

Sy gaan sit by die kombuistafel, steek 'n sigaret op en kyk vir Lien deur haar rook. Sweetdruppeltjies lê op haar bolip en haar swart hare krul klam langs haar gesig op van die hitte. Sy lyk geïrriteerd, haar oë is moeg. "Lees liewers bietjie een van die *Kinders van die Wêreld*-boeke. Ons het dit nie verniet vir julle gekoop nie. Toe." Sy staan op en gaan sit die ketel aan. "En ek bedoel lees as ek sê lees. As ek jou weer vang prentjies teken op die leë bladsye, dan gooi ek jou potlode weg." Sy kyk vir Lien. "Dit belowe ek vir jou."

Lien weet dis Ben en Dawid wat haar ma vertel het. Sy sal hulle terugkry. Wag maar net dat hulle haar weer vra om vir hulle 'n storie te lees, dan sal hulle sien. Sy haat die *Kinders van die Wêreld*-boeke. Dis net vol dowwe swart-en-wit foto's en lang stukke oor ander lande se kinders en hulle boring ou storietjies. Sy hou net van die Rusland-deel, want haar ma sê haar oupa wat dood is het altyd gesê hulle is half-Russies en Jonathan sê hulle familie is ook van Rusland af en sy dink dis 'n teken. Sy blaai eerder deur die *Zigzag*-tydskrifte oor surfing wat Jonathan vir haar gee as hy en sy broer dit klaar gelees het. Daar is ten minste kleurfoto's in al is dit alles net ouens wat surf.

Een Sondag sê haar ma sy kan vir Jonathan saam met hulle strand toe nooi vir die dag. Sy kan nie glo hy sê ja nie, hy sal sy surfery saam met sy broer los, maak nie saak dat daar lekker branders by Anstey's is nie.

Toe hulle ry, sit hy styf tussen haar en haar ouma op die Mini se agterste sitplek ingedruk, Ben langs die venster en Dawid dikbek op haar ouma se skoot. Daar's nie ander plek vir hom nie. Lien het haar nuwe geel string-bikini aan, met 'n lang, ligpers onderbaadjie met linte en tossels wat haar ouma vir haar gehekel het bo-oor, en haar plakkies.

Toe hulle parkeer, hardloop sy en Jonathan tot op die strand waar hulle eerste hulle handdoeke langs mekaar oopgooi voor hy haar die see in jaag. Onder die lou soutwater soen hy haar op die mond en toe een brander hulle so hard slaan dat hy bo-op haar in die vlak water uitspoel, sien Ben hulle weer soen en gaan klik by haar ma.

"Julle twee moet nou maar vir eers uit die water," sê oom Hendrik met 'n frons toe hulle sopnat op hulle handdoeke neerval. Hy sit saam met haar ma en ouma onder 'n sambreel wat hy op die strand gehuur het, al drie op houtstoele met plastiekkussings op. Hulle lyk soos mense uit 'n boek, haar ma met haar groot hoed en sonbrille en haar wit bikini wat teen haar donker vel afsteek; selfs haar ouma met die bont kaftan wat Brenda een Kersfees vir haar gegee het, lyk smart. Net oom Hendrik lyk soos hy altyd lyk, al sit hy met sy maer lyf vol hare tussen die twee in sy nuwe speedo wat lyk asof dit uit die Amerikaanse vlag gesny is. Sy het die vlag eenkeer gesien in 'n *Kinders van die Wêreld*-boek. Sy het baie van die sterre en strepe gehou in die klein swart-en-wit prentjie, en toe lees sy onderaan die vlag is blou, wit en rooi.

Oom Hendrik wink 'n Indiër in wit klere nader en koop hamburgers en chips en botteltjies Pepsi vir almal. Lien gee nie om dat sy elke nou en dan korreltjies seesand in haar chips raakbyt nie, sy is so honger, en Jonathan sit met sy rug styf teenaan hare en sy kan voel hoe die warm son die druppels op haar lyf een vir een droogsuig.

Later loop almal na die Lido toe en gaan eet roomys bo terwyl hulle uitkyk oor die hordes sambrele op die strand. Haar ma sê hulle kan nie rickshaw ry nie, die dag raak te duur, maar voor hulle terug ry huis toe, koop haar ouma vir almal spookasem.

Die aand kan Lien amper nie aan die slaap raak nie, sy dink so baie aan die lekker dag, sy dink oor en oor aan Jonathan en sy soene op haar mond.

Sy kon dit nie glo toe hy die volgende week vir haar kom vertel hy hou van 'n ander meisie nie, 'n nuwe een in sy klas wat regtig van Rusland af kom en nie 'n woord Afrikaans kan praat nie. Asof Afrikaans skielik sleg is om te wees. "My pa ken hulle, hy sê ek moet hulle rond gaan wys," het hy gesê, "hulle ken Durban glad nie en ek kan bietjie Russies praat."

Toe sy vir Jonathan die naweek verby sien loop busstop toe, sy hand om die lyf van 'n lang, donker meisie met krulhare, toe weet sy hulle is op pad fliek toe in die stad, en later, toe sy onthou, hardloop sy om op die boomstam te gaan kyk, en sy sien hulle name is doodgekrap, daar's mes-kepe heen en weer oor die hartjie, hard en diep. Terwyl sy so staan en kyk, probeer uitmaak wat oor is van haar en Jonathan se name, dink sy dis hoe haar hart aan die binnekant moet lyk. Stukkend.

Sy kon later die aand, toe die seuns bed toe is en haar ma-hulle hulle laaste koppie tee in die kombuis drink, nie wag om haar tekenboek uit te kry en stukkende hartjies te teken nie. Party het pyle deur, bloed spat uit ander uit, sy krap en krap oor elkeen totdat die lelikheid vir haar mooi begin raak.

Die volgende week toe sy met die bus skool toe ry, tik 'n blonde seun wat sy al pouses by die skool gesien het, haar agter op die skouer. Sy is besig om die *Tina* vir die tweede keer deur te lees en

Ben en Dawid sit voor by hulle maatjies. Hulle kyk nie vir haar nie.

"Haai, ek het nie geweet jy kan lees nie!" sê hy.

Sy dink eers hy is ernstig, maar toe sy die lag om sy oë sien, sy mooi wit tande, weet sy hy terg haar net en toe sê sy iets simpels want sy was skielik skaam. "Ek lees al lankal, man."

'n Week later is sy met Anton Alberts gekys en oefen sy haar nuwe trounaam agter in haar skoolboeke, maar al teken sy hulle hoe hard bo-oor die Lien Trapido's wat sy uitgevee het, kan sy nog steeds die sagte gleufies sien wat haar potlood die eerste keer in die papier gemaak het.

* * *

Vera maak die oonddeur oop, snak na haar asem in die skielike warm walm en druk die deur weer vinnig toe. Sy staan regop en vee die sweet van haar voorkop af met die oondhandskoen. Toe rek sy verder oor die stoof om die toegewasemde venster ook met die handskoen by te kom.

"Ek verstaan jou nie, Vera," sê Hendrik sag.

Sy draai om. Hy staan in die oop agterdeur. Sy blou spoorwegoorpak hang soos 'n sak aan sy maer lyf en mens kan sien die verbleikte broek word meer as die baadjie gewas.

"Dis omdat daar niks is om te verstaan nie," sê sy. "Het my ma jou nou vertel?"

"Ja. In die sitkamer. Sy en die kinders is op pad uit strand toe. Sy sê jy sê ons trek terug Randfontein toe."

Sy gooi die oondhandskoen op die kas langs haar neer. Hendrik stap in, swaai sy seilsak bo-op die tafel en sit die ketel aan.

"Jou skielike giere affekteer almal se lewens, nie net joune en myne nie – die kinders s'n, jou ma," sê hy terwyl hy bekers uit die kas haal en teesakkies ingooi. "Dis nie reg nie, Vera."

Vera trek sy sak van die tafel af en gooi dit in die hoek neer voor sy gaan sit. Sy sê niks, sy probeer sien, enigiets sien tussen die druppels deur wat teen die toegewasemde venster afloop.

"Wat word van die hond?" vra hy. Hy gooi kookwater in die koppies en haal melk uit die yskas.

"Iemand moet ingryp, Hendrik," sê sy. "Iemand moet besluite neem, anders sit ons almal nog op 'n hoop saam en krepeer hier in Durban. Willem se verskonings in plaas van onderhoud betaal help niemand nie en om die Fairlane in te ruil was nie genoeg om ons uit die moeilikheid te kry nie. Ons het meeste van die geld al gebruik. Wat maak ons as als eers klaar is?"

Hy glimlag skielik. "Ons kan altyd jou Anglia verkoop. Ivan kla juis die kar staan sy garage vol. Hy sê ons moet plan maak met dit."

"Ek maak mos plan," sê sy. "Ons gaan terug, Hendrik. Ons gaan die Anglia nodig hê daar."

Sy hoor die voordeur toeslaan, sagte stemme buite, en dan stilte.

"Die kinders gaan die strand mis, Vera. Jy ook."

Sy sê niks, skud net haar kop.

"Jy's seker bly oor die bietjie stilte as almal gaan swem," sê hy ná 'n rukkie. Hy glimlag. "Jy wat heeldag 'n huis vol mense om jou het. Jou ma, die kinders, ek . . ."

Sy kyk vir hom waar hy oorkant haar sit, 'n koppie soet tee in sy hand, sy sagte donker oë wat vir haar lyk soos die hond s'n wanneer hy vir 'n been bedel ná daar gebraai is. Willem sou haar daar en dan uit die stoel uit opgetrek en oor sy skouer gegooi het, maak nie saak hoe sy baklei het nie. Hy sou haar kamer toe gedra en op die bed neergegooi het, haar met sy lyf vasgepen het en dan sy sin met haar gekry het. In die dae voor hy met sy girlfriend getrou het.

"Mariebeskuitjie?" vra Hendrik en staan op.

Sy glimlag, rek oor die tafel en druk sy hand. "Dit sal lekker wees, dankie, Hendrik."

* * *

Vera roep die kinders kombuis toe. Sy is in 'n goeie bui. Sy knipoog vir Hendrik. Hy is so uit die veld geslaan, hy bloos.

"Julle gaan dit nie glo nie." Sy het 'n sigaret opgesteek en sit langs hom, koppies tee voor hulle op die tafel. "Oom Hendrik het vandag gehoor hy het 'n baie goeie werk in Randfontein gekry."

"Trek ons terug soontoe?" vra Ben.

"Ja, seun!" sê sy. "Ons sal 'n huis soek as ons daar is, maar ons sal vir die eerste maand by tannie Mara-hulle in Randgate gaan bly."

"Ma!" sê Lien. "Ons kan nie al weer trek nie!"

"Dis nie vir jou om te besluit nie," sê Vera en kyk haar kwaai aan. "Jy raak in elk geval te groot vir jou skoene met al die seuns wat heeltyd so hier rondhang."

"Ek het 'n boyfriend, Ma!"

"Jy's nou eers twaalf, Lien!"

Lien gaan sit. "Wie's tannie Mara?"

"Tannie Brenda se vriendin," sê Vera. "Sy bly . . ."

"Haar vriendin?" Lien frons. "Bedoel Ma haar girlfr . . ."

"Lien! Moenie vir jou voor op die wa hou nie." Vera gee haar 'n vuil kyk voor sy weer met Hendrik en die seuns praat. "As julle dan nou moet weet: tannie Brenda het vir tannie Mara gehelp, met geld, toe die myn haar en haar dogter uit hulle huis wou sit."

"Tannie Brenda het laas gesê sy wil nie hê ons moet haar tannie noem nie. Sy sê haar naam is Brenda, net Brenda," sê Lien.

Hendrik sien Vera se gesig raak rooi. Hy wens Lien wil nie so aspris wees nie. Hy's bekommerd oor haar, sy raak al hoe meer rebels.

"As jy nie nou stilbly nie, stuur ek jou kamer toe, Lien. Ek praat nie weer nie," sê Vera. Sy vat 'n trek aan haar sigaret voor sy aangaan. "Tannie Mara huur kamers uit, en daar is twee oop. Tannie

Brenda het gesê ons kan haar vir 'n spesiale prys vra. Tannie Mara skuld haar, en ons is immers familie."

"Ek's moeg getrek," sê Dawid. "Ek wil vir altyd in Pietersburg gaan bly. Ek verlang na Pappa."

Almal kyk vir hom, verbaas dat hy iets te sê het.

"Tannie Poppie is 'n heks, Dawid," sê Lien. "Sy haat ons."

"Bly stil, Lien," sê Vera.

Lien kyk vir Hendrik. Hy sien sy soek ondersteuning, maar hy wil nie Vera se bui bederf nie. Hy glimlag net, rek sy oë en sit sy vinger voor sy mond.

Lien frons vir hom en ruk haar kop anderkant toe. Hy moet regtig met Vera praat oor haar. Netnou slaan sy die verkeerde rigting in. Sy's 'n slim kind, hy hoor as sy haar Engelse spelling vir hom opsê, sy kry al die woorde reg. Woorde wat hy nie eers geweet het bestaan nie. En sy klink nes 'n soutie.

Maar hy dink die sketse wat sy maak is die beste van als, al hou hy nie van die vreemde goed wat sy teken nie – vlieënde pierings, skedels en selfs grafstene met engeltjies bo-op. Die klomp hartjies met messe en pyle deur, met bloedspatsels wat tot in die hoeke van die bladsye trek, bekommer hom die meeste.

Hy het al vir haar 'n paar tekenboeke gekoop, en hy blaai nou en dan deur hulle as sy nie by die huis is nie. Dit hou haar goed besig, maar blykbaar nie heeltemal uit die kwaad met die seuns nie.

"Na watse skool toe gaan ons, Ma?" vra Ben.

"Ons sal dit uitwerk as ons eers daar is," sê Vera. "Dit hang alles af van waar ons bly. Die belangrikste is, ons gaan huis toe."

"Waar is ons huis?" vra Lien.

"In Randfontein. My hemel. Jy weet dit mos, Lien. Dis waar ons vandaan kom."

"Is ek nie in Pietersburg gebore nie?"

"Lien!" sê Vera. "Stop dit nou."

"Gaan oom Hendrik weer op die myn werk?" vra Ben.

"Ek gaan, ja," sê Hendrik. "Daar's 'n kans dat ek oor 'n paar jaar mynkaptein kan word."

"En dis nie al goeie nuus nie, julle. Ek't ook werk op die dorp gekry, nogal by dieselfde winkel waar ek laas gewerk het. Maar ek gaan nie saleslady wees dié keer nie, hulle wil my bestuurderes maak!" sê Vera. "Die een voor my is gefire want sy's gevang met haar vingers in die till. En toe ek bel, was die areabestuurder so bly om van my te hoor, hy sê eerlike mense is skaars, en woeps daar het ek die werk! En . . ." sy vat 'n slukkie tee voor sy aangaan, "ek hoor daar het 'n Wimpy in die hoofstraat oopgemaak. Ons gaan julle die eerste Sondag wat ons daar aankom, stiek vir lunch, nè, Hendrik?" Sy kyk vir hom, vat 'n trek aan haar sigaret en blaas die rook oor sy kop uit.

Hendrik vat haar arm. "Dit klink alles só lekker, Vera. Ek kan nie wag nie!" Hy glimlag vir die kinders. Hulle frons.

"Wat's 'n Wimpy?" vra Dawid. Hy krap in sy neus.

Vera skud haar kop, wys vir hom nee met haar sigaret. "Dis 'n restaurant," sê sy. "Bietjie soos die Lido op die strand, maar net smarter."

"En daar's nóg goeie nuus, julle!" sê Hendrik. "Vanaand is die aand wat ons almal bietjie uitgaan. Wat dink julle kinders?"

Vera frons. "Waarheen en met watse geld?"

Hy glimlag weer vir haar. "Moenie jy worry nie, my liewe vrou, watch net."

Sy rol haar oë.

Hendrik knipoog vir Dawid. "Jy gaan vanaand met jou eie oë sien wat 'n restaurant is."

"Waar's Ouma?" vra Lien. "Kom sy saam?"

"Nee," sê Hendrik vinnig en kyk vir Vera. "Sy voel nie lekker nie, sy's in haar kamer. Ons sal vir haar ietsie saambring huis toe."

Later trek Hendrik die voordeur agter hulle toe en klingel die Mini se sleutels tussen sy vingers, al die pad tot by die kar.

Vera loop voor met almal op 'n streep agterna. Dis bedompig en warm. Hy sien sy probeer haar koel waai met haar vierkantige handsakkie, dis dieselfde rooi as haar kort rok en lipstiffie. Sy het 'n ligpers serp met groot blomme agterstevoor om haar nek aan, die twee punte hang agter af tot amper in die waai van haar knieë, baie langer as haar rok. Hy sien sweetdruppeltjies op haar bolip uitslaan toe sy omkyk om die kinders aan te jaag, maar hy hoop sy haal nie die serp af nie.

In die kar trek Hendrik die wit sunroof heeltemal oop en hulle draai al die vensters tot onder toe af. Toe hulle ry, kyk Hendrik vir Vera langs hom, haar lang hare en serp wapper in die wind. Met haar glimlag en sigaret in die hand lyk sy vir hom nes 'n filmster.

* * *

"Raak van hom ontslae, Hendrik. Hy kan nie môre saam trek nie. Ek't jou al hoeveel keer gevra. Sê net vir die kinders hy't siek geword of hy't onder 'n kar beland of iets. Asseblief. Maak 'n plan."

Lien kan haar ma se stem hoor, maar nie oom Hendrik s'n nie. Hy praat baie sagter as haar ma. Sy is nie seker wat hy sê nie. Dit is ná agt die aand en sy en Ben lê in haar kamer met die lig af, wawyd wakker en doodstil. Sy matras is vir die laaste aand by haar ingeskuif sodat haar ma en ouma die seuns se kamer kan oppak. Dawid slaap vanaand by haar ouma.

Sy kan aan Ben se asemhaling hoor dat hy probeer om nie te huil nie, maar sy weet nie wat om te sê om hom beter te laat voel nie.

Die volgende oggend vat oom Hendrik hulle hond Baksteen en sy rewolwer strand toe sonder om te sê hoekom. Sy vra ook nie. Hulle moet vir die laaste dag skool toe en haar ma is in 'n slegte bui.

Toe hulle die middag by die huis aankom, is oom Hendrik terug van die strand af. Baksteen ook. Sy hoor hom haar ouma vertel dat hy dit nie oor sy hart kon kry om die hond te skiet nie en dat hy iemand saam met wie hy op die spoorweg werk, gevra het om hom te vat.

'n Swart man kom later op sy motorfiets by hulle huis aan, daar's 'n metaalboks agter op die sitplek vasgemaak. Hy lyk vriendelik.

Ná hy bietjie met Baksteen gespeel het en dit lyk asof die hond gewoond raak aan hom, tel hy hom versigtig op en sit hom in die boks. Lien kan nie sien of hy hom vasbind nie, maar hy los die flap oop. Sy dink hy sou dalk die flap toegemaak het as Baksteen kleiner was. Toe klim die man op sy motorfiets, ry die erf uit en draai links op die groot pad wat afdraand voor hulle huis verbyloop lokasie toe.

Lien staan lank daar voor die eetkamervenster met die prentjie van Baksteen in haar kop: stokstyf en tjankend agter op die motorfiets in die oop boks, ore flappend in die wind, al die pad na sy nuwe huis toe. Sy dink dat die hond, net soos sy, nie weet waar hy vanaand gaan slaap nie.

Rescind (v.)
1630s, from French *rescinder* "cut off, cancel" (15c.), and directly from Latin *rescindere* "to cut off, tear off, abolish", from *re-* "back" (see *re-*) + *scindere* "to cut, split" (see *shed* (v.)). Related: *Rescinded*; *rescinding*.

8

"Kom sit, Hendrik," sê Mara en trek die lendelam draadstoel onder die stoeptafel uit. 'n Walvis, met haar wit hare, wit vel, deurskynende blou oë en wit sak van 'n rok wat onder haar knieë hang. Sakkerig, alles aan haar is sakkerig. Rooi bloedvaatjies lê soos spinnerakkies oor haar neus en wange.

Hy voel hoe sy bors toetrek en 'n hoesbui in sy keel opstoot. Dis 'n nuwe ding, die hoes, dit het begin net toe hulle in Randfontein aangekom het. Sy skoonma spot hom, sê hy is allergies vir die Wesrand se droë lug. Hy wat gewoond geraak het aan Natal se lekker weer.

Hendrik hou sy asem op, sluk sy hoes, kug een keer agter sy vuis en gaan sit op die stoel. Sy oë traan van inspanning. Hy probeer glimlag sonder om hoogmoedig te lyk. Hý hoogmoedig, dink hy. Hy wat in 'n huis grootgeword het waar hulle elke sent moes omdraai, waar daar nooit niks luxuries was nie, waar daar vir alles gewerk, gebid en dankie gesê moes word. Maar hierdie is vir hom 'n ander tipe arm, dis armsaligheid. Hy kan sy hoes nie meer keer nie.

"'n Dop vir jou?" vra Mara. "Lyk of jy kan doen met een." Sy frons toe sy vir hom kyk en vir haarself 'n kappie brandewyn skink. Sy grawe 'n blokkie ys uit 'n Checkers-plastieksak langs haar op die grond en gooi dit in haar glas.

"Nee, dankie," sê hy toe hy sy asem terugkry en sy werksak neersit.

Hy voel vir sy pakkie sigarette in sy hempsak, draai sy kop eenkant toe en vee die trane van sy wange af. Sy gaan sit oorkant hom en hy is bly toe sy haar rok se lae hals probeer optrek. Hy sukkel om sy oë weg te hou van haar papperige, sweterige borste wat so vlak voor hom, oorkant die klein tafeltjie, op en af dein.

"Vir wat hoes jy so?" vra sy.

"Dis niks." Hy steek 'n sigaret op. Sy hande bewe. "My pa het ook so 'n hoes op hom gehad. Maar hy's dood aan sy hart. Die hoes is in die familie. My ma het altyd gesê ons het swak longe, dis nou ek en my pa."

"Klink maar vir my sleg," sê sy. "Braam het dieselfde ding gehad. Die dokter het gemeen dit was 'n kol op sy long. Hulle moes 'n stuk uitsny. Daar's 'n klomp giftige gasse onder in die myn." Sy draai in haar stoel om en skree oor haar skouer kombuis se kant toe: "Bertie! Bring vir oom Hendrik 'n koppie tee!" Dis so hard en so skielik dat hy skrik en hard "nee" sê.

"Nee?" Sy klink verbaas en vee oor haar waterige oë. "Vera het dan gesê jy hou van tee wanneer jy van die werk af kom."

"Ja, maar nee, ek's nie nou dors nie, ek's eintlik haastig," sê hy en tel sy seilsak op. Hy klou dit op sy skoot vas terwyl hy rook.

"Bertie gaan anyway vir jou bring."

Hy kyk oor die droë tuin na die groen Mini wat skoon en blink in die oprit staan agter 'n afgeleefde Ford Granada. Dis Mara se eksman Braam s'n. Sy sê sy hou die kar want hy skuld haar geld.

"Jy's maar 'n skaam outjie, nè?" sê sy.

Hy glimlag.

Bertie, haar dogter, bring 'n beker tee uit en sit dit voor hom neer. Sy is nie een vir baie praat nie, het Mara gesê – die eerste dag toe hy en Vera daar aangekom het, het sy nie gegroet nie. Maar daar is niks met haar verstand verkeerd nie, het Mara bygevoeg, niks.

"Dankie," sê hy en kyk vir Bertie. Sy draai om en stap terug kombuis toe.

"Waar's Vera?" vra Mara. "Sou jy haar nie by die werk gaan haal het nie?"

"Ek't haar by haar ma-hulle afgelaai, sy wil bietjie by die kinders kuier vanaand."

"En jy?"

"Ek't gou vir ons kom klere haal. Vera gaan sommer daar bad vanaand, ek ook," sê hy. "Ons wil nie vir jou moeite maak nie. Ons het nie geweet jou tannie-hulle kuier ook hier nie."

"Moenie worry nie," sê sy. "Ek glo hoe meer siele hoe meer vreugde, en ek en Bertie het elke sent nodig, hoor. Sy werk nie, nou laas jaar klaargemaak met standerd agt. Ek's op ongeskiktheidspensioen." Sy trek haar rok op en wys na 'n vuil verband om haar been. Hy dink hy sien ou bloedvlekke. Sy kyk weer vir hom en beduie met haar kop rond. "En dié's nog Braam se huis wat hy deur die myn gekry het. Hulle gaan ons seker nog een van die dae hier uitskop, die klomp suinige donners." Sy skud haar kop voor sy skielik glimlag. "As dit darem nie vir ou Brenda was nie." Sy kyk vir hom. "Sy's 'n engel, sê ek jou, Hendrik. Daai vrou. Skeef ofte not. Daar's nou vir jou een wat nie skaam is om haar medemens te help nie. Wragtig. Ek en ou Bertie sou op straat gesit het." Sy leun nader. "Jy ken haar nie, nè?"

Hy skud sy kop. "Ek't al gehoor van haar, by my skoonma . . . Anna. Sy vertel baie oor haar."

"Dáái's nou vir jou 'n ander een, hoor," sê Mara met soveel drif dat hy nie anders kan as om te wil weet nie. Sy is duidelik lus vir gesels, seker uitgehonger met dié dat Bertie nie juis praat nie. "Nee, sy's mos smart. Haar hele familie. Almal klomp geleerdes. Toe loop trou sy met 'n myner. En kyk waar kry dit haar." Sy lag. "In Randfontein. Sak en pak, pregnant met Vera en all."

Net toe Hendrik sy hand lig en weer vir sy pakkie sigarette in sy hempsak wil voel, rek hy op die laaste nippertjie vorentoe en vat die beker tee. Hy probeer 'n groot sluk vat, dit brand sy mond en toe sy keel, maar hy sit die beker nie neer nie, hy vat nog 'n sluk. Dis moeilik om nie sy gesig te trek nie. Die tee is sleg; as daar suiker in is, is dit 'n paar korreltjies.

Sy leun nader en fluister hard. Hy voel haar asem teen sy gesig, 'n warm walm alkohol. "Weet jy, Anna se pa was 'n grootkop in die goewerment." Sy sit weer regop, kyk in die rigting van die Mini agter die Granada. "Nee, jy sal nie weet nie." sê sy. "Die lot praat nie daaroor nie. Ek sou ook nooit geweet het as Brenda my nie vertel het nie. En toerentyd het dit vir my saak gemaak, daai familie se dinge." Sy kyk vir hom. "Want sien, ek en Brenda was close, baie close. Voor Braam."

Hy kyk weg. "Ek het gedink hulle was onderwysers, Anna en Brenda se ouers."

"Dis waar hulle begin het, ja. Maar die ou man is toe die politiek in. Hy en Connie Mulder hier op die dorp, einste Homelake, hulle was dik tjomme. Ek dink dis waar Brenda se dwarsgeid vandaan kom. Haar liefde vir die swart nasie. Pure rebelsgeid. Anna was nog altyd maar 'n pleaser. Dis hoekom sy so byterig is ná ou Dawid dood is, dink ek. Sy't haarself vir te lank ingehou vir appearances. Jy weet seker hulle het hom Satan genoem op die myn? Braam het vir my daai tyd vertel hoe hy die arme klomp ondergronds gedonner het. Daar waar hy dink niemand kon hom sien nie. Hy was 'n regte bliksem, daai man."

Hendrik staan skielik op en sit die beker op die draadtafel neer. "Ek moet gou maak," sê hy vriendelik. "Vera en die kinders wag. Ek't haar gesê ek sal net 'n paar minute wees, nie hier sit en gesels aanknoop met die ma van die huis en haar dogter nie."

"Die ma en haar dogter is maar altyd hier rond," sê Mara en knipoog vir hom. "Dalk kan ons môremiddag ná jou skof bietjie verder gesels. Ek ken al daai klomp se ins en outs."

"Ja, dit sal lekker wees, dankie," sê hy.

Hy druk verby haar op die stoep, sy broek skuur teen haar rok, haar seer been se kant. Hy hou die seilsak styf voor sy bors vas, loop die huis in na sy en Vera se kamer toe. Toe sluit hy die deur agter hom en gaan sit op sy kant van die deurmekaar dubbelbed, sy kop in sy hande. Die kamer is 'n gemors – oop tasse met klere wat uitpeul staan oral rond, plastieksakke vol vuil wasgoed lê in een hoek. Hy wil nie kyk nie.

Hy kan sy ou bachelor-dae nie met vandag s'n vergelyk nie, vertel hy homself altyd wanneer dit voel asof dinge hom onderkry. Soos nou. Hierdie mense by wie hulle vir 'n maand moet bly. En dit oor Desember.

Hy staan op en begin die sakke voor die deur opstapel. Dit moet saamgaan, na Ivan-hulle toe in Bosmanstraat. Daar's 'n wasmasjien.

Gelukkig wou Vera se ma nie hoor dat die kinders by Marahulle bly nie. Sy weet seker hoe dit hier gaan. Klink of dinge tussen haar en Mara lankal verkeerd loop. Hy sidder wanneer hy dink dat die kinders dalk hier moes geslaap het, met dié dat Braam partykeer dronk aan die deure kom slaan, sy kar se sleutel eis asof hy vergeet het dat die stuk scrap se wiele pap is. Hy soek sy goed, vloek en raas. Mara raak dan binne-in die huis opgewerk oor hóm buite, met haar swaar lyf hinkepink sy oor die plankvloer tot wie weet watter tyd. Sy snou Braam dinge toe wat Hendrik nie in sy wildste drome sou gedink het om vir iemand te sê nie. En Bertie se ewige stilswye hang die huis vol.

Hendrik het Braam nog nooit in lewende lywe gesien nie, maar hy het eenkeer na die omgekeerde foto in die sitkamervenster gekyk toe almal in die kombuis was. Onvriendelike gesig, digte baard, ken die lug in gedruk, kakieklere; en, aan weerskante, met sy arms om hulle skouers, sy gesin: 'n maer Mara wat glimlag, mooi selfs, en Bertie dikmond. Sy is seker so gebore, het hy toe gedink en die foto weer saggies omgedraai.

Hy voel 'n hoesbui aankom, spring op en haal vinnig klere uit sy en Vera se tas. Toe bondel hy dit in 'n ander plastieksak, gryp die res, en sluip die gang af.

Om die eerste draai trek Hendrik die Mini van die pad af, sy oë traan van die hoes. Dit was so amper of hy het 'n hond met haar streep kleintjies raakgery.

* * *

Lien staan in haar nuwe kamer se deur en kyk vir die bokse wat in die hoek op mekaar gestapel is. Haar bed lyk vasgedruk teen die een muur, dis half-opgemaak, die pienk deken wat haar ouma vir haar vir Kersfees gekoop het, lê skeef bo-oor. Sy haat pienk. As sy alles swart kon hê, sou sy. Of pers. Donkerpers. Santie sê as mens van pers hou, beteken dit jy's arty. Sy het al van pers gehou nog voor sy geweet het wat dit beteken. Sy het eers nou die dag van swart begin hou. Dalk is dit omdat dit die donker kant van pers is.

"Ek's bly julle's terug," het Santie vir Lien by die skool gesê toe sy die eerste dag weer daar aankom. Sy ken Santie al lank, van voor hulle in die helfte van Lien se graadeen-jaar Pietersburg toe getrek het. En, toe hulle weer terug is Randfontein toe, het sy en Santie net goeie maats begin geraak, toe trek hulle weer sak en pak saam met oom Hendrik Durban toe. "Bly julle nou?"

"Wie weet?" Sy het probeer sinies klink. Dis 'n woord wat sy haar ma hoor sê het oor haar ouma wanneer sy haarself jammer kry.

Sy kyk om haar rond. Dis 'n gemors, maar ten minste hoef sy nie meer 'n kamer met Ben en Dawid te deel soos die laaste maand in haar oom-hulle se klein huisie nie.

"Waar's my John Travolta-plakboek, Ma?" Sy gooi haar skooltas op die bed neer en ruk aan die boonste boks. Hy's oop en al die goed wat sy in haar spieëlkas se laaie hou, val om haar voete uit. "Maaa!"

Sy hoor die agterdeur toeslaan. Haar ma begin al van die kombuis af te moan. "Vader van genade, Lien! Die boek is iewers ingepak, soek die ding! Ek moes alles alleen uit tannie Mara-hulle se garage uit trek, jy't g'n idee watse storie dit was nie. En ek moes nog deur alles probeer werk ook. Oom Hendrik is op nagskof en julle's heeldag in die skool. Pleks dat jy liewers dankie sê!"

Haar ma kyk by haar kamerdeur in. Sy hyg. Haar hande druk so styf teen die kosyne vas, sy lyk soos Simson wat probeer om die huis regop te hou. Haar hare en oë lyk wild. Lien weet nie hoe oom Hendrik dit met haar uithou nie.

Sy gaan sit langs haar tas op die bed, kyk weg en rol haar oë vir die venster. "Dankie, Ma."

Haar ma draai om en loop verder die gang af, verby die seuns se kamer.

"Kan ons 'n hond kry, Ma?" hoor sy Ben vra. Lien wens hy wil nie so pateties klink nie. So bang vir haar ma nie.

"Ja, Ma skuld ons nog Kersfeespresente!" skree Dawid skielik. "Ma't gesê as ons eers by oom Ivan-hulle uit is dan gaan Ma vir ons koop!"

"Hou op kla oor julle bleddie Kersgeskenke! Ouma het mos nou vir ons 'n TV gekoop, is dit genoeg nie?" skree haar ma terug. "En ek soek nie diere nie!" Dit klink of sy nou in haar en oom Hendrik se kamer is, verder aan. "Onthou wat met Baksteen gebeur het!"

Lien staan op, maak die ingeboude bruin hangkas se deure oop, slaan hulle weer hard toe. Die kas se sleuteltjie met sy vierkantige handvatsel val sag op die mat. Sy gaan staan voor die groot venster wat, nes die ander drie slaapkamervensters van die nuwe huis, in 'n ry oor die grasperk en die straat uitkyk. Uit die hoek van haar oog sien sy 'n stukkie van haar ou bruin spieëlkas agter die stapel bokse uitsteek. Sy haat bruin meer as pienk.

* * *

"Wanneer gaan dit ophou?" vra Lien.

Die kind lê op haar bed, die nuwe pienk deken is langs haar, verfrommeld teen die muur opgedruk. Dit irriteer Vera. Die kamer lyk erger as toe hulle net ingetrek het. Klere lê oral rond, op die grond, oor die stoel in die hoek. Die hangkasdeure staan oop, nog klere peul uit, boeke en sakke is onder saam met die skoene ingedruk. Sy het nie nou die krag nie.

"Nooit nie," kan sy skielik nie help om te sê nie.

"Nóóit nie!" Dit lyk asof Lien wil huil.

"Nee, nee," sê Vera en skud haar kop, "dis nie heeltemal so erg nie. Eendag as jy oud is. Dán."

Lien sit regop. Sy lyk paniekerig. "Hoe oud, soos Ouma?"

"So om en by, ja. Dalk bietjie jonger."

Sy loop nader, hou die pienk pakkie New Freedom-doekies na Lien toe uit. Sy het dit vroeër saam met die groceries by die OK gekoop ná haar ma vir haar gesê het sy dink dis tyd.

Lien staar by die venster uit, sy hou haar arms gevou. Toe Vera die pakkie op die bedkassie langs haar neersit, kyk sy vinnig daarna en dadelik weer by die venster uit. Vera vroetel met haar hande.

"Nou maar," sê Vera en loop terug deur toe, "sê as jy vrae het."

Lien sê niks en Vera loop uit.

"Hoe het dit gegaan?" fluister haar ma in die gang.

"Oukei."

"Wat het jy haar gesê?"

"Dat sy haar maandstonde het, Ma."

"Haar wát?

Vera kyk vir haar ma. Sy probeer onthou wat sý dit genoem het toe sy begin het. Maar sy kan nie. Behalwe dat haar ma haar gewaarsku het om nou weg te bly van seuns af, het daar net 'n soort gevoel oor haar gekom, 'n gevoel dat iets met haar lyf gebeur het waaroor sy skaam behoort te wees, iets wat sy moet wegsteek, en as sy dit dan nou op die naam moet noem, en net wanneer dit voel asof haar binnegoed by haar onderlyf wil uitsak van die pyn, dan sê sy sy's siek, en dan gee haar ma vir haar Chamberlain's Koliek as sy dink sy lyk bleek, sonder om iets te sê, en dan gaan lê sy in haar donker kamer met 'n warmwatersak op haar maag.

Wat noem sy dit vandag? Noem sy dit iets? Praat sy daaroor? Nooit. Die boek sê maandstonde. Die *Moeder, vertel my tog*.

"Sy menstrueer," sê Vera se ma vir Hendrik wat by die kombuis uitloer.

Vera skrik vir die byderwetse woord uit haar ma se mond. Sy's nie seker of sy kwaad of teleurgesteld is nie. Haar ma moes dit by Brenda gehoor het.

"Sy wat?" vra Hendrik hard. Vera kyk vir hom. Hy lyk vir haar meer moeg as geskok met die donkerpers sakke onder sy oë.

"Sjuut," sê haar ma en wuif hom vies weg. "Niks, Hendrik, niks!"

"O." Hy lig sy wenkbroue, so asof hy skielik weet. Maar Vera weet hy weet nie, hy vermoed dalk hy moet nie weet nie, en hy draai stil om kombuis toe.

'n Rukkie later loop sy met die boek terug na Lien se kamer toe. Sy gaan sit langs haar op die bed. Lien skuif so ver as moontlik weg, teen die muur vas, en gluur oor haar boek se rand.

"Wat nou, Ma?" vra sy.

Vera trek die James Hadley Chase uit haar hande en druk *Moeder, vertel my tog* in sy plek.

Lien sit regop, sy kyk vir die boek. "En dit?" vra sy.

"Lees dit," sê Vera. Sy weet nie wat om nog te sê nie.

"*Moeder, vertel my tog?*" lees Lien en kyk op. Dit klink asof sy die woorde uitspoeg. Sy blaai deur die voorste bladsye. "Ma, die boek is in 1956 geskryf! Dis stokoud." Lien hou die boek terug vir haar.

Vera vou haar arms. "Lien, wat tóé vir jong meisies gegeld het, geld nog steeds vandag. Niks het verander nie." Sy voel hoe sy begin bloos. "Lees die ding. Dis vir jou eie beswil. En moenie jou ore uitleen nie."

Sy wens sy't nie so kortaf geklink nie, so asof sy nie omgee nie. So ongemaklik oor die hele storie nie. Dis tog normaal, ná alles.

Sy staan skielik op en loop deur toe.

"Gee my boek, Ma," sê Lien hard, haar arm steeds uitgestrek, *Moeder, vertel my tog* in haar hand.

By die deur draai Vera om. "Lees eers daai een. En tel dié van die vloer af op." Sy tik die pakkie doekies wat op die vloer lê met haar plakkie in Lien se rigting.

"Ma! Dis nie fair nie!"

* * *

Lien plak die potloodsketse van Hans Strydom en Sybil Coetzee wat Johan vir haar gemaak het teen die muur op. Langs mekaar. Die twee het in *Môre Môre* gespeel, hulle het dit eenkeer by die Krugersdorpse inry gesien. Die prente is erg gekreukel, al was hulle opgerol. Die trekkery van Randfontein af Durban toe, toe Randgate toe waar dit in 'n boks in tannie Mara se garage gelê en muf het, tot hier, op 'n hoop gegooi in haar kamer in Greenhills, het hulle verniel. Sy's kwaad daaroor. Dis haar ma se skuld, haar ma het hoog en laag gesweer hulle sal fine wees toe sy hulle in Durban opgerol en weggepak het, en gister toe Lien hulle vir haar wys, toe kyk sy daarna asof dit die eerste keer is dat sy hulle sien. En toe sê sy Lien moet vir Johan vra om nog te teken, hy is mos saam met haar op skool – so asof dit die maklikste ding in die wêreld is om te doen.

Haar ma weet niks van kuns af nie, sy het nie 'n clue hoe lank dit vat en hoe moeilik dit is om soos Johan te kan teken nie. Lien wens sy kon so mooi teken. Sy ken Johan al so lank soos wat sy vir Santie ken. Sy het hom jammer gekry in graad een. Die maer seuntjie wat altyd pouses eenkant gesit en prentjies teken het in plaas van met maatjies speel. Tot sy gesien het hoe mooi hy teken. Toe kry sy hom nie meer jammer nie, toe maak sy maatjies met hom, sy en Santie. Lien dink hy's skeef, almal by die skool noem hom 'n moffie. Sover sy weet, is sy en Santie sy enigste vriende.

Sy krap haar sketsboek uit, die een wat haar ouma vir haar gekoop het toe sy die eerste keer vir haar 'n prentjie van Ben Babsie en Familie uit die *Rapport* afgeteken het, dit lê tussen haar skoene in 'n sak. Alles lyk ewe skielik vir haar stokkerig, simpel. Outyds. Kinderagtig. Sy gooi die boek terug in die kas en val op haar bed neer.

Hoekom kan sy nie al oud genoeg wees om uit die huis uit weg te kom en te doen wat sy wil nie? Dis nog so lank, en sy haat hulle almal. Selfs partykeer vir Ben. Sy weet nie hoe sy dit gaan uithou nie. Sy't nou maar eers dertien geraak. Sy wens sy kan eerder by Brenda in Johannesburg gaan bly. Brenda is die coolste van hulle familie. En die slimste. Sy glo nie aan God nie. Haar ouma weet dit nie, dis haar en Brenda se geheim. Lien kan nie glo Brenda is haar ouma se suster nie. Nie dat haar ouma bad is nie. Sy is net meer outyds as Brenda.

"Ek sê nie dat God nie bestaan nie, Lien. Ek sê maar net ek dink nie so nie," het Brenda haar nou die aand gesê toe sy gebel het. "Daar's 'n verskil tussen dink en glo. Dis nie sonde om mens se verstand te gebruik nie."

Brenda is al een wat haar verstaan en omgee oor wat sy dink. En Lien dink nie sy glo nie. Hulle praat altyd lank oor die foon. As haar ma haar toelaat, as dit nie te laat is nie. Brenda bel gewoonlik om met haar ouma te praat, en as Lien optel, dan gesels hulle. Lien hardloop altyd om eerste by die foon te kom. Haar ma sê Brenda praat politieke nonsens in haar ouma se kop in, sy praat haar bang oor alles wat aangaan. Sy sê Brenda dink hulle is almal agter die klip. Hulle weet nie wat in die land aangaan nie. Haar ma sê wat maak dit saak? Dit gaan niks verander om te weet nie. Die lewe gaan sy gang soos hy nog altyd sy gang gegaan het. Almal het hulle eie probleme.

Dis vir Lien erg as haar ma sulke goed sê, gewoonlik vir haar ouma, so asof sy al klaar alles oor die belangrikste goed in die lewe uitgefigure het, en asof dit tydmors is om nuwe goed by te leer. "Dit laai jou net onnodige sorge op die hals," is een van haar favourite goed om te sê. Lien wil nie soos haar ma dink oor goed nie.

As sy by Brenda in Johannesburg kan gaan bly, kan sy kuns gaan studeer en cool wees soos Brenda. Sulke grys rokke dra met swart puntskoene. Met cool ouens uitgaan. Engelse ouens, net nie Afrikaanses nie.

Net ná sy die kys met Anton in Durban gebreek het, het sy van Jonathan se vriend, Mark, wat reg langs hulle gebly het, begin hou. Hy was ook Engels en hy het ook gesurf, maar hy het nie soos Jonathan bruin hare met 'n lang kuif nie, sy hare is blonde, krullerige hare wat in sy nek hang. Hy het gesê die Engelse skool laat ouens toe om hulle hare langer te laat groei.

Anton se hare was altyd amper poenskop geskeer, veral op Maandae kon sy die aartjies op sy kopvel sien so kort was dit, want Maandae was dit hareparade op die rugbyveld. Oom Hendrik het sommer self Ben en Dawid se hare Sondagaande met sy spesiale snorskêr kort gesny.

Op Dinsdae was dit die meisies se beurt. Dan het die juffrouens met hulle liniale gemeet hoe ver die skoolrokke bokant hulle knieë hang. En dit was elke Dinsdag, want kinders groei soos bossies, sê hulle. Mark het gelag toe sy hom vertel, hy't gesê die Engelse skool is baie meer relaxed.

Toe Jonathan eendag vir haar en Mark sien soen agter dieselfde boom waarop hy hulle name in die hartjie uitgekrap het, was hy kwaad en het hy later kom kuier en vir Lien gesê hy kies haar eintlik bo sy Russiese meisie, maar toe hou sy lankal nie meer van hom nie, en sy sê dit toe ook vir hom. In sy gesig. Dit was vir haar lekker om te sien hoe afgehaal hy lyk toe hy huis toe loop.

Santie sê daar's 'n kollege in Johannesburg waar mens ná skool graphic design kan gaan leer. Lien weet nie wat graphic design beteken nie, en al wat Santie weet is mens hoef nie mooi te kan teken nie, dit gaan meer oor idees.

Santie wil balletskool toe gaan in Johannesburg. Dalk wanneer sy in die hoërskool is. Sy's slim. Lien weet as sy iets sê, is dit gewoonlik so. Haar ma-hulle is ryk. Hulle bly in een van die groot huise wat aan die ou kant van Randfontein gebou is. Die bome daar het dik en donkerbruin basse, anders as Homelake se lang maer bome met hulle afgeskilferde silwer stamme. Santie-hulle se uitbreiding het nie 'n naam nie. Hulle huis is een van die eerste huise wat vir 'n mynbaas gebou is, sê Santie. Maar haar pa werk nie op die myn nie, hy het sy eie besigheid op die dorp.

"My ma en pa gaan skei," het Santie haar nou die dag vertel toe Lien vir haar gaan kuier.

Sy het nie vir Lien hartseer gelyk nie. Hulle het om en om voor haar groot wit spieëlkas met die goue krul-handvatseltjies gedraai, besig om haar nuwe swem-costumes wat haar pa van oorsee af saamgebring het, aan te pas.

"Gaan julle trek?"

Santie het stilgestaan en vir Lien gekyk. "Nee, ons bly hier. My pa trek. Hy't 'n nuwe girlfriend. Sy bly oorsee."

Lien was verlig. Sy hou baie van Santie-hulle se huis.

"Gaan hy oorsee toe trek?"

"Ek weet nie."

Santie het skielik hartseer gelyk en op haar bed gaan sit, Lien langs haar.

"Hei! Moenie worry nie! Kom ons speel bietjie van jou plate!" het Lien gesê. "Wat van Michael Jackson?"

Santie het skielik opgespring, voor Lien gaan staan en haar aan die arms gegryp. Haar oë het wild gelyk.

Lien het geskrik. "Wat is dit?"

"My pa het 'n plaat van oorsee af teruggebring! Dis verban! Dit gaan oor die duiwel wat die Here verlei!"

"Nooit!"

"Ja, ek dit geluister. Dis baie mooi."

"Mooi?"

"Ja, en daar's 'n liedjie van 'n stripper op."

Sy't Lien aan die arm gegryp en op pad sitkamer toe is hulle eers by die kombuis om.

"Jy mag vir niemand vertel nie, Lien! Ons sal in groot moeilikheid kom," het sy gesê toe sy vir hulle Coke tot bo vol in rooi glase gooi.

"Wat lees jy?" vra haar ouma toe sy op pad na haar kamer toe langs Lien op die bed kom sit. Sy sien haar ouma frons vir haar mure wat van bo tot onder met posters toegeplak is.

"Stories, Ouma."

"Hoe kan jy konsentreer met al die goed hier om jou?" Haar ouma skud haar kop.

"Dis my kamer, Ouma."

"Watse stories lees jy?"

"Ouma sal dink ek's mal."

"Try me."

"Oor vlieënde pierings."

Haar ouma rek haar oë. Lien sien sy probeer haar terg.

"Ek't Ouma gesê Ouma gaan dink ek's mal!"

"Glo jy aan vlieënde pierings?"

Lien sit regop. "Ek weet nie, Ouma. Miskien. Ek glo meer aan vlieënde pierings as die Bybel," sê sy. "Erich von Däniken sê Jesus was 'n alien."

Haar ouma sit haar hand voor haar mond. Sy terg nie meer nie. "Maar kind! Dis mos godslasterlik! Jy sal reguit hel toe gaan as jy sulke goed kwytraak!"

"Ek spot maar net met Ouma," sê sy en lag. "Waarin glo Ouma?"

Haar ouma trek haar oë op skrefies en tik haar vinger teen haar lip soos altyd wanneer sy dink sy gaan iets belangriks sê, iets dieps. "Daar's min dinge waarin ek glo, Lien. En vlieënde pierings is beslis nie een nie."

"En die Bybel?"

Sy druk Lien se arm. "Almal glo aan die Bybel, my kind. Dit leer jou hoe om reg te lewe, dit leer jou morele waardes, wys jou jou plek in die wêreld. Anders maak en breek ons ou mensdom nes hy wil."

Sy vat die boek uit Lien se hande en bekyk dit, draai dit om, lees die agterkant. "Erich von Däniken . . ." sê sy. "Jesus is an alien." Sy skud haar kop. "Waar gaan ons ou wêreld heen?"

Haar ouma gee die boek terug en staan op. Sy trek Lien se gordyne eenkant toe en maak seker dat al die vensters toe is. Toe kyk sy die donkerte in, haar nek rek vorentoe, so asof sy iets sien.

"Wat maak Ouma?"

"Dinge is nie meer soos in die ou dae nie, Lien. Nie eers hier in Randfontein nie. Die stad se onheil sypel oral uit. Alles raak besmet. Dit kan nie so aangaan nie."

"Wat bedoel Ouma?" Sy haat dit as haar ouma so begin praat asof dit die einde van die wêreld is. Sy weet haar ouma dink aan die ou tannie wat nou die dag in haar huis vermoor is, hier in Randfontein. Haar ma het haar vertel. Dit was groot nuus, dis al waaroor almal laas week by die skool gepraat het.

Haar ouma kom sit weer op die kant van haar bed. Sy vat Lien se hand. "Brenda sê dit ruk hand-uit in die stad. Almal is bang. Sy sê hulle wys nie vir ons alles wat gebeur op TV nie, hulle vertel net vir ons wat hulle wil in die koerante."

Haar ouma klink bang. Sy ken haar nie so nie.

"Ouma worry verniet. Dis nie so bad hier nie. Ons is ver van Johannesburg af."

"Wees jy maar net versigtig, Lien. Maak seker jou vensters is toe voor jy gaan slaap. En wees altyd op jou hoede."

Lien sug en maak weer haar boek oop. "Ja, Ouma."

Haar ouma tik teen die omslag. Lien frons en kyk op. Sy wens haar ouma wil nou klaarkry en haar uitlos.

"En moenie alles wat jy in dié boek lees, vir die waarheid opeet nie. Mens raak gou die pad kwyt. Teken liewers vir my weer 'n prentjie van ou Ben en Babsie, toe. Ek weet nie wat het van myne geword met al die trekkery nie. Jy's goed, Lien."

"Dankie, Ouma."

Toe haar ouma uit is, haal Lien die boek oor 'n tienermeisie met bomenslike kragte wat sy by Santie geleen het onder die pienk deken uit. *Carrie*. Santie se pa het die boek ook van oorsee af saamgebring. Sy lees totdat sy die huis hoor stil raak en sy haar verbeel iemand krap saggies met lang naels teen haar kamerdeur.

Toe gooi sy die boek in die oop kas in en knyp haar oë styf toe.

* * *

Lien haat dit om by haar ouma-hulle op Pietersburg te gaan kuier. Sy kan nie haar biblioteekboeke lees nie, sy kan niks teken nie, hulle dink alles is onchristelik. Veral haar ouma. Sy irriteer haar die hele tyd met al haar uitvraery oor wat sy op die dorp doen en wie sy sien. Sy probeer uitvis oor haar ma en oom Hendrik en sy het altyd iets te sê omdat hulle so lank verloof was voor hulle getrou het. Lien moet gedurig verduidelik. Sy bly eerder by haar pa, al kan sy tannie Poppie nie verdra nie. Veral nie noudat sy met haar pa getroud is nie. Sy wil weer altyd weet hoeveel Lien weeg, en dis ál kere wat sy vriendelik is, wanneer sy in die badkamer oor Lien se skouer na die skaal kyk.

"Dis nog babavet," het sy laas vakansie gesê en haar oë gerol, "moenie worry nie."

Haar pa het 'n ou plaat van Elvis, en 'n ander een waarop 'n koor *Softly Whispering I Love You* sing, waarna sy oor en oor kan luister as haar pa en tannie Poppie by die werk is en haar en die seuns alleen by die huis los. Haar pa het oorfone, so sy hoef nie te hoor hoe die twee heeltyd cowboys and crooks speel buite nie. Dis 'n alewige skietery, 'n wegkruipery en jagery, al om die huis. Haar ouma-hulle het nie plate by hulle huis nie, net Bybels, oral, omtrent in elke kamer, en die *Landbouweekblad*. Stapels van die goed. En hulle behoort aan 'n sekte, het haar ma haar eenkeer vertel. Dis erg.

Dié vakansie het haar oupa hulle kom haal en Pietersburg toe gevat. Haar pa is uiteindelik op honeymoon. Haar oupa sê haar pa moes lank spaar om tannie Poppie bietjie op honeymoon weg te kon vat. Hulle moet bly wees vir haar pa se part, sê haar oupa. Haar ma sê haar pa het al die onderhoudgeld wat hy haar skuld, gebruik om vir sy honeymoon te betaal.

Nou bly sy en Ben en Dawid vir eers by haar oupa-hulle vir die vakansie, tot haar pa en tannie Poppie oor 'n paar dae terugkom.

"Sy word groot, Jasper," hoor sy haar ouma vir haar oupa sê.

Lien staan stil in die donker buite hulle huis, 'n tree weg van waar die kombuislig oor die sementpaadjie skyn. Sy loop saggies nader en leun met haar rug teen die muur. Die bakstene is nog warm van die dag se hitte. Sy verbeel haar sy ruik die Aromat wat sy haar oupa oor sy tjops en pap hoor skud.

"Ek dink die ding met Willem en Poppie is regtig moeilik vir die kinders," sê hy en lek sy vingers hard af. "Hulle kon darem 'n ander tyd gekies het vir hulle wittebrood."

Lien is skielik nie lus om verder te hoor nie en loop weg, verby die twee groot klippe weerskante van die oprit tot by die hek waar sy gaan staan en probeer om 'n spesifieke wit Datsun oor die bult te wens. 'n Paar minute later werk dit. Haar hart klop vinniger. Sy kyk terug huis toe. Alles lyk stil.

Die Datsun se enjin sny uit en die kar se ligte gaan af 'n entjie voor hy langs die hek stop. Dis donker binne, maar sy kan Nikos

Dimitri se swart krulhare sien toe hy oor die sitplek leun om die deur vir haar oop te maak.

Sy het hom in die CNA ontmoet, net nadat hulle op Pietersburg aangekom het en sy dorp toe is om bietjie te gaan rondloop. Sy voel groot as sy so alleen deur die strate stap, verby al die winkels, as sy by die OK se restaurant op die eerste vloer, langs die materiaalafdeling, gaan sit en met geld wat haar oupa vir haar gegee het, 'n waffle met roomys eet en 'n Coke float drink.

Lien klim langs Nikos in die kar. Sy mond mik vir hare, maar vang haar wang toe sy haar kop draai en tussen die twee sitplekke deur die agterste venster die donker pad af kyk.

"My pa gaan nou hier wees, Nikos," sê sy, "ek moet gou maak."

"Ek't jou gemis vandag. Hoekom het jy nie restaurant toe gekom nie?" Sy hande streel hare op haar skoot. Nikos se pa het twee restaurante op die dorp en Nikos werk by die smart een, Rumours.

"Ek sal môre kom," sê sy en soek sy oë in die donker. Hulle is dieselfde kleur as sy hare.

Hy haal sy tape-speler uit die deurpaneel uit, balanseer dit op sy knieë en druk met dieselfde hand 'n tape in. Sy ander hand hou hare styf vas.

Die musiek begin skielik hard speel en sy ruk haar hand weg. *The Greeks don't want no freaks, just put a little smile on them rosy cheeks* . . . Hy draai dit sagter en glimlag.

"Jammer," sê sy. "Ek's bietjie op my senuwees oor my pa wat nou-nou kom." Sy voel hoe sy rooi word.

"Dis oukei," sê hy en streel oor haar wang. "Hei! Ek het iets vir jou."

Hy sit die karliggie aan, draai om en rek om iets op die agterste sitplek by te kom. Hy sit 'n plastieksak op haar skoot neer. 'n Tydskrif gly uit en sy lees die naam op die buiteblad hardop: "*UFOs: The Journal of Truth.*"

"Sien jy. Ek dink aan jou," sê hy. "Jy sê mos jy glo aan vlieënde pierings en jy lees daai boeke van Eric van . . ."

"Erich vón Däniken," sê sy. Sy soen hom vinnig op sy lippe voor sy deur die tydskrif begin blaai en 'n artikel oor Richard Dreyfuss van *Jaws* sien. Hy gaan in 'n fliek speel, *Close Encounters of the Third Kind*. Dit lyk baie cool.

"Dankie, Nikos," sê sy en voel hoe sy weer begin bloos.

"Dis my plesier, Lien." Hy sit die karliggie af voor hy oorleun om haar te soen.

Toe Nikos huis toe is, gaan Lien in, die tydskrif onder haar rok ingedruk.

"Nag, Ouma." Sy probeer vinnig agter verby haar ouma loop, sy's besig met die skottelgoed.

"Waar kom jy nou vandaan, kind?" Haar ouma draai om en droog haar hande teen haar wit voorskoot af. "Ek dog jy's lankal al in die bed."

"Ek't Ouma gesê ek wag buite vir my pa."

Haar ouma frons en loop agterdeur toe. Sy kyk uit. "Het ek dan nie nou 'n kar gehoor nie?"

"Daar's niemand nie, Ouma. My pa's laat. Nag, Ouma."

Lien loop vinnig die donker gang af kamer toe, die tydskrif begin onder haar rok afgly. 'n Bedlampie skyn 'n strepie oor die gang onder haar ouma en oupa se toe kamerdeur uit. Haar oupa lê seker en lees Bybel of kniel voor sy enkelbed. Dawid slaap op 'n matras tussen hulle twee. Haar oupa moet elke aand vir Dawid grappies uit die *Landbouweekblad* lees sodat hy minder moan omdat sy matras nie in haar en Ben se kamer inpas nie.

Lien lê lank wakker, die lig is aan en sy blaai deur haar nuwe tydskrif. Dis moeilik om te lees, dis vol hoë Engelse woorde, en Richard Dreyfuss vertel nie veel van die *Close Encounters*-fliek nie. Toe dink sy aan Nikos. Sy kan nie wag om vir Santie van hom te vertel nie. Sy weet Santie het nog nooit 'n boyfriend gehad wat al werk nie.

Die eerste keer toe sy vir Nikos gesien het, was toe sy by die

OK uit is en oor Pietersburg se hoofstraat geloop het op pad om plate te gaan luister by die winkel in die onderste deel van die dorp. Van ver af het sy eers gedink hy's 'n vrou, met sy lang krulhare en sy dikkerige lippe, sy groot donkerbrille. Hy het stadig oor die straat aangeloop gekom, so asof hy baie tyd het. Toe sien sy hy's 'n man. Dit het haar so verras dat sy skielik geglimlag het. Hy het sy bril opgeskuif, die hele tyd vir haar gekyk tot sy by hom kom, en toe glimlag hy ook. Sy het gedink hy is baie handsome.

Later die dag het sy hom weer in die CNA raakgeloop, by die rak waar al die oorsese tydskrifte oor UFO's is, en toe hy vir haar hallo sê, kon sy nie praat nie, maar sy dink hy kon sien sy hou van hom.

Die foon lui skielik hard in die gang en sy skrik. Sy hoor haar ouma fluister. Dis haar pa. Toe haar ouma 'n rukkie later die kamer inkom, is Lien se oë toe, die tydskrif onder haar kussing ingedruk, haar kop weggedraai muur toe. Sy hoor haar ouma lank by die deur asemhaal voordat sy uiteindelik die lig afsit en wegloop.

Lien haal haar tekenboek onder die matras uit en probeer in die donker 'n vlieënde piering uit haar kop uit teken soos sy gesien het Salvador Dalí goed teken, lank en uitgerek aan die een kant sodat dit gesmelt lyk. Sy het Salvador Dalí se kuns gesien in nog 'n boek wat Santie se pa van oorsee af saamgebring het. Dit was klein genoeg om onder haar los hemp, in haar broek se rek, te kon indruk en saam te vat huis toe, toe Santie toilet toe is. Dit was die eerste keer in haar lewe dat sy iets gesteel het en sy het sleg gevoel daarna, maar elke keer as sy deur die boek blaai wanneer niemand by die huis is nie, vergeet sy daarvan, want sy het nooit geweet daar is sulke mooi en snaakse kuns in die wêreld nie. Die boek het haar laat wonder wat daar nog in die lewe is waarvan sy nie weet nie, en sy kon nie anders as om hoop vir haarself te kry nie.

Die volgende oggend sê haar ouma haar pa en tannie Poppie het besluit om 'n week langer honeymoon te hou.

Ben en Dawid is stil om die kombuistafel. Haar oupa gooi almal se borde kos so vol van die Aromat dat die tjops net so geel soos die eiers lyk. Haar ouma raas nie soos gewoonlik nie.

Na hulle geëet het, loop hulle agter haar oupa aan garage toe waar hy in sy ou groen Zephyr klim, die plastieksak met sy blou kosblik en fleskoppie in sy hand. Hulle kyk hoe hy agteruit die oprit uitry, stadig verby die twee groot klippe, die straat in waar hy stop, die kar in eerste rat sit en 'n paar keer petrol trap terwyl hy vir hulle kyk. Hy sit sy leerhoed op wat op die passasiersitplek lê as haar ouma nie saamry nie, en waai vir hulle voor hy wegry werk toe. Hy is die bestuurder van 'n nuwe besigheid op die dorp, Pietersburg Betonmure.

* * *

"Sy kuier by 'n jong man op die dorp, Willem." Sy ma kyk oor haar skouer vir hom waar sy voor die stoof staan. "Praat met haar."

"Ma moenie so worry nie, sy's nie dom nie." Hy skud 'n homp stywe pap van die lepel af op sy bord. "Ek weet Ma het nie ooghare vir Vera nie, maar sy maak die kinders goed groot."

Sy ma kyk vir hom op 'n manier wat sê hulle weet al twee van beter.

"Wat gaan word van hulle daar, Willem? Dis kompleet nes Sodom en Gomorra, die hele Witwatersrand. Jou pa vertel vir my wat hy alles in die koerante lees. Hy sê Vorster is besig om ons nasie die verderf in te lei. Al hoe meer wit mense word vermoor," sê sy. "Die swartes blameer ons vir die klomp wat die polisie doodgeskiet het in Soweto. Die boere op die plase word uitgemoor."

Willem weet waarheen sy ma mik met haar praatjies, en hy's nie lus daarvoor nie. "Los dit, Ma. Asseblief. Kan mens nie in vrede eet nie?"

"Kom," sê sy en hou vir hom 'n skaaptjop. Hy spring van die tafel af op en sy druk die stuk vleis van die vurk af op sy bord.

"Wag." Sy kyk hom op en af. "Vat nog een. Lyk my nie jy kry deesdae veel te eet by die huis nie."

"Poppie leer vinnig, Ma." Hy hou weer sy bord. "Een van hierdie mooi dae nooi ons julle oor."

Hy gaan sit by die tafel en kyk op toe sy oorkant hom inskuif met een tjoppie op haar bord. Sy bid sag. Hy kou stadiger, wag vir haar om klaar te maak voor hy verder eet.

"Die kind het nie ordentlike klere nie, Willem," sê sy toe sy weer opkyk.

Vir 'n oomblik vergeet hy oor wie hulle praat.

"Sy kan nie elke dag met 'n stywe denimbroek in die dorp rondloop nie. Sy trek die ding net uit wanneer ek haar belowe ek was dit dadelik. Sy dra die broek partykeer klam dorp toe. Dis nie gesond nie. Met dié dat sy nou haar maandstonde het."

Hy kyk op. "Haar wat?"

"Jy weet. Sy kan nou in die moeilikheid kom."

Hy gaan aan met eet. "Sy het klere, Ma. Sy hou maar net van die broek."

"Ek en jou pa het vir haar iets ordentliks gekoop gister, by die OK," sê sy.

Hy kyk op en glimlag. "Dankie, Ma. Ek waardeer dit. Ek sal Ma-hulle terugbetaal."

"Dis nie oor die geld nie, Willem." Sy skep vir haar pap in. "Ek wil net hê jy moet weet hoe sy in die dorp rondloop, elke dag. Sy gaan glo bioscope toe, dan wie weet waarheen."

"Ma, sy's dertien. Dis Pietersburg dié, nie Johannesburg nie."

"Sy's niks gewoond nie, Willem, jy kan nie net vir haar geld in die hand stop – wat jy in elk geval nie het nie – en dink dis genoeg vir die vakansie nie. Die kinders het jóú nodig. Veral die seuns. Hulle is al weer saam met Pa in die bloedige son werk toe. Wanneer gaan hulle jou sien?"

Hy skep nog pap in, loop stoof toe en gooi vleissous bo-oor. "Is die vier tjoppies vir Pa?" vra hy en druk met sy vurk aan een.

"Nee, eet," sê sy. "Hy kom nie vanmiddag huis toe nie. Die dominee se muur moet op voor Sondag."

Hy skep nog twee tjoppies in en sit weer. "Is Pa nie bietjie oud om so te werk nie, Ma?"

Hy is dadelik jammer hy het gevra. Sy lyk skielik na aan trane.

"As jy net wou geboer het, Willem, dan het ek en jou pa nie vandag op die dorp gesit nie."

"Sorry, Ma," sê hy en val weer weg aan die vleis.

"Ja, Willem," sê sy en sug. "Jou pa is so . . ."

"Ek weet, Ma, teleurgesteld."

"Ons is maar net bekommerd oor jou en die kinders," sê sy. "Met die skei, en nou Poppie."

Hy staan skielik op, sy stoel skuur oor die houtvloer en sy ma kyk vir hom.

"En nou?" vra sy en vee haar mond af.

Hy glimlag, loop om die tafel en soen haar op die wang. "Dis laat. In die sweet van my aangesig moet ek my brood verdien. Dankie vir die kos, Ma."

Sy staan op. "Wat nou van die kinders, Willem? Wanneer kom jy kuier? Hulle is nog net 'n paar dae hier."

Hy gaan staan in die oop agterdeur, voel die warm strale van die son op sy rug toe hy omdraai en vir haar kyk.

"Ek sal vanaand met Poppie praat, Ma, ek belowe. Ek bel Ma later."

* * *

Daar is 'n oop stuk veld reg oorkant hulle huis.

In haar kamer trek Lien haar uitgerekte wit trui oor haar nagklere aan en maak haar tekkies vas. Dis nie nodig vir kouse nie, dis somer.

"Lien!" Sy skrik toe sy haar ma se stem uit die sitkamer hoor roep.

"Ja, Ma!"

"Wat doen jy?" Mens kan ook niks vir haar wegsteek nie.

"Ek gaan bietjie buite staan, Ma." Sy sug en rol haar oë.

"Moenie te lank wees nie. Dis al donker."

"Ja, Ma."

Dis koel buite. Sy gaan staan in die oprit voor die dubbelgarage en kyk oor die veld uit. Hulle het nie 'n heining nie. Die grasperk loop tot teenaan die straat. Haar ouma sê hulle moet daaraan dink om 'n draad op te sit. Die ou tannie wat vermoor is, het nie een gehad nie. Dit was in die koerant. Niks gaan meer dieselfde wees nie, Brenda sê groot dinge is aan die kom. Nuwe dinge, dinge wat Suid-Afrika nog nooit geken het nie. Brenda het niks vir háár gesê toe hulle laas gepraat het nie.

Die maan is vol en sy hou van die wasige lig wat dit oor die dakke van die huise aan die ander kant van die veld gooi. Sy kyk weer uit oor die strook lang gras. Dit lyk anders in die dag. Wanneer sy en Ben op hulle fietse van die skool af ry, vat hulle altyd kortpad deur die veld. Hulle jaag sonder om te stop of om te kyk, want hulle is bang vir terroriste in kamoefleerklere wat wegkruip in die gras en hulle met masjiengewere gaan doodskiet. Die droë halms kielie altyd hulle bene. Sy praat Ben en haarself bang, al die pad van die skoolgrond af tot net voor die veld begin, en dan jaag hulle in die nou voetpaadjie af, dwars oor die teerpad, hulle huis se oprit op waar hulle voor die dubbelgarage stop en hyg na hulle asems, voor hulle begin lag.

Sy kan nie nou die voetpaadjie in die donker veld sien nie en kyk op. Die sterre is dowwer in die volmaan se lig. Sy wonder of hulle vanaand gaan kom. Mens weet nooit.

Sy verstyf toe sy iemand aan haar trui voel trek. Dis Ben.

"Moenie my so laat skrik nie, man! Ek dog dis die moordenaar!" Sy gluur hom aan en kyk op.

"Wag jy al weer?"

"Ja. Hulle gaan my kom haal. Ek het jou gesê ek hoort nie hier nie."

Hy's stil.

Toe skielik, terwyl hulle kyk, sien sy 'n liggie in die donker flikker. Dis ver weg en baie klein. Maar dit beweeg.

Sy kan aan Ben se hand wat nog haar trui vashou, voel hy sien dit ook. Sy kyk nie vir hom nie. Sy's bang sy verloor die blink spikkeltjie uit die oog.

"Dis net 'n vliegtuig," sê hy ná 'n rukkie.

Sy sug en skud sy hand los. "Ek het nog nooit 'n vliegtuig hier oor sien vlieg nie."

"Dalk moet jy 'n lugwaardin word," sê hy.

Sy frons en kyk vir hom. "Wat?"

"Dan's jy nader. Jy't 'n beter kans."

"Vir wat?"

"Vir hulle om by jou uit te kom. Ek't in die boek oor die Bermuda Triangle gelees," sê hy, "van die vliegtuie wat daar wegraak."

Sy dink aan wat sy oor *Close Encounters* gelees het, die vlieëniers wat vir jare verdwyn het en deur die vlieënde piering weer teruggebring word aarde toe sonder dat hulle ooit oud geword het.

"Wat maak jy hier, Ben?" Sy probeer kwaad klink. Sy hoor krieke en sy dink 'n padda wat ver weg kwaak.

"Kan ek saamkom?" vra hy ná 'n rukkie.

Sy begin koud kry en vou haar arms oor haar bors. "Ek weet nie. Ek sal hulle vra, ás hulle kom, oukei?" Sy kyk vir hom. "Maar ek kan niks belowe nie."

"Wat gaan van jou boyfriend word as hulle jou kom haal?"

Sy kyk weer op. "Nikos?"

"Ja, die Griek. Wie anders?"

Sy vat sy hand. "Kom," sê sy, "miskien moet ons maar liewer ingaan. Dit raak koud."

Tear (v.)
The Old English past tense survived long enough to get into Bible translations as *tare* before giving place 17c. to *tore*, which is from the old past participle *toren*. Sense of "to pull by force" (away from some situation or attachment) is attested from late 13c. To *be torn between* two things (desires, loyalties, etc.) is from 1871.

9

Hoe hy haar opgespoor het, maak nie saak nie; dát hy het, is wat vir haar iets beteken. Dat hy moeite moes gedoen het om haar in die hande te kry, dis al waaroor sy omgee. Hoe en waar hy haar nommer vandaan gekry het, is nie belangrik nie.

Dis tye soos dié dat sy wens sy het 'n vriendin gehad, iemand om te vertel, by raad te vra, om sommer net saam mee te lag. Iemand om te vertel dat Simon haar gebel het en haar wil sien.

Dit was laas Vrydagmiddag, laat. Sy was skaars by die huis van die werk af. Hendrik was iewers buite besig, hy't net kos opgesit, Lien in haar kamer, deur toe soos altyd, en die seuns straat-af of die veld in. Haar ma het blokkiesraaisels sit en invul op die voorstoep. Vera het in die gang af geloop, sy was reg langs die foon toe dit lui. Sy't geskrik. Die voordeur was oop, sy kon haar ma se koppie tee op die houttafeltjie langs haar sien staan.

"Hallo."

"Hallo!" het hy gesê, en sy onthou iets het binne-in haar geroer. Dit was 'n vreemde gevoel.

"Wie's dit?"

"Vera?"

Weer 'n fladdering, iewers tussen haar borsbene. Toe raak sy kortasem. "Simon."

"Dis ek ja, Vera," het hy gesê en sy dink sy kon hom hoor glimlag. Hy het laas voor Maryna se dood só geklink. Sy het nie geweet wat om te sê nie, waar om te begin nie. Sy mis hom. Hoe gaan dit nou, vyf jaar later, ná Maryna? Hoe voel hy oor háár, Vera, vandag? Iets? Wat het geword van die vrou en haar kind wat die aand daar geslaap het? Al die tyd wat verby is, wat wie weet waarheen loop . . . wat het van hom geword?

"Hoekom bel jy?" het sy uiteindelik uitgekry.

Hy het gelag, lank en lekker. Sy kon nie anders as om te glimlag nie. Dit was goed om sy stem te hoor.

"Jy sal ook nooit verander nie," het hy gesê. "Ek bel omdat ek jou wil sien."

"Hoekom?" Sy wou weet.

"Daar's dinge . . . Dis moeilik om oor die foon te praat, Vera." Hy het skielik onseker geklink. "Jy's nou in Randfontein, nè?"

"Ja." Sy het haar keel probeer nat sluk.

"Ek is op Potch, net buite die dorp. Ek boer. Met mielies en hoenders, kan jy dit glo?"

Sy weet nie wat om te sê nie.

"Is daar 'n manier dat jy hier kan uitkom?" vra hy toe. "Dalk eendag oor 'n naweek?"

"Ja," het sy gesê, effens te gou, dink sy nou. "Ek sal kom."

"Ek sal dit baie waardeer, Vera. Ken jy Potch?" Hy het opgewonde geklink.

"Nie so goed nie."

"Weet jy waar die padkafee is? Die een net so buite die dorp?"

Sy het haarself gedwing om bietjie te wag voor sy antwoord. "Ek dink so."

"Oukei, goed, ek kry jou daar. Volgende Saterdag. Sal jy kan?"

Sy't weer 'n rukkie stilgebly, sy wou nie hê hy moes weet sy wou dadelik ja sê nie. Natuurlik wil sy, graag, sy wil nóú kom.

"Ek sal sien," het sy gesê. "Kan ek jou bel? Vir jou laat weet?"

Hy het lank nie geantwoord nie. Sy het paniekerig geraak. "Simon! Is jy daar?"

"Ja, ja! Vera, ek bel jou weer volgende week, so teen hierdie tyd, en dan maak ons die reëlings vas."

Voor sy kon antwoord, was die foon dood.

Sy't op die stoel langs die telefoon gaan sit, haar bewende hande op haar skoot probeer stilkry. Simon. Sy het opgekyk. Haar ma het in die oop voordeur gestaan, leë koppie in haar hand en *Huisgenoot* onder die arm. Sy het nader geloop en Vera kon die swart inkwolletjie op die Bic-pen se punt sien, so na het sy hom verby haar neus geswaai.

"Moenie nou nonsens aanjaag nie, Vera. Hendrik is nie onder 'n kalkoen uitgebroei nie," het sy gesê en toe aangeloop kombuis toe.

* * *

Hy vermoed onraad.

Hy ken haar nie net vir 'n dag of wat nie, hy kén haar. Goed. Jare al. Vandat hy haar ontmoet het, in standerd agt, van die eerste keer wat hy moed bymekaargeskraap het om met haar te praat, het hy al geweet: sy's die een vir hom. En hy's nie romanties nie. Hy dink net hy is gelukkig omdat hy weet wat hy wil hê, eenhonderd persent seker was, nog steeds is. Sy is die enigste vrou vir hom.

"Jou tee word koud," sê Hendrik. Hulle sit in die kombuis.

Sy kyk met 'n glimlag op, een wat hy nie ken nie. Toe sluk sy die lou tee, trek haar neus op en stoot die beker oor die tafel weg. Sy kyk vir hom, glimlag weer so, so asof sy haarself nie kan help nie. Sy bors begin te knoop.

"Iets fout?" vra hy.

"Hoekom?" Sy staan op. Toe sy verby hom loop, op pad wasbak toe, soen sy hom in die nek. Hy vee oor die plek, staar na sy palm asof hy iets daarop gaan sien.

Sy draai om en kyk vir hom.

"Jy lyk maer, Hendrik." Sy frons met daai glimlag om haar lippe. "Eet jy genoeg by die werk?"

"Ja." Hy probeer om nie kortaf te klink nie, die onrustigheid te ignoreer wat sy bors so laat toetrek.

Vera kyk na haar horlosie.

"Op pad iewers heen?" vra hy.

"Nee." Sy kyk weer vir hom. "Hoekom klink jy so?"

"So wat?" Hy begin te hyg.

"Is jy in 'n slegte bui?" vra sy. Sy ken nou al sy hoes, hy maak haar wakker daarmee, in die nagte, sy bekommer haar. Maar sy sê nou niks nie. Sy maak asof dit nie daar is nie. Asof hy 'n kind is wat aandag soek met sy hoes. Háár aandag soek.

"Nee. Dis jy wat in 'n buitengewoon goeie bui is, al die afgelope paar dae." Hy kry sy sin net klaar voor die hoes hom oorval.

"Wel, nou't ek als gehoor." Sy staan op. "Ek gaan kamer toe."

"Vera," sê hy sag toe hy sy asem terugkry, maar dis te laat, sy is klaar die gang af. Sy hoor hom nie.

Later drink hy nog tee, kyk stip na sy weerkaatsing in die donker kombuisvenster. Hy voel beter. Sy bors oper. Sy gedagtes is weer by haar. Daar is min dinge in die lewe waaroor hy sterk voel. Oor sekere goed sal party mense hulle dae lank kwel, slaaplose nagte hê, goed waaroor hy nie eers twee keer sal dink nie. Hy weet hy is anders, 'n bietjie van 'n loner, dalk selfs, soos wat Mara sê, effe skaam.

Hy staan op, haal die plastiek-lunchbox uit sy seilsak, vat 'n halfhartige hap van die toebroodjie wat hy die oggend vroeg gemaak en nie by die werk geëet het nie. Sy aptyt is weg en in die plek daarvan is 'n hol kol wat nie kos wil hê nie. Hy gaan sit weer by die tafel en kou langtand aan die suur sandwich spread-broodjie. As Vera dink hy gaan haar 'n tweede keer verloor, maak sy 'n fout. Oor sy dooie liggaam. Maak nie saak wát sy in die mou voer en vir hom probeer wegsteek nie.

Iets is nie lekker met haar nie. Hy kan miskien nog nie sy vinger daarop sit nie, maar hy vermoed onraad.

* * *

"Sy sê daar is niks fout nie, dis glo my verbeelding."

"Nou maar hoekom glo jy haar dan nie?"

"Want sy is 'n donnerse vrou," sê hy. "Dis hoekom."

"Contessa sê wat sy dink, sy hou nie terug nie."

Con-fokken-tessa. Wat vir 'n naam is dit? Willem skud sy kop. Hy kan nie glo hy praat met Cecil oor sy probleme nie. Wat weet hy van vrouens af? Duidelik niks. Sy vrou is nie 'n vrou nie, nie volgens Willem nie. Sy is 'n Portugese viswyf. Sy kyf van die môre tot die aand, oor alles.

"Ek dink sy't 'n skelmpie," sê Cecil en snuif hard.

Willem haat dié gewoonte van hom. Hy kyk op, slaan sy bier op die kroegtoonbank neer. "Fok, Cecil. As jy nie my partner was nie, het ek jou nou gebliksem."

Hulle sit stil en kyk uit oor die rye bottels drank, al die pad tot teen die dak, agter die toonbank.

"Al die tekens is daar, ou," sê Cecil ná 'n rukkie.

Willem hou nie van die gelatenheid in sy stem nie. So asof hy wat Cecil is, wéét. Hy wat lyk asof iemand bloed uit hom gesuig en net genoeg oorgelos het om van te kan leef, só verrimpeld is sy sonverbrande gesig, só kromgetrek sy lyf. Hy met sy potblou oë wat dwarsdeur jou kan kyk, ás hy die dag vir jou kyk.

"Wat weet jy van vrouens en tekens af, Cecil? Jy, ou maergat met jou vet Porra van 'n vrou wat op jou kop sit."

"Jy hoef nie lelik te raak nie," sê Cecil. Hy steek 'n sigaret op, hou die pakkie vir Willem. Willem trek hardhandig een uit. Cecil lig sy wenkbroue, druk die pakkie terug in sy hempsak.

Hulle rook 'n ruk lank in stilte, vat nou en dan slukke bier.

"Attie het sy vrou so uitgevang," sê Cecil.

Willem kyk vir hom, blaas amper rook teen sy wang uit, mik dan verby sy kop.

"Jy ken mos vir Attie?" sê Cecil.

Willem sê niks.

"Sy vrou het hom 'n ruk terug verneuk. Sy wou dit nooit erken nie. Toe laat hy hulle foon tap."

"Wat?" sê hy.

"Dis waar. Hy het 'n PI gekry. 'n Private investigator."

Asof hy nie weet wat 'n PI is nie. Willem sê niks.

"Die ou het eers vir die polisie gewerk. Hy was 'n speurder in die geheime diens, hy weet alles van phone tapping af, hy't glo gereeld ouens in die politiek afgeluister. Van hulle is toegesluit, van hulle het nooit weer the light of day gesien nie." Hy kyk vir Willem. "If you know what I mean."

"Bly die ou hier op Pietersburg?"

"Ja. Hy kon blykbaar nie meer die druk daar bo in Pretoria vat nie. Dit was te erg. Toe't hy sy eie besigheid op die dorp kom begin. Hy maak glo baie meer geld. Lekker dik geraak, sê dié wat hom van die ou dae af ken."

Hy draai na Willem toe en dit voel asof sy oë dwarsdeur hom kyk. "Jy weet mos hoe gaan dit op hierdie dorp van ons, almal is bored stiff. Everybody gets up to all sorts of mischief."

"Wat weet jy van mischief af?" probeer Willem terugkap, maar die fut is uit sy woorde.

Later, toe hulle loop huis toe, vra hy vir Cecil wat die ou se naam is.

* * *

Die dae voor hy weer bel, doen sy en haar ma 'n tipe dans met mekaar, die gang op en dan af en verby mekaar, voor by die stoep uit en weer in, deur die kombuis. Nooit by die agterdeur uit nie, dis te ver. Alles binne hoor- en stapafstand van die foon af.

Vera het met Mona, die saleslady, gereël dat sy dié week elke dag so halfvyf huis toe kan gaan ingeval Simon vroeër bel as laas keer. Mona kan dan die volgende week weer 'n beurt kry om af te vat.

Elke middag, so vieruur se kant, bel Vera die areabestuurder met die dag se syfers, en dan is alles so te sê verby. Gewoonlik drink sy en Mona 'n koppie tee voor hulle die winkel se deure vyfuur sluit. Sy dink Mona is die naaste wat sy aan 'n vriendin sal kom.

Mona is getroud met Wim en hulle het drie klein kindertjies, een sukkel met asma, dié dat Mona partykeer bietjie laat by die werk aankom met donker kringe onder die oë.

Sy hou van Mona. Sy's stil, gee om vir die klante. Sy spring vinnig wanneer een 'n groter of kleiner nommer wil aanpas en skaam verby die aantrekhokkie se gordyn na hulp soek. Dan stap Mona flink weg, rok of broek of bloes netjies oor haar arm gegooi, en gaan soek die regte nommer. En sy verkoop goed, sy weet net wie gehelp en wie uitgelos moet word. Vera dink Mona is 'n baie beter saleslady as wat sy destyds was.

Dit is ook nie in Mona se aard om uit te vra nie. Sy is nie die nuuskierige soort nie, skinder nooit nie, drink haar tee, eet haar Marmite-broodjie in stilte agter in die kombuis. Hulle gesels partykeer, die winkel hou hulle nie heeldag besig nie, maar dan is dit oor Mona se kinders, haar man wat kontrakwerk in die noorde doen om die pot aan die kook te hou en oor Vera se kinders.

As Mona die dag moeg is, dan vertel Vera weer vir haar die storie van hoe Hendrik vir haar gewag het en hoe hy haar kinders grootmaak asof hulle syne is. Dan blink haar oë en die donker kringe lyk ligter wanneer sy glimlag. Sy gee ook nie om as Vera die storie meer as een keer vertel nie, sy vra haar sommer daarna. Van die deel waar die mense wat saam met Hendrik werk, dink die kinders is sy eie vlees en bloed, daarvan hou sy die meeste.

Maar Vera sê niks oor Simon nie: dat sy vir hom wag om te bel en dat dit die rede is hoekom sy elke dag vroeër huis toe wil gaan nie. Sy het so 'n spesmaas dat as sy vir Mona moet sê van Simon, van haar planne om die naweek plaas toe te gaan en van die hoop wat so vlam gevat het in haar binneste dat dit voel asof sy aan die brand gaan slaan, dat dit Mona teleurgesteld gaan maak in haar. En daarvoor sien sy nie kans nie.

Donderdagmiddag, 'n paar minute nadat haar ma die voordeur agter haar toegetrek het op pad om haar hare te laat sny by die haarkapper wat 'n entjie af in die straat uit haar huis uit besigheid doen, bel hy.

* * *

Dit is Saterdagoggend. Hendrik is vroeg weg werk toe, haar ma is op die stoep, diep in die nuutste *Huisgenoot* in, en die kinders is na Ivan-hulle toe. Hulle gaan later braai en Ivan het belowe om 'n paar Bud Spencer-en-Terence Hill-video's vir die kinders uit te neem.

Sy pak 'n stelletjie klere onder in haar groot handsak in, mens weet nooit hoe dinge uitdraai nie. Tandeborsel los sy, sy wil nie vir Hendrik op hol jaag nie. Sy kan altyd een op Potch koop as dit nodig is.

Sy't geskrik toe die foon vroeg vanoggend gelui het, gedink dis hy wat dalk koue voete gekry het en wil kanselleer. Haar ma het op haar stoel op die stoep omgeswaai, vir haar oor haar bril gekyk toe sy in die gang af stap om te antwoord.

Sy het hard gelag toe sy Ivan se stem aan die ander kant van die lyn hoor, vriendelik met hom gesels. Haar ma het haar *Huisgenoot* op die stoel neergegooi en die trappies af geloop, die tuin in. Vera het vir Ivan gesê wat sy vir Hendrik en die kinders gesê het: dat sy vir 'n ou vriendin op Potch gaan kuier en laat die aand terug sal wees, dalk eers die volgende oggend as hulle lekker aan die kuier raak.

"Kuier?" het Ivan gesê en gelag. "Op wat gaan jy kuier, sus? Tee en drie suikers?"

"Ek bedoel net kuier, Ivan. Gesels. Party mense kan lekker kuier sonder 'n drinkery."

Toe's hy stil.

Vera loop die stoeptrappies af kar toe, verby haar ma waar sy op die draadstoel sit. Sy kyk nie van haar *Huisgenoot* af op nie, sê niks toe Vera haar groet nie.

"Daai broek sit te styf," sê sy net toe Vera die kar oopsluit.

Vera kyk op. Sy antwoord nie.

"En daai bloesie?" Sy loer oor haar bril. "Nuut?"

"Op appro, Ma. Ek vat hom Maandag terug."

"Die lipstiffie is te skel, jy lyk goedkoop. Dit pas jou nie," sê sy. "Of dalk tóg." Sy lig haar wenkbroue vir Vera en kyk weer terug na haar *Huisgenoot*.

Vera slaan die Anglia se deur hard toe en ry weg. Haar hart klop wild teen die nuwe bloes met die ligte pienk en blou blommetjies en krullerige olyfgroen blare.

Toe sy die dorp uit ry op pad Westonaria toe, daar kom waar die Potch-pad van Johannesburg af dié een kruis, steek sy 'n sigaret op.

* * *

Hy wou nie by Ivan-hulle gaan braai nie. Die briefie in sy skoonma se handskrif op die kombuistafel het hy opgefrommel en in die asblik gegooi. Hy is garage toe om die boks met sy rewolwer in te soek, die een waarmee hy nie die hond kon doodskiet op die strand nie.

Wapens van enige aard staan hom nie aan nie. Hoekom hy nog

dié een het, weet hy nie. Dit was sy pa s'n. Om die een of ander rede het sy pa gedink hy gaan dit nodig hê wanneer hy Durban toe trek, destyds toe hy agttien was. Sy pa het gesê die stad is gevaarlik, veral daar by die hawe, dalk sal Hendrik homself moet verdedig.

Nou duik die ding op, ongenooid meestal, en hier sit hy vandag op die koue sementvloer met die harde stuk metaal wat swaar op sy palm lê. Hy wonder weer wat hy daarmee gaan doen. Vera skiet? Die man skiet? Al twee? Homself? Almal? Hy kon dan nie eers die hond geskiet kry nie. Hy staan op, mik met die wapen venster toe, vinger op die sneller, een oog toe, laat sak hom weer. Skud die ding. Hoe kyk mens of daar nog patrone in is?

Hy druk die rewolwer agter by sy broek in, trek sy hemp oor, verbaas dat hy so iets doen. Kom dit natuurlik vir 'n man, wonder hy, om 'n rewolwer agter in sy broek in te druk? Hy maak die garagedeur toe en loop terug huis toe, voel die koue metaal teen sy heup afsak, druk sy hand teen sy been en hoop hy trek nie per ongeluk die sneller nie.

In die kamer is hy verlig om die ding van sy lyf af te kry. Hy bêre dit in sy kas onder sy onderbroeke. Weer wonder hy of dit die eerste plek is waaraan 'n man dink om sy rewolwer weg te steek: tussen sy onderbroeke. Hy skud sy kop en loop kombuis toe. Hy maak tee.

Sy lê seker nou al langs hom, het klaar seks gehad, wie weet hoeveel keer. Hy probeer die beelde in sy kop wegskud, haal die pakkie Mariebeskuitjies uit die kas en gaan sit by die kombuistafel met sy tee. Hy blaai deur die *Huisgenoot* op die tafel, sit dit weer neer, kyk rond. Potch, sê sy. Sy gaan Potch toe om vir 'n ou vriendin te gaan kuier.

Sy wat nie vriendinne het nie. Sy wat vir hom snags wanneer sy nie kan slaap nie sê hy is haar enigste vriend terwyl die koppie tee wat hy vir haar gemaak het op haar bedkassie koud word. Sy vertrou niemand nie, sy't in elk geval niemand nodig nie. Sy't mos nou vir hom. Hy weet sy lieg. Maar hy het haar nie gestop nie. Hy't gemaak of hy die storie glo.

Haar ma is ook tjoepstil, dit lyk asof sy die laaste paar dae 'n spook gesien het. Kyk heeltyd anderpad. Sy weet wat aangaan. Hy wou met haar praat, haar dwing om vir hom die waarheid te vertel, maar hy kon nie. Hy kan sien sy weet dit, sy kry hom jammer. Dít maak hom briesend.

Hy laat sak sy kop tussen sy hande, kyk vir die patroontjies op die plastiektafeldoek, rooi en wit rose en groen doringtakkies onder bruin teekoppiekringe. Toe staan hy op en loop weer terug kamer toe om in sy onderbroeklaai te gaan kyk.

* * *

Sy ry agter sy wit bakkie aan, dalk nog dieselfde een wat hy destyds gehad het, dink sy, die ding lyk maar afgeleef. Hy het nie uitgeklim toe sy by die padkafee gestop het nie, net die venster afgedraai, sy kop uitgesteek, gewaai en gewys sy moet hom volg.

Sy het hom amper nie herken nie. Hy het oud geword. Nog dieselfde blonde kuif, mooi glimlag, maar maerder, skerp wangbene en wat lyk soos 'n permanente frons tussen sy oë. Haar sekerheid van die vorige paar dae is weg. Wat maak sy? Ry agter 'n man aan wat sy jare laas gesien het in die hoop dat hy . . . wat? Wat verwag sy van hom? Liefde? Is dit wat sy dink sy nie by die huis kry nie? Sot. Haar ma was reg, die broek is te styf. Haar maag voel kramperig.

Anderkant die dorp, op die Klerksdorp-pad, draai hy op 'n grondpad af. Hy stop, spring uit en terwyl hy die hek se slot oopsluit en eenkant toe staan sodat sy kan deurry, sien sy hoe maer hy geword het. Is hy siek? Is dit hoekom hy haar wil sien? Want hy is besig om dood te gaan? Een laaste keer?

Die pad is klipperig en dit voel asof hulle vir 'n ewigheid al hoe dieper die veld in ry, oor wat vir haar van ver af soos bultjies gelyk het en wat intussen heuwels geword het, totdat hulle uiteindelik by nog 'n plaashek die storie herhaal van slot oopmaak en sluit. Hoekom kyk hy nie vir haar wanneer sy verby hom ry nie? Het sy so sleg ouer geraak?

Ná nog 'n ewigheid stop hulle uiteindelik voor 'n ou plaashuis. 'n Brak kom nader gedraf, toe nog een, die twee maak beurte om te blaf. Simon klim uit, jaag hulle weg en stap na haar toe. Haar oë kyk oor die mistroostige werf. Beslis nie 'n vrou se hand hier nie, dink sy.

Hy maak haar deur oop. "Hallo, vreemdeling," sê hy. Sy oë lyk blouer as wat sy onthou in sy bruingebrande gesig. "Kom, klim uit, ons kry vir jou bietjie lafenis. Dis vrek warm vandag."

Sy mik om hom te omhels, en net toe kom iemand by die agterdeur uitgestap.

Vera herken haar eers nie, die lang vrou in haar jeans en wit T-hemp. Met tekkies, en die cowboy-hoed op haar kop.

"Long time no see, Vera," sê sy. Sy steek haar hand uit.

Dis háár stem.

Klomp goed gebeur op een slag in Vera se kop. Beelde van dinge waarvan sy al vergeet het, doem skielik op, so asof hulle heeltyd nog daar was.

Vera vat haar hand. Die vrou met die mooi stem en die kind op haar rug op haar agterdeur se trappie. Die vrou wat in sý huis gebly het . . . nog steeds in sy huis bly, blykbaar.

Die kind kom uitgestap. Vera laat los haar hand, kyk af na die kind. Dis toe 'n sy, nie 'n hy nie, die kind op haar rug. Hoe oud nou? Ses jaar? Sewe? Sy voel naar.

"Dis Mandy," sê die vrou. Van alle name. Die kind met die duim in haar mond, een arm om haar ma se been, groot bruin oë op Vera.

"Sê hallo, Mandy. Dis Vera."

Vera hurk af na die kind toe, verligting vir haar wankelrige bene.

"Hallo, Mandy," sê sy, haar droë lippe is styf van probeer glimlag. Waar bly hulle, die twee? In die buitekamer? Dis mos nou 'n permanente storie dié, lyk dit. Sy kan tog nie nou meer met haar kind in die spaarkamer bly nie, in die huis? Ma en kind lyk ook verwesters, so in hulle byderwetse klere.

Die kind sê niks, kyk net, suig haar duim.

Die gaasdeur klap 'n derde keer. 'n Klein seuntjie hardloop uit, spring op in Simon se arms. Vera staan op. Sy voel skielik duiselig, hou haar hand voor haar oë wat knip teen die son agter hulle.

Toe sien sy.

"Vera," sê Simon en glimlag breed, die klein wetter op sy heup. "Kyk, my seun." So trots. "Ons het 'n seun, ek en Margaret."

Margaret? Sy kyk verby hom, verby hom en die bruin seuntjie wat soos 'n aap aan sy arm klou, bene vasgeklem om sy heup. Die gaasdeur bly toe. Sy kyk uiteindelik terug na hulle toe, so asof iemand haar kop teen haar sin draai, na Simon en die vrou, die kinders toe.

Sy kyk in die vrou se donker oë, kan niks lees nie, knik. "Bly te kenne, Margaret," sê sy uiteindelik. Dit voel of haar lippe kraak met elke woord wat uit haar mond kom.

* * *

Dis laat en haar ma is nog nie terug nie. Sy kry oom Hendrik ook nêrens nie. Haar ouma het lankal sy koue tee uitgegooi.

Sy kar staan nog steeds in die oprit. Hulle het hom orals gesoek, in die kar ook gekyk. Haar ouma het om die een of ander rede gedink hy kruip dalk in die kattebak weg en dít ook oopgesluit. Toe eers was sy tevrede om bietjie te wag en is hulle terug kombuis toe waar Lien visvingers, mash en ertjies gemaak het en 'n bietjie chutney op elkeen se bord gegooi het.

Die seuns het gaan bad, en toe die kos reg is, het hulle in die sitkamer die laaste bietjie van *Rich Man, Poor Man* gekyk: die twee op die mat in hulle camouflage-nagklere, sy op een stoel en haar ouma op die bank met haar hekelwerk.

Lien hoor die kar by die oprit indraai en sien die ronde kolle van die ligte deur die gordyne skyn. Haar ouma druk haar naald in die tol gare en staan op. Hulle kyk vir mekaar voordat haar ouma deurstap kombuis toe.

"Ma's hier," sê Lien en trek haar knieë onder haar trui uit. "Sit die TV af."

Sy gaan staan op die agterdeurtrappie, haar broers langs haar in die deur. Sy sien eerste vir oom Hendrik, wat blykbaar, wonderbaarlik, agter die garage uitgekom het. Hy lyk anders. Kwaad. Dis donker voor die garage. Hy staan 'n entjie weg, aan die ander kant van die twee karre wat agter mekaar in die oprit staan. Haar ouma wieg stadig op een plek, 'n paar treë voor Lien, so asof sy nou net in haar spore gestop is. Iets blink agter in oom Hendrik se broek, sy hemp is in sy belt gesteek en toe hy vorentoe loop lyk hy vir haar onvas op sy voete. Sy hand voel agtertoe oor die blink ding. Sy hoop nie hy het gedrink nie. Haar ma maak hom dood.

"Hy't 'n gun agter in sy broek," fluister Ben hard. Hy klink opgewonde.

"Bly stil," sê sy. "Is nie. Gaan julle in, toe."

"Nee," sê hy.

"Ja," sê Dawid hard. "Nee."

"Moet dan nie so aan my klou nie." Sy skud haar been, vee haar trui plat wat bak staan van haar knieë en kyk weer op.

Oom Hendrik moes hulle gehoor het. Hy kyk vir Lien oor die Mini se dak. Sy oë lyk rooi, al is hy halfpad in die donker. Lien glimlag vir hom. Sy probeer vriendelik lyk. Hy kug. Sy kan sien hy hou sy hoes in, sy gesig raak rooi. Haar ouma sê niks, sy staan net doodstil. Sy het opgehou met wieg. Haar ma se Anglia is donker binne. Lien kan niks sien nie. Wanneer klim sy uit?

"Vera," sê oom Hendrik sag en hoes weer. Gelukkig staan hy

stil. As hy nie beweeg nie, lyk hy orraait. Hy klink nie te kwaad nie.

"Vera!" sê hy weer, harder. Nou hyg hy. Sy bors klink nie lekker nie.

Die deur skwiek oop, haar ma klim uit. Sy staan aan die ander kant van die twee karre, 'n entjie weg van oom Hendrik af. Lien knyp een oog toe, druk haar hande voor die seuns se oë. Al twee klap haar hande dadelik weg.

Oom Hendrik kyk terug, vang Lien se oog oor die karre se dakke. Sy glimlag, probeer só waai dat net hy haar sien. Toe kyk hy weer vir haar ma.

"Waar was jy, Vera?" vra hy en sy hand druk teen die rewolwer. Dit lyk asof die ding afsak, asof hy nie sy vingers om dit wil vou en vasvat nie, net wil voel daaraan, dalk net om seker te maak dis nog daar.

"Sjuut, Hendrik," sê haar ma. "Jy gaan die kind wakker maak."

"Ons is klaar wakker, Ma!" skree Dawid van die trappie af.

Sy kyk oor die Anglia se dak vir hulle. "Ek praat nie van julle nie." Toe draai sy om en skuif haar sitplek vorentoe. Lien hoor haar steun toe sy afbuk.

Oom Hendrik staan doodstil, sy oë wawyd oop, trane loop oor sy wange en haar ouma begin weer vorentoe en agtertoe te wieg, so asof sy haarself opwarm om te begin loop. Haar ma kreun nog 'n keer, staan regop met iets toegedraai in 'n kombers in haar arms, skop die kar se deur toe en gaan staan voor oom Hendrik.

"Help 'n bietjie, Hendrik," sê sy. "Die kind is swaar."

Hy los die rewolwer, wat amper dadelik agter in sy broek af verdwyn, vat-vat onhandig om en aan die bondel in haar ma se arms. Lien buk af, sien deur die kar se venster hoe die rewolwer teen sy been afgly. Hy probeer nie eers keer nie, rek net sy been bietjie agtertoe, maar sy aandag is nou heeltemal op die kind in sy arms. Lien knyp haar oë toe, wag vir 'n knal wanneer die rewolwer die grond tref. Net 'n sagte plofgeluid op die gras, toe stilte.

Sy maak haar oë oop, staan op haar tone, en kyk vir oom Hendrik wat onhandig lyk met die bondel in sy arms. Sy hoes lyk weggeskrik, en sy gesig is bleek.

Haar ma stap verby haar ouma oor die gras, agterdeur toe. "Naand, Ma," sê sy.

Vir die eerste keer in 'n lang tyd lyk haar ouma vir Lien stomgeslaan soos sy haar ma agterna kyk. "Naand, Vera," sê sy sag.

Haar ma kom staan voor hulle drie op die stoeptrappie, hande in haar sye. "En julle, moes julle nie al in die bed gewees het nie?"

"Dis Saterdag, Ma," sê Ben.

"Hulle het TV gekyk," sê haar ouma, haar stem hees. Sy maak haar keel skoon, kom nader en staan langs haar ma. "Kom, kom, julle drie, bed toe," sê sy.

"Ek wil sien wie oom Hendrik vashou," sê Ben.

"Julle kan môre," sê haar ma.

"Ek sal tee maak, Ma," sê Lien.

"Dit sal lekker wees. Maar dan bed toe met jou ook."

"Ma!"

"Niks se gebackchat nie, Lien."

"Nikos bel dalk later, Ma."

"Ek sal jou kom roep as jy nog wakker is."

* * *

Hendrik kyk in die helder kombuislig na die slapende kind. Sy ooghare is lank, dit krul nie so erg soos party swart kinders s'n nie. Maar dan's hy nie swart nie, hy's kleurling. Vera sê sy pa is wit. Wie sou nou kon dink dat haar vriendin, die enigste een waarvan hy weet, swart is? Hy kan hom Vera nie as links indink nie, maar maak dit haar links, die feit dat sy met die vrou vriende gemaak het toe hulle saam in Pietersburg se hospitaal gewerk het? Hy dink nie so nie. Partykeer gebeur goed sommer net vanself.

Hy rek skuins van die stoel af na die kind wat op Dawid se ou kot-matras in die hoek lê. Sy hare voel nes syne, lyk harder as wat dit regtig is. Hy sit weer regop, vryf oor sy eie kop, kyk na Vera wat die kombuis ingekom het.

"Ja, hy lyk nogal soos jy," sê sy. "Hy kon netsowel joune gewees het."

Hendrik glimlag. "Slaap die kinders?"

"Die seuns, ja." Sy gaan sit oorkant hom aan die tafel. "Lien is nog op. Sy luister radio in haar kamer."

"Lyk my nie die Griek gaan haar weer bel nie," sê hy, sy oë terug op die kind.

"Dis dalk beter so. Sy's nog bloedjonk."

"Hoe lank moet jy na die kleintjie kyk?" vra hy sag.

"Sy't gevra vir so twee weke of so, net tot die stof gaan lê het."

"Wat presies gaan aan, Vera? Op die plaas?"

Sy haal haar skouers op. Haar ma kom ingestap, hekelwerk in die hand. Sy trek 'n stoel onder die tafel uit en gaan sit teen die muur.

"Ja, Vera," sê sy. "Vertel ons."

Weer haar ou self, dink Hendrik. Hy glimlag.

"Hulle bly saam op die plaas," sê Vera. "As man en vrou. En dis hulle kind wat hier in die kombuis lê en slaap."

"En vir wat moet jý na die kind kyk?" vra haar ma.

Dit lyk asof Vera dink oor wat om te sê.

"Hulle glo die plaas is geteiken, Ma. Die dorp lê vol stories van 'n tipe kommando wat 'n groepie boere glo begin het om die gebied, húlle gebied, skoon te hou . . . van swartes nou. Vriende op die dorp het hulle gewaarsku dat die groep gehoor het van hulle saamblyery. Margaret, die . . . my vriendin gaan vir tyd en wyl met haar ander kind in die buitekamer intrek." Vera kyk eers vir haar ma en toe na hom. "Dis nie óók sy kind nie, dis 'n swart kind, heeltemal swart. Haar naam is Mandy."

Anna kyk vir hom. Vera kyk af.

"Simon, dis nou Margaret se . . . kêrel, sê die mense op die plase gaan opgeskryf word. Hulle wil kyk hoeveel is wettig op die plase, wie's onwettig . . . Maar Simon dink dis net 'n verskoning vir 'n tipe skoonmaakoperasie. Hy dink die groep is aggressief. Hy's bang die kind kom iets oor as hulle op die plaas kom en sien hy's 'n baster."

"Klink vir my soos 'n lot bangmaakstories," sê Hendrik. "Mense op klein dorpies is mos maar geneig om te wil skinder. Hulle het meeste van die tyd niks beters om te doen as om mekaar op te werk nie. Maar hoekom juis jý? Hoekom het sy jou gevra?"

Vera kyk na hom. "Hoekom nie? Ek's al wat sy ken, al wit vrou. Sy weet die kind sal veilig wees by my. Ek kon nie nee sê nie. Ons het saam gewerk . . ."

"Sê nou ons kom in die moeilikheid?" sê haar ma.

"By wie?" vra sy.

Haar ma frons. "Van wanneer af is jy so tjommie-tjommie met die swartes, Vera?"

"Dis 'n kleurlingkind, Ma."

"En dit maak hom minder swart?"

"Hemel! Ek't nie geweet Ma is 'n rassis nie."

"Dit het niks met rassisme te doen nie. Ek is net realisties. Daar's niks fout daarmee nie."

"Hokaai, julle," sê Hendrik. "Dis net 'n kind, dis nie vir altyd nie."

"Sê nou die mense sien hom? Die klomp hier langsaan is juis so konserwatief," sê haar ma. "Het jy hulle vlae hier buite sien wapper? Hulle seuns sing 'Die Stem' op aandag, elke middag ná skool."

"Die kinders kan hom besig hou," sê Vera. "Hy lyk in elk geval nie só swart nie." Sy kyk vir Hendrik. "Vir al wat ons weet, is Hendrik self 'n kleurlingklonkie. Kyk net hoe lyk hy met sy bos hare. As dit daarop neerkom, kan ons net sê dis sy kind."

"Jy lyk self bra kleurling," sê Hendrik. "Hy kan netsowel jou kind ook gewees het."

"Nou maar dan's daar mos nie probleme nie." Vera kyk vir haar ma. "Het Ma nie eenkeer gesê ek moet myself handig maak en vir Hendrik 'n paar kinders van sy eie gee nie? En het Ma al gedink wat Brenda sou gedoen het?"

"Ek kan sien jy't tyd gehad om daaroor te dink." Haar ma spring op. Haar wange is rooi. "Ek trek by Ivan-hulle in vir die volgende ruk. Ek wil nie deel hê aan die storie nie."

"Ma!"

"Moenie jy my 'Ma' nie, Vera. Ek wil nie hier wees as die klomp langsaan snuf in die neus kry en die polisie bel nie. En charity begins at home, mens kyk eers na jou eie soort voordat jy jou hand na ander toe uitsteek," sê haar ma en loop uit.

Vera skud haar kop. Hendrik staan op om nog tee te maak. Die kind roer nie.

Hy is bly oor die petalje, dit trek almal se aandag van hom en die rewolwer af. Van sy verligting oor sy nie agter 'n ander man aan was nie. Dat sy toe uiteindelik die waarheid gepraat het. Hy weet Vera gaan hom nog aanvat daaroor, oor die rewolwer, sy moes gesien het, en oor hy boonop 'n paar biere ook ingehad het. Wat het hy gedink? Hy skud sy kop terwyl hy met sy rug na haar toe wag vir die water om te kook. Dwaas, dis al woord wat in sy kop opkom. Hy moet onthou om die rewolwer later langs die kar te gaan optel. Netnou kry iemand seer.

* * *

Vera het haar ma sover gekry om te bly. Sy't mooigepraat. Vir haar gesê sy kan nie sonder haar regkom met al die kinders nie, met haar en Hendrik wat heeldag werk.

Die kleintjie is stroopsoet, so asof hy weet hy moet homself gedra. Hy huil nooit nie, behalwe as hy honger is. Simon het gesê hy is twee, dra nog doeke, en dis die ergste van die storie. Sy moet boude skoonmaak. Haar ma kyk nou wel in die oggende na die kind, maar sy weier om aan sy doeke te vat, ruil dit net wanneer hy nat is, en as daar enige teken van 'n klankie is, gooi sy haar hande in die lug en roep vir Vera of Lien, of Hendrik, wanneer hy daar is.

Dit lyk asof Hendrik die minste ontwrig is deur die storie. Die oomblik as hy by die huis kom, speel hy met die kleintjie, dra hom rond, bad hom en sit hom selfs in die bed.

"Ek het nogal min met hom te doen," vertel sy vir Mona by die winkel. Hulle staan langs mekaar by die toonbank en kyk deur die oop deure na die mense op die sypaadjie. Vera skryf tussendeur die maand se bad debts op 'n vel papier neer. Sy moet die mense later bel. Hulle gaan nie dié maand target maak as dit só aangaan nie. Besigheid is stil.

"Almal in die huis sien hom as 'n tipe speelding," sê sy. "Selfs my ma is besig om sag te raak."

"Ek's bly," sê Mona en glimlag. Sy vat Vera se koppie en loop kombuis toe. 'n Rukkie later is sy terug met nog tee. Sy sit dit versigtig langs die papierwerk op die toonbank neer.

"En die kinders? Hoe voel die seuns oor hom?" vra Mona. Sy gaan sit anderkant die toonbank, haar oog op die deur.

"Dawid was eers bietjie jaloers, hy's nou nie meer die baby in die huis nie."

Vera kyk vir Mona. Daar's swart kringe vandag.

"Ben het nou die dag al die kind se hare afgeskeer. Hy sê dit laat die kleintjie meer soos 'n witmens lyk."

"Haai!" sê Mona.

Vera sien sy lag amper. Sy het nie bedoel om vir Mona te vertel van die storie nie, die halwe waarheid nie, maar sy kon haarself nie help nie. Sy't in elk geval raad nodig gehad oor kleintjies, kon niks onthou van wat hulle eet, drink, hoeveel en wanneer hulle slaap of iets nie. Margaret het seker gedink sy weet van kinders af, kan nog onthou van haar eie drie se babadae. Sy is verbaas dat sy nie meer die kleur van die kind raaksien nie, sy weet nie of dit 'n goeie of slegte ding is nie.

"Wanneer gaan hy terug na sy ouers toe?"

"Ek weet nie," sê Vera, "hulle bel elke aand. Verlang hulle dood. Sê hulle sal ons laat weet."

"Dis darem erg. Onregverdig."

"Wat?"

"Dat mense nie kan kies met wie hulle wil trou nie. Saam met wie hulle mag bly nie. Dis nie so in ander lande nie, weet jy?"

"Soos in Amerika?"

"Ja. Daar trou enigiemand met enigiemand."

"En Engeland?"

"Ook."

Vera probeer aan ander lande dink. "Wat van Rusland?" sê sy skielik.

"Ek weet nie van Rusland nie," sê Mona en kyk by die deure uit na die straat. "Hulle is kommuniste, dít weet ek, maar of hulle rassiste is, kan ek nie sê nie. Maar ek dink nie so nie. Ek sal bietjie by Wim hoor."

"My pa het altyd gesê ons is Russies. Maar wat ek van Rusland af weet, is gevaarlik. Haai! Is Demis Roussos nie dalk Russies nie?"

Mona glimlag. "Ek dink nie so nie."

"Is Wim weg?"

"Ja, hy werk die volgende twee maande in Nigerië." Mona kyk vir haar toe sy niks sê nie. "Dis in Afrika."

"Ek weet," sê Vera. "Dit moet moeilik wees so op jou eie met die kinders."

"Ja. Ek mis hom. Die seuns word sonder hom groot. Dis amper asof mens heeltyd dieselfde persoon van voor af leer ken, nadat hy so lank weg gewerk het en dan terugkom huis toe."

"Is jy een?" vra Vera ná 'n rukkie.

"Is ek wat?"

"'n Rassis."

"Ek hoop nie so nie," sê Mona en kyk af voor sy 'n slukkie van haar tee vat.

Dis swaar vir Vera. Toe sy destyds met die kleintjie van die plaas af terug huis toe gery het, het sy 'n tydjie gehad om oor die ergste teleurstelling te kom, oor hoe leeg sy gevoel het, dit ná sy vir die eerste keer in jare weer hoop gehad het.

Hy het eers goed geskree voordat die stroop wat sy ma hom ingegee het, ingeskop en hy letterlik op die agterste sitplek omgedop het. Sy sak met klere, doeke en bottels was in die kattebak.

Dit was asof sy tóé vir die eerste keer dinge duidelik gesien het, in haar stywe broek en bloesie op appro, terwyl sy huis toe gery het verby die klompies grysgroen bloekombome, die een mynhoop ná die ander, die lig en skaduwees voor en tussen die straatligte oor die teerpad toe sy die dorp inkom. Besef het waarvoor sy moet dankbaar wees. En sy het dit vir haarself in die kar opgenoem, hardop, die hele tyd, amper begin opgeruimd voel: sy's gesond, haar kinders is gesond, sy't werk, sy't 'n man, sy't 'n lewe.

Maar sy dink nou, ás sy daaraan dink, dis omdat sý kind in die kar by haar was dat sy so gevoel het. Die kleintjie was haar troosprys. Dit was beter as niks. En dis nie regverdig om dit ook nou nog terug te moet gee nie.

Bite (v.)
Old English *bitan*, from PIE root **bheid-* "to split, crack" (see *fissure*). To *bite the bullet* is said to be 1700s military slang, from old medical custom of having the patient bite a lead bullet during an operation to divert attention from pain and reduce screaming. To *bite (one's) tongue* "refrain from speaking" is 1590s. To *bite the dust* "die" is 1750 (Latin had the same image; compare Virgil's *procubuit moriens et humum semel ore momordit*). To *bite off more than one can chew* (c.1880) is U.S. slang, from plug tobacco.

10

Lien kan nie gou genoeg uit die kar uit toe hulle voor die huis stop nie.

Dit lyk asof haar ouma op aandag staan in die agterdeur, so styf druk sy haar dikhakskoene teen mekaar. Sy karring al weer aan haar bolla.

Haar pa sit nie sy Ranchero af nie, hy maak net die boot oop, laai hulle bagasie af, klim terug in die kar en sê baai deur die oop venster. Lien en die seuns sukkel met hulle tasse tot by haar ouma in die agterdeur.

Toe sy terugkyk, is haar pa weg.

"Waar's hy so haastig heen?" vra haar ouma. "Hy kon darem die ordentlikheid gehad het om in te kom en te groet."

Sy soen haar ouma, loop so vinnig as moontlik verby haar die huis in, gooi haar tas op die bed neer en loop terug kombuis toe.

"Kan ek asseblief bel, Ouma?" Sy doen haar bes om nie desperaat te klink nie.

"Jy't al weer daai denimbroek van jou aan, kind! Vaderland, hy sit al hoe stywer. Het jy vet geword? Kan jou ma nie vir jou ander klere koop nie?"

"Ouma!"

"Dis ongesond, weet . . ."

"Stop dit, Ouma. Asseblief. Kan ek hom bel?"

"Jy't skaars hier aangeland, kind. Is dit daai kêrel van jou?"

"Ja, Ouma, ek't gesê ek sal hom bel as ons hier aankom."

"Op my dag het mans vrouens gebel, nie andersom nie."

"Ouma! Asseblief."

"Gaan tog. Bel."

Lien hardloop die gang af. Sy hou nie van hoe bang sy voel nie. Santie sê sy dink hy gaan haar afsê. Hy bel skaars deesdae. Nie soos aan die begin nie.

"Die langafstandding werk nie vir die liefde nie, Lien," het Santie gesê asof sy weet. "Kyk nou na my pa, byvoorbeeld. Hy't sy oorsese girlfriend gelos."

Lien was verbaas. "O, so is hy weer terug by jou ma?"

"Nee." Santie het opgestaan van waar sy op die mat gelê het om Chris de Burgh se *Spanish Train* op die platespeler te gaan omdraai. Toe sy weer langs Lien kom lê, hande agter haar kop, het sy gesê: "Hy't 'n nuwe girlfriend. Sy bly hier in Randfontein. My ma dink sy is eintlik die rede dat hy haar gelos het. Die meisie oorsee was net vir fun."

Lien het regop gesit en vir Santie gekyk. "Nikos is nie soos jou pa nie," het sy gesê. "Hy't beginsels."

"My ma sê mans dink seks is liefde. As hulle nie seks kry nie, raak hulle verlief op iemand anders wat hulle seks gee." Sy kyk vir Lien. "Jy't nie seks met Nikos nie, nè, Lien?"

"Nee." Sy het afgehaal gevoel. "Wat weet jy anyway van seks af, Santie? Jy't nie eers 'n boyfriend nie."

Hulle het nie opgestaan, saamgesing en gedans toe Chris de Burgh by "Patricia the Stripper" kom nie. Nie soos laas nie.

Sy het die geel-en-swart romp-en-bloespakkie met die polkadots aan wat haar ouma verlede vakansie vir haar gekoop het. Sy haat dit. Dit laat haar vet lyk en sy moet haar maag heeltyd intrek. Sy lyk omtrent dertig. Nie dertien nie.

Sy draai op haar tone links en regs voor die spieëlkas. Dit het mooipraat van haar ouma gekos, en uiteindelik 'n dreigement dat sy nie mag gaan nie, om haar sover te kry om die pakkie aan te trek, en boonop die swart sykouse en swart hoëhakskoene ook.

Sy het haar hare gewas en geblow-wave, soos Farrah Fawcett-Majors s'n, sodat haar kuif twee sagte flicks langs haar gesig maak. Nikos het gesê toe hy haar vir die eerste keer gesien het, die keer toe sy oor die straat aangestap gekom het, het hy gedink sy lyk net soos Farrah Fawcett-Majors.

"Die Griek is hier!" roep haar ouma van die sitkamer af. Lien vee oor haar romp, draai vir oulaas links en regs voor die spieël, trek haar maag weer in.

"Moenie laat wees nie, Lien," sê haar ouma in die kombuis toe sy uitloop. "Ek en Oupa wag vir jou. En onthou hy werk môre. Ons moet vroeg op."

"Oukei, Ouma! Baai, Ouma!"

Toe hy haar later die aand aflaai, vertel hy haar. In die kar, voor haar ouma-hulle se erf. Die kombuislig skyn oor die sementoprit. Alles is stil.

"Ek's 'n man, Lien, ek's negentien. Ek het manlike begeertes," sê hy.

Sy sê niks. Sy kan hoor hy het geoefen.

"Jy's nou eers dertien."

"Amper veertien."

"Oukei, amper veertien," sê hy. "Jy kan nie vir my gee wat ek nodig het nie."

Vir seker geoefen.

Sy kyk vir hom. "Het jy 'n nuwe meisie?"

Hy sê niks.

"Het jy?"

"Jy ken haar nie," sê hy en kyk af.

"Wie's sy?"

Hy sug en begin met sy sleutels te vroetel. Hy lyk skuldig. "Sy werk by die OK. By die cosmetics-toonbank."

"Cosmetics," sê sy. "Is sy mooi? Dra sy baie make-up?"

"Sy's ouer. 'n Vrou."

Sy wil toe vir hom sê sy is ook 'n vrou. Amper sê sy maandstonde vir die eerste keer hardop, toe swanger, eierstokke, baarmoeder, plasenta, al die vrouwoorde waarvan sy in *Moeder, vertel my tog* gelees het en wat haar laat gril. Maar sy bly stil.

"Nou los jy my," sê sy ná 'n rukkie.

"Jammer, Lien."

Sy slaan die kar se deur hard toe en dink hy kyk haar seker agterna, hoe sy op haar hoëhakskoene huis toe waggel, en sien hoe sy van agter af niks soos Farrah Fawcett-Majors lyk nie. Haar swart sykouse begin skeef trek en trane loop oor haar wange. Sy dink nie sy het al ooit in haar lewe so simpel gevoel nie.

* * *

Van Stenis is 'n groot man, nog groter as wat Cecil gesê het. Willem kan sy stoel glad nie sien nie, maar hy hoor hom kraak soos die man vorentoe en agtertoe wieg, arms gevou.

"En dis die storie," sê Willem. "Ek dink nie dit ís so nie. Ek wil maar net honderd persent seker maak."

Van Stenis sit skielik vorentoe, sy elmboë op die tafel, sy oë die hele tyd stip op Willem. "Die feit is, meneer Barnard, jy's hiér," sê hy, en tik met sy vinger op die lessenaar, "omdat jý," en hy wys met sy vinger na Willem, "jou vrou verdink van owerspel." Hy sit terug, vou sy arms weer oor sy bors en knik sy kop.

Owerspel, dink Willem. Hy het lank laas die woord gehoor; dit is amper mooi van lelikgeid.

"En 'n man se instink is soos dié van 'n dier, so te sê nooit verkeerd nie," sê Van Stenis. "Dis nou as hy eers snuf in die neus gekry het."

Willem skud sy kop. "Soos ek jou reeds gesê het, meneer Van Stenis, my vennoot het my vertel van jou dienste. Ek het geen rede om te dink my vrou is besig met . . . onderduimshede nie. Ons is nie eers so lank terug getroud nie."

Hy voel skielik onrustig, asof hy pad moet gee hier. Wat het hom besiel? Dat hy onderduimshede in dieselfde asem as Poppie noem? Waar het sy onsekerhede hom nou ingedonner?

Hy staan op. Van Stenis frons.

"Ek't 'n fout gemaak, meneer Van Stenis. Ek weet dit nou." Hy glimlag skeef. "Jammer ek het jou tyd gemors. Stuur gerus die rekening."

"Wag, wag, meneer Barnard, nie so haastig nie. Ontspan. Glo my, daar's niks wat 'n man so soos 'n baba laat slaap as wanneer hy weet dat sy vrou nie haar bates, of liewer sý bates, sý belegging, met 'n ander man deel nie. Dis soos jy self sê, dis net vir jou peace of mind."

Van Stenis haal 'n notaboekie uit sy laai, tel 'n pen op en kyk weer na Willem. "Kom ons begin by die begin," sê hy. "Wat is haar naam?"

Willem gaan sit weer.

"Die plek is nie te onaardig nie," sê hy vir Cecil. "Dis in die industriële gebied, daar tussen die gasfabriek en Leon se tuindienste."

"In daai drievloergebou? Waar die helfte van die kantore leeg staan?"

"Ja. Op die tweede vloer."

"Dis lekker goedkoop daar per vierkante meter, hoor," sê Cecil. "Wat wou jý nou al weer daar oopgemaak het?"

"Nee, niks. Was lank gelede, voor die spares-winkel."

Hulle is vir 'n rukkie stil. Drink hulle bier, rook en kyk vir die rye bottels teen die muur agter die kroegtoonbank. Daar's 'n soort vrede daarin, dink Willem, die belofte van eindelose verdrinking van mens se sorge so voor jou uitgestal. Hy skud sy kop, dit help nie om nou vir homself jammer te voel nie. Hy sal moet wag en kyk waarmee Van Stenis uitkom.

"So wat sê die ou?" vra Cecil. "Wat gaan hy doen?"

"Hy gaan ons foon tap, die een by die huis," sê Willem.

"Hoe?"

"Hy sê dis eenvoudig, hy sit net 'n mikrofoontjie in die onderste deel van die foon, die deel waarin mens praat, dié's nou weer gekoppel aan 'n tipe opneemaffêre. Dan kan hy teen die einde van elke dag hoor met wie sy gepraat het. Ons gaan dit vir so 'n week probeer, en kyk."

"Gmf," sê Cecil. "Kan jy nou meer. Sou jy dit nou so paar jaar terug kon gedink het?"

"Nooit," sê Willem. "En wie sou nou boonop kon raai dat ek my vrou van 'n affair verdink?" Hy kyk vir Cecil. "En dan my foon laat tap? Dit klink soos in 'n fliek."

"Wanneer gaan hy dit insit?"

"Môreoggend. Wanneer sy werk toe is. Ek sal so 'n halfuur laat wees. Ek moet net vir die ou oopmaak dat hy sy ding kan doen."

"Ek hoop nie jy gaan my die skuld gee as ek reg was oor haar nie."

"Hoe dit ook al sy, Cecil, ek gaan vir jou die bliksem in wees. Ek dink jy laat my geld mors op 'n wild goose chase."

"Ek't 'n gevoel die ou gaan jou wild goose vang." Cecil lag.

"Dink jy's snaaks, nè?" Willem staan op. "Ek moet huis toe. Die kinders is hier." Hy sluk die laaste van sy bier, sit die bottel hard op die toonbank neer en loop uit.

Buite steek hy 'n sigaret op en kyk rond. Hy's nie lus om huis toe te gaan nie, hy dink nie Poppie is al daar nie. Om vir die kinders by sy ma-hulle te gaan kuier, is hy ook nie voor lus nie. Hulle kom in elk geval volgende week na hom toe vir die laaste deel van hulle vakansie. Hy moet sy energie spaar vir dan, dink hy, en voel skielik hoe sy hart in sy skoene sak. Dan sal hy ook al weet van die ding met Poppie. Wat gaan hy doen as sy hom verneuk? Hy wil liewer nie daaraan dink nie.

Hy klim in die kar, stoot die neus van die Ranchero in die teenoorgestelde rigting van Penina Park, dorp toe. Dalk gooi hy gou 'n draai by Wagon Wheels en sien of Gerta vanaand werk.

"Jirre, Willem," sê Van Stenis twee weke later. Hy is nou op voornaambasis met Willem. "Wat sy in hom sien, weet nugter. Die man is so groot soos 'n os. Met niks definisie nie. En kommin, hoor, kommin verby."

Toe speel Van Stenis vir hom die band terug van haar geselsies met die man. Hy het Poppie lank laas só hoor giggel. Daarna wys hy vir hom die foto's wat hy geneem het van die twee by die Pietersburgdam, onder die wilgebome.

Willem en Van Stenis sit in die kroeg, by een van die tafeltjies. Hy het geweet daar's moeilikheid toe Van Stenis hom by die werk kom haal en Cecil nie kla toe hy hom lank voor vyf daar uit het nie. Kop in een mus, die twee.

Hy kyk oor en oor daarna, een ná die ander foto, en skud sy kop. Hy is geskok, geskok om te sien wat so 'n vet man met sý vrou op die agtersitplek van sý Volkswagen kon regkry. En hy's seergemaak. Hy begin in sy bors 'n pyn voel. So dat hy nie mooi weet wat om daarmee te maak nie.

Van Stenis sê niks toe Willem opstaan sonder om sy bier klaar te drink nie. Willem kyk vir hom, wil iets sê, maar weet nie wat nie. Hy weet dis nie dankie nie. Toe loop hy.

"Moenie worry nie, die dop's op my, my ou!" roep Van Stenis agterna. Willem moet hom inhou om die man nie iets toe te snou nie.

Hy is bly sy is nie by die huis toe hy daar aankom nie. Dit gee hom tyd om homself reg te ruk en die bewing in sy hande op 'n manier stil te kry.

Hy gaan sit by die kombuistafel met 'n bier en mis amper die blad toe hy op sy elmboog leun. Hy spring op, skop hard verby die ingeskroefde tafelpoot en verloor byna sy balans.

Later leun hy teen die oop kombuisdeur se kosyn. Elke nou en dan gooi hy die leë bottel in die asblik, haal nog een uit die yskas en gaan staan weer in die deur. Dis donker toe die Volkswagen in die oprit voor die garage stop. Poppie maak die deur oop, rek oor die sitplek om iets agter by te kom.

"Waar was jy?" vra hy toe sy nader loop. Hy hoor pakkies in haar hande ritsel.

"Jy stink." Sy loop verby hom die huis in.

"Ek praat met jou, Poppie." Hy gryp haar aan die arm. Te hard.

Sy ruk weg. "Los my uit! Jy maak my seer." Sy sit twee Oasepakkies op die tafel neer. "Waar dink jy was ek? Iemand moet kos vir die huis koop."

"Jy lieg, Poppie."

Sy sit die kombuislig aan, begin goed uitpak. Hy knip sy oë en steier effe teen die kosyn terug.

"Jy's dronk, Willem. Sies." Sy trek haar neus op.

"En jy's 'n slet."

Sy sit die boksie eiers neer en kyk na hom, sê niks.

"Ek weet van jou vetsak van 'n boyfriend."

Haar gesig lyk witter as gewoonlik in die skerp lig, haar lipstiffie rooi, haar oë dof en ver. Sy sak skielik op die ingeskroefde bankie neer, so asof iemand iewers binne-in haar 'n knoppie gedruk het en haar bene nie meer haar lyf kan regop hou nie. Sy kyk af.

Hy't dit nie verwag nie. Stry, wil hy vir haar sê. Sê dis als bullshit!

Hy't nie gedink hy sal huil nie, en dit gebeur so onverwags dat hy dit amper nie kan glo nie. Hy vee sy oë met sy handpalms af, kyk vir die onbekende nat aan sy hande.

"Ek's jammer, Willem." Sy praat so sag dat hy nie seker is hy't reg gehoor nie. Hy kyk op, sy lyk hartseer.

"Dis oukei," sê hy skielik, vol hoop. "Los hom, Poppie. Dis orraait. Ons kan weer begin!" Hy gaan sit oorkant haar op die bankie.

Sy kyk af na haar hande.

"Wie's hy in elk geval? Hy werk by die bleddie poskantoor! Jy verdien beter. Almal maak foute."

Sy frons toe sy opkyk. "Hoe weet jy, Willem?"

"Wat maak dit saak? Die ou is 'n loser!"

Sy skud haar kop en kyk weer af. "Willem. Ons is ernstig, ek en hy."

"Kan nie wees nie! Jy ken die man skaars!"

Sy sê niks.

"Poppie." Hy leun oor die tafel. "Praat met my."

Haar oë kyk verby hom. "Ek ken hom al lank."

"Hoe lank?"

Sy haal haar skouers op, begin die Cutex aan 'n nael afdop. "Ek weet nie. Dalk so ses maande."

Hy vat haar hand oor die tafel. Sy trek haar vingers los en vou haar arms. Sy kyk by die venster uit.

"Ses maande is niks," sê hy.

"Hy's jonk, nes ek," sê sy. "Hy't nie kinders nie."

"Kinders." Hy lag. "So dis wat dit is."

Sy spring regop. "Wat's fout daarmee om ook op 'n gelyke voet met iemand te wil begin! Jy't jou kans gehad met Vera. Ek't nie."

Hy kyk vir haar, na haar lang lyf, haar wit gesig, die swart krulle op haar kop. Sy frons, arms gevou, ken in die lug, soos 'n stout kind. Sy pragtige Poppie.

"Hei, dis orraait!" sê hy opgewonde. "Ek kan met Vera en my ma-hulle reël dat die kinders nie hiernatoe kom nie, soos jy mos al gesê het. Ek kan vir hulle gaan kuier. Jy hoef hulle nooit weer te sien nie, Poppie!"

"Dis nie dieselfde nie, Willem." Sy stap deur toe.

Hy staan op. "En nou?"

"Ek gaan my goed pak."

"Sommer net so?"

"Ek wou in elk geval die einde van die maand." Sy draai nie om nie.

"Waar gaan jy heen?" Hy voel skielik lighoofdig, sy bene is lam. Hy gaan sit weer, probeer fokus, probeer die trane inhou.

Sy sê niks, stap net die gang af.

Hy haal die laaste bier uit die yskas en gaan staan weer teen die kombuisdeur se kosyn. Die maan sit al hoog en hy verbeel hom hy hoor die kerkklok in die dorp twee keer slaan voor sy met haar tasse verby hom kar toe sukkel.

Hy probeer haar help, struikel amper die trappies af, die bottel bier styf in sy hand. "Gee. Laat ek vat."

"Los, Willem. Ek kom self reg."

"Poppie."

Sy is weer die huis in en kom later met twee sakke uit, loop verby hom waar hy nou op die gras langs die kar staan. Sy gooi die sakke op die agterste sitplek.

"Poppie."

Sy groet nie, kyk nie vir hom toe sy in die donker kar klim en die deur toeslaan nie.

Toe ry sy weg in die Volkswagen. Hy staan en kyk die kar agterna, sien ná 'n rukkie net die ligte wat oor die pad skyn deur die kakiebosse wat deesdae Penina Park se leë erwe toegroei.

Ure later, met haar reuk onder sy neus, raak hy aan die slaap. Vir die eerste keer sedert sy kinderdae loop warm trane sy kussing nat.

Hy word wakker met 'n helse kopseer. Hy lig sy kop, kyk rond, val weer terug teen die kussing. Cecil sê later dis oukei, hy hoef nie in te kom werk toe nie, Alpheus leer vinnig, hý kan hom voor by die toonbank help.

Hy sluk twee Grandpa-poeiers, probeer pap eet by die ingeboude tafeltjie, kyk rond, en kan homself nie help nie, hy kry weer hoop. Dis haar huis dié. Al haar goed is nog hier, net haar klere is weg, daar's nog goed in die badkamer ook, baie goed. En in die kamers. In die pers kamer is nog kaste vol klere en skoene. Die gordyne hang nog. Toe dink hy vir die eerste keer aan Pikkie. Die hond. En hy wonder wat sy met die brak gemaak het. Hy staan op. Hier moet hy uit.

"Jy stink," sê Cecil en trek sy neus op.

"Ek't gestort, relax. En Beechies gekoop, ek sal anyway agter werk vandag."

"Hoekom het jy ingekom? Ek't jou gesê ons sal cope. Alpheus is goed."

"Alpheus is die cleaner, Cecil. Dis ook mý besigheid dié."

Cecil kyk vir hom, sy blou oë helder, sy maer bruin gesig uitdrukkingloos. "Jy's nie goed vir die besigheid vandag nie. Die dorp is klein. Almal praat. Jy kan mense nie met jou stink asem help nie."

Willem gaan sit op die ronde stoeltjie agter die toonbank, hy kyk by die venster voor hom uit, deur die groot rooi, agterstevoor letters wat die winkel se naam uitspel. Hy kyk hoe mense verbyloop, gesels, gelukkig lyk.

"Ek sê mos vir jou ek sal agter gaan werk, ek sal bietjie die invoices doen. 'n Paar orders insit. Die Datsun wheel bearings is juis klaar. Frik was gister in."

"Nou?" Cecil wys met sy kop agtertoe.

Willem kyk na Cecil wat teen die toonbank leun, sy lang vingers wat op die houtblad tik. Toe kyk hy vir die rye rakke agter Cecil, vol boksies met allerhande parte in: vir karre, trokke, motorfietse. Alles behalwe fietsparte, dis Daan se ding. Hy't die enigste fietswinkel op die dorp, in die onderste straat.

Willem hou van die reuk van die winkel, olie en ghries, skoon ghries, nie die ghries op die stukke parte wat die trokdrywers op die pad gaar ry en partykeer hier aanbring nie. Die reuk van gebrande remme klou aan die goed vas. Dit ruik vir hom soos die dood.

Hy staan op, skuur verby Cecil, blaas sy asem in sy gesig voor hy in sy broeksak voel vir sy pakkie kougom.

"Jy ruik vrot," sê Cecil en deins weg. "Daai arme Beechies het omtrent 'n job op hulle."

Bitter (adj.)
Old English *biter* "bitter, sharp, cutting; angry, embittered; cruel," from Proto-Germanic **bitras-* (cognates: Old Saxon *bittar*, Old Norse *bitr*, Dutch *bitter*, Old High German *bittar*, German *bitter*, Gothic *baitrs* "bitter"), from PIE root **bheid-* "to split" (cognates: Old English *bitan* "to bite"). Evidently the meaning drifted in prehistoric times from "biting, of pungent taste," to "acrid-tasting". Used figuratively in Old English of states of mind and words.

11

Dit was toe 'n tipe kol op sy long, soos ou Mara dit jare terug genoem het. 'n Vroeë vorm van TB. Hulle het hom afgeboek vir 'n paar maande. Met pay. Hy dink die myn weet hulle dra skuld vir sy toestand, dis hoekom hulle hom dadelik af gegee het. Die dokter het gesê Hendrik is gelukkig, dit kon baie erger gewees het, hulle het dit vroeg opgetel. Hy't gesê net solank Hendrik ophou met rook, behoort hy kort voor lank weer op die been te wees. En 'n operasie was nie nodig nie. Net rus, en antibiotika wat hom naar maak vir kos en nóg gewig laat verloor.

Maar ophou rook is vir hom soos ophou asemhaal. Hy kon nie. Hy het dit vir Vera probeer wegsteek, agter die garage gaan sit as die lus hom beetgekry het, of as sy weg werk toe is, het hy op die stoep gerook en sy stompies in die buurman se drom gaan gooi.

Dis hoekom hy op sy senuwees was met sy check-up vandag. Hulle het hom wragties weer gestuur vir plate, al het hy geskram en gesê dis net geldmors, of dit nou op die myn se mediese fonds is of te not. En toe die dokter hom sê die behandeling het gewerk, sy long is skoon, was hy so verlig, hy het dadelik in die parkeerarea 'n sigaret opgesteek. En nog een toe hy by Vera in die kombuis gaan sit. Sy het tee gemaak.

"Dis goeie nuus, Hendrik," sê Vera. Sy lyk deesdae vir hom beter, haar oë helderder as die tyd net na die kleintjie terug is huis toe. Sy het dit haar erger aangetrek as wat hy gedink het normaal is. Maar hy het dit laat gaan sonder om iets daarvan te maak. Dra hy dan nie ook skuld aan die petalje nie? Hy en die vervloekte rewolwer. Ivan het dit vir hom in sy kluis toegesluit, saam met sy oupa se gewere wat glo uit die Boereoorlog kom.

"Ja," sê Hendrik en trek die asbakkie nader. Hy voel skoon ligsinnig. "Ek het jou mos gesê slegte longe trek in ons familie, ons tel maklik siektes op, maar ons gaan dood van ander goed. Daar's niks om oor bekommerd te wees nie."

Sy frons toe sy vir hom kyk en die twee bekers tee op die tafel neersit. "Ek dog dan jy het opgehou met rook?"

Hendrik lag voor hy weer 'n diep teug vat en die een na die ander kringetjies rook uitblaas. "Ek het, Vera," jok hy. "Ek vat maar net 'n bietjie van 'n break. Ons het mos iets om te vier vandag, dink jy nie so nie?"

Sy sluk aan haar tee en haal 'n sigaret uit. "Dis hoog tyd dat jy weer bietjie teruggaan werk toe, heeldag se geleeglê by die huis maak jou net stuitig."

* * *

Dit was asof die klomp van die aardbol af verdwyn het. Hy't nie gebel nie, nie gesê hoe dit gaan nie, of alles oukei is en of die kleintjie hulle mis nie. Niks. Sy het probeer bel, die eerste keer het die foon net gelui en dit het haar so angstig gemaak dat sy daarna elke halfuur gebel het, totdat hy die foon uiteindelik opgetel en vriendelik geantwoord het.

Toe het sy die foon neergesit.

'n Paar kere daarna het sy weer gebel. Margaret het opgetel, en hoewel Vera vir 'n rukkie na haar paniekerige "Hallo! Hallo!" geluister het, kon sy net nie die woorde uitkry en sê dis oukei nie, dis nie die kommando wat hulle soek nie.

Toe't sy opgehou bel. En niks van hulle gehoor nie. Weke het verbygegaan, maande, en nou is dit al amper drie jaar. Drie jaar terug in die groef van haar lewe. Sy kan dit amper nie glo nie.

* * *

Die eerste ruk ná sy weg is, het hy alles probeer, die gentleman gespeel: haar die Volkswagen gegee, al die meubels wat hy op skuld gekoop het, die gordyne, alles behalwe die rooi bank. Dié wou sy in elk geval nie hê nie. Toe't hy begin hardekwas raak, selfs eenkeer in desperaatheid vir haar gesê hy wil die hond hê. Hy't hom gekoop en hy mis hom.

Sy het hom oop en bloot daar voor die poskantoor se trappe uitgelag. "Jý. Jy wil vir Pikkie hê. Jy's lekker laf, Willem." Toe't sy haar kop geskud, omgedraai en haar pragtige boudjies die trappe op geswaai, terug werk toe. Bo, net voor sy by die deur ingaan, het sy gestop en teruggekyk. Hy het sy asem opgehou, hoopvol.

"Kry vir jou 'n meisie, Willem," het sy gesê. "Almal verdien 'n bietjie geluk." En toe was sy weg.

Hy kon nie help om met sy eie oë te wou gaan sien hoe die man lyk nie, die man wat sy vrou gesteel het. Hy werk by die poskantoor saam met haar. Hy verkoop seëls en lek hulle nat en plak hulle op koeverte, doen seker ook ander eenvoudige werkies. Willem het hom dit eenkeer self sien doen toe hy geweet het sy was die dag af – die vet man met sy dik, taai tong wat heeltyd lek en lek. Dit gee hom koue rillings, treiter hom met gedagtes aan wat Van Stenis hom eenkeer oor female orgasm vertel het.

Een goeie ding wat uit die gemors gekom het, is sy oefeninge by die gym, die body-building. Hy het homself heeltemal daarin gegooi. Dit laat hom goed voel. Alles danksy Van Stenis. Dié is deesdae 'n vriend van hom. Hy en Cecil kom ook goed oor die weg.

"Ek het baie geoefen in die army. Maar dis nou al lank gelede," het Van Stenis gesê terwyl hy oor sy maag vryf. Hulle twee was daai week vir die vierde keer in 'n ry in die kroeg. Contessa het Cecil verbied om weer saam te gaan. "Jy't 'n goeie work-out nodig," het Van Stenis gesê. "Dit maak 'n man se kop skoon, laat hom goed voel oor homself, gee hom sy selfrespek terug. Ek onthou nog."

"Ek het nog my selfrespek, dankie," het hy gesê en 'n paar slukke bier gevat.

"Vir wat hang jy dan soos 'n verliefde bakvissie om die poskantoor rond?"

"Waarvan praat jy?" Hy het amper verstik.

"Ek't jou laas week daar gesien, elke bleddie dag."

"Wat maak jý daar?"

"Ek was op 'n job. Surveillance."

"Vir wie?"

"Ek praat nie uit oor my kliënte nie en dit maak in elk geval nie saak nie. Die punt is, jy het iets nodig om jou aandag af te trek. 'n Nuwe passie."

"Ek het 'n meisie."

"Iets vir jouself, net vir jou. Iets anders as 'n girl."

"Twee?"

"Snaaks, maar nee. Een van my kliënte het 'n gym op die dorp oopgemaak, die eerste van sy soort. Hy's 'n high-flyer. Dalk ken jy hom. Paul de Groot."

Hy het geknik. Almal op die dorp ken hom. Ou geld met nuwerwetse idees oor wat om daarmee te maak. Die man was al 'n paar keer amper bankrot. Twee vrouens later en volgens gerugte staan hy weer op skei.

"Hy het die lugmagbasis se ou gym bietjie opgekikker, 'n paar nuwe masjiene ingesit, eintlik 'n klein fortuintjie op die plek uitgegee. Hy't ook 'n klomp personal trainers van Johannesburg af ingevoer. Hulle help die ouens spiere bou, maak hulle touwys oor body-building. Dié ou het visie, that's for sure."

En hy moet teen sy sin erken: Paul de Groot het 'n goeie job gedoen. Die gym is besig. Elke keer wanneer Willem daar aankom – en dit is elke dag behalwe Sondae – sien hy nuwe gesigte. Mans en vrouens. Paul het een muur van die gym laat afbreek, die een wat oor die aanloopbaan uitkyk met die hoofpad Tzaneen toe in die verte, en behalwe vir die geraas is dit lekker om van die ou Spitfires te sien opstyg en land. Dan onthou hy weer hoekom hy nog nooit gevlieg het nie, nie eers om 'n lugwaardin in lewende lywe te sien nie: want hy dink dis onnatuurlik vir 'n mens om te vlieg.

Dis Sondagoggend. Hy het gisteraand slegte nuus gehoor, dis hoekom hy vandag hier in die gym is, om sy kop skoon te kry. Hier kan hy op dinge staatmaak, niks gaan skielik verander nie: die vriendelike groet van die meisie by die toonbank wanneer hy daar aankom, in haar stywe rooi werkshempie, die bekende reuk van volvloermatte wat al vroegoggend skoongestoom is, die aantrekkamers wat soos iets tussen Jik en air freshener ruik. Die swart man wat die vloere mop en met 'n glimlag opkyk wanneer Willem hom groet.

Hy posisioneer, stoot weer. Kyk vir homself in die spieël wat van die dak tot by die vloer strek, die hele muur vol. Hy lyk goed, hy's in sy prime. Onthou dit, sê hy vir homself. Sweet tap hom af, hy knip sy oë. Elke keer wanneer hy voel hoe die pyn sy bewende arms grond toe wil dwing en sy spiere protesteer, dan dink hy aan haar en die man aan wie sy nou verloof is. Aan wat Cecil hom gisteraand vertel het: hy't gehoor sy is swanger. Slegte nuus op slegte nuus. Van Stenis moet dit vir hom uitcheck, die gedagte maak hom mal. Hy laat val die gewig op die mat, skud sy kop, probeer ontslae raak van die ontstellende prentjie in sy kop. Toe tel hy die swaarste gewig op, posisioneer, konsentreer, bene wyd uitmekaar, en stoot!

Hy laat val weer die gewig. Dis vir eers genoeg. Hy vee sy voorkop met die nuwe sweetband om sy pols af, gaan sit op 'n bankie en kyk rond. Al hoe meer vrouens kom deesdae gym toe. Hulle doen een of twee klasse per week. En as hy sy dinge goed organiseer, het hy sekere dae 'n pragtige uitsig oor die studio waar hulle in hulle leotards en tights aerobics-klasse doen.

Hy skud sy kop. Wat is dit met vroumense? dink hy. Die oomblik wanneer daar seks is, affekteer dit hulle persoonlikhede. Hy en Gerta het nou al lank aan en af 'n ding aan die gang. Eers was sy 'n challenge, selfs bietjie aan die wilde kant vir hom, maar deesdae is dit 'n ander storie. Sy's temerig, en jaloers op almal en alles. Hy's moeg vir verskonings uitdink.

Sy oog vang skielik die nuwe brunet s'n. Hy't haar laas week vir die eerste keer raakgesien, haar hare is geperm, dis iets waaraan hy gewoond begin raak het met dié dat so baie vroue op die dorp deesdae met stywe krulle rondloop.

Sy het omtrent 'n lyfie aan haar. Pragtig. Hy glimlag skeef, dalk staan hy bietjie te ver, dink hy, vir haar om te sien. Nee, lyk tog sy het. Sy glimlag terug, kyk af, stoot haar borste uit en swaai haar smal heupies flink badkamer toe. Hy staan op, loop stadig in haar rigting, sy oë op die ingang waardeur sy verdwyn het. Hy sal buite wag tot sy uitkom.

Willem gooi sy handdoek oor sy skouer. Hier kom vir jou 'n ding, dink hy. Sondagoggend draai dalk nog goed uit.

* * *

Lien sit in haar kamer en blaai deur haar nuwe sketsboek. Hy's al amper vol. Sy probeer alles teken, al hou sy nie altyd van wat sy teken nie. Selfs haar ma se vet Chinese kersmannetjies met hulle lang snorre en punthoedjies. Sy't almal eenkeer op haar kamer se bruin mat gerangskik en hulle van bo van haar bed af probeer teken. "Werk bietjie diepte in jou sketse in," het haar kunsjuffrou, juffrou Swiegers, haar nou die dag probeer help, "jou sketse is alles baie tweedimensioneel."

Johan het haar ook tips gegee oor hoe om goed op skaal te teken. Hy sê sy cheat as sy haar goed soos Salvador Dalí probeer teken. Hy sê Dalí was eers 'n tradisionele kunstenaar voor hy weggebreek het met sy eie styl. Lien kan niks oor hom in die skool of in die dorp se biblioteek kry nie, nou moet sy maar vir Johan glo en haar eie afleidings maak as sy blaai deur die boekie vol prentjies van sy skilderye wat sy by Santie gesteel het.

Dis vir haar moeilik om eers 'n hele bladsy in presiese blokkies te moet deel voor sy begin teken, soos Johan dit doen. Dis soos wiskunde, wat sy haat. Maar sy probeer haar bes, want om in te kom by die universiteit moet mens die tekeninge in jou portfolio kan wys. Juffrou Swiegers het vir Johan uitgevind dat om graphic design te gaan studeer, moet mens kan skets, regtig kan skets, soos Johan. Hy gaan soontoe na skool. Maar as jy kuns by die universiteit wil gaan swot, is hulle nie so streng oor teken nie, vertel juffrou Swiegers vir Lien. Die universiteit gee vir jou 'n projek om te doen en dís eintlik wat jou laat inkom of nie. Hoe jy die vrae antwoord en hoe jy die opdrag interpreteer is wat saakmaak. En dan leer hulle jou die basiese van alles in jou eerste jaar.

Lien se ma dink sy is mal om kuns te wil gaan studeer.

"Dis een dink om te teken vir lekkerte, Lien. Maar om vir vier jaar duur te betaal om kuns te gaan leer is regtig 'n mors van tyd. Wat gaan jy in elk geval weet as jy klaar is? Niemand van ons het geld vir sulke luxuries nie, nie ek of jou pa nie."

Haar ma pak die koppies, nes haar ouma as sy vies is, hard op die droograk neer.

"Mens kan 'n beurs kry," sê Lien. Juffrou Swiegers het gesê sy sal haar help om aansoek te doen vroeg in haar matriekjaar.

Haar ma draai om. Sy lyk skielik jammer vir haar. Lien kyk af en krul haar tone.

"Jy's nie van daai soort stoffasie gemaak nie, Lien," sê sy. "Moenie jou hoop daarop sit nie, jy gaan net teleurgestel word."

Haar ma gaan sit by die kombuistafel en gooi die halfklam vadoek oor haar skouer, nes haar ouma. Sy lyk moeg. "Jy's goed in geskiedenis en nie sleg in Engels nie. Hoekom gaan jy nie onderwyskollege toe nie?"

Lien leun teen die stoof terug en vou haar arms. Sy kyk vir haar weerkaatsing in die venster, sy is seker sy kan die puisies op haar voorkop en ken sien. Sy haat haar gesig. Dis altyd olierig, maak nie saak hoe baie sy met Clearasil was nie.

Sy kyk weer vir haar ma. "Want ek wil nie 'n onderwyseres word nie, Ma."

"Dis verniet, Lien. Jy sal dadelik 'n beurs kry. Jy werk daarna net vier jaar vir die staat terug, met salaris." Sy glimlag skielik, maar dit kom nie tot by haar oë nie. Haar oë lyk moeg. "En jy kan die kinders kuns leer. Dink net hoe baie die kleintjies sal hou van jou prentjies."

"Nee, Ma," sê sy hard nes oom Hendrik inkom. Hy glimlag vir hulle en sit die ketel aan.

"Waaroor praat julle twee?" vra hy vrolik, so asof hy blind en doof is.

"Niks, oom Hendrik," sê Lien en loop die kombuis uit, gang-af.

Sy hoor hoe haar ma vir oom Hendrik sê sy is moeg vir haar rebelse houding en snaakse idees, en oom Hendrik wat haar paai en sê: "Sy's 'n tiener, Vera. Dis alles giere wat sal oorwaai. Jy sal sien. Sy's nou maar eers in standerd agt. Dalk wil sy volgende jaar 'n dokter word, of 'n polisievrou!"

Toe lag oom Hendrik vir sy eie simpel grappie, maar haar ma is doodstil en Lien slaan haar kamerdeur so hard toe dat sy lank op haar bed sit en wag, met 'n hart wat wild klop, vir haar ma om in te storm en haar uit te skel.

* * *

Hulle sit in die kroeg – hy, Cecil en Van Stenis. Vandat hulle vriende geword het, hou Van Stenis aan dat hy hom op sy naam noem, Boet, maar om die een of ander rede kan hy net nie. Vir hom is Van Stenis eenvoudig Van Stenis, en as hy bietjie langer oor hom dink, dan sien hy hom as die man wat tragedie sy lewe ingebring het. Hy blameer hom amper daarvoor.

"Dis oneties om nou agter die vrou te wil aanloop en te probeer uitvind of sy swanger is. Wag en sien, Willem. Dit sal nie lank wees nie. Hulle wys so van vier maande af." Hy staan op, vryf oor sy groot maag en sit weer. "Veral die maeretjies. Soos sy."

Willem voel die nou al bekende pyn in sy bors opstoot wanneer daar oor Poppie en haar moontlike swangerskap gepraat word. Dis 'n dowwe gevoel wat hoog in sy borskas begin, dan afsypel en sy bene en arms lam maak, hom sy eetlus laat verloor.

"Van wanneer af is jý eties?" kap hy terug.

Van Stenis kyk hom kamma seergemaak aan. "Daar is 'n streep wat ek trek, Willem," sê hy. "Een waaroor ek nooit trap nie."

"En waar trek jy so ewe jou streep?"

"Ek help nie loerbroers nie," sê Van Stenis. Hy skud sy vinger vir Willem soos die eerste keer toe hy hom in sy kantoor gaan sien het. "Sy's nie meer jou vrou nie. Sy's niks meer van jou nie."

"Danksy jou, ja," sê hy en vat 'n sluk bier. Hy kyk vir Cecil wat langs hom stil na die bottels teen die muur kyk. Dit lyk asof hy prewel, die bottels tel, amper in 'n soort trans is.

Hy stoot Cecil met sy elmboog in die ribbes. "En jy, wat sê jy? Jy wat die bal aan die rol gesit het."

Cecil kyk vir hom, stip, sy helder blou oë koud in sy bruin gesig. "Ek sê: ruk jouself reg, man. Jy teem nou al vir weke in ons ore. Dieselfde ou deuntjie oor en oor. Get a life, move on. Shut up. Dís wat ek sê." Hy kyk weer voor hom.

Willem sluk sy laaste bier. "Ek gaan gym toe."

"Met al daai bier in jou lyf?" Van Stenis frons.

"Dit sal uitsweet," sê hy, haal 'n paar note uit sy beursie en plak hulle op die toonbank neer.

"Jy begin seningrig te lyk," sê Cecil. Hy kyk hom oor sy skouer op en af.

"Ja," sê Van Stenis en vryf weer oor sy maag. "Jy laat my amper skuldig voel."

Hy dink daaraan om by sy ma-hulle om te ry ná gym, maar hy's nie lus nie. Hulle het vinnig oud geraak nadat hulle destyds die plaas verloor het. Sy pa veral. Dié brand hom bedags gaar in die son, loop heeldag agter die swartes aan wat betonmure vir die rykes opsit. Opsigter, bestuurder, noem hom wat jy wil. Hy lyk voos. Sy ma kook kos en maak huis skoon asof haar lewe daarvan afhang. Sy verbrand al hoe meer tjops in die oond, sê sy het skoon vergeet daarvan toe hy nou die dag aankom vir middagete en rook ruik.

"Dit het nou al 'n paar keer gebeur, boetie," het sy vertel en die stukkies verkoolde vleis net so warm in die asblik uitgekrap. Hy kon die plastieksak hoor sis. Boetie? Since when?

Hy wil dit nie sien nie: hoe hulle al hoe meer agteruit gaan, sy ma se loskopheid, sy pa se stil blou oë wat hy al hoe minder sien omdat hy al hoe meer onder sy breërandhoed wegkruip, sodat sy nek agter soos vars geplukte rooi hoendervel begin lyk. Hy hoop nie die swartes sien hom so koponderstebo rondloop nie. Hulle sal niks respek vir hom hê nie. Die ou wit man, so sielloos.

Hy ry verby Gerta-hulle se huis. Hy is nie lus vir haar vanaand nie, sy wag seker vir hom in die woonstelletjie wat aan haar ma-hulle se huis aangebou is, met net haar swart sykouse en bra aan, haar wit voorskoot om haar middel vasgebind. Eers was dit lekker, anders, nou weet hy al wat wag. Die bietjie afwisseling wat sy was, is nou verby, sy verveel hom. Dit het niks met haar ouderdom te doen nie. Kyk hoe jonk is Poppie, en hoe het sy nie sy aandag gehou nie. En nog steeds. Gee die duiwel wat hom toekom, dink hy. Cecil en Van Stenis sê dis net sy ego, hy sal uiteindelik oor die storie kom. Maar dit voel nie vir hom so nie. Die pyn in sy bors raak vir hom erger.

Sy kar swaai outomaties links in Landdros Maréstraat op. Poppie se woonstel lê net 'n paar blokke verder. Hy ry stadiger, sukkel om in die donker die blok tussen die jakarandabome uit te maak. Loopafstand poskantoor toe. Hy wonder of hulle al die pad werk toe hande vashou.

Hy hou onder een van die bome stil, klim uit, versigtig dat die kar se deur nie hard toeslaan nie. 'n Entjie verder sien hy die woonstelle, gaan staan onder 'n boom, soek haar venster. Dis donker. Hy sug, leun teen die growwe bas, steek 'n sigaret op.

Hy herken die Volkswagen se dreuning nog lank voor die kar in die straat opdraai, gooi die sigaret neer, trap dit in die grond dood en loop vinnig terug kar toe. Sy Ranchero steek soos 'n seer duim uit. Niemand anders op die dorp het een nie, sy sal weet.

Hy is skaars 'n ent die straat op toe hy die Volkswagen in sy truspieëltjie voor die blok sien stilhou. Hy ry stadig aan, sien hulle uitklim. Haar verloofde sukkel agter die stuurwiel uit, sy aan die passasierskant. Met haar kerkhoed en met wat vir hom soos 'n klein, bultende magie geëts in die maanlig lyk, loop sy stadig na die woonstelblok toe. Willem sien hoe die man die kar se deure sluit, agterna stap, sy arm om haar skouer gooi en haar in die nek soen.

Hy kyk weg, knyp sy oë toe en rek hulle wyd oop, trap die petrol, voel hoe die steekpyn in sy bors kom sit. Hy ry stadig Penina Park toe. Huis toe.

Sheath (n.)
Old English *sceað*, *scæð*, from Proto-Germanic **skaithiz* (cognates: Old Saxon *scethia*, Old Norse *skeiðir* (plural), Old Frisian *skethe*, Middle Dutch *schede*, Dutch *schede*, Old High German *skaida*, German *scheide* "a sheath, scabbard"), according to OED, possibly from root **skei-* "divide, split" (see *shed* (v.)) on notion of a split stick with the sword blade inserted. Meaning "condom" is recorded from 1861; sense of "close-fitting dress or skirt" is attested from 1904.

12

"Ek wil nie trou nie, Schalk."

Hy sit oorkant haar by hulle kombuistafel. Lien voel asof sy dit al 'n miljoen keer vir hom gesê het.

"Jy kan nooit vir my 'n goed genoeg rede gee hoekom nie. Ons is tog lief vir mekaar. Ek gaan volgende jaar polisiekollege toe."

"Ons is nou eers in matriek! Ek wil gaan swot."

"Sê nou jy is swanger?" Hy kry so 'n trek op sy gesig wanneer hy dit sê, so asof hy die hef in die hand het, asof hy weet. Sy kyk vinnig deur toe, wys vir hom om sagter te praat.

"Jy sê dit elke keer. Ons gebruik mos daai skuim . . . goed. Dis mos net soos om op die pil te wees. Ek gaan nie pregnant raak nie."

"Moenie sê pregnant nie, dit klink so goedkoop."

Sy frons. "Pregnant, pregnant, pregnant."

Hy skud sy kop. "Word groot, Lien. Waar gaan jou ma-hulle in elk geval die geld uitkrap vir universiteit?"

"Ek wil 'n beurs kry. En ek sal werk, waitress iewers in die stad as ek nie een kry nie."

"Waitressing is 'n kak job. Mans vat die hele tyd aan die girls se boude."

"Ek's gewoond daaraan, jy vat mos heeltyd aan myne."

Sy lag. Hy frons.

"Waar gaan jy bly?"

"By Brenda in Triomf, jy weet mos. Sy's cool. Daar's busse stad toe van daar af."

"Daai lettie?"

"Is dit al waaroor jy kan dink?"

"Wat?"

"Seks."

"Jy moet oppas. Netnou steek sy jou aan."

"Jy's simpel. Wat weet jy?"

Hy lag. "Relax. Ek spot net." Maar sy weet hy's ernstig.

"Jy ken haar skaars," sê hy.

"Ek trust haar. Sy glo in my."

Hy rol sy oë.

"Ons praat baie. Sy sê sy dink ek kan ver kom."

"Daar's niks fout met normaal wees nie, Lien."

"Normaal! Wat is normaal? Ek wil nie soos my ma-hulle opeindig nie." Sy kyk weer deur toe, sy hoor die klank van die televisie in die sitkamer.

"En hoe's dit?"

"Ek wil nie boring wees nie, so 'n boring lewe hê, altyd dieselfde goed doen nie," sê sy. "Ek wil nie soos Santie wees en alles vir 'n boyfriend opgee en op die dorp sit en krepeer nie. Sy en Bertus is al van laas jaar af in die geheim verloof, het jy geweet? Dis crazy. Daar's 'n wye wêreld buitekant Randfontein. Dis so exciting! Brenda sê ek kan my studio in haar garage hê. My eie studio!"

"Santie het niks opgegee nie," sê hy. "Bertus is 'n goeie ou. Sy pa-hulle is ryk mense. Waar gaan sy anyway in Randfontein ballet kan doen? Dis simpel. Daar's niks fout met 'n eenvoudige lewe nie."

"As jy niks beters ken nie, miskien."

"Jy moenie te hoog mik nie, Lien. Jy gaan jou vlerke verbrand."

"My vlerke?" Sy frons. "Waarvan praat jy?"

Hy haal sy skouers op. "Dis 'n tipe uitdrukking."

"Ek ken dit nie."

"Jy weet nie alles nie."

Sy bly stil, rol haar oë venster toe.

"Wil jy later by ons 'n video kom kyk?" vra hy.

"Ek wil aan my voorlegging werk vanaand. Sorry. Dit moet een van die dae in wees. En ek het nog nie eers my kunswerk uitgefigure gekry nie."

Sy is nie lus vir hom en sy ma nie. Vir die tannie se skimpe oor hoe sy hom sou opgeraap het as hy nie haar seun was nie. Sy's weird.

"Dis Saterdagaand," sê hy.

"Ek weet."

"Wat kan mens anyway met 'n kunsgraad maak?"

"'n Famous kunstenaar word, dis wat."

"Net omdat jy daai simpel Love is-prentjies en die klomp van Archie 'n paar keer mooi geteken het maak nie van jou 'n kunstenaar nie."

Sy slaan hom op sy skouer. "Dis hoekom ek universiteit toe wil gaan, jou aap! Om te leer! Dis nie net oor mooi prentjies teken nie. Jy sal nie weet nie."

Hy staan op. "Well, good luck. Moenie dink ek gaan vir jou sit en rondwag nie," sê hy.

"Jy kan darem lekker dramaties wees as jy wil."

Sy loop saam met hom uit, haastig dat hy gaan. Hy weet dit, en dit laat hom langer draai.

"Baai." Sy soen hom op sy wang.

"Hei, kom hier," sê hy. "Groet my ordentlik." Hy druk haar

styf teen sy groot lyf vas, sy voel hom teen haar sug, so asof hy binne-in haar wil klim. Sy weet hy wil daar op die donker stoep staan en vry. Terwyl sy haarself probeer lostrek, soen sy hom op sy mond en knyp sy boud.

"Last touch," sê sy en stap vinnig terug voordeur toe. "Sien jou môre." Sy maak die deur agter haar toe en draai om kamer toe.

Sekondes later dwing sy sagte, dringende klop haar in die gang tot stilstand. Sy knyp haar oë toe, bal haar vuiste, draai om, en loop vinnig terug, maak die deur op 'n skrefie oop.

"Wat is dit?" vra sy.

"Ek's lief vir jou, Lien. Dis al wat ek wil sê, oukei?"

"Liefde bestaan nie." Sy knyp sy skouer deur die skreef en probeer kwaai lyk. "My ma sê so."

"Moenie so vol kak wees nie."

"En moenie jy so vloek nie," sê sy. "Baai, Schalk. Loop nou! Ek het werk om te doen."

"Sien jou môre." Hy blaas vir haar 'n soen.

* * *

Vera kyk op toe Hendrik by die spreekkamer uitkom. Die dokter wat die deur vir hom oophou, lyk jammer, Hendrik is bleek. Hy wou nie hê sy moes saam met hom ingaan nie, hy wou alleen die uitslag hoor.

"Dis kwaadaardig," sê hy en stap verby haar die gang af.

Sy drafstap om by te hou. "Wat beteken dit, Hendrik?"

"Ek het kanker," sê hy, "dit lyk of dit versprei het." Hy loop vinniger.

Sy vat aan sy arm. "Wag, stop, asseblief."

Hy gaan staan, maar kyk nie na haar nie. Hy staar die lang gang af. Mense loop by hulle verby.

"Ek dog dan hulle het dit uitgesorteer destyds," sê sy, "die kol op jou long. Dis weg, Hendrik. Hulle het dan so gesê."

"Dis kanker, Vera. Ek sê jou mos."

"Is dit sleg, Hendrik? Kan hulle iets doen?"

Hy sug en draai na haar toe, sy bruin oë is dof. Is dit trane?

"Hulle gaan weer volgende week toetse doen, maar vir nou het hy net vir my pille gegee vir die pyn."

Hy stap verder die gang af met haar agterna, die deur uit, na die verste hoek van die parkeerarea toe, waar die Mini nou alleen groen gloei in die son. Daar was vroeër nie parkeerplek in die skaduwee nie.

"Oom Hendrik het kanker," sê Vera. Die woord proe soos gif op haar tong. Die kinders sit oorkant haar om die kombuistafel, Hendrik slaap. Haar ma sit op die stoep, sy weet.

"Gaan hy doodgaan?" vra Ben. Dit lyk asof hy wil huil.

Vera sug. Sy voel twintig jaar ouer. Sy kon gisteraand skaars slaap.

"Ons weet nog nie."

"Wanneer sal ons weet?" vra Lien.

Vera skud haar kop. "Weet nie. Hy gaan volgende week vir nog toetse."

Hy's sterwend, dink sy. Hy gaan dit nie maak nie. Sy kon sien hy is siek, hoe hy sukkel om asem te haal, weer begin hoes soos laas, asof sy longe agterna gaan kom. Hoe hy partykeer hinkepink op meestal een been omdat die ander een so seer is. Hoe hy op sy tande byt wanneer hy aan tafel gaan sit, op die bank neerplof soos 'n sak patats, na sy asem snak van pyn met oë wat traan. Sy't gedink, gehoop dis dalk nog wat van die TB oorgebly het. Hy sal beter raak. Maar dokter toe wou hy nie weer nie.

"Ek was mos al daar," het hy gesê toe sy hom eenkeer weer por oor sy hoesery. "Die dokter het gesê ek's gesond. Ek sal beter raak, jy sal sien."

Ander kere het hy haar weer gepaai met stories oor sy familie. Oor hulle mans wat swak longe het. Deur die bank. Die ou storie.

Sy pa wat ook soos 'n skoorsteen gerook en nooit niks oorgekom het nie, net die trekker in 'n wal vasgery het van die hartaanval daai dag. Dit het niks met sy longe te doen gehad nie, het hy gesê toe sy dit eenkeer nie meer kon vat nie en gedreig het om hom die kar in te boender en self dokter toe te ry.

En nou's dit te laat. Sy weet. Sy steek 'n sigaret op, trek die asbakkie nader, vat 'n trek. Haar senuwees gaan dit nie hou nie.

"Het hy seer?" vra Lien.

"Hy's op sterk pynpille."

"En werk, Ma?" vra Lien.

"Hy sê hy gaan aanhou tot hy nie meer kan nie."

"Nie meer kan nie?" vra Ben. "Beteken dit hy dink daar gaan 'n tyd kom dat hy nie meer kan nie?"

Dawid is stil.

"Daar kom in almal se lewe 'n tyd dat hulle nie meer kan nie," sê sy. "Ek weet nie of dit nou sy tyd is nie, Ben. Ek hoop nie so nie." Maar sy dink dit is.

Die twee seuns lyk vir haar weerloos: Ben bekommerd, Dawid verward. Asof om een pa te verloor nie genoeg is nie. Hulle kyk nou na haar. Moet sy hulle alleen verder grootmaak? Met wat? Die myn sal sekerlik kompensasie betaal. Sy sal moet uitvind.

Vera kyk vir Lien wat koponderstebo met haar vingers op die tafel sit en speel. Die kind grief haar. Sy is vir haar 'n raaisel. Praat skaars met haar, die kamerdeur altyd toe. Al een wat iets met haar kan regkry, blyk Brenda te wees. Dalk moet sy met haar praat, kyk of sy iets kan wysraak oor die kind. Dit voel vir haar asof sy haar uit haar lewe gesluit het. Sy vermy Vera se oë.

Die keer, jare terug, toe sy haar hoor snik het ná die ding met Nikos het Vera dit in haar kamer in gewaag. Die kind het dadelik haar trane aan haar mou afgevee, regop gesit en een van haar boeke oopgemaak.

"Is jy oukei, Lien?" het sy probeer. Sy't op die kant van die bed gaan sit. "Dis eerste liefde, dit sal oorwaai. Jy sal sien. Dis niks."

"Niks?" het Lien gesê. Haar stem was skril. Haar oë het wild gelyk. Vera het geskrik. "Hoekom voel dit dan nie soos niks nie, Ma? Net oor Ma niks voel nie, beteken dit nie ander mense voel ook niks nie, oukei!"

"Lien." Sy wou probeer. Maar haar arms het swaar gevoel, te swaar om op te lig en haar te troos. Ná 'n rukkie het sy uitgeloop.

Sy kyk nou weer vir Lien waar sy oorkant haar sit. Net solank sy nie in die moeilikheid raak nie. Daarvoor sien sy nie kans nie, veral nie nou met Hendrik se siekte nie.

* * *

Die vrou staan aan die ander kant van die toonbank, sy loer oor haar swartraambrilletjie. Haar bruin oë is groot en helder. Sy glimlag vir Vera terwyl sy op die vel papier in haar hand tik.

Vera kyk verby die vrou se skouer, deur toe. Sy wens Mona was al terug van haar etensuur af. "Hoekom is jy hier, juffrou?" vra sy.

Die vrou vou die papier, sit dit terug in haar sak. "Lien wil hê ek moet haar help om 'n beurs te kry vir volgende jaar."

Vera gaan sit op haar stoel. "Is jy die kunsonderwyseres?"

"Ja, mevrou."

"My man lê op sterwe. Ek kan nie nou . . ."

"Lien het my gesê, en ek's jammer," sê sy. "Ek wil haar volgende week Johannesburg toe vat, met die trein, na die universiteit se kunsbiblioteek toe. Sy't nodig om navorsing te doen, en daar's niks hier in Randfontein nie."

"Is dit regtig nodig? Al die moeite. Vir wat?"

"Sy't talent, mevrou."

Vera staan op, waai en glimlag vir Mona wat by die deur instap. Mona frons. Vera gaan sit weer en kyk vir die vrou.

"Moet haar net nie vals hoop gee nie," sê sy.

* * *

Hy is nie iemand wat te diep oor dinge dink nie. Hy was nog nooit nie, en die bietjie tyd wat hy oorhet, gaan hy nie daarop mors nie. Daar's geen rede nie.

Hendrik draai op sy sy. Sy rug keil hom ook van laas week af op. Hy werk nie meer nie. Hy kon nie anders nie. Die myn het hom geboard. Nou lê hy heeldag. Wat om te maak met sy lyf, sy kortasemgeid, die ongoddelike pyn wat skielik in sy bene af skiet, 'n uur voor hy weer pille moet sluk.

Morfien, dit wag wanneer hy hospitaal toe gaan. Hy verlang daarna. Verligting. Volgende week? Die week daarna? Wie weet.

Vera moet werk, die kinders gaan skool, die lewe gaan aan. Sy skoonma is meestal in Bosmanstraat, by Ivan-hulle. Hy neem haar nie kwalik nie. Wie wil nou aan die dood herinner word, iemand jonger as jy sien wegkwyn en sterf?

Hy was nog nooit gelowig nie, die koppies tee wat in 'n ry op die bedkassie staan, een kouer as die ander, dis waarin hy glo.

"Is jy seker jy sal orraait wees?" vra sy skoonma elke oggend voor sy uitloop nadat sy die hoeveelste koppie langs hom neergesit het. In die begin het hy die tee gedrink, maar hy is deesdae nie meer lus nie. Die siekte en die pille laat 'n brak smaak in sy mond. Hy is heeltyd naar.

"Ja, Ma. Gaan. Asseblief," sê hy dan. "Vera is netnou hier met die kinders. Hulle kan vir my nog tee maak."

"Jy moet iets eet," sê sy altyd wanneer sy by die deur staan en terugkyk. Sy voeg nie meer "jy kwyn weg" by nie. Hy is bly.

"Ek sal hulle vra om vir my bietjie toast te maak," sê hy dan.

"Goed dan. Bel as jy my nodig het. Ek's nie ver nie."

"Dankie, Ma."

Hulle het 'n langer telefoonekstensie gekoop. Die foon is langs hom op die bedkassie, maklik om by te kom. Brenda het hom een keer gebel. Uit die bloute. Dit was die eerste keer dat hy met haar praat, en dit was asof hy haar vir jare al ken. Haar stem was anders as wat hy hom dit voorgestel het. Sagter en dieper.

"Jammer om te hoor van jou kanker, Hendrik." Sy het dit by die naam genoem. Die woord wat niemand voor hom wil sê nie. Sy het dit menslik laat klink, hom normaal laat voel. "Ek ry nie graag kar nie. Ek bel eerder. Jy't seker gehoor ek het eenkeer amper iemand doodgery."

Hy het dit reggekry om te lag.

"En ek kan nie eers vir jou sê ek gaan vir jou bid nie. Ek sou as ek kon," het sy gesê.

"Dis oukei Brenda, ek het tee en sigarette."

Toe't sy gelag. En hom vertel van al die mooi goed wat Vera al oor hom gesê het, en toe wat Lien van hom dink. Hoe sy opkyk na hom, hom sien as haar pa. En hoe sy wat Brenda is, haar hoed afhaal vir hom.

"Jy moet tog in jou kar klim en ry," het hy vir haar gesê toe hy hoor sy is reg om te groet.

"Dit sal vir 'n bleddie goeie rede moet wees!" het sy gespot, maar ewe skielik stil geraak, so asof sy geweet het wat kom.

"My begrafnis. Dis een van die dae. Sal jy kom?"

Sy't stilgebly en hy't haar jammer gekry.

"Oukei," het sy toe gesê, "ek sal kom groet."

"En, oor Lien," het hy toe probeer begin.

"Ek weet, Hendrik," het sy gesê, "ek sal my bes doen. Ek belowe."

"Dankie, Brenda."

Partykeer bel Vera hom om te hoor hoe hy voel en of hy iets nodig het. As sy by die huis kom, maak sy hom so gemaklik as moontlik, sy maak seker hy het nie pyn nie, sover sy kan, sy voer hom wanneer hy te moeg of te seer is om dit self te doen. Hy kon sien sy was ontsteld toe hulle die uitslag van die nuutste toetse gekry het, toe sy hoor die kanker is ook sy lewer in, sy niere. As hy nie siek was nie, sou hy dalk nie so baie daarin gelees het nie, dan sou hy dalk nie gedink het dat sy alles doen omdat sy lief is vir hom nie.

Hy rook elke dag, sy pakkie Texan Filters en boksie vuurhoutjies lê langs die koppies tee en die telefoon, maklik om by te kom.

* * *

Lien was nog nooit in Johannesburg nie. Sy het altyd gedink dis dalk bietjie soos Durban, net met mynhope. Dis toe nie so nie. Johannesburg is nie soos enige ander plek waar sy al ooit was nie. Dis soos homself, en sy sê hóm want die stad laat haar aan 'n man dink. Twee skerp torings steek tussen 'n vaal see mynhope en geboue die lug in.

Die platform is raserig en besig, hulle eet 'n pie en chips en drink Coke in 'n restaurant in die middel van die stasiegebou.

Buite krioel dit van die mense en karre, dis opdraande Braamfontein toe, steil. Dit voel asof haar binnegoed bewe elke keer as 'n trok of 'n bus verby hulle ry. Sy skrik vir die harde toeters, word amper deur 'n bus raakgery toe sy nie sien die lig is rooi vir haar nie.

Dit voel asof Johannesburg met haar praat en alles oor homself op een slag vir haar vertel. Sy kan nie 'n woord inkry nie.

"Hoekom het die studente die vlag gebrand, juffrou?" vra sy toe hulle later in die universiteit se gange af loop op pad biblioteek toe. Sy het die storie daai tyd op die TV-nuus gesien toe haar ma haar geroep het om te kom kyk. Lien het in die sitkamer se deur gaan staan. Haar ouma het op 'n stoel gesit, haar hekelwerk vergete op haar skoot, en senuweeagtig gemompel van die linkses en die swartes wat nog die land se ondergang gaan beteken. Haar ma het Lien een lang kyk oor haar skouer gegee van waar sy op die bank langs oom Hendrik en die seuns gesit het. Lien kon sien wat sy vir haar probeer sê. Toe't sy verby haar ma se kop gekyk, op na die skreeuende jong mense, die oranje-wit-en-blou vlag wat swart smelt in die vlamme, die hordes trappende voete, polisiemanne met gewere wat hardhandig aan almal ruk en pluk.

Maar haar ma het daarna nooit weer 'n woord daaroor gepraat nie. Nie eers toe sy vir haar ma sê van die beurs waarmee juffrou Swiegers haar gaan help nie. Dis asof haar ma dit heeltemal uit haar gedagtes gevee het. Asof dit te erg was om te onthou, haar ouma ook. Dis asof hulle gedink het dit het alles net op TV gebeur en dis nou verby. Dinge gaan weer aangaan soos altyd.

En nou, vandag hier in die gange vol studente wat vir haar soveel jonger as sy voel, dink sy vir die eerste keer dis oukei om te vra hoekom.

"Omdat die regering besluite vir sy mense neem, Lien," sê juffrou Swiegers. "Verkeerde besluite. Nie almal aanvaar dit gelate nie; party baklei terug soos hulle oë oopgaan, soos hulle die waarheid sien." Toe stop sy en kyk vir Lien. Sy lyk hartseer. "En dis nog lank nie verby nie."

In die biblioteek gaan staan Lien en kyk om haar rond na die rye en rye boeke, rakke van die vloer af tot teen die dak, na studente wat by tafels sit en lees, en sy voel soos sy oor Nikos gevoel het toe sy hom die eerste keer in Pietersburg oor die pad sien aankom het: verlief.

* * *

By die hospitaal se ontvangstoonbank staan 'n groepie vroue. Een van hulle lyk vir Vera vaagweg bekend. Sy het 'n bossie goedkoop geel krisante in die hand.

Vandat Hendrik in die hospitaal is, het Vera blomme goed leer ken. Sy weet wie het by die hospitaalkiosk gekoop, wie by die bloemiste op die dorp – niemand sover nie – en wie het blomme van die huis af saamgebring. Mona het, byvoorbeeld. Die blomme te koop by die begraafplaasstalletjie, dié ken sy ook.

Sy stap nader, groet die suster aan diens, kyk vinnig na die vroue voor sy aanstap saal toe.

"Vera?" roep een.

Sy kyk om. Die vrou met die bossie krisante. Haar oë lyk hartseer. Sy stap vinnig op Vera af en hou die blomme na haar toe uit. "Hier," sê sy, "dis vir Hendrik."

Vera is vir 'n oomblik oorbluf. Sy vat die blomme, kyk hoe die vrou 'n sakdoek uithaal, dit oopskud, druk-druk aan haar ooghoeke en haar neus blaas. Toe vat sy Vera se skouer styf vas en sê: "Ons bid vir jou, vir julle almal. Vir krag en wysheid in hierdie tyd van beproewing. Die Here gee en die Here neem, ons mensies verstaan nie altyd hoekom nie."

Vera sien die res van die groepie nader staan, dieselfde uitdrukking op hulle gesigte.

"Kan ons hom sien?" vra een vrou.

"Wie is julle?"

"Ekskuus," sê een en steek haar hand uit om Vera s'n te skud. "Ons is van die kerk, die vrouebidgroep. Ons tree in vir die siekes. Wonderwerke het al gebeur. Voor ons eie oë."

Haar stem is warm, haar oë lyk of dit skyn, haar vingers is koud en klam. Vera vee haar hand aan haar broek af.

"Kan ons hom sien?" vra 'n ander een. "Dis net vir ons om 'n gesig by 'n naam te kan sit, in ons gebede."

Vera kyk van die een na die ander, en toe knik sy. "Maar saggies net. Hy slaap dalk. Hy het die laaste week baie pyn. Hulle moes die dosis morfien verhoog."

"Foeitog," sê een en skud haar kop.

Vera voel skielik vertroos deur die vroue wat so naby haar staan. Sy kan hulle ruik as hulle hulle arms lig of hulle koppe heen en weer draai. Pronkertjies, 'n sweempie dadels en Violet Kuny se moisturiser. Dit laat haar haar ma onthou, van toe sy 'n kind was.

Die een wat haar die blomme gegee het, vat haar aan die arm

en stuur haar verder die gang af. Die res volg kort op hulle hakke. Hulle gaan staan voor die toe kamerdeur. Vera kyk om na die vroue voor sy oopmaak.

Sy lyf is stil onder die laken, stil en klein, amper soos 'n kind s'n. Alles is ingesonke, hy lyk vir haar soos 'n geraamte, met net 'n dun lagie vel oor wat besig is om af te skilfer. Agter hoor sy die vroue sag onder mekaar praat.

Hendrik se gesig vertrek skielik in sy slaap. Hy het pyn, sy kan sien, hy probeer omrol, op sy sy, die drup in sy arm trek. Hy sak weer in dieselfde posisie terug, haal hortend asem, sy oë fladder oop en gaan weer toe. Dit voel skielik asof sy hom nie ken nie, asof hy vir haar, net soos vir die vroue, 'n vreemdeling is. Asof sy hom deur hulle oë sien.

"Ma!" hoor sy ver weg. "Ma!" Sy kyk om, sien Lien by die deur verby die vroue druk. Sy gryp Vera aan die arm. Pluk haar half. "Wie's die mense, Ma?"

"Hulle is van die kerk af, Lien." Vera fluister, sy sien hoe die vroue vir hom kyk, geskok hulle koppe skud, 'n paar hou hande vas. "Foei," hoor sy uit hulle monde.

Hendrik maak sy oë weer oop, hy probeer iets sê, probeer omdraai. Die drup keer hom.

"Oom Hendrik," sê Lien en loop om die bed. "Wag, pasop."

Lien lig hom op, die veertjie van 'n man, draai hom op sy rug sonder om die drup uit te trek. Sy gesig vertrek weer. Die vrouens se gekloek raak harder.

"Loop!" skree Lien skielik.

Vera skrik. Amper asof sy wakker skrik.

"Dis nie 'n sirkus nie, Ma. Sê vir die klomp om te loop!"

"Loop!" skree Vera. "Kan julle nie hoor wat sy sê nie?" Toe huil sy.

* * *

Lien se geskiedenisboek is op haar skoot oop. Dis een van die dae eindeksamen. Sy weet sy gaan nie goed doen nie. Dalk 'n B as sy gelukkig is, maar beslis nie 'n A nie. Juffrou Swiegers sê sy moenie worry nie, daar's 'n tyd vir alles in die lewe. Sy moet net seker maak haar kunspunt is goed genoeg. Haar voorlegging het sy klaar by die universiteit ingehandig. Nou nog net die prakties. Watse kunswerk sy gaan maak, weet sy nog steeds nie. Ben en Dawid leer by die huis, haar ma wil hulle nie hier hê nie, sy sê die twee maak haar net meer op haar senuwees.

Lien en haar ma maak beurte om langs oom Hendrik te sit, haar ma sê dis nou enige dag. Lien kyk op as sy iets anders behalwe sy sukkelende asemhaling hoor. Hy is al vir 'n paar dae verdoof, hy word nie meer wakker nie, hy't laas gepraat om vir 'n sigaret te vra. Hulle wou nie vir hom een gee nie.

Haar ma kom in, gaan staan aan die ander kant van die bed. Sy kyk vir hom. Toe na Lien. Sy trek 'n stoel nader. So sit hulle lank.

Later staan haar ma weer op. "Ek gaan gou buite rook, Lien," sê sy. "Ek sal vir ons bietjie tee saambring. Roep my."

Sy is skaars weg toe oom Hendrik skielik regop ruk. Sy swaar verbinde arm met die drup skiet die lug in, amper asof hy iemand salueer, en die pyp trek styf.

"Oom Hendrik!" Lien spring op, kyk deur toe vir hulp. Sy lui die klokkie teen die muur en probeer sy arm afdruk sodat die pyp minder styf trek, sy's bang die naald kom uit. Hy hou aan met opbeur.

"Oom gaan seerkry," sê sy. "Lê liewers, asseblief."

Waar is die verpleegsters? Sy wil huil.

Hy kyk skielik vir haar. Sy mond trek oop. Hy wil iets sê, sy arm rek die pyp vorentoe, na haar toe. Is hy deurmekaar? Wat is dit?

"Nee, oom Hendrik, lê asseblief. Het oom pyn?"

Waar is hulle? Sy probeer hom sag terug teen die kussing druk, maar hy ruk skielik verder op en haak sy arm om haar nek. Toe sug hy en maak sy oë toe. Lien staan so, vasgevang oor die bed, die pyp swaai pap teen haar slaap vas.

Sy hoor mense inhardloop, probeer omkyk, maar hy hang te swaar. "Lien!" sê haar ma, sy buk oor hom aan die ander kant, Lien sien haar ma soek na iets in oom Hendrik se toe oë. Sy vat haar ma se hand.

Die suster probeer sy arm om Lien se nek lostrek.

"Dis oukei. Los hom eers," sê Lien vir haar. "Hy gee my net 'n drukkie."

Oom Hendrik het nooit weer sy oë oopgemaak nie.

Vagina (n.)
"Sexual passage of the female from the vulva to the uterus", 1680s, medical Latin, from specialized use of Latin *vagina* "sheath, scabbard, covering; sheath of an ear of grain, hull, husk" (plural *vaginae*), from PIE **wag-ina-* (cognates: Lithuanian *vožiu* "to cover with a hollow thing"), from root **wag-* "to break, split, bite". Probably the ancient notion is of a sheath made from a split piece of wood (see *sheath*). A modern medical word; the Latin word was not used in an anatomical sense in classical times. Anthropological *vagina dentata* is attested from 1902.

13

Dit was vir Willem vreemd om sy kinders so om 'n ander man se oop graf te sien treur. Brenda was ook daar. In haar grys rok en swart skoene. Sy't selfs 'n traan gepink. Mens sou sweer sy't Hendrik geken. Sy't hóm skaars gegroet. Dink sy's beter, soos altyd. Hy kon sien.

Hy het amper nie gekom nie. Hy kon nog nooit regtig sien hoekom mens na begrafnisse toe moet gaan nie, maar sy ma het aangehou.

"In hemelsnaam, Willem," het sy gesê toe hy nou die aand daar gaan eet het, "hy was jou kinders se stiefpa."

"En Vera?" Hy het probeer wal gooi. Probeer kwaad klink.

"Sy's ná alles nog die ma van jou kinders. Toon respek."

En hier is hy nou. In Randfontein. Eens op 'n tyd sý tuisdorp, al was dit net die twee jaar in Greenhills, destyds saam met Vera en die kinders. En Sonja, die loseerder.

Vir die begrafnis slaap hy in sy gewese skoonma se kamer. Sy is Bosmanstraat toe. Hy voel amper tuis, by sy gesin, so asof hy net vir 'n lang ruk op die pad was, en nou weer terug is. Maar vandag is hy 'n gas, en hy weet nie mooi hoe hy daaroor voel nie.

Vera lyk goed, dink hy en kyk haar op en af waar sy staan en skottelgoed was. Haar swart begrafnisrok is uitgetrek. Hy kan aan haar broek en bloesie sien sy het maer geword.

Wanneer sy met hom gesels, meestal oor Hendrik, sien hy sy raak ouer, veral om haar oë, die sagte lelletjie onder haar ken. Sy het nog nooit 'n dubbelken gehad nie, haar gesig was nog altyd skerp en ferm, haar ken altyd bietjie uitgestoot. Alles is nou sagter, vlesiger, nie leliker nie, net ouer.

Sy praat nie oor hulle twee nie, oor die onderhoud wat hy haar skuld nie, oor die kinders wat hy nie gereeld sien nie, oor sy verantwoordelikheid teenoor veral die seuns nie. Dis 'n verligting en hy dink dis omdat sy hartseer is oor Hendrik en dalk ook omdat hy wat Willem is moeite gedoen het om by die begrafnis te wees. Haar stilheid laat hom dink aan die eerste rukkie toe hy haar net ontmoet het, voor sy met Lien swanger geraak het, voor hulle getroud is. Die kuis, skugter jong meisie van Randfontein met die mooi lyf.

Dalk is dit 'n goeie plan, hulle twee weer bymekaar, 'n manier om Poppie uit sy kop te kry, dink hy terwyl hy die koffie roer wat sy voor hom neergesit het. Al is dit net dat hulle mekaar kan troos, tot tyd en wyl. Maar hy sal wag voor hy iets vir haar sê, eers bietjie met die kinders gesels, hoor wat hulle dink. Hy wil hulle nie onnodig hoop gee nie, hulle wat nou net vir Hendrik verloor het.

"Wat dink jy so diep?" vra sy.

"Ag, ek dink maar aan ons tydjie saam, voor die kinders daar was," sê hy. "Dit was lekker, nè?"

"Dit is lank gelede, Willem. Ons is nie meer dieselfde mense nie." Sy glimlag half.

"Jy is nog net so pragtig soos altyd," sê hy, "indien nie pragtiger nie."

"En jy is nog altyd 'n ou vleier, net nou met spiere," sê sy en rek haar oë. "Jy lyk anders."

"Pragtiger?"

Sy lag amper. "Ek dink ek bly by ánders."

Haar ma kom by die agterdeur ingestap. "Die man is skaars in sy graf en jy flikflooi al klaar met sy weduwee."

"Ma!" sê Vera.

Willem staan op, stamp amper die koffie om. "Naand, Anna," sê hy. Sy laat hom nog steeds soos 'n klein seuntjie voel, spiere en al.

"Naand, Willem," sê sy en kyk hom op en af. "Buitengewoon bedagsaam van jou om jou opwagting te maak."

"Hy was my kinders se stiefpa, dis die minste . . ." herhaal hy sy ma se woorde. Hy sluk sy koffie vinnig af. "Ek gaan inkruip, ek wil môreoggend vroeg in die pad val Pietersburg toe." Hy begin deur se kant toe beweeg.

"Nag, Anna. Nag, Vera," sê hy en glimlag.

"Nag, Willem," sê Vera en glimlag terug.

Hy kon sy geluk nie glo toe sy later die deur oopstoot, haar kamerjas op die mat laat val en kaal saam met hom in haar ma se driekwartbed inklim nie. Hy het nie lank gewonder wat intussen van die kuis ou meisietjie van jare gelede geword het nie; hoekom sy 'n paar dae ná haar man se dood met hom seks het sonder om skaam te wees nie, so bloots. En hom toe in die gang af trek om verder op haar en Hendrik se bed aan te gaan nie. Hy dink dit het iets te doen met wat sy intussen oor female orgasm uitgevind het.

Die volgende oggend is hy daar weg; skaars sy koffie in, of hy's op pad.

"Gaan jy nie die kinders groet nie?" was die naaste wat Vera gekom het aan moeilik raak net voor hy ry. Niks oor die vorige aand nie. Niks vrae, niks verwagtinge nie. Net mooi niks. Asof niks gebeur het nie. En dít nadat hy antwoorde reg gehad het, oor alles gedink het, moeite gedoen het.

"Waar is die kinders?" wou hy weet.

"Saam met my ma Bosmanstraat toe. Hulle is nou-nou terug."

Sy kinders: Lien met haar snaakse idees en kleredrag, haar wilde bos gepermde hare, alewig koponderstebo, die twee seuns wat soos spoke agter hom aanloop, dag en nag. Asof hulle bang is as hulle hom uit die oog verloor, gaan hy ook soos Hendrik vir ewig verdwyn.

Hy was skielik haastig. "Dis amper vakansie. Ek sal opmaak. Ek belowe."

Hy het haar vinnig op die wang gesoen toe sy haar gesig draai, amper dankie gesê vir die vorige aand, en hom uit die voete gemaak.

Die pad terug Pietersburg toe is oop. Hy trap die Ranchero totdat hy die wiele op die warm teerpad kan hoor sing. Dit klink amper soos die sonbesies in Pietersburg se doringbome wat hom huis toe roep.

* * *

Haar ma het hulle al drie opgekommandeer om die matras te skrop, hom met die tuinslang te spuit, Jik in 'n spuitkannetjie te gooi en hom goed te deurweek.

"Die sweet," is al wat sy sê toe hulle almal, haar ouma ook, ná die hoeveelste keer daaraan ruik en vraend na haar kyk. "Ek wil die dooie sweetreuk uitkry."

"Probeer bietjie Handy Andy, Vera," sê haar ouma met haar hande op haar heupe, 'n vadoek oor haar skouer. Haar ma het haar geroep waar sy in die kombuis besig was met aandete, om te kom ruik.

"Nee, Ma," sê haar ma skielik. "Ek het nou genoeg gehad van die matras. Ek wil 'n nuwe een hê." Toe stap sy die huis in.

En daar staan die matras toe teen die garagemuur die laatmiddagson en vang, en bly so die volgende week, groot geel vlek aan oom Hendrik se kant.

* * *

Die kinders leer vir die eksamen en Lien is besig met iets in die buitekamer. Sy is heeltyd daar. Schalk help haar glo. Dis die praktiese deel vir die beurs, sê sy wanneer Vera daarna vra en nee, dit is nog nie so ver dat Vera kan kyk nie. Sy sal haar glo sê.

"Hoe gaan jy die kontrepsie daar kry?" wou sy nou die dag weet.

"Hoe weet Ma dis 'n kontrepsie?"

"Wat anders is dit?"

"Wat is 'n kontrepsie, Ma?"

"Moenie jou voor op die wa met my hou nie, Lien."

"Ek sal Ma sê wanneer Ma kan kom kyk."

"Jy't nog nie my vraag geantwoord nie. Hoe gaan jy die gedoente daar kry, al die pad Johannesburg toe?"

"Schalk het 'n lisensie, Ma. Ek wou die Mini geleen het. Ek't gedink oom Hendrik sou nie omgegee het nie."

"Hy is dood, Lien. Hy kan nie juis weier nie, kan hy?"

Die kind het net omgedraai en by die agterdeur uitgeloop sonder om te antwoord. Sy het so 'n spesmaas iets is besig om te broei met haar, en sy dink nie dit is net die gedoente in die buitekamer nie. Dis iets anders. Sy's nie haarself nie. Nog minder as gewoonlik.

Dis laat toe Vera uiteindelik op die nuwe matras gaan lê. 'n Sealy Posturepedic, het die verkoopsman gesê, sy kan glo nie beter kry nie, gaan elke aand soos 'n baba slaap, wakker word met daai Sealygevoel. En dis amper waar. Sy slaap beter as ooit, maar sy dink dit het meer te doen met dié dat dit net háár matras is, nog net sý daarop geslaap het, niemand anders nie. En dat Hendrik nie daar is nie, langs haar, besig om elke dag verder weg te kwyn, te verrot in sy eie vel en sy verskillende liggaamafskeidings vir ewig deel te maak van die matras. Sy het gedink seks met Willem sou haar dalk beter laat voel het, lewendiger, al was dit net vir 'n kort rukkie. Maar dit het nie gewerk nie. Inteendeel, sy sien nou dit was 'n fout.

Haar hand vee vir die soveelste keer oor die leë plek langs haar op die matras. Plat en ferm, ongebruik, soos 'n maagd.

Sy draai op haar sy en kyk deur die kantgordyne na die kaal garagemuur waarteen die ou matras gestaan het. Sy wonder waar dit heen is. Wie lê nou daarop? Daar is afskeidings van Simon, iewers op en binne-in daardie matras, dink sy, en dit is ook nou vir altyd verlore.

* * *

Lien dink dit gaan werk. Schalk is nog nie heeltemal seker nie. Hulle sit weerskante van die matras op hulle hurke, kyk nou en dan op, vang mekaar se oë.

Wanneer sy stip kyk, verbeel sy haar sy sien die eerste botseltjies: iets groens wat kop uitsteek. Schalk dink sy is te haastig, sy sien goed waar daar niks is nie.

Hy het haar een aand toe almal al geslaap het gehelp om die matras in die buitekamer in te sleep, maar net as sy belowe het hulle kan die matras dan saam uittoets. Dit was sagter as teen die buitekamer se muur, die dubbeltjiegrasperk agter die garage, die garagevloer en die sitkamermat. Ook sagter as die bed van dooie dennenaalde onder die bome in die begraafplaas. Amper soos op die Mini se agtersitplek met sy sagte springs.

Sy't nie gedink die matras is so groot en swaar en die buitekamer so klein nie. Sy is bly die venster is te hoog om maklik by in te kyk, maar sy't anyway 'n ou serp daar gehang, net in case.

Almal het die serp natuurlik dadelik raakgesien toe dit ewe skielik in die venster hang, hulle het allerhande funny vrae begin vra, maar sy't net gesê sy werk aan haar projek. Die woord het almal afgesit: projek. Sy dink nie hulle het mooi geweet wat dit beteken nie, hulle het seker gedink sy dink nou sy's slim, toe los hulle dit, en los haar uit. Dis nou net haar ma wat heeltyd mor dat iets besig is om in die buitekamer uit te broei, en sy sal nie vir haar ma sê nie, maar "broei" is die regte woord.

"Hei," sê Schalk, sy oë op die matras, "ek sien tóg iets!"

Sy kyk vir hom, verbaas dat hy so opgewonde klink. Hý wat nie kan wag om volgende jaar polisiekollege toe te gaan nie. Wat homself moet inhou om nie heeltyd uit te vaar oor die kommunistiese universiteit waarheen sy op pad is nie.

"Hoekom gaan jy nie RAU toe nie?" wou hy weet.

"Dis nie dieselfde nie." Sy was nie lus om met hom te stry nie. Hy wil nie hoor nie. Maar hy het aanhou krap en sy kon haarself nie help nie, toe sê sy maar.

"Want Brenda sê RAU is nie so progressief in hulle uitkyk oor kuns nie. Hulle is konserwatief . . ."

"Ha!" het hy gesê en sy vinger voor haar neus geswaai. Hy raak maklik opgewerk, verdedigend oor goed, veral as hy nie lekker verstaan nie. "Progressief in hulle kuns! Jy weet nie eers wat dit beteken nie! Brenda, Brenda, Brenda! Alles Brenda se invloed!"

"Wat het dit anyway met jou te doen? Dis my lewe."

Hy't weer sy vinger geswaai. "Jy moet oppas, Lien. Jy gaan nog in die hel opeindig as jy so aangaan."

Toe lag hulle.

Nou vee hy liggies oor die matras, al aan die een kant af, bo tot onder. "Voel bietjie droog," sê hy en kyk op. "Wanneer laas het jy natgemaak?"

"Vanoggend," sê sy en tel die gieter langs haar op. Sy hou dit oor die matras na hom toe. "Hier, gooi weer bietjie oor."

Hy sprinkel versigtig water oor die matras en gee die gieter weer na haar toe aan. "Daai kant ook," sê hy.

"Ons sal nie meer op die matras kan seks hê as die gras eers begin groei nie," sê sy.

Hy kyk op. Hy lyk altyd so verbaas om die woord uit haar mond te hoor. So asof sy 'n reël breek. Dit maak haar lus om dit heeltyd te sê: seks, seks, seks.

"Aan jou kant gebeur daar niks," sê hy. "Ons kan nog daar."

"Is waar," sê sy. "Is jy lus?"

Hy kyk op.

"Vir seks," sê sy hard.

"Sjuut," sê hy en frons voor hy glimlag.

"Nou kom dan," sê sy en gaan lê op haar ma se kant van die matras, die vrou se kant, skoon en ordentlik. Nie soos die man se kant nie, die kant waar oom Hendrik se siek lyf 'n geel kol gelos het, die kant waar die grassaad wat hulle in die matras geplant het al begin groei. Al in en om die geel merk is 'n groen skynsel. Lien dink alles het deur die jare op daai kant van die matras gebeur. Die man se kant. En alles het merke gelos: semen, sweet, bloed. Geen wonder die gras groei maklik daar nie. Dis amper soos 'n komposhoop van menslike afskeidings.

Dis soos altyd gou verby. Hy ruk 'n paar keer, val op haar neer, hyg na sy asem.

"Wag," sê sy toe hy uiteindelik die rolletjie toiletpapier langs die matras vir haar aangee.

"Vir wat?" sê hy.

"Ek gaan eers vir 'n rukkie so lê. Ek wil dié kant van die matras se grassaad kompos gee."

"Jy's weird." Hy trek sy broek aan. "Ek gaan huis toe," sê hy en skud sy bene, een vir een, soos 'n hond wat pas gepie het.

"Ons het vergeet om skuim te gebruik," sê hy en lag.

"Jý het vergeet om skuim te gebruik." Sy draai haar rug op hom.

Later staan sy alleen langs die matras en kyk tevrede na die merk wat sy op die matras gelos het. Sy is verlig toe sy die ligrooi skynsel daarin sien.

"Ek het iets oor die werk geskryf, Ouma, 'n artist statement," sê Lien nadat haar ma en ouma die matras vir die eerste keer in die buitekamer gesien het. Hulle het lank in die deur gestaan, doodstil, voor almal saam terug kombuis toe is. Hulle sit by die kombuistafel. "Maar Ouma sal nie verstaan nie."

"Try me." Haar ouma klink hees.

"Oukei." Lien gaan haal die lêer in haar kamer en staan oorkant hulle, anderkant die tafel. "Ek sal die eerste sin vir Ouma lees, oukei?"

"Oukei."

"Moenie geïntimideer voel nie, Ouma."

"Ek sal nie." Haar ouma kug en kyk vir haar ma.

"*Breeding Bed*, dis nou die titel van die werk," sê Lien en kyk op, "explores how death informs life, man informs woman and how sex informs everything."

Niemand sê iets nie.

"My kind," sê haar ouma nadat sy haar keel 'n paar keer hard skoongemaak het, "dis besonders diep. Het jy al vir Brenda vertel daarvan? Sy sal mal wees daaroor."

"Nee, nog nie. Dink Ouma rêrig so?"

"Ja, natuurlik! Sy verstaan oor kuns."

"Dankie, Ouma."

Lien kyk vir haar ma wat haar kop eers 'n paar keer skud voor sy begin praat. "Hoe op aarde het jy daaraan gekom?" vra sy. "Mens laat jou één keer uit na die universiteit se biblioteek toe, en dis waarmee jy uitkom? Ek dog dan kuns is teken, of verf. Iets moois. Nie gras groei op ou matrasse nie. Waarmee is jy besig? Weet daai slim juffrou van jou wat jy aanvang?"

In die helder kombuislig lyk die sakke onder haar ma se oë ekstra pers.

"Ek het die navorsing vir my voorlegging by die universiteit gedoen, Ma," sê Lien. Haar stem bewe 'n bietjie. Sy probeer harder praat. "Dis lankal ingehandig. Dit was oor my idees, die goed waarin ek belangstel, wat ek lees. Goed oor my waarvan ma niks weet nie. En my kunswerk is iets aparts. Dis soort van 'n interpretasie van my idees."

Haar ma kyk haar aan asof sy haar nog nooit voorheen gesien het nie. So asof sy 'n vreemdeling in haar kombuis is. Lien voel skielik selfbewus. Sy probeer nie kyk vir haar weerkaatsing in die venster nie, sy bly kyk vir haar ma.

"Die . . . kunswerk, Lien," sê haar ma. Lien sien sy probeer haarself inhou, sy probeer om nie kwaad word nie. "Hoe't jy daaraan gedink, hoe't jy by die idee uitgekom?"

Lien kyk skielik vir haar ouma.

"Dalk het sy die matras jammer gekry, Vera," sê haar ouma voor Lien iets kan uitkry. Sy staan op, pluk die vadoek van haar skouer af en klap hom in die lug rond soos sy praat. "Toe sy hom daar teen die muur sien staan, sommer so gelos, so sonder seremonie uitgegooi om plek te maak vir 'n nuwe een, toe vloei die inspirasie! Nè, Lien?"

Lien glimlag vir haar ouma en kyk weer vir haar ma. Sy lyk verslae. "Ja, Ouma is reg, Ma. Dis so iets."

* * *

"Geen universiteit wat sy sout werd is, sal die ding waardeer nie, Ma," sê Vera later toe Lien kamer toe is. Hulle drink 'n laaste koppie tee voor hulle gaan slaap.

"Kunsmense is anders," sê haar ma. "Die werk maak tog sin."

"Snaaks om te hoor Ma noem my ou matras waarop gras groei 'die werk'."

"Dis 'n kunswerk, Vera."

Vera skud haar kop. "Ma, daar is vlekke op die matras, geel vlekke." Sy fluister.

"Alle matrasse het vlekke," sê haar ma.

"Nie nuwes nie."

Haar ma kyk vir haar. "Jou Sealy sal, een van die dae."

"Ma!"

"Het jy gesien hoe geil groei die gras op ou Hendrik se deel? Dis amper asof mens eers 'n grassnyer daaroor wil stoot," sê haar ma. Sy blaas oor haar tee. "Jou pa het nie verniet gesê Hendrik is doodgoed en goed dood nie."

Vera staan op, voel vir haar sigarette in haar kamerjas se sak en gaan staan in die oop agterdeur. Sy steek 'n sigaret op en sien Lien se serp wat in die venster hang.

"As sy die beurs kry, kan sy by Brenda in Triomf gaan bly," sê haar ma. "Haar huis is nie te ver van die universiteit af nie."

Vera kyk weer vir haar ma.

"Lien het ook so iets genoem. Hulle twee gesels deesdae alte lekker oor die foon. Maak allerhande plannetjies."

Vera skiet haar sigaret by die agterdeur uit en gaan sit weer by die tafel. "Is Brenda nie 'n kommunis nie, Ma? En wie weet wat nog alles. Netnou leer Lien verkeerde goed by haar. Ma weet hoe maklik sy beïnvloed word. Elke gier vat sy as haar eie. Kyk nou net hoe ver het sy die ding met die vlieënde pierings gevat. Sy't gedink hulle gaan haar kom haal. Hendrik het destyds vir my haar tekenboeke gewys, my die dood voor oë gesweer as ek iets vir haar sê."

"My suster is nie 'n kommunis nie, Vera. Sy is 'n gerespekteerde skrywer en sy is hooggeleerd, party mense noem haar 'n barmhartige samaritaan. Sy doen iets met haar lewe. Nie soos sommige van ons nie."

Vera skud haar kop. Samaritaan, dis 'n nuwe een.

"Dalk is daar tog nog 'n kans vir jou ook," sê haar ma.

Vera frons. "Wat bedoel Ma? 'n Kans vir wat?"

"'n Kans om iets van jouself te maak. Noudat Hendrik dood is."

"Ek verstaan nou nie," sê Vera. "Ons praat oor Lien."

"Dóén iets met jou lewe, Vera," sê haar ma. "Iets betekenisvols. Al is dit net vir jouself."

"Soos wat?"

"Ek weet nie," sê sy. "Kyk vir Brenda. Wat is vir jou belangrik?"

"Ek maak kinders groot, Ma! Ek werk. Ek is 'n weduwee. Hemel. Is dit nie genoeg nie?"

Wat 'n gedoente, dink Vera. Hulle staan almal rondom die Mini. Die ou matras, met gras wat geil op die een kant groei, 'n polletjie groen uitspruitsels op 'n kol aan die ander kant, is styf ingedruk binne-in 'n draadraam wat Schalk gemaak het, en die hele kontrepsie is vasgebind bo-op die dak van Hendrik se Mini. Dit ís toe, ná alles, 'n kontrepsie, dink sy.

"Dis besonder sag," sê haar ma terwyl sy langs die kar verby stap en oor die gras vee. "Amper vertroostend."

Die seuns staan stil langs Lien en kyk hoe Schalk die laaste van die tou deur die draadwerk vleg, flink 'n knoop maak, die hele gedoente vir oulaas 'n goeie skud gee en toe omdraai na haar toe.

"Dis cool, Lien," sê Dawid.

Almal kyk vir hom. Hy't 'n frons onder sy lang blonde kuif wat sy een oog toe hang. Dawid kyk vir Ben. Dié kyk ver weg, oor die veld anderkant die kar. Dawid skop aan iets wat Vera nie kan sien nie.

"Dankie, Dawid," sê Lien en gee hom 'n skewe drukkie.

Ben krap sy kop en kyk vir Lien. Dit lyk vir Vera daar's trane in sy oë.

"Hei, boetie." Lien tik Ben speels teen die skouer voor sy hom ook omhels. "Hou duim vas hulle laaik dit."

Hy sê niks.

"Ons is reg, tannie," sê Schalk.

"Nou ja toe, ry versigtig," sê Vera.

"Is jy seker jy het 'n lisensie?" vra haar ma.

"Ja, tannie," sê hy en knipoog vir haar ma. Haar ma se wange raak rooi.

Soos sy hulle die erf sien uitry en in die pad af, die groen Mini met die wind wat speel in die gras van die matras op sy dak, dink Vera dit is 'n gesig wat sy nie sommer gou sal vergeet nie.

Spoil (v.)
c.1300, "to strip (someone) of clothes, strip a slain enemy", from Old French *espillier* "to strip, plunder, pillage", from Latin *spoliare* "to strip, uncover, lay bare; strip of clothing, rob, plunder, pillage", from *spolia*, plural of *spolium* "arms taken from an enemy, booty"; originally "skin stripped from a killed animal", from PIE **spol-yo-*, perhaps from root **spel-* "to split, to break off" (see *spill* (v.)).

14

"Jy gaan jou kinders verloor," sê sy ma. "Hulle word groot, jy ken hulle skaars, Willem."

Hy weet nie wat om te sê nie.

"Hulle gaan jou meer nodig hê noudat Hendrik oorlede is."

"Ek weet, Ma."

Hy skeur die laaste stukkie vleis van die skaapbeentjie af en kyk verby haar deur die kombuisvenster. Hy's nie lus vir die lang Desembervakansie nie. En dis om die draai. Hy het 'n week afgevat om op 'n vriend van Cecil se plaas anderkant Alldays te gaan jag. Cecil gaan saam. Een van sy pelle sal vir die week dinge in die winkel aan die gang hou. Cecil sê die ou skuld hom. Willem vra liewer nie. Net solank dit hom niks kos nie.

Dis nou wel nie winter nie, dit gaan warm wees in die Bosveld, maar die seuns gaan dit geniet. Dit sal hulle eerste keer wees. Lien is net die vlieg in die salf.

"Kan Lien nie maar by Ma-hulle bly vir die week wat ons gaan jag nie? Ek wil bietjie kwaliteittyd saam met die seuns hê."

"Natuurlik," sê sy. "Ek dink in elk geval nie Lien sal wil saamgaan nie."

"Dankie, Ma." Hy vee sy mond af.

"Maak net seker jy gee haar darem ook dié vakansie 'n bietjie aandag. Ná die jagtery."

"Ja, Ma."

"Sy's groot genoeg om julle in die winkel te help, weet jy, Willie."

Hy tel weer die beentjie op, bekyk dit van alle kante af. "Dis 'n slegte idee, Ma. Ek het al hoeveel keer vir Vera gesê. Sy's slordig. En bot. Niemand sal met haar wil praat nie."

"Sy's net skaam. Gee haar 'n kans. Laat sy iets doen wat haar besig hou. Sy kan nie so heeldag vir kwaadgeld in die dorp rondlê nie."

Hy kyk op. "Ma moet sien hoe staar die mense haar aan met al daai los rompe en hemde en die uitgetrapte leersandale wat sy dra, en die klomp belde. Niemand hier lyk so nie, die dorp se meisies is altyd netjies aangetrek, in gewone klere. Sy't nou die dag 'n doekspeld deur haar oor gedruk gehad. Waar op dees aarde sy daaraan kom . . ." Hy skud sy kop. "En dit lyk elke vakansie of sy haar gesig al hoe dikker met make-up toesmeer."

"Soos Poppie?"

"Ma!"

"Dis jou kind, Willem. Sy gaan deur 'n moeilike tyd."

Hy sê niks, knaag aan die kaal beentjie. Lien is vir hom 'n vreemdeling. Hy't al vir Vera gevra om haar eerder in Randfontein te hou. Maar dit sal hy nou nie vir sy ma sê nie. Die kind is nie mooi nie, nie lank nie, nie maer nie, hy kan haar nie eers 'n kompliment gee oor hoe sy lyk nie, haar op daai manier bereik nie. Hy dink in elk geval dit sal haar nie beïndruk nie. Sy idee van haar as 'n lugwaardin moes hy lankal laat vaar. Hy weet wat om met die seuns te doen. Hulle praat dieselfde taal.

Toe Willem later ná werk by die erf inry, sien hy hy het die huis se ligte aan vergeet. Dit lyk gesellig, of daar mense binne is, of iemand vir hom wag.

Hy sluit die agterdeur oop, gooi die sleutels op die wasbak neer en soek 'n bier in die yskas. Dis al wat daar is. Die kombuis lyk oes. Hy kyk rond na die wasbak vol skottelgoed, krummels om en op die broodbord en die pappot wat al die laaste drie dae op die stoof staan, aangebrand van toe Cecil en Van Stenis kom braai het. Sy ma help hom gewoonlik stywepap maak, maar sy was weer in een van haar verstrooide buie, toe't hy liewer nie gevra nie, en hy moes geweet het om nie self te probeer nie.

Soos hy kamer toe loop, tweede bier in die hand, sit hy die ligte in die sitkamer, toe in die kamers en gang af. Hy het nog nie gordyne gehang nie. Net soos hy gewoond begin raak het aan alleen wees, so het hy ook gewoond begin raak aan die kaal vensters. Hy mis die gordyne nie meer nie. Hy begin hou van die ooptes, die spasie, dié dat hy die sterre deur die vensters kan sien wanneer hy op die bank sit, die maan wanneer dit opkom.

Toe hy op die bed gaan lê, tussen lakens wat lank laas gewas is, dink hy dat hy tog vir Lien die paar dae moet laat bly wanneer hy en die seuns klaar gejag het. Hy sal haar by sy ma gaan haal nes hulle die dorp inry. Sy ma sal bly wees. Dalk kan Lien bietjie help skoonmaak voor hy haar en die seuns weer terug Randfontein toe vat.

Dit het lank mooipraat gekos om Cecil sover te kry om dinge te reël vir die plaastoegaan. Hy't Willem goed laat verstaan dis 'n guns wat hy hom doen. Die seuns moet hulle man kan staan, jag is nie vir sissies nie.

Hy moes geweet het Dawid gaan moeilikheid maak. Die kind waardeer niks wat vir hom gedoen word nie. Op pad soontoe was hy al klaar dikmond en kon Willem niks uit hom uit kry nie. Ben het ook probeer, maar Dawid het stug gebly. En toe hulle op die plaas aankom, toe trek die kind sy neus vir alles op. Cecil rol net sy oë en kyk anderpad.

Later, ná alles afgepak is, sit hy en Cecil om die vuur en drink hulle derde bier. Die seuns is in die rondawel.

"Ek het jou gesê ek weet nie of die seuns al reg is vir jag nie," sê Cecil. "Dawid lyk vol kak. Hy sal sy houding vinnig moet drop."

"Jy oordryf, man," sê Willem. "Hulle sal fine wees." Hy wil hom eers vir die man vervies, maar hy hou homself in. Hy wil die week probeer geniet. "Laat hy môre eerste skiet, toe. Dan sal die gogga hom byt, jy sal sien."

Cecil staan op. "Hy moet net nie dinge vir ons almal opfok nie. Daar's nie baie wild op die plaas nie en ek kry nie elke dag kans om te kom nie."

"Die kind is nou maar eers veertien, man! Gee hom 'n break."

"Dis juis wat my worry," sê Cecil. "Hy kan skaars 'n geweer regop hou."

"Die laaitie is groot gebou vir sy ouderdom, en die twee is naturals, ek het gesien toe ons by die skietbaan gaan oefen het. Hulle't daai terroristeteikens gaar geskiet." Hy probeer lag.

"Dit was een keer, Willem," sê Cecil toe hy rondawel toe stap. "En dit was by die skietbaan. Dié is for real. Daar's 'n moerse verskil."

Die volgende oggend is hulle vroeg op. Ná ontbyt is Dawid dikmond met Willem se .22 in die hand die rondawel uit. Dalk omdat Cecil die twee eers goed die leviete voorgelees het.

Hulle is skaars die veld in of een van die spoorsnyers wys met handgebare na 'n trop koedoes wat wind-op wei. Almal hang terug en wag, dis tjoepstil. Ná 'n rukkie beduie hy weer vir hulle om aan te beweeg, en toe Willem later moeg is en op sy horlosie kyk, sien hy hulle karring al twee ure lank agter die trop aan.

Net toe hy vir Cecil wil wys dis tyd vir 'n break, sien hy die spoorsnyer beduie opgewonde hulle het 'n bok vasgetrek. Niemand beweeg nie. Die droë gras kraak onder die seuns toe hulle aanlê. Almal kyk vir Dawid, wag vir hom. Hulle is gesê hy gaan eerste kans kry. Een ou frons. Cecil kyk anderpad, sy vingers vroetel om sy geweer se kolf.

"Ek wil 'n terroris skiet, nie 'n bok nie," sê Dawid skielik en staan op. Hy hou die swaar .22 vir Willem om aan te vat.

Niemand sê 'n woord nie. Waar hulle aanlê, staar almal op na die kind in sy camo-broek en kakiehemp, sy blonde boskaas, sy rooiverbrande wange, sy frons en dik mond. Willem dink die bok is self stil geskrik, kan sy ore nie glo nie. Die dier beweeg nie.

Hy is op die punt om hom iets toe te snou toe die een spoorsnyer kwaai na hulle kyk en hom wys om stil te bly. Ben spring skielik op, gryp die geweer uit Dawid se hand, mik na die bok, trek die sneller en hulle sien die dier grond toe val.

"Mooi skoot, boetie," sê Dawid vir Ben wat die geweer laat sak, sy oë nog stip op sy prooi.

Almal staan op en stap nader. Willem klap Ben op die skouer.

"Dis jammer die ooi is dragtig," sê Cecil. "Dis wat haar moeg gemaak het."

Willem kyk na die seuns. Hulle lyk wit geskrik.

"Ja, lyk of sy enige dag sou gekalf het, manne," sê Cecil en druk-druk aan haar groot maag met sy geweerkolf. Die kleintjie beweeg nog.

Ben draai om en loop weg, koponderstebo, Dawid agterna. Die twee sit lank stil op twee klippe onder 'n boom.

Later loop hulle terug kamp toe. Twee werkers sleep die eerste dag se bebloede buit agterna.

Om die vuur die aand is almal besig met hulle eie gedagtes. Niemand sê iets oor die ooi en haar kalf nie, oor Ben se paraatheid wat die vernederende situasie waarin Dawid homself gedompel het, gered het nie.

Maar dis ook nie nodig nie, want die volgende dag brand die

twee skielik soos wafferse professionele jagters los op al wat ’n bok is, Dawid ook. En die outjies is korrelvas.

“Ek dog jy sê daar’s nie wild nie,” sê Willem later vir Cecil toe Dawid die derde rooibok voor middagete plattrek. Cecil se gesig is bruiner as gewoonlik, wat sy oë nog blouer laat lyk.

“As hulle só aangaan, gáán daar niks oor wees nie,” sê hy en klap Willem op die skouer voor hy aanstap kamp toe.

“My twee laaities,” sê Willem die laaste aand vir Cecil om die kampvuur, wys met sy glas brandewyn in die rigting van die seuns waar hulle oorkant op twee stompe sit. Ben kyk skaars op, glimlag darem bietjie. Lyk selfs trots. Dawid staar net voor hom uit, die vuur in. Al twee met Cokes in die hand. Die twee werkers is besig om die dag se twee koedoes en drie rooibokke langs die rondawel af te slag. Volgende week maak hulle biltong vir Afrika.

Ná hy vir Lien by sy ma-hulle gaan oplaai het, het sy die huis begin skoonmaak sonder dat Willem ’n woord hoef te gesê het. Sy praat skaars met hom óf die seuns, sy is in haar eie wêreld. Hy dink eers sy is kwaad vir hom omdat sy vir die week by sy ma-hulle moes bly, maar hy besluit om nie sy kop daaroor te breek nie. Dis beter so, haar stilte. Sy skrop en skuur alles. Dat sy so bot is en lyk asof sy nie slaap nie, die donker kringe onder haar oë, dít ignoreer hy. Hy probeer sy kant skoon hou – vriendelik, ordentlik, dankbaar vir alles. Maak hom uit die voete ná die etes wat sy vir hulle maak, want slapende honde wil hy nie wakker maak as hy dit kan help nie. Asof Dawid se buierigheid nie genoeg is om mee huis te hou nie.

Hy dink tog sy sal nie ’n te slegte huisvrou maak nie. Dit gaan ’n man vat wat van ’n ander stoffasie gemaak is om verby haar bos hare te kyk – dalk ’n Engelsman, want soos sy nou lyk, sal geen Boerseun se ma toelaat dat hy vir haar val nie, maak nie saak hoe goed sy in die kombuis is nie.

"Wat gaan met haar aan?" vra hy een aand vir Vera toe sy bel om te laat weet Lien het toe die beurs gekry.

"Wat bedoel jy?"

Vera is weer in een van haar buie, hy kan dit dadelik hoor, hy moes die geselsery sommer daar en dan kortgeknip het, maar toe donner hy voort, dom van hom. Hy kan nie glo hy het haar amper nog 'n kans gegee nie. Hy moet oppas om nie nostalgies te raak nie, dink hy, nes die liefde kan dit mens snaakse goed laat doen.

"Haar klere, Vera, en haar bos hare. Sy lyk elke dag meer soos 'n hippie."

"Sy's een van die dae 'n kunsstudent," sê Vera bot, "hulle lyk so."

"Jy's seker reg," sê hy. Hy dink vir die eerste keer daaraan dat hy Lien dalk nie sommer weer gaan sien nie, dat sy uit sy hare is volgende jaar, ander goed sal wil doen in haar vakansies as om vir hom te kom kuier. By Brenda in Triomf gaan bly, en dat hy nie vir haar studies of blyplek hoef te betaal nie. Hoogstens sakgeld. Toe sê hy niks verder nie, en roep vir Lien.

Nadat sy met haar ma gepraat het, is die kind so opgewonde dat sy hom vir die eerste keer vandat hy kan onthou sommer uit haar eie 'n drukkie gee en toe hardloop om die seuns te gaan soek. Ook maar goed Poppie is nie hier nie, dink hy. Sy sou nie van die skielike uitbundigheid gehou het nie.

Maar Lien se goeie bui hou nie lank nie. 'n Paar minute later lyk dit vir hom asof sy nóg stiller raak as voor die oproep, asof die goeie nuus eintlik slegte nuus was en sy dit eers nie besef het nie. Onverstaanbaar.

Hy sit op een van drie kampstoele wat 'n halwe kring om die ingeboude braai maak, die seuns op die ander twee. Lien was skottelgoed binne, die kombuislig skyn deur die venster oor die agterplaas se sementplaveisel en teen die bakstene van die skoorsteenmuur op. Hy hoor haar die asblik ooptrap, die skaapbene en oorskiet pap en sous wat sy gemaak het van die borde afskraap, hoe die deksel toeklap.

Dis die laaste aand saam met hulle. Bittersoet, as hy poëties moet raak daaroor, die tydjie wat miskien een van die laastes kan wees van dié tipe kuier met die drie. Dit was altyd meer bitter as soet en dit is Poppie se skuld, haar slegte houding teenoor die kinders. Hy het hulle sommer begin blameer vir die moeilikheid tussen hom en haar, veral net so voor die vakansies.

Hy begin dink dat die sterre wat hy in die aande sien as hy op die rooi bank in die sitkamer lê nie die enigste goeie ding van die skeiery is nie. Hy gaan die rustigheid van die laaste paar dae met die drie in die huis mis, Dawid se dik mond en die swart wolk oor Lien se kop ofte not.

Ben gooi nog hout op die vuur. Dawid sit stil voor hom en uitstaar, soos gewoonlik.

Hy hou van Ben, hy kan met die kind assosieer. Sestien jaar oud, lank en sterk. Hy kan sien dat die body-building waarmee hy en Dawid ook nou besig is, die ding doen. Die puisies wat op Ben se wange en voorkop begin uitslaan, pla Willem nie naastenby soveel soos Lien s'n het nie. Dit laat hom amper man lyk, bietjie soos Charles Bronson toe hy jonk was, mooi van lelikgeid. Hy's 'n stil kind, maar wanneer hy praat, praat hy met 'n selfvertroue wat Willem altyd verras, so asof hy al oud is. Nie die tipe seun wat hy vir homself sou voorgestel het nie, maar 'n seun wat hy op 'n manier respekteer, na opkyk selfs, na luister. Hy het al 'n paar keer amper sover gekom om te bieg oor Michael, sy halfbroer.

Maar as hy verby die vuur kyk na die stil, ernstige kind wat oorkant hom op die stomp sit, Coke in die hand, so in sy camo-broek en wit T-hemp, dan dink hy dis goed hy het nog altyd stilgebly. Dit liewer gelos.

Dawid is moeilik, humeurig, soos Vera se kant van die familie. Hy het gehoop die kind gaan dit ontgroei, maar dit lyk asof dit al hoe erger raak, sy bedonnerdheid, die windgatheid. Net wanneer sy broer praat, luister hy. Ben is alles in sy oë.

"Ek gaan weermag toe," sê Dawid toe Willem hulle vra oor hulle planne ná skool, eintlik probeer uitvind wat hy in die toekoms vir die seuns sal moet opdok. Hy onthou Ben se kop het ook in 'n stadium weermag toe gestaan en dink nie Dawid se antwoord is vreemd nie.

"Daarná, seun," sê hy, "ná die weermag. Jy moet darem seker iets agter jou naam kry. Kyk vir Lien, sy't 'n beurs."

Hy voeg nie by dis vir kuns nie, iets wat hy voor sy heilige siel weet niks werd is of enigiets gaan oplewer nie. Maar hy bly stil. Sy gaan universiteit toe, sy is die eerste een in sy familie, en hy hoef nie te betaal nie. En sy is uit sy hare.

Dawid kyk vir Ben. "Ek wil permanent weermag toe," sê Dawid.

Permanent. Kan tog werk, dink hy. Willem Barnard se seun 'n grootkop in die Suid-Afrikaanse weermag. Van Stenis sal beïndruk wees. En dit kos hom niks.

Hy kyk vir Ben. "En jy? Jy wil seker ook nog gaan, nè? Jy't mos laas so gesê."

Ben kyk vir Dawid en toe vir hom. Iets lyk skielik nie lekker nie.

"Ek hoor van die troepe gaan op Angola toe, Pa," sê Ben. "Hulle leer 'n tipe baster-Portugees sodat die mense daar hulle kan verstaan."

"Is dit waar jy wil heen?"

"As hulle my stuur, ja. Hulle stasioneer in Windhoek. Die opleiding begin daar. Pa sal moet opkom wanneer ek uitklaar."

Willem lag. "Jy moet eers skool klaarmaak, seun. Daar's nog baie tyd vir die army." Hy vat 'n sluk bier.

"Ek wil einde volgende jaar gaan, Pa. Ná standerd nege," sê Ben.

Willem staan op, stap vuur toe. "Jy maak matriek klaar, seun." Hy kyk vir Ben. "Niks se ge-armytoeganery met jou nie. Jy's skaars sestien."

"Wat is dit vir Pa, anyway?" vra Dawid skielik. "Dis sy lewe, hy kan daarmee maak wat hy wil."

Hy ignoreer Dawid en kyk vir Ben. "G'n seun van my gaan standerd nege uit die skool uit nie, dis sommer stront. Wat wil jy in elk geval daar gaan maak? Mense doodskiet is anders as bokke skiet, of dit nou 'n terroris is ofte not."

"Ek gaan nie mense skiet nie, Pa," sê Ben. Weer daai stil, ou stem van hom. Dié keer vererg Willem hom. Wie dink die kind is hy? Moses? Koning Salomo?

"Ek verstaan jou nie – jy wil weermag toe, maar jy wil niemand skiet nie. Skiet is 'n given daar, sover ek weet."

"Hy wil mense gaan help, Pa," sê Dawid. Hy staan op, hande in sy sye. "Die kerk wil mense daar bo hê om te help, Pa."

Hy weet nie wat om te sê nie. Die kerk? Wat de donner? Hy loop terug stoel toe, gaan sit. Hy sê niks. Skud net sy kop. Het Vera skielik gelowig geraak, die kinders kerk toe begin vat, of wat?

"Ek wil sendingwerk gaan doen, Pa. Dis my roeping," sê Ben sag. Sy oë blink. "Maar ek wil eers weermag toe, die vyand van binne leer ken. Alles leer."

"Vyand?"

Ben lag. "Moenie so verbaas lyk nie, Pa. Die vyand is oraloor, nie net in die army nie."

"Hy praat van die duiwel, Pa," sê Dawid. "Satan."

Willem is stom. Hy kyk van Ben na Dawid. Dié staan nog steeds en frons met sy hande in sy sye. Die mannetjie in sy camo-broek en wit T-hemp, klere wat hy sien te klein raak vir hom.

"Ek ook, Pa," sê Dawid en kyk vir Ben. "Ek gaan ook 'n sendeling word. Nadat ek eendag klaar is met my basic training in Windhoek. Net soos Ben."

Daarop was hy ten minste voorbereid.

"Jy kan bly wees die twee is nie moffies nie," sê Van Stenis.

Hy kan sien die man hou sy lag. Willem is te opgewerk om om

te gee, te behep met die gevoel van mislukking wat hy dink nou permanent by hom ingetrek het. Eers Poppie, nou dít. Hy het nie gedink dit sou hom so affekteer nie. Die ding met sy kinders. Nie net die seuns nie, Lien ook. Die teleurstelling. Twee sendelinge en 'n kunstenaar. Hy skud sy kop weer, prewel vir homself. Waar kom gene dan in? wonder hy. Die godsdiens-ding moet van sy ouers af kom, die kunsneiging van Vera af, haar lesbiër van 'n tannie miskien. Hy is so normaal as wat kan kom.

"Ek weet nie wat die ergste is nie," sê Willem, "moffies of happy clappies."

"Kyk," sê Cecil ná 'n rukkie, "ek dink jy't niks met die hele saak te doen nie. Jy het nie die kinders grootgemaak nie, jy's nie verantwoordelik vir hulle nie. As dit iemand se skuld is, sou ek meen dis Hendrik se skuld. Hy was te sag met hulle." Hy kyk vir Willem. "Het jy nie gesê die man was ruggraatloos nie?"

"Dalk het jy 'n tweede kans met Michael," sê Van Stenis en kyk voor hom uit asof dit die natuurlikste ding in die wêreld is om sommer só van sy geheim te praat. En: om daarvan te weet. Na hy wat Willem is probeer vergeet van hom, net geld opdok as Marie se ma dreig om die kind winkel toe te bring om self kontant uit die till te kom haal. Hy het Michael net een keer gesien toe hy soontoe is om geld te vat. Die kind was seker so twee en het buite in die tuin gespeel. Willem het voor hom gaan staan en Michael het opgekyk toe hy sy naam sê, met skeel glasblou oë en 'n haaslip wat sy mond oopgetrek het sodat Willem sy babatande vol gaatjies kon sien, sy rooi tandvleis tot regonder sy neusgate. Willem het geskrik vir die groot spleet. Hy kon nie uitmaak of die slymerigheid wat oor die kind se wange drooggeword het, snot uit sy neus is of spoeg uit sy mond nie. Hy is nooit weer terug nie.

"Wat weet jy van Michael af?" Willem kyk in die kroeg rond.

Van Stenis lag. "Jy vergeet wie ek is, my ou. Dis my werk om van mense se dinge te weet." Hy slaan Willem op die rug. "Maar moenie worry nie, your secret is safe with me."

* * *

Willem vertel haar van sy planne met die seuns die aand ná hy die kinders van Pietersburg af teruggebring het. Vera sit met haar koppie tee by die kombuistafel, hy met 'n bier uit die koelboks in sy Ranchero. Die kinders is bed toe en haar ma bly by Ivan-hulle oor. Sy's deesdae al hoe meer daar.

"Dis hoog tyd dat die seuns weer bietjie 'n man se hand in hulle lewens voel," sê Willem. Hy lyk ongemaklik. "Ek sê nie Hendrik was nie goed vir hulle nie. Hy was." Hy sluk sy bier tot dit klaar is. "Maar die twee het nou hulle pa nodig," sê hy en stap by die agterdeur uit, kar toe.

Sy lig haar wenkbroue.

"Is jy seker?" sê sy toe hy weer gaan sit en sy bier oopmaak.

"Ek is, ja. Ek sal hulle nie daar hou as hulle nie wil bly nie, hulle kan enige tyd terugkom."

Ná die derde bier vertel hy haar van die seuns se sendingwerkplanne. Asof hy toe eers die moed gekry het. En dis net soveel nuus vir haar as wat dit blykbaar vir hom was. Nie soseer 'n skok nie, meer 'n verrassing. Maar dat die twee by Willem wil gaan bly, skool daar wil klaarmaak, dít is iets waaraan sy gewoond sal moet raak, dis 'n skok wat sy sal moet verwerk.

Dis ongemaklik toe hy die aand nag sê en in haar ma se kamer gaan slaap, soos die keer met Hendrik se begrafnis. Sy weet daardie aand is ook in sy kop. Maar sy is nie agterna nie. Sy wou nie, en sy kon sien hy ook nie. Hy't nou 'n ander uitdaging, iets wat hom lewendig laat voel, wat sy lewe weer betekenis gee, iets waarop hy trots kan voel, en uit 'n oord waarop hy nie gereken het nie. Sy kan nie anders as om jaloers te wees oor die nuwe lig in sy oë nie.

Die volgende oggend vroeg laai hulle die Ranchero. "Dis net 'n paar jaar, Ma," sê Ben so asof dit net 'n paar maande is. Sy sluk haar trane. Hoekom wil niemand by haar bly nie? "Ma sorg al so lank vir ons. Ons sal kom kuier. Elke vakansie. Ek belowe."

Sy kan sien dis goed vir Ben. Dis asof iets waarvoor hy jare lank hoop, toe gebeur het. 'n Wonderwerk. Sy pa het uiteindelik gekom om hom te kom haal.

Sy oë blink. Hy praat met haar asof sý die kind is. Hy het so geraak vandat hy begin kerk toe gaan het. Dawid ook. Uit hulle eie uit eendag, ná hulle van 'n vakansie in Pietersburg af teruggekom het, en toe die AGS op die dorp gaan uitsoek het. Hulle wou nie NG Kerk toe nie, sê die Heilige Gees is nie daar nie. Waar hulle aan al die vreemde gedagtes gekom het, gaan haar verstand te bowe. Dalk is dit omdat sy en Hendrik nooit self kerk toe gegaan het nie, hulle die kinders nooit gevat het nie, nooit daaroor gepraat het nie. Dalk is daar tog ná alles 'n God wat mens wys dat hy bestaan deur jou te straf. Vandag voel dit vir haar so.

Toe is hulle daar weg, die Ranchero volgepak, terug Pietersburg toe. 'n Nuwe lewe. Sy is die huis in, kon haar trane nie keer nie, dankbaar dat Lien nêrens te siene was nie. Later sou sy dink die kind het nie eers haar broers kom groet nie. Maar sy bly stil toe Lien die volgende oggend uit haar kamer kom om tee te maak. Sy is al kind wat sy oorhet, en immers geselskap met dié dat haar ma so by Ivan-hulle boer.

"Jy's nou oukei," sê haar ma toe Vera later die middag van die OK af terugkom. Haar ma staan in haar kamerdeur, alles agter haar opgestapel, die mat gevacuum. Sy lyk skuldig, amper asof sy die pak en skoonmaak in die geheim gedoen het.

"Wat gaan aan, Ma?"

"Ek trek terug na Ivan-hulle toe, Vera." Haar ma kyk haar eers nie in die oë nie. "Hulle het my nodig." Toe vat sy Vera se arm. "En die spasie sal jou goed doen, jy sal sien. Jy sal bietjie kan asemhaal, jou voete weer vind." Sy skuur verby Vera kombuis toe. "Kom, ek maak vir ons 'n koppie tee."

Spill (v.)
From PIE **spel-* "to split, break off". Sense of "let (liquid) fall or run out" developed mid-14c. from use of the word in reference to shedding blood (early 14c.). Intransitive sense "to run out and become wasted" is from 1650s. *Spill the beans* recorded by 1910 in a sense of "spoil the situation"; 1919 as "reveal a secret". To *cry for spilt milk* (usually with negative) is attested from 1738.

15

Dit is nou net hulle twee tot die begin van die universiteitsjaar.

Lien praat van vroeër by Brenda intrek as wat sy eers sou. Vera is nie verbaas nie.

"Is iets fout? Is dit jou pa?" vra sy haar toe hulle saam by die kombuistafel eet. Lien het skaars twee woorde gesê vandat sy terug is van Pietersburg af. "Hy sê jy't so hard gewerk daar nadat hy en die seuns gaan jag het."

"Ek's oukei, Ma."

"Vir wat het jy dan sulke donker kringe onder jou oë? Slaap jy nie? Is dit oor jy universiteit toe gaan?"

Daar is niks fout met die kind se eetlus nie, sien sy. Sy skep 'n tweede stuk hoender in haar bord, gooi lepels sous oor die ekstra rys.

"Ek's rêrig fine, Ma," sê sy nadat sy 'n groot hap afgesluk het.

"Is dit oor Schalk?"

Lien kyk vinnig op, sy sit haar vurk op haar bord neer. Haar eetlus lyk weg. Toe weet sy.

"Is dit oor hy die bed se raamwerk aan die Mini vasgesweis het?"

Lien kyk weer af en eet verder. "Ja, Ma," sê sy ná 'n rukkie.

"Oom Ivan kan dit afhaal. Hy't die masjiene. Ek't jou gesê. Jy hoef nie aan te hou rondry met die gedoente op die dak nie."

"Ek weet, dankie, Ma."

Vera het nie meer tyd vir Schalk nie. Sy't nie gedink die mannetjie sal so iets aanvang nie, iewers 'n sweismasjien in die hande kry en die raamwerk wat hy vir die bed gemaak het, aan die Mini vassweis nie, weerskante van die sunroof. So oop en bloot disrespek toon vir wat hy toe nie geweet het is nou Lien se kar nie. Net omdat Lien hom gelos het. Sy dink dis omdat daar nie meer 'n man in die huis is nie.

"Is julle kys nou finaal uit?"

"Ja, Ma."

Lien staan op, sit haar bord in die seepwater van vroeër se teeskottelgoed. Sy draai om, glimlag half.

"Dankie vir die lekker kos, Ma. Nag, Ma," sê sy, en voor Vera iets kan sê, is sy die kombuis uit, gang-af. Vera hoor haar kamerdeur hard toeslaan, kyk af na haar eie halfgeëete hoenderborsie en rys, stoot dit weg en rek om haar sigarette en vuurhoutjies in die middel van die tafel by te kom. Op pad agterdeur toe sit sy die ketel aan.

Terwyl sy op die stoeptrappie met haar tee sit, sien sy iemand agter die buitekamer se muur wegdeins. Sy skrik.

"Wie's daar?"

Doodse stilte.

"Schalk? Is dit jy?"

Sy het hom gisteraand laat in die straat op en af sien loop, baie jammer vir homself, heen en weer voor die huis. Dis nie normaal nie. Sy hoor weer iets, staan op en vryf oor haar arms wat skielik hoendervleis uitslaan. Dit klink nou verder weg, agter die garage. Sy druk haar halfgerookte sigaret teen die trap se skuinste dood, vat haar tee en sluit die deur agter haar. Sy maak seker al die vensters is toe.

Toe Vera die volgende oggend in die kombuis kom, nog so vroeg dat sy die lig moet aansit, sien sy 'n koevert op die tafel langs haar sigarette lê. Sy maak dit oop. Lien is na Brenda toe, sy wil glo solank 'n paar goed soontoe vat en gaan sommer daar oorslaap. Sy sal die volgende oggend vroeg terug wees.

Vera frommel die vel papier op, sit die ketel aan en gaan sit op die agterdeur se trappie met 'n sigaret. Sy kan nog 'n paar sterre in die vroeë oggendlig uitmaak, en probeer onthou wat 'n skoolkys eenkeer vir haar verduidelik het van sterrekonstellasies. Maar dis die woord konsternasie wat by haar opkom en haar bybly toe sy Lien se ou serp nog in die buitekamer se venster sien hang en die halfgerookte stompie langs die trap haar herinner aan die vorige aand se dwaler.

* * *

"Ek ken hom al vir jare, Lien. Jy't niks om oor bekommerd te wees nie."

Brenda druk haar hand toe die ontvangsdame haar roep en sy opstaan. Haar palms is sweterig, sy vee hulle teen haar romp af.

Sy't probeer netjies lyk voor sy vroeg vanoggend by die huis weg is, dis hoekom sy nie wou hê haar ma moes haar sien nie, sy sou geweet het iets is fout. Dit was moeilik om nie soos altyd haar ou jeans aan te trek nie.

Sy't 'n swart corduroy-romp aan, die een wat sy destyds by Santie geleen en nooit teruggegee het nie, en haar ma se groen bloesie met die oorgetrekte knope wat sy nie meer dra nie. Dit span styf oor haar borste wat nou groter is as gewoonlik, meer ongemaklik. Haar gepermde hare is in 'n poniestert in haar nek vasgemaak, Brenda het gesê sy moet, haar hare het vanoggend bietjie wild gestaan toe sy by haar aankom.

In die spreekkamer gaan sit Lien oorkant hom. Sy oë lyk moeg, so asof hy al alles in die lewe gesien het, en die gewig van die baie vroue wat Brenda sê hy al gehelp het, op sy skouers dra. Lien sien hy is goed. Saggeaard. Hy lyk in sy vyftigs, maar sy skat hy is dalk jonger, sy vel is wit, dit lyk effens opgeswel, so asof hy lank laas in die son was. Die swart strook hare wat agter om tot teenaan sy ore loop, laat sy wit kop net nóg witter lyk, amper deurskynend.

Hy is nie die praterige soort nie, dink Lien toe hy haar hand styf druk net toe hulle haar die teater instoot. Toe sy in sy oë kyk, kan sy sien hy glimlag vir haar agter sy masker, net voor sy aan die slaap raak.

Sy is naar in die kar. Brenda bestuur, sy's op haar senuwees, sy vloek 'n paar keer, ry amper iemand raak, ry in Hillbrow oor twee stopstrate en 'n rooi verkeerslig.

"Dié plek is nou vir jou 'n nes," is al wat sy sê.

Lien gooi op toe hulle stop, verby die oop deur op die grasperk langs die oprit. Brenda se kar staan amper teen die Mini se modderskerm. Sy sit regop, lê terug teen die sitplek, sien Brenda kyk na die raam op die Mini se dak so asof sy dit vir die eerste keer sien. Schalk se sweismerke slaan soos swart verskietende sterre teen die kar se groen sypanele af. Brenda kyk vir haar.

"Ek veronderstel die sunroof kan nou nie meer oop nie?"

"Nee."

"Die bliksem."

Brenda lê vir 'n paar sekondes met haar kop teen die stuurwiel voor sy uitklim en omloop anderkant toe. Sy help Lien die trappies op, die huis in, tot in haar nuwe kamer. Lien gaan lê op die bed. 'n Paar van haar goed is op die vensterbank uitgepak, en 'n tas met haar wintersklere is onder een van die enkelbeddens ingeskuif. Sy maak haar oë toe.

Sy word wakker toe Brenda inkom met 'n koppie tee; warm, soet en sterk.

"Nes jy daarvan hou," sê Brenda en gaan sit op die ander bed.

"Dankie, Brenda." Sy skuif teen die kussing op, vat die koppie.

Hulle sit so, stil, terwyl Lien haar tee drink en by die venster uitkyk. Sy kan die Brixton-toring in die skemerlig sien. Die geluide van die stad is vreemd en opwindend: 'n trein fluit ver weg. Dit voel of sy alles op een slag kan ruik. Rose wat onder haar vensterbank groei, besoedeling in die lug, die reuk van sand en rook. Alles in haar kop voel skerp, helderder as gewoonlik, voor dit alles skielik wasig raak en sy wonder waar sy is. Brenda sê dit is die narkose wat besig is om uit te werk. Dis vir haar lekker, die beneweldheid.

Sy voel Brenda die leë koppie uit haar hand trek net toe sy weer terugsak en haar oë toemaak.

Dis donker toe Lien wakker word. Iets pyn. Sy hoor Brenda op haar tikmasjien iewers in die huis. Sy voel oor haar borste, dis teer en vol. Seer. Toe af oor haar maag. Plat.

Sy staan op, trek Brenda se kamerjas oor haar T-shirt en sweetpakbroek aan en stap die gang af badkamer toe. Brenda se geklak-klak raak dowwer en heeltemal weg toe sy die stort groot oopdraai en onder die warm water inloop. Dis hemels oor haar kop, gesig, lyf.

Sy staan lank so voor sy haar oë oopmaak en afkyk na haar borste wat skielik begin styf trek en opswel onder die hitte van die stroom water. Melk loop wit uit haar bruin tepels, kronkel onder om haar borste af soos stroompies teen 'n hang, aanmekaar, meng met die warm water wat teen haar lyf afloop, met die trane uit haar oë oor haar wange, alles saam die drein af.

"Ek het vergeet daarvan," sê Brenda toe sy haar later vertel. Sy hou haar vas en laat haar huil.

* * *

Cecil en Van Stenis braai saam met hom in sy agterplaas. Dis 'n lekker Sondagaand, effens bedompig van die bietjie reën wat laatmiddag uitgesak en die hitte gebreek het. Soos hy heen en weer kombuis toe loop, asem hy diep in, kyk op na die sterre in die lug, stamp sy voete oor die plaveisel voor die kombuistrappie om die kriek wat iewers langs die huis aan die raas geraak het stil te maak.

Die seuns is kerk toe. Hoe die twee so vinnig op 'n bymekaarkomplek afgekom het, is vir hom nog 'n raaisel. Skaars op die dorp aangeland, tasse uitgepak, toe's hulle vort na sy ma-hulle toe. Hy dink dis dalk daar.

"Dis early days," sê Van Stenis toe Willem terugkom met die bak vleis en mor oor die seuns se snaakse kerkgewoontes. "Laat die outjies lekker insettle en die skool eers begin. Hulle sal vinnig ander tjommies maak. Dis 'n nuwe gier. Volgende week is dit weer iets anders. Jy sal sien."

Cecil en Van Stenis was al twee verras en – dink hy – beïndruk met hom toe hy met die seuns van Randfontein af terugkom en sê hulle gaan nou by hom bly totdat hulle klaar is met hoërskool. En, hy moet sê, dit het hom goed laat voel, maar dis nie die rede waarom hy dit gedoen het nie, sodat ander mense hom 'n pat on the back moet gee nie.

"Dis 'n groot verantwoordelikheid wat jy aangevat het, Willem. Jou lewe gaan nooit weer dieselfde wees nie," sê Van Stenis toe Willem langs hulle gaan sit met sy bottel bier. Die vleis is op die kole.

Willem sê niks. Hy kyk vir die vuur.

"Ja," sê Cecil. "Jy gaan dalk nog een van die dae saam met hulle moet kerk toe."

Willem snork, staan op, slaan die rooster 'n paar keer hard teen die kant van die braai, draai dit om, gaan sit weer. "Dit sal die bleddie dag wees."

"Wil die twee nog steeds sendelinge word en in Afrika op?" vra Cecil. "Dis gevaarlik."

Willem sug en vat 'n sluk van sy bier. "Dis eintlik hoekom ek hulle gebring het," sê hy. "Dalk kan ek die volgende paar jaar bietjie sense in hulle koppe praat, vir hulle leer waaroor die lewe eintlik gaan."

Hy is nog steeds geskok dat die kerk bloedjong kinders sommer net so soos lammetjies in Afrika loslaat. Wat de hel dink die mense? Dat daar 'n God is wat hulle teen die swartes gaan beskerm? Die seuns sal letterlik vir brekfis opgeëet word.

"Ek't gehoor van die een of ander stam wat 'n non wat glo vir jare daar gewerk het, lewend in 'n pot water gegooi en opgekook het," sê Cecil asof hy sy gedagtes lees.

Willem staan weer op en draai die vleis.

"Vat hulle uit Bosveld toe, laat hulle gaan jag, laat hulle sommer self die bokke afslag," sê Van Stenis. "En jy's mos nou so lekker in die gymmery in. Vat die laaities."

Van Stenis trek skielik sy asem skerp in, hand voor sy mond. Hy rek sy oë en kyk rond. Dis 'n ou laai van hom, die rondkykery voor hy iets sê wat hy dink geheim is. Maak nie saak waar hulle is nie: in die kroeg, die keer langs die dam toe hulle probeer visvang het, of in een van hulle se agterplase wanneer hulle braai, soos nou.

"Moenie sê ék het jou gesê nie." Van Stenis se stem is nou sagter.

Cecil sug en skud sy kop.

"Wat gesê nie?" Willem praat hard, hy is geïrriteerd. Niemand het nog langsaan begin bou nie, ook nie oorkant nie. Niemand gaan hoor nie. Maar hy's nuuskierig. Van Stenis is altyd vol stories, of dit nou sleg of goed is.

Van Stenis wys vir Willem om te kom sit, skuif sy kampstoel nader en fluister: "Ek't gehoor van aanvullings wat die mans vat wanneer hulle gym. Om vinniger spiere te bou."

Willem skud sy kop, sy hart sink. Dít het hy nie verwag nie.

"Ek't dit nie nodig nie," sê hy. "Ek ken die goed. Daar's sogenaamde reps by die gym wat met sakke vol rondloop en dit probeer verkwansel."

"Nie vir jou nie, man. Vir die seuns, net so die helfte van die sterkte."

Willem kyk vir hom. Hy's stom.

"Daar's testosteroon in," sê Van Stenis. "Dit sal hulle bietjie meer aggressief maak, meer soos manne."

Willem probeer dink. Cecil sê niks.

Van Stenis is opgewonde, hy praat nou harder. "Jy wil hê die outjies moet fokus, regte manne raak, hulle koppe skoonkry. As dit my seuns was, sou ek dit probeer het."

Willem vat 'n sluk van sy bier.

Cecil maak keel skoon. "Ek dink dinge sal hulle vanself uitsort. Mens meng nie op daai manier in nie." Hy kyk vir Willem en tik hom met sy bottel teen die skouer. "Jy't mos beginsels, of hoe?"

Willem knik. Hy bly in die vuur kyk. "Ja," sê hy. "Ek dink nie pille gaan vir dié soort van ding help nie."

Sy pa se hartaanval is onverwags. Ook die trane wat oor sy wange loop toe hy hom in die hospitaalbed sien lê, sy oë toe, die drup by sy sonverbrande arm ingedruk, tussen die sagte wit hare, met die hartmonitor wat langs hom biep-biep.

Hy sien sy ma deur die saalvenster, sy sit regop aan die ander kant van die bed in haar swart kerkrok, swart handsak op die skoot. Sy lyk bleek en oud in die helder lig.

Hy vee sy oë vir die soveelste keer af, snuif, blaas sy neus, en maak die deur oop. Sy kyk nie vir hom toe hy groet nie. Haar oë bly stip op sy pa.

"Sy hart is sleg, boetie," sê sy.

Hy sit sy hand op haar skouer. "En dié?" vra hy en kyk vir die enkele steeltjie kanniedood wat eers skeef en dan regop uit 'n plantblik groei. Dit lyk asof die oranje klossie blomme bo-op venster toe mik.

"Die seuns het dit vroeër hier aangebring."

Die twee bly nou al die afgelope week by sy ma-hulle, hulle het nou die dag net voor middagete van die spares-winkel af soontoe geloop, en nie teruggekom nie. Hy het elke middag gebel, net so voor vyf om te hoor of hy die twee moet gaan haal en of hulle terug dorp toe gaan stap. Sy ma tel die foon gewoonlik op, altyd vrolik. Hy kan hoor sy hou daarvan dat hulle daar is. Die twee jong seuns met 'n eetlus wat vir niks skrik nie.

"Hoekom kom jy nie hier eet nie, Willie?" het sy die tweede aand gevra. "En laat die seuns maar weer by ons slaap vanaand. Hier is nog van hulle klere. En baie kos. Pa sal nooit alles kan opeet nie. Toe. Volgende week begin die skole, dan kan julle bietjie roetine begin te kry."

Toe los hy maar die aande se gym-sessies en gaan na sy ma-hulle toe, eet saam en voel later die aand in die bed terug in Penina Park hoe die vetjies om sy middel aansit. Môre, belowe hy dan, môre gaan hy weer hard oefen, die seuns kry om saam te gaan, nie weer twee keer inskep by sy ma nie.

Hy trek 'n stoel nader en gaan sit langs sy ma. Hy probeer om nie vir sy pa te kyk nie. "Waar's die seuns?"

"Oom Naas en tant Vlekkie het hulle terug huis toe gevat," sê sy. "Hulle het dadelik van die plaas af gekom toe hulle hoor."

Hy het húlle twee jare laas gesien. Sy ma se broer en sy vrou. Hulle het nooit kinders gehad nie.

"Ek hoop tant Vlekkie maak genoeg vir die seuns om te eet." Sy ma soek vir die eerste keer sy oë. "Daai twee het darem vir jou 'n eetlus, hoor."

Later raak hy op die stoel aan die slaap, skrik homself wakker toe hy amper omval en sien sy ma sit nog net so en kyk vir sy pa. Hy probeer haar kry om saam met hom huis toe te gaan, sê dit help nie sy sit net daar nie. Hulle sal haar bel, laat weet as dit nodig is om in te kom.

"Vandat ek en jou pa getroud is, slaap ons onder een dak, Willem. Ek wag hier vir hom tot hy saam kan huis toe," sê sy.

Toe's Willem daar weg, en hy slaap die aand soos 'n klip. En dis hoekom hy nooit die foon hoor lui het nie, die volgende oggend agtuur deur oom Naas en tant Vlekkie opgeklop is met die nuus dat sy pa aan 'n tweede hartaanval dood is.

Schizophrenia (n.)
1912, from Modern Latin, literally "a splitting of the mind", from German *Schizophrenie*, coined in 1910 by Swiss psychiatrist Eugen Bleuler (1857-1939), from Greek *skhizein* "to split" (see *schizo-*) + *phren* (genitive *phrenos*) "diaphragm, heart, mind", of unknown origin.

16

Toe Vera begin daarmee, is dit asof sy nie kan ophou nie. Sy sien dit skielik in alles. Net waar sy kyk, alles wat sy hoor. Tekens.

Sy bedank by die werk sonder om twee keer te dink. Sy is nie seker hoekom nie. Dis nie asof sy 'n stem gehoor het nie, niks so dramaties nie. Dis meer soos 'n sagte, aanhoudende geknaag aan haar binneste. So asof iets anders op pad is. En sy sien uit daarna, amper soos sy dink mens uitsien na 'n seevakansie nadat jy jou hele lewe lank in 'n kantoor gewerk het. Dalk gaan sy tog nog iets van haarself maak. Dalk is iets op pad.

"Jy is goed," sê sy later vir Mona, en ook vir die areabestuurder oor Mona toe sy hom bel met die nuus. Sy het hom nog nooit ontmoet nie, nie eers toe hy haar die eerste keer die saleslady-werk gegee het nie. Sy het 'n prentjie van hom in haar kop. Hy sit op 'n blink swart leerstoel in Johannesburg in die hoofkantoor iewers in Sauerstraat. Maar hoe reg of verkeerd haar idee oor hom is, weet sy nie, en die dag toe sy bedank, weet sy sy sal ook nooit weet nie.

Hy het deur die jare gedreig om in te loer, maar elke keer het iets voorgeval, of hy sê net altyd iets soos: "Vera, julle twee doen so 'n goeie job daar in Randfontein, ek wil dinge nie nou jinx nie. Ek sal dalk volgende maand 'n draaitjie gooi wanneer ek sake bietjie moet gaan warm maak onder Westonaria en Krugersdorp se girls."

So het sy en Mona toe maar op hulle eie aangekarring, hulle bes gedoen, syfers deurgebel hoofkantoor toe. Dag in en dag uit. Nie meer sy nie.

"Hoekom bedank jy? Het jy iets beters gekry?" vra Mona toe sy later 'n koppie tee langs haar papierwerk neersit. Sy gaan staan oorkant Vera, anderkant die toonbank.

Hoe verduidelik mens iets wat jy self nie verstaan nie? Dat alles om haar vir haar ewe skielik mooi lyk, amper asof dit betekenis gekry het, van die eenvoudigste dingetjie, soos die telefoon waarmee sy destyds met Simon gepraat het, die koper staanlamp met sy oranje skerm in die hoek van die sitkamer wat van bo tot onder gloei as die son se strale vroegoggend daaroor skyn, tot hoe skoon die lug is as die wind die dag nie die los sand op die mynhope vang nie. Dit alles het skielik mooi geraak vir haar.

En as sy in die aand stil op die stoep sit met 'n koppie tee en sien hoe die maan sy wit lig oor die dakke van die huise oorkant die veld gooi, dan hoor sy nie net honde wat oor en weer vir mekaar blaf nie, sy hoor krieke, muise wat tjiep terwyl hulle tussen die droë graspolle rondskarrel, sy dink sy het eenkeer 'n slang se gladde lyf hoor seil in die paadjie waarlangs die kinders altyd met hulle fietse kortpad van die skool af huis toe gery het. Dis asof sy alles om haar vir die eerste keer hoor en raaksien, en nie genoeg kan kry nie.

Mona is bekommerd oor haar.

"Ek wil nie meer verantwoordelikhede hê nie, Mona," sê sy. "Ek wil tyd hê om vir die eerste keer in my lewe net te sit en niks te doen nie."

Mona frons.

"Ek bedoel nie níks doen nie," gaan sy aan toe sy die trek op

Mona se gesig sien. "Meer soos tyd hê om te dink oor wat ek volgende wil doen. Wag en kyk of iets nie oor my pad gaan kom nie. Iets wat iets beteken. Verstaan jy?"

Mona sê niks. Sy draai om en gaan drink vir die eerste keer van sy haar ken haar koppie tee alleen in die kombuis.

Vera het nie gedink sy sou só sleg voel toe sy sien hoe omgekrap Mona is nie; juis dít wat sy al die jare terwyl sy saam met haar gewerk het, nie wou doen nie, het sy nou gedoen. Haar seergemaak. Maar sy kan sien Mona verstaan nie. Niemand gaan verstaan nie. Sy moet liewer haar gevoelens vir haarself hou, sien sy nou. Want netnou gaan alles net so skielik weg soos dit gekom het, en dan sit sy weer, alleen en sonder hoop vir haarself.

Saterdagoggend laai Lien die Mini. Vera kan sien sy is haastig. Sy druk vier bokse met klere, kussings en haar nuwe swart duvet wat sy by haar ouma gekry het, styf binne-in die raamwerk op die dak. Dit pas so goed, dis amper asof die raam eintlik daarvoor gemaak was.

"Moet dit nou nie so styf knoop dat sy en Brenda dit nie aan die ander kant kan loskry nie," sê Vera vir Ivan. Hy't gou kom help om alles vasgemaak te kry.

Vera staan met haar hande in haar sye, beskou hom van 'n afstand af waar hy vir die tweede keer om die kar loop en ruk en pluk aan die toue, aan 'n paar knope trek om seker te maak dis stewig genoeg.

Vera kyk vir Lien. "Nou ja toe, het jy alles?" vra sy en stap nader.

Dis moeilik om tot siens te sê, hulle al twee stel dit uit.

"Ek het, Ma. Dankie. Ek's nie ver nie, Ma hoef nie te worry nie," sê Lien en gee haar 'n vinnige drukkie.

"Ek weet, ek weet."

Lien is die laaste om haar te los. En of dit is omdat sy gewoond begin raak het aan die gevoel dat almal weggaan of omdat dit is oor sy nou wag vir haar eie teken, soos sy begin dink daaroor, weet sy nie, maar sy is nie so hartseer soos sy was toe die seuns weg is na hulle pa toe, of geskok soos toe haar ma weg is nie. Of verslae oor Willem en Hendrik en Simon en die kleintjie wat so uit haar lewe uit is nie. Sy dink sy voel selfs bietjie opgewonde.

Soos sy die Mini agternakyk, verbeel sy haar dis sý wat wegry na 'n nuwe lewe toe. Sy maak haar oë toe, voel hoe die kar regs draai by die stopstraat, verby Riebeeckmeer, sy sien die ou wilgebome aan haar linkerkant, die eerste blokke van Randgate aan haar regterkant, hoe sy by die verkeerslig links opdraai en oor die treinspoor se brug ry, deur die dorp, verby Uncle Harry's-padkafee, die ou stadsaal aan die oorkant, sy voel hoe sy die petrol trap op haar pad uit, Johannesburg toe. Sy maak haar oë oop en glimlag vir Ivan. Sy sien hy frons vir haar.

"Koppie tee, Ivan, of is jy haastig huis toe?"

Sondagoggend sit Vera op haar huis se stoep. Sy doen dit nou al hoe meer, sy sit en doen niks op die stoep. Sy sit en kyk oor die oop veld voor haar en wonder oor wie se koppe die dakke aan die oorkant is. Dis wat ou mense doen, dink sy, hulle wonder oor hulle bure.

Sy weet haar ma is ook nou bekommerd oor haar.

"Ivan sê jy tree snaaks op, Vera. Ek kom oor," het sy vroeg-oggend oor die foon gesê.

Sy hoor haar ma se gekreun nog voor sy haar sien, staan op toe sy nader kom en help haar die stoep op.

Hulle sit lank oor die veld en uitkyk, bekers tee in hulle hande, voordat haar ma uiteindelik praat.

"Wat gaan jy doen, Vera? Noudat jy jou werk gelos het?"

"Ek hoef nie te werk nie, Ma."

"Wat gaan jy dóén?" Haar ma kyk nou vir haar.

Sy skud haar kop. "Niks. Ek gaan niks doen nie, Ma. Die meeste wat ek gaan doen, is om te wag."

Haar ma sit haar beker neer en draai na haar toe. Vera kyk nie vir haar nie, haar oë bly op die veld.

"Waarvoor wag jy, Vera?"

"Ek weet nie, Ma."

Sy wens sy het liewer stilgebly, maar sy weet nie wat anders om te sê nie. Sonder om te verduidelik.

"Ek dink ek wag dalk vir beter dae, Ma," sê sy.

"Jy hoef nou nie sarkasties te wees nie. Is dit omdat ek gesê het jy moet iets van jouself maak? Nou raak jy so vol sights?"

Vera kyk vir haar ma. Sy lyk moedeloos. Oud en moedeloos. Sy kry haar jammer.

"Ek weet nie wat om nog vir Ma te sê nie. Maar dis nie Ma se skuld nie, dat ek wag nie. Ek dink net iets kom, Ma. Wát weet ek nie, en wannéér ook nie. Ek wil dit net kans gee."

Haar ma skud haar kop, sy staan swaar op. "Ek verstaan jou nie, Vera. Jy maak nie sin nie."

Vera kyk hoe sy die trappe afstap en om die hoek verdwyn. Toe staan sy op, trek die voordeur sag toe, maak seker die slot is opgeskuif en stap deur die stil gang, stadig verby die slaapkamers, loer by elkeen in waar bokse tot bo teen die dak in hoeke opgestapel staan.

Later, toe dit begin skemer raak, los sy al die ligte af en gaan lê in 'n bad water. Sy kyk deur haar sigaretrook na die sterre in die donker venster, toe af oor haar lyf, sy luister na die klotsing van die water om haar borste en heupe, speel met die kringetjie wat dit maak om haar maag. Sy kan sien die tyd stap aan.

* * *

Hy was verras oor die gevoel wat ná sy pa se begrafnis oor hom gekom het, wat by hom gebly het in die weke daarna, en wat hy veral gevoel het toe sy ma uiteindelik saam met tant Vlekkie-hulle plaas toe is: die gevoel van verligting.

Eers wou hy sleg voel daaroor, maar dan het hy gedink aan die tye dat hulle hom laat skuldig voel het oor hy nie wou boer nie – sy pa het dalk niks gesê nie, maar dit was nie nodig nie. Die kyk in sy blou oë was genoeg.

Nou's hy vry, vir die eerste keer in jare. En hy begin dink hy het 'n fout gemaak om sommerso vinnig te reël dat die seuns by hom kom bly. Daaroor voel hy sleg. Hoekom is daar nie kans vir 'n tipe afkoelperiode met mense nie, soos daar is met die koop van huise en karre? Hy is jaloers op Van Stenis se lewe. Sy tuinwoonstelletjie met die een slaapkamer is nou wel klein, maar daar is 'n grasperkie agter die betonmuur, 'n binnebraai op die stoep met 'n groen-en-wit gestreepte seildakkie oor, en die ou het nou die dag vir hom 'n waterbed van Pretoria af saamgebring. Hy kan nie uitgepraat raak oor die ding nie. Sodom en Gomorra, daai plek. Maar hy wil tog vir hom vra om volgende keer saam te ry.

Willem skud sy kop, probeer die prentjie uit sy gedagtes kry. Fokus op sy verantwoordelikhede. Dit is vir hom moeilik.

* * *

Brenda bel haar laat een aand wakker, sy sê Lien is nog nie by die huis nie.

"Ken jy die man?" Vera gaap.

"Dis haar dosent, 'n professor glo," sê Brenda. "Sy't my vertel van hom. Hy't haar al vroegdag hier weg, Vera. Ek's bekommerd. Dis al oor twaalf en hulle is nog nie terug nie."

"Hoekom het hy haar kom haal?" Sy raak wakker.

"Daar's een of ander storie by die Markteater in die stad aan die gang. Hy wil haar aan oorsese studente voorstel."

"Nou?"

"Dit klink nie vir my reg nie."

Hoekom bel Brenda haar? Wat kan sy doen? Wat weet sy van die stad af?

Sy kan haarself skielik nie help nie. "Sy bly nou onder jou dak, Brenda. Jy's die een wat haar so aangepor het om te gaan studeer. Jy't gesê sy moet by jou bly. Jy weet mos alles van haar dinge af. Praat jy met haar."

Brenda is stil.

"Hallo?" sê sy.

"Ek's hier," sê Brenda, sag.

Vera voel skielik jammer. "Brenda, as jy bekommerd is omdat sy dalk in die moeilikheid gaan beland met die man . . ." Sy bly stil. "Sy't al hoeveel keer kans gehad met Schalk. En sy het nie. Gaan slaap."

"Ek vertrou hom nie," sê Brenda. "Hy kon haar pa gewees het."

"Gee haar nog so 'n rukkie, dalk geniet sy net die aand."

Hulle groet en toe gaan lê sy weer. Wawyd wakker. Sy staan later op en gaan maak tee, sy probeer die onrustige gevoel afskud, nie iets daarin lees nie.

Shaky (adj.)
1840, of handwriting; 1841 of persons, horses, and credit; 1850 of structures; from *shake* (v.) + *-y* (2). General sense of "uncertain, of questionable integrity" is from 1834. Earliest of trees or logs, "split, having fissures" (1808). Related: *shakily*; *shakiness*.

17

Lien het nie gedink dis hoe dit gaan wees nie. Sy't gedink hulle gaan uitgaan, hy gaan haar weer kom haal by Brenda, soos die eerste keer, hulle gaan weer 'n show by die Markteater kyk. En dié keer gaan hy haar voorstel aan sy slim vriende met hulle lang, donker jasse en skerppuntleerskoene, die klomp met wie hy so aan die gesels geraak het oor Barney Simon se fantastiese nuwe show, waarvan sy die naam nie kan onthou nie, en oor die een akteur wat die briljante stuk saam met hom geskryf het, wie se naam sy ook nie kan onthou nie. Maar *Woza Albert!* onthou sy, en die gevoel dat hy vergeet het sy was daar.

En dan gaan hy later weer haar hand vashou in Kippies terwyl hulle jazz luister. En haar na sy mooi huis in Parktown toe vat, die interessante stories vertel van al die skilderye teen sy growwe wit mure, verduidelik van hoe kuns 'n manier is om die waarheid oor iets te vertel sonder om woorde te gebruik, en dan, hoe spesiaal haar werk is, wat hy alles daarin sien, terwyl hy vir haar kyk, haar nader trek en haar soen. Sonder dat sy 'n woord hoef te sê. Soos die eerste keer. Maar hy het nooit weer nie.

Eers het dit haar gepla, sy't hom gevra daaroor, in die dae nadat hulle seks gehad het in een van die klaskamers. Sy het dit toe begin noem nog vóór hulle seks gehad het, terwyl hy in haar nek fluister en met sy tong in haar ore haar knieë lam gemaak het. In sy kantoor met die deur gesluit. Sy kon mense hoor verbyloop, die deurknop het selfs een of twee keer gedraai, maar dit was asof hy niks agtergekom het nie. Dan het hy belowe hy sal haar weer uitvat, volgende keer, as hy nie so besig is nie. Dis nou al maande, en hy het nog nooit weer nie.

Toe eendag is sy kantoordeur gesluit.

Sy kyk in die gang af en vang die oog van die sekretaresse. Dié kyk vinnig weg en begin met iets op haar lessenaar vroetel. Die sekretaresse weet van hulle. Hy het Lien eenkeer gesê.

"Sy sal stilbly," was sy woorde. "Sy werk al lank hier, sy's nog van die goeie ou soort, lojaal en ordentlik."

"Sy's nie oud nie."

"Sy is oud gebore," het hy tussen soene deur gesê.

Vandag praat die sekretaresse vir die eerste keer met haar, staan Lien voor haar en sien hoe mooi sy is, met haar blonde hare wat geblowwave is, haar stywe pienk romp en baadjie, die wit bloesie met sy strik om die nek, haar pienk lippe. Sy lyk meer soos Farrah Fawcett-Majors as wat Lien ooit sou kon regkry.

Lien kyk af na haarself, haar voete in haar uitgetrapte plakkies, haar verslonste jeans vol verf en haar uitgerekte T-shirt. Hulle het vandag painting gehad, dis nie haar favourite vak nie, want mens moet goed kan teken om te kan paint, en sy sukkel haar hele lewe lank al met teken. Maar hý gee painting, en as hy by haar in die studio kom en oor haar skouer kyk na haar werk op die esel, dan staan hy met sy bors amper teen haar rug vas, sy ruik hom as hy sy arm oplig, die kwas uit haar vingers trek en dan, met 'n paar vinnige hale, met 'n druk of twee in die regte kleure verf langs haar op die tafeltjie, haar versigtige, onsekere lyne verander in iets wat skielik lewe. En hy was nie vandag daar nie. Bert, hulle vaal drawing-lektor wat altyd charcoal-strepe om sy mondhoeke het,

het om die studio se deur geloer en net gesê hulle moet aangaan soos gewoonlik.

"Waar's hy?" vra Lien vir die sekretaresse.

Die vrou kyk op. Haar oë lyk hard en groot agter haar bril. Groen.

"Het professor jou nie gesê nie?"

Professor. Lien sê niks, sy kyk net vir haar.

"Hy's Amsterdam toe," sê die vrou, "op sabbatical." Sy begin weer te vroetel.

Lien maak asof sy weet wat sabbatical beteken, sy knik. "O."

"Ja, vir 'n jaar, dalk twee." Die sekretaresse glimlag.

Lien voel naar, sy hou aan die lessenaar vas. Sy kyk rond vir 'n stoel.

"Is jou oukei?" Die sekretaresse loop vinnig om en help Lien om op 'n stoel teen die muur te gaan sit.

"Ek het net nog nie vanoggend geëet nie," sê Lien. "Ek voel bietjie flou die laaste paar dae."

"Ek wou sê dit lyk vir my jy't maer geword. Ek onthou toe jy die eerste keer hier ingeloop het, ek het geweet hy gaan van jou hou." Sy is mooi as sy glimlag. Haar oë lyk nou sag.

"Weet jy dalk hoe ek hom in die hande kan kry?"

Die vrou lyk onseker. Lien sug, sit vooroor en laat hang haar kop tussen haar bene.

"Is dit 'n noodgeval?" sê die vrou.

Lien lig haar kop. Sy knik.

Die sekretaresse loop terug om haar lessenaar en skryf iets op 'n stukkie papier. "Dis sy telefoonnommer in Amsterdam," sê sy en druk dit in Lien hand. "Just for emergencies, oukei?"

"Oukei," sê Lien.

Brenda sê niks. Sy sit op die groot ou bank, arms gevou. Lien dink nie sy het haar al ooit so gesien nie, haar oë koud, haar lippe so hard toegedruk dat 'n wit randjie om haar mond loop.

"Sorry, Brenda." Lien gaan sit langs haar. Sy vat aan haar arm.

Brenda skud haar hand af. "Dis te laat vir jammer wees, Lien. Jy's halsoorkop en domastrant. Jy't nie respek vir hoe die lewe werk nie."

"Ek weet."

"Nee, jy weet nie."

"Brenda . . ."

Dis stil vir 'n ruk.

"Ek't rêrig gedink hy sien mý raak," sê Lien. "Hy dink nie ek's weird nie, hy't gesê ek's slim vir my ouderdom, ek's spesiaal, ek het talent. Ek het nog nooit so gedink nie. Oor myself nie."

Brenda frons. "Dink jy hulle gee beurse weg vir mense wat nie talent het nie? Wat nie slim genoeg is nie?"

Lien haal haar skouers op. "Seker nie. Maar . . . dis nie net dit nie. Hy sien iets anders ook raak, in my. Meer. So voel dit anyway. Hy praat met my, oor goed. Allerhande goed. Oor die lewe, oor kuns, hy leer my baie."

Brenda skud haar kop. "Klaarblyklik meer as wat hy veronderstel is."

"Ek het regtig gedink hy's lief vir my, Brenda. Iemand is lief vir my. Hy judge my nie. My ma-hulle dink almal ek's mal, ek trek weird aan. Behalwe Ouma. En jy. My pa skaam hom dood vir my, ek weet, ek vang hom partykeer vir my kyk. Jy moet sy gesig sien!"

Brenda sê niks, sy hou net aan kyk vir haar, arms gevou.

Lien staan skielik op. Sy kan nie meer stilsit nie. "Dalk bel hy my. Dalk het iets gebeur. Miskien bly iemand daar, in Amsterdam. Sy familie. Dalk sy ouers. Hulle's seker al oud, weet jy. Dalk is een siek!"

Sy kyk vir Brenda, maar haar gesig freak haar uit, maak haar nog meer op haar senuwees.

"Jy moet sien hoe my pa deesdae lyk, Brenda!" Sy lag en wys met haar hande rond. "Hy brylcreem sy paar blonde haartjies só agtertoe. Hy dink hy's net die een! Die grootste vangs in Pietersburg! Hy's pateties. Met sy maer bene en sy dik geoefende arms. En daai gym-hempies met die afgesnyde moue wat hy so dra. Hy kort net 'n tattoo, ek sê jou. Ek hoop nie Ben en Dawid draai ook so potsierlik uit nie. My ma sê hulle gaan nou regtig sendelinge word. Jeez." Sy skud haar kop.

Haar oog vang die goedjies in Brenda se printer's tray wat teen die muur langs die kaggel hang. Sy stap soontoe, tel 'n paar op, blaas en vee waar stof in hoekies lê, bekyk hulle en sit hulle weer terug.

"My ma, ai," gaan sy aan. "Sy weet nie lekker hoe om te voel nie. Sy hou die heeltyd terug. En kyk waar het dit haar nou – sy't niemand, niks. Ouma sê sy sit en wag heeldag op die stoep vir 'n teken. En sy dink ék is weird! Ek wil nie so wees nie. Soos my ma uitdraai nie."

"Lyk my jy het vergeet wat met Schalk gebeur het."

Lien kyk weer vir Brenda, haar stem klink weird. Dit lyk asof daar trane in haar oë is. Lien gaan sit weer op die bank en vat haar hand. Brenda het nog die ring aan wat haar girlfriend Stella vir haar gegee het. Die een waaroor niemand ooit gepraat het nie, en wat 'n paar jaar terug dood is aan kanker. Dis 'n breë silwer band met 'n groot groen steen in die middel. Dit lyk gelyktydig oud en nuut. Lien draai dit om en om Brenda se vinger. Brenda trek haar hand uit Lien s'n en vou weer haar arms.

"Ek kan nog steeds nie glo jy't weer dieselfde fout gemaak nie, Lien. Het jy dan die eerste keer niks geleer nie?"

"Brenda . . ." Lien kyk vir haar.

"Dokter Cane gaan jou nie weer kan help nie. Dis onwettig. Ek't jou gewaarsku."

"Ek wil anyway nie weer 'n aborsie hê nie," sê sy sag. "Dis sy kind. As hy bel, sal ek vir hom sê. Dalk sal hy wil trou, Brenda!"

"En hoe dink jy is dit anders as jou ma? Of jou ouma?"

Lien kyk nie vir haar nie, sy kan nie. "Die baba is al wat ek van hom oor het."

Brenda sug. "Dis die domste ding wat ek seker nog uit jou mond gehoor het. Ná alles, al ons gesels deur die jare, ons twee se planne vir jou. Ná al die kanse. Om 'n beurs te kon kry, Lien." Sy skud haar kop. "En dis wat jy sê."

Lien spring weer op. "Ek is siek en sat vir jou guilt-trips, Brenda! Jy's nie my ma nie!" sê sy toe sy trane voel aankom.

"Nee, jy is jou ma se kind," sê Brenda en staan op. "Dis so duidelik soos daglig."

* * *

In die eerste weke dat Vera alleen was, kort ná Lien weg is, het 'n paar mense nog kom aanklop, gebel, geselsies probeer aanknoop. Veral van die dorp se mans wat gehoor het sy is nou 'n weduwee. Sy het nie vir enige van hulle se praatjies geval nie.

Die vrouens, eers die groep van die kerk, het hulle oor haar kom ontferm. Sy het hulle ingenooi, tee gemaak, geluister, haar oë toegemaak wanneer hulle vir haar bid. Tot hulle begin vra het oor die uitbetaling wat sy by die myn gekry het ná Hendrik se dood. Sy was ordentlik. Sy't die kaartjie van een van die vrouens se man wat op die aandelemark in Johannesburg werk, by haar gevat, daarna gekyk en dit toe later opgeskeur en in die asblik gegooi. Die telefoon neergesit wanneer hulle gebel het, nooit weer vir hulle oopgemaak nie. Sy kon deur enige van die vensters sien wanneer hulle aankom, maak nie saak waar sy in die huis was nie.

Schalk het ook 'n paar keer sy gesig kom wys. Die derde keer toe hy klop, om die huis rond dwaal, probeer inloer by al wat 'n venster is, en uiteindelik voor die buitekamer se deur op die trappie gaan sit, het sy die agterdeur oopgemaak.

"Wat is dit, Schalk? Jy weet sy's nie hier nie."

Sy gesig het so jonk gelyk, so dankbaar, dat sy hom jammer gekry het, teen haar beterwete, en hom ingenooi het.

"Ek weet sy wil my nie sien nie, tannie. Maar ek sweer, ek sal haar nie pla nie. Ek sal net een keer bel, ek sweer, net één keer. En as sy nog steeds niks met my uit te waai wil hê nie, sal ek haar los. Rêrig, ek sal."

"Ek het haar belowe," het sy gesê.

Hy het desperaat begin raak. "Hoekom? Wat het ek so vreeslik gedoen, tannie?"

En sy het ook gewonder hoekom Lien hom nie wil sien nie. Hoekom sy hom so heeltemal uit haar lewe wil sny.

Sy't eers later weer onthou van die raamwerk wat hy op die Mini se dak vasgesweis het, toe hy al weg is, en sy't gedink om iets te sê as sy hom weer sien, hom sommer op die plek weg te jaag, maar ná 'n rukkie het sy besluit dit is nie die moeite werd nie.

Dit was maande terug, al die mense en hulle ontydige gekuier, en sy sien Schalk omtrent glad nie meer nie. Vir 'n rukkie het hy haar gehelp om die tuin netjies te hou, bietjie gras gesny, van goed ontslae geraak, bokse en sakke vol gemors met sy kar weggery. En tussendeur probeer om die nommer uit haar uit te kry. Net toe hy haar amper laat glo het dat sy kalwerliefde meer as net dit is, hoor sy by haar ma hy't 'n nuwe meisie, sy is swanger en hulle trou binnekort. En hy het wragtig weer kom probeer. Gelukkig weet sy toe en kon hom op sy plek sit. Dit was die einde daarvan.

* * *

"Sy wag glo vir 'n teken," sê hy. "Hulle kan nie nou terug huis toe nie."

"Gaan gee jy vir haar 'n teken. Dalk wag sy vir jóú teken," sê Van Stenis en lag hard.

Van Stenis het al sy vyfde bier in. Willem tel deesdae. Hy wat verantwoordelik is vir twee kinders, vir 'n rondryery, en nie soos vir normale seuns na rugbywedstryde toe nie. Hy sou selfs nie omgegee het as dit tennis toe was nie – 'n game vir moffies, het hy nog altyd gedink. Maar nee, dis vir kerk of vergaderings ná kerk, jeugkampe, sogenaamde uitreike na die lokasies toe. 'n Klomp wit kinders wat met Bybels onder die arm tussen swartes rondloop, en al om die ander aand gym toe gepiekel moet word. Dit maak hom sommer op die plek nugter, sy eie drie biere ofte not.

"Ek sê jou, Willem, jou eks het nog 'n oog op jou. Hoe lank is dit nou dat sy 'n weduwee is?" Van Stenis lag. "Dink net hoe lekker dit vir jou twee latte sal wees. Ek's seker daai twee bid dat die biesies bewe vir hulle ma en pa om weer bymekaar uit te kom. Watter kind sal nou nie?"

Hy weet hy het 'n fout gemaak om met Van Stenis oor so 'n netelige saak te praat, veral as die man duidelik al te veel gedrink het. Maar met wie anders praat hy nou? Cecil se vrou, Contessa, is in die hospitaal met 'n hartaanval. Cecil het skielik besef hoe lief hy vir haar is, waak dag en nag aan haar sy in die noodeenheid. Hy het glo selfs een keer, toe hy sien haar hartklop raak swakker en sy sukkel om asem te kry, die hartmonitor wat aan haar hartaar gekoppel is, hard gedruk. En toe ruk sy kiertsregop soos die bloed weer deur haar lyf begin pomp en vlieg haar oë oop.

"Ek't gedink dit was rigor mortis!" het hy hulle daarna gesê.

Willem het nie van rigor mortis probeer verduidelik nie, hy wou nie Cecil se oomblik bederf nie. Hy raak juis so min opgewerk. Cecil sê hulle sê hy het haar lewe gered, vieruur daai oggend, toe niemand anders aan diens was nie, net hy op sy pos langs sy vrou se bed. Die uur wanneer die duiwel volgens hom rondloop en die siekstes van die siekes kom haal. Die ou moet nou net nie ook gelowig raak op hom nie. Dit sal vir hom een te veel wees.

"Ek dink Vera se kop het weer uitgehaak," sê Willem.

Van Stenis sê niks. Willem sien sy aandag is op iets, of liewer, iémand anders. 'n Vrou kom na hulle toe aangedrentel. Van Stenis lag, Willem staan op, sit geld op die toonbank neer, klop Van Stenis teen die skouer en stap verby die sexy blonde wat haar op sy stoel langs Van Stenis neervly. Hy kry die gevoel daardie dae van seks with no strings attached is vir eers verby. Hy het sy hande vol met sy twee seuns, die ding met sy ma wat skaars 'n woord praat wanneer hy plaas toe bel, sy pa se muisnes van 'n boedel wat nog nie uitgesorteer is nie, en die spares-winkel wat hy alleen moet bestuur noudat Cecil so skielik dag en nag langs Contessa se siekbed waak.

Shelf (n.)
Late 14c., from Middle Low German *schelf* "shelf, set of shelves", or from Old English cognate *scylfe*, which perhaps meant "shelf, ledge, floor", and *scylf* "peak, pinnacle", from Proto-Germanic **skelf-* "split", possibly from the notion of a split piece of wood (compare Old Norse *skjölf* "bench"), from PIE root **(s)kel-* "to cut, cleave" (see *scale*).

Shelf life first recorded 1927. Phrase *on the shelf* "out of the way, inactive" is attested from 1570s; of unmarried women with no prospects from 1839. *Off the shelf* "ready-made" is from 1936. Meaning "ledge of rock" is from 1809, perhaps from or influenced by *shelf*. Related: *shelves*.

18

"Jou eie plekkie," sê Santie en kyk rond. "Dis oulik."

Santie het laas week haar lisensie gekry en nou ry sy oral in Bertus se kar rond.

Sy wys skielik haar hand vir Lien. "Dis nou rêrig," sê sy. "Uiteindelik."

Lien trek Santie se hand nader en kyk na die diamantjies wat in 'n ry aan haar vinger blink. Uiteindelik wat? wil sy vra.

"Sjoe! Dis mooi, Santie."

"Dankie."

Santie het nie haar duur jas uitgetrek toe sy vroeër op die punt van die bank langs Lien gaan sit het nie. Dis koud in die huis. Sy kyk rond en Lien sien wat sy sien: min meubels en mure sonder prente. Santie pas nie in die sitkamer nie.

"Ek en Tillie is nou maar eers so ses maande hier," sê Lien. "Dis dalk nie die mooiste semi nie, maar dis oukei vir 'n begin."

"Is dit veilig hier?"

"Dis Brixton, die polisiestasie is nie ver nie."

"Het jy al iets van hom gehoor?"

Lien skud haar kop. "Ek praat nog baie met die sekretaresse by sy kantoor. Sy vertel my as sy iets hoor. Ons het vriende geraak."

"Hy's nie jou tipe nie, Lien."

Sy weet wat Santie eintlik bedoel: sy's te dom vir hom.

"Brenda het hom toe in die hande gekry," sê sy. "Hy weet van Tillie."

"En?"

"Niks, hy't haar net gevra vir 'n bankrekening."

"Dit help darem!" Santie kyk by die sitkamervenster uit. "Dis nooit te laat nie, weet jy." Sy kyk weer vir Lien.

"Te laat vir wat nie?"

"Schalk. Jy weet hy sal jou môre terugvat as jy wil. Tillie maak nie vir hom saak nie. Hy en Bertus is deesdae goeie vriende, hy't hom gesê hy's nog mal oor jou. Hy doen goed, hoor, werk homself vinnig op. Hy wil speurder word. Hy gaan gereeld Pretoria toe vir opleiding."

"Ek hoop nie jy't vir Schalk gesê waar ek bly nie. Jy weet hy kan stalkerig raak."

"Nooit nie!"

Lien staan op en gaan gooi wyn in die kombuis in. Sy gaan sit weer langs Santie op die bank.

"Hoe gaan dit by jou werk?" vra Santie.

Lien haal haar skouers op. "Werk is werk. Ek antwoord die telefoon, verkoop advertensiespasie in die koerant, sê dan tot siens. 'n Klomp keer 'n dag."

"Maak jy genoeg vir jou en Tillie om van te leef?"

"Ek waitress in die aande, Santie."

"O." Santie bly 'n rukkie stil. "Hoekom gaan bly jy nie weer by jou ma nie, Lien? Sy't 'n groot, leë huis. Ek kan altyd vir Bertus vra om vir jou werk in die kantoor te reël."

Lien kyk vir haar, haar ou vriendin. Sy lyk vir haar soos 'n tannie, 'n jong tannie van Greenhills opgedress in smart klere. Haar blonde hare is netjies in krulle om haar kop vasgespray en onder haar rooi jas steek swart broekspype uit wat Lien kan sien van duur materiaal gemaak is. Sy het swart hoëhakskoene aan en haar lipstiffie is dieselfde rooi as haar jas. Haar swart handsak staan regop langs die deur, op die ou kissie wat Lien in Brixton se tweedehandse winkel gekry het en wat Santie eers wou afstof voor sy haar handsak neergesit het. Santie wat nie sal weet van al die shows by die Markteater nie, nie sal weet wie Pieter-Dirk Uys is nie. Lien vat weer haar hand.

"Dankie, Santie. Maar ek is happy hier, glo dit as jy kan." Sy tik haar speels teen die skouer. "En jy? Ballet jy nog so baie?"

Santie lag. "Watwou! Daar's nie tyd daarvoor nie. Ek werk nou by Bertus se pa-hulle in die kantoor. Ons wil volgende jaar trou." Sy lag weer. "Bertus is haastig om met 'n gesinnetjie te begin."

Lien staan op. "Haai, ons moet jou verlowing mos vier! Wag, ek gaan gooi gou vir ons nog 'n glasie wyn in."

"Net 'n kleintjie, ek wil nie Bertus se ou tjorrie stamp nie!" roep Santie agterna.

Later is Santie daar weg, sy wil nog gou by Garlicks in die Carlton Centre 'n draai gaan maak. Bertus het gesê sy kan vir haarself 'n paar goedjies koop met sy tjekboek.

In die begin het hy die foon opgetel wanneer sy saans van die kafee op die hoek se tiekieboks af bel, wanneer Tillie al slaap. Sy ken die nommer in Amsterdam uit haar kop uit.

As daar niemand in die kafee is nie, blaas sy die fluitjie nes hy optel. Die Griek ken haar nou al. Hy loop agtertoe wanneer sy inkom, hy't die eerste keer geskrik.

Deesdae, wanneer hy optel, sit hy die foon aan die ander kant amper dadelik neer. Sy dink dis omdat sy voor die tyd haar asem te skerp intrek. Hy hoor dit. Dan blaas sy in elk geval so hard as wat sy kan. Al weet sy hy hoor nie. Wanneer sy die foon ná 'n rukkie neersit, voel sy beter, sy voel hoe wild haar hart klop, hoe die bloed wat deur haar are bruis haar wange laat gloei. En sy is by die kafee uit nog voor die Griek weer agter die toonbank staan. Maar die gevoel hou nie lank nie.

Lien sit met 'n koppie koffie op die trappie van die semi se voorstoep. Dis al ná agt en Tillie is nou net aan die slaap. Sy speel met die fluitjie om haar nek.

Net toe loop die swart vrou wat in die buitekamer van die semi langsaan bly, skielik vlak voor haar veiligheidshek verby. Vir 'n paar oomblikke lyk dit asof sy skyn in die kol lig wat die straatlamp oor die donker sypaadjie gooi. Amper soos 'n engel.

"Hei!" Lien spring op en hardloop hek toe, sy druk haar gesig so ver as moontlik deur die tralies.

Sy skrik toe die vrou skielik uit die donkerte praat. "Wat is dit?"

Lien tree terug. "Ons het 'n ruk terug hier ingetrek." Sy wys met haar hand die huis in. "Ek en my dogtertjie. Sy slaap binne."

Die vrou frons.

Lien gee 'n tree nader. "Ek't jou netnou in die kafee gesien. Ek't van die tiekieboks af probeer bel. Onthou jy?"

Die vrou kyk af na die fluitjie om Lien se nek. Sy krap aan haar kopdoek, snuif.

"En gisteraand het ek jou gehoor, in jou kamer langsaan. Jy het TV gekyk," sê Lien.

Die vrou sê niks.

Lien kyk terug die huis in, deur die oop voordeur. Die binnekant lyk leeg en geel in die helder sitkamerlig. Sy kyk weer vir die vrou.

"Ek weet dit gaan weird klink," sê sy, "maar ek het gewonder.

Jy sien, ons het nie 'n TV nie, ek en my dogtertjie. Sy mis dit, vandat ek en haar pa . . ." Sy skud haar kop. "Never mind."

Die vrou kyk op, oor Lien se kop, die donker lug in.

"Ek het gewonder," sê Lien, en loop nog 'n tree nader, "of ek nie dalk jou TV kan huur nie? Asseblief?" Sy probeer om nie desperaat te klink nie.

Die vrou kyk weer vir haar. "Aikôna! Wat gaan ek dan kyk?"

"Ek sal jou betaal, elke maand. Asseblief. En jy kan saam met ons kom kyk, as jy wil."

"Dis baie klein," sê die vrou ná 'n rukkie. "En dis 'n swart-en-wit TV."

"Dis oukei," sê Lien. "Ek gee nie om nie. Hoeveel wil jy hê?"

Die vrou dink 'n bietjie na en toe sê sy: "Twintig rand."

"Dis reg. Dankie." Lien is verlig, en opgewonde. Maar sy wil nie hê die vrou moet weet nie, sy wil haar nie afsit of laat dink sy het haar te min gevra nie. "Kan ek dalk nou die TV kry? Asseblief."

Dit lyk skielik of die vrou twyfel. Sy krap weer onder haar kopdoek. "Orraait," sê sy uiteindelik. "Ek kom nou." Toe's sy weg die donkerte in.

In die sitkamer kyk Lien rond vir iets om die TV op neer te sit. Sy trek haar swart trommel tot voor die muurprop, draai die twee mosterdgeel fluweelstoele wat sy ook nou die dag by Brixton se tweedehandse winkel gekoop het, skuins na mekaar toe voor die trommel, en sit die klein houtkissie tussenin. Sy gaan sit op een van die stoele en glimlag vir die leë spasie bokant die kis.

'n Paar minute later roep die vrou deur die hek. Sy het die televisie in haar arms en 'n klein haasoor-antenna lê skuins bo-op. Lien sluit oop en die vrou druk verby haar die huis in, sy agterna. Die vrou sit die televisie en die antenna bo-op die trommel neer, druk die prop by die muur in, sit dit aan en staan terug.

Sy stap skielik vorentoe, druk die antenna se draad agter by die televisie in en skuif en draai die haasore 'n paar keer rond. Vir 'n rukkie staan hulle saam en kyk na die vlokkerige beeld. Toe vra die vrou vir 'n boek. Sy sê die televisie moet bietjie gelig word.

'n Skoolwoordeboek en Reader's Digest se *South Africa's Yesterdays* werk, en vir 'n paar minute kyk hulle hoe Jessica Fletcher 'n moordenaar soek in *Murder, She Wrote*.

Op pad uit, toe die vrou by die deur kom, draai sy om en kyk vir Lien. Haar oë is op die fluitjie om haar nek. "En dit?"

"Emergencies," sê Lien en hou die fluitjie styf vas. Dit word warm in haar hand.

Die vrou knik stadig, so asof sy weet.

Later sit Lien op een van die stoele, 'n glas wyn op die houtkissie, haar bene onder haar wit trui opgetrek. En toe, net voor Bob Newhart se eentonige gehakkel haar laat insluimer, dink sy weer aan hom, en vir die eerste keer vandat sy die fluitjie het, is sy nie lus om hom te blaas nie.

* * *

"Jou ma is besig om kêns te raak, seun," vertel oom Naas vir Willem oor die foon. Dít ook nou nog, is Willem se eerste gedagte. "Ek dink nie sy gaan meer lank hou nie. Tant Vlekkie sê sy dink jou ma het boonop kanker. Sy kla oor pyn in haar bors. Tant Vlekkie weet van hierdie tiep van dinge, seun, sy het nog al die jare 'n sterk aanvoeling, amper asof sy met die helm gebore is. Dis nou nie Christelik nie, maar nou ja."

"Bring haar in dokter toe, oom. As oom 'n kansie kry. Oom weet ek werk heeldag."

En toe, die middag, loop hy hom in Poppie vas, nie voor die poskantoor nie, maar voor Oase, met haar seuntjie, dié sy vet pa uitgeknip. Hy het haar jare laas gesien. Hy het weggebly, van die woonstel en van die poskantoor af. Hy was bang sy sien hom, of Van Stenis sien hom.

Sy het ook vet geword. Dit maak hom hartseer én bly. Haar

gesig lyk uitgewas, so van naby. Haar oë is sonder die gewone swart Cleopatra-krulle en daar is plooitjies om hulle, en om haar mond. Haar pruik lyk presies wat dit is, 'n ou swart pruik. Hulle kyk skaars na mekaar, so vinnig gebeur dit, en eers toe hy verby haar is, tref dit hom. Dis sý.

"Hei, Poppie," sê hy en draai om. Haar oë lyk vir hom sag toe sy stop en hom op en af kyk, amper soos die eerste kere, heel aan die begin. Die pyn stoot in sy bors op, so erg dat hy kortasem raak.

"Willem?" Dit klink nie soos sy nie. Maar dit ís sy. "Ek het jou nie herken nie," sê sy. "Jy lyk anders . . ." Sy kyk hom weer op en af. Hy voel trots op sy nuwe lyf.

Hy glimlag. "Ag, ek gaan maar net bietjie gym toe deesdae. Jy weet seker van die een wat Paul de Groot oopgemaak het, by die lugmag se ou vliegveld . . ." Hy wou uitbrei, maar hy sien sy kyk rond, verby hom. So asof sy nie meer luister nie.

"Hoe gaan dit met jou?" Hy probeer om nie aan haar te vat nie. Dis moeilik, sy is so naby. Hy druk sy hande in sy sakke.

"Goed." Sy kyk af na die kind.

"Dit gaan met my ook goed," sê hy.

"Ek's bly." Sy glimlag effens. Hy kan sien sy wil loop, sy is haastig.

Toe kom dit uit: "Mis jy my nie?"

Sy antwoord nie, sy kyk weer rond, dié keer asof sy bang is. Hy wil haar net gerusstel toe hy oorleun en aan haar arm vat.

"Los my uit!" Sy ruk haar arm weg en die kind trek aan haar hand. "Moenie dink ek weet nie! Jy's 'n bleddie stalker, man! Petrie het jou sien staan onder by die flat. Dink jy rêrig niemand sien jou daar agter die boom staan en rook nie? Elke goddelike aand. Hy't amper die polisie gebel! Jy kan bly wees ek't hom gestop, anders was jy lankal in die tronk."

"Poppie . . ." Hy wil sê dit was lank gelede. Hy was jare laas daar agter die boom. Waarvan praat sy?

Maar sy is op dreef. Sy lyk moeg. Hy sien kringe onder haar oë.

Sy swaai haar vinger voor hom rond. Haar naels is kort, sonder Cutex. "Nee, Willem. Ek wil niks hoor nie. En bly weg van my werk af, oukei? Ek kan jou van die toonbank af deur die venster sien, dink jy ek's blind?"

Hy is verslae.

Mense staan stil en kyk na hulle.

Hy draai om en loop weg, koponderstebo. So kan niemand sy trane sien nie.

By die huis sit die twee seuns soos altyd in die sitkamer en Bybel lees. Willem probeer so sag as moontlik in die gang verbyloop kamer toe. Hy's nie vanaand lus vir hulle nie.

"Pa!"

Hy staan stil, draai om en loop terug sitkamer toe.

"Hei, julle twee!" sê hy hard en kyk rond. "Julle het tog seker nie heeldag in die huis gesit en vrot en Bybel lees nie, nè?" Hy maak 'n venster wyd oop. "Daar's 'n nuwe *Scope* in die badkamer!"

Hulle gooi sy *Scopes* weg, een vir een, van onder af, waar hulle op die medisynekassie voor die toilet lê. Hulle dink hy weet nie, hulle sit altyd die een of ander traktaatjie bo-op die stapel vir hom neer om te lees. Dalk kyk hulle die *Scopes* darem eers bietjie deur voor hulle dit weggooi.

"Lien het gebel," sê Dawid sonder om op te kyk. Hy lek sy vinger nat en blaai deur die Bybel op sy skoot.

"O," sê Willem. "Wat sê sy? Hoe gaan dit met die baba?"

"Tillie. Haar naam is Tillie, Pa," sê Ben, besig met wat vir Willem soos huiswerk lyk op die koffietafel. Volksvreemde naam, dis wat, dink hy. "Sy vra of Pa haar kan help met geld. Sy gaan nie genoeg hê om dié maand haar huur te betaal nie."

"Hoekom vra sy nie jou ma nie?"

"Sy sê Ma wil nog steeds niks doen nie. Sy wag mos vir 'n teken. Sy's te bang om geld uit te gee," sê Ben.

Willem val op die bank neer, skop sy skoene uit en sit sy voete op die glasbladtafel, langs Ben se oop boeke. Hy skop speels daaraan. Ben frons vir hom en druk sy neus toe.

"Ek dink die Here praat met haar," sê Dawid. "Met Ma."

"Ek kry 'n bier," sê Willem en spring weer regop.

Ben loop agter hom aan kombuis toe. Hy maak 'n bier oop en gaan sit by die kombuistafel. Ben bly staan.

"Ek en Dawid bid elke aand vir Pa, ons tree in by die Here vir Pa se siel. Die duiwel weet dit, hy val Pa aan, van alle kante af. Kan Pa nie sien nie?"

Willem knyp sy een oog toe, kyk af in die bottel bier. Hy blaas hard oor die ronde opening. Die bleddie ding wil nie fluit nie.

"Ons gaan nêrens heen nie, Pa. Ons bly hier totdat ons weermag toe gaan. Ons is aan Pa se sy, deur dik en dun. Soos mens moet. Iets wat Pa nooit geleer het nie."

Hy kyk vinnig op. Is die kind nou sarkasties, of wat?

Ben se gesig lyk bot toe, Willem kan hom nie lees nie. Hy skrik toe hy sien Dawid het soos 'n skaduwee agter Ben in die kombuisdeur kom staan, Bybel oop in sy hand, sy vinger op 'n versie.

Hy verstaan nou hoekom mense sê jy raak enigiets gewoond as jy dit net lank genoeg doen. Soos hy aan sy nuwe roetine met die seuns gewoond geraak het, dié dat alles nou om hulle draai, van die oggend as hy sy oë oopmaak tot die aand wanneer hy gaan slaap.

Hy soek die ou Willem partykeer tussen alles deur, bietjies van die man wat hy was, en mis. Dit besef hy soms wanneer hy lank genoeg in die stort is, afkyk na sy pap penis wat stadig begin regop staan as hy aan een van die meisies by die gym dink, so asof dit 'n vreemdeling s'n is. Ander kere herken hy tekens van sy ou self wanneer hy 'n kroegkuiertjie met die ouens iewers indruk en met Van Stenis praat oor Poppie, die bekende stywe trek in sy bors voel, haar vet lyf en kind ofte not. Daardie skaars kere, tekens van lewe.

Of, as hy saam met die seuns gym toe gaan, die aande dat

hulle nie kerkgoed aan het nie, en hy moeg op die bankie langs die oefenmatte sit en kyk hoe die twee gewigte optel, mekaar aanpor. Dan voel hy trots op hulle, kyk rond of iemand anders sien hoe hard hulle oefen, hoe lank hulle besig is, sy twee seuns. Aanhouers, bittereinders.

Hy vang dan nog, partykeer, 'n mooi vrou se oog, is verras as sy langer kyk as gewoonlik, glimlag dan, vergeet vir 'n paar sekondes van die twee seuns as sy teruggimlag en wulps wegstap, oor haar skouer loer. Dan weet hy, hy hét dit nog.

Hy sal opstaan – dit gebeur vanself – maar amper dadelik weer gaan sit, nie agterna loop en hom aan haar voorstel soos die ou Willem sou nie. Deesdae is net die idee dat hy nog iewers binne-in dieselfde is vir eers genoeg vir hom. Vir meer as dit het hy nie nou krag of tyd nie. Dan kyk hy weer terug na die seuns. Hulle het gewoonlik gaan stilstaan en wag vir hom, wag vir sy volle aandag, sy glimlag en sy twee duime op.

Die geluk op die twee se gesigte wanneer hulle met nuwe lus die gewigte optel, maak 'n ander gevoel in sy bors los, een wat hy nie ken nie, een wat so hard teen sy ribbes swel dat hy partykeer trane in die hoeke van sy oë voel. Dis die kere dat hy die ou Willem nie mis nie en hom kom kry dat hy na Lien verlang al ken hy haar van geen kant af nie.

Willem besluit om die seuns vir die naweek na oom Naas-hulle se plaas toe te vat. Hy het sy ma nie gesien vandat sy soontoe getrek het nie, net partykeer op die foon met haar gepraat. Hy dink dit sal vir die seuns ook goed wees om uit die dorp te kom, bietjie vars plaaslug in te asem.

Oom Naas het nie weer gebel ná die oproep oor sy ma wat glo kanker het nie, en Willem wil dinge self gaan deurkyk. Hy was jare laas op die plaas, en hy sien uit daarna om die Ranchero bietjie op die oop pad uit te vat. 'n Kort road trip.

"Dit sal lekker wees, seun," het oom Naas gesê toe hy hom met die nuus gebel het. "Tant Vlekkie sal kooie opmaak, daar staan hoeka twee van die slaapkamers bot toe, al vir weke. Ons het lank laas mense gehad."

Oom Naas het hom later weer teruggebel met 'n lys van goed wat hy by Oase moet koop en saambring plaas toe. "Ons kom so min op die dorp, seun," het hy gesê. Hy't vir Willem verleë geklink.

Cecil is weer permanent op sy pos. Na Contessa se hartaanval was hy heeltyd by die winkel in en uit; óf hospitaal toe, óf huis toe na sy ontslaan was. Willem weet al was sy lankal weer perdfris en gesond, het ou Cecil nog steeds alles vir Contessa gedoen; hy't groceries gekoop, rekeninge betaal, selfs klere op appro vir haar aangery, met die dat sy glo so maer geword het. Willem dink daar steek meer agter die patetiese smile om Cecil se mond as net dat sy vrou nou weer gesond is. Cecil het gesê hy en Alpheus sal Saterdagoggend die fort hou, dit gee Willem nou die hele naweek af.

Hulle spring Vrydagmiddag net ná vyf weg nadat hy 'n draai by Oase gemaak het. Toe hulle eers op die oop pad is, kort ná die Marble Hall-afdraai buite Potgietersrus, trek hy af vir Ben om bietjie te ry. Hy het hom al 'n paar keer in die gym se parkeerarea die basiese goed geleer, en die kind het goed reggekom. Dis Ben se eerste keer op die pad en Willem is bietjie op sy senuwees. Dawid frons meer as gewoonlik, sug hard en vou sy arms. Hy kyk by die venster uit. Ben trek effens rukkerig weg, maar hy bly kalm, hy onthou om terug te kyk vir karre, en hy sit die flikkerliggie aan.

Willem probeer hom nie voorsê soos hulle ry nie. Hy kyk eerder na die landskap wat verbyflits, die klipperige koppies, die doringbome, en toe hy die venster afdraai, toe laat die skril klank van die sonbesies hom weer onthou van die tyd toe hy 'n kind op die plaas was.

Dis stil toe hulle voor die agterdeur stilhou. Tant Vlekkie kom eerste uit, sy't 'n bolla in haar nek met 'n gaasnetjie daaroor, nes sy ma s'n.

Sy omhels hulle een vir een. Hy ruik meel in haar grys hare, 'n sweetreukie onder haar arms. Sy het 'n swart rok onder 'n wit voorskoot aan. Alles hang los aan haar skraal lyf. Dit verras hom altyd wanneer hy haar sien, as hy sover kom om na haar te kyk. Dat sy nie 'n bra dra nie en nog nooit het nie, dat haar borste lank en pap hang teen die binnekant van haar rok af.

"Kom in," sê sy. "Ons kyk al die hele dag uit vir julle!" Haar glimlag wys 'n groot stel valstande en dit lyk asof die hand wat in haar sy gedruk is, haar lang lyf regop hou. "Jou ma kom nou uit, Willie," sê sy. "Ons het haar in Sarel se kamer."

Hy onthou vir Sarel, tant Vlekkie se broer. Hy onthou die eerste keer toe hy hom ontmoet het, hy was nog 'n kind. Willem het geskrik vir die groot man met sy wilde swart hare, sy lang snor en baard, verslonste klere, maar net totdat hy in sy oë gekyk het. Selfs al was hy klein, kan Willem onthou, het dit vir hom gelyk asof Sarel na iets anders kyk, dwarsdeur sy kop, na iets agter hom. Hy was toe nie meer bang vir hom nie.

Hulle stap agterna die kombuis in.

"Jy weet mos die kamer waarin hy gebly het tot en met sy dood? Oom Naas het destyds vir Sarel sy eie klein badkamertjie daar aangebou."

"Ja, tannie," sê hy en gaan sit by die kombuistafel.

Hy is ontsteld toe hulle almal later die aand om die lang eetkamertafel sit en hy sy ma vir die eerste keer in maande sien. Dis asof sy hom nie herken nie. Haar oë helder vir 'n sekonde of twee op toe die seuns die eetkamer inkom, en hy verbeel hom hy sien haar glimlag, maar daarna kyk sy skaars weer na hulle kant toe. Haar kop hang, so asof sy bid oor haar bord kos, haar hande lê op die tafel, langs die mes en vurk, reg om dit enige tyd op te tel en te begin eet, maar sy doen niks, sy sit versteen.

Dit lyk of sy al vir maande dieselfde swart rok aanhet. Willem verbeel hom hy ruik haar van waar hy oorkant haar sit. Haar hare is vuil en olierig en hang slordig langs haar gesig af. En dit is vir hom die ergste, hy weet hoe heilig sy op 'n fatsoenlike bolla is.

Ná 'n rukkie begin hulle oor haar praat asof sy nie daar is nie, asof sy hulle nie kan hoor nie. Selfs die seuns gooi gedagtes rond, so tussendeur die skaapribbetjie en boontjiebredie, happe varsgebakte brood en dik botter. Hy kan sien tant Vlekkie het moeite gedoen vir hulle kuier.

"Wanneer laas het sy gebad, tant Vlekkie?" vra Ben, en hy kyk oor sy ouma se geboë kop.

"En hare gewas?" vra Dawid.

"Ons sal nou nie weet nie, seun," sê oom Naas toe tant Vlekkie na hom kyk. "Sy het mos haar eie badkamertjie wat uit haar kamer uit loop. Het die tannie vir julle gesê ek het dit met my eie hande gebou?"

Almal knik en ná 'n rukkie begin hulle oor ander goed te praat.

Toe loop dinge die naweek nie soos wat Willem gedink het nie, glad nie. Hulle gaan verken nie die plaas met oom Naas se .22 nie, skiet nie hase of jaag die bobbejane uit die boorde weg nie, gaan klim nie vroegoggende die koppies, draai rotse om op soek na skerpioene en spinnekoppe soos hy gemaak het toe hy 'n kind was nie. Hulle gaan sit nie in die veld onder 'n doringboom, maak hulle seilwatersakke oop en gooi die koel water oor hulle gesigte uit voordat hulle saam na die kaart kyk om te sien waar hulle is en waarheen hulle op pad is nie.

En dit is alles die seuns se skuld.

"Dit gaan sleg hier, Pa," sê Ben ná aandete. Die lig van die paraffienlampie wat hy onder sy ken hou, laat hom soos 'n ou man lyk.

Hulle sit in die kamer wat tant Vlekkie vir hom reggemaak het: Willem op die bed, kaart oopgesprei voor hom, sy paraffienlampie hoog opgedraai. Die seuns sit by die voetenent. Hy sug, vou die kaart op, sit terug teen die houtkopstuk en vou sy arms.

"Ons moet help," sê Dawid.

Hy kyk van die een na die ander. "Hoe?"

"Ons moet die huis van hoek tot kant skoonmaak, skrop. Die stoep voor en langs die huis afspuit en was. Alles is vol stof. Hulle is halfblind, die twee," sê Ben. "Het Pa gesien hoe vuil was die borde waarop ons geëet het?"

"Nee." Hy het. Dit was nie so erg nie. Die kos was lekker.

Die twee kyk vir mekaar. Hulle het soos gewoonlik saamgesweer, geweet hy sal oortuig moet word.

"Ons sal alles skoonmaak, Pa. Ek en Ben."

Willem glimlag. "Dankie, julle. Hulle sal dit baie waardeer." Hy maak die kaart weer oop, druk die voue hard plat. Toe hulle niks sê nie, kyk hy op. "Wat is dit?"

"Iemand moet vir Ouma bad en haar hare was," sê Ben.

"Tant Vlekkie sal, ek is seker," sê hy en probeer opgewek klink. Hy kyk van die een na die ander.

"Sy's nie sterk genoeg om alleen vir Ouma te bad nie. Pa sal haar moet help."

Hy sit regop en vou die kaart met mening toe. "Hoekom moet ék?"

"Sy's Pa se ma," sê Dawid.

"Wat van een van die volk? Hulle kan," sê hy en onthou dat hy niemand anders in die kombuis gesien help het nie, net tant Vlekkie wat heeltyd besig is.

"Oom Naas sê almal is weg. Die laaste paar jaar se droogtes het hulle kwaai geknou," sê Ben.

"Pa, hulle sit basies hier en krepeer!" sê Dawid.

Willem kyk vir hom, wens amper hardop dat die kind sy emosies moet beteuel en nie so maklik opgewerk raak wanneer hy sy mond oopmaak nie. Hy blaf sy sinne uit, so kort en happerig.

"Hulle wag om dood te gaan," sê Ben.

"Ouma ook," sê Dawid.

"Julle oordryf. Die mense boer al vir generasies," sê Willem. "Hulle weet wat hulle doen, hulle's taai. Julle is twee dorpsjapies wat ná een aand se kuier alles wil blink poets en mooi maak. Om te boer is harde werk."

"Dis die minste wat Pa vir Ouma kan doen," sê Ben sag.

"Dis alles goed en wel, maar wat van volgende week, die weke daarna? Wie gaan dan help? Wie gaan haar dan bad? Wie gaan die huis dan skoonmaak?"

Die twee kyk weer vir mekaar. Hy wens hy het liewer stilgebly.

"Ons het daaroor gepraat, Pa," sê Ben.

Hy moes geweet het. Hy skud sy kop, kyk af. Hy is moedeloos.

"Ouma moet terugkom dorp toe, saam met ons. Ons moet na haar kyk," sê Ben.

"Hoe moet ons dit regkry?" vra Willem so kalm as wat hy kan. "Julle gaan skool toe en ek werk heeldag. Julle is besig met julle kerkgoed, en julle boer in die gym. Wie gaan in die dag na haar kyk? Dis soos om 'n kind in die huis te hê. Julle verstaan nie die verantwoordelikheid nie."

"Daar is 'n groep vroue by die kerk wat sal help, Pa. Hulle doen sulke goed. Ek sal dit organiseer," sê Ben.

"Ai tog," sê hy en skud sy kop. Hy weet nie waar om te kyk nie, hy wil net nie vir húlle kyk nie; hy dink nie hy was al ooit in sy lewe so na aan huil van frustrasie nie. Hoekom kan hy nie net normale kinders hê nie? Hoekom moet hy die hele tyd voel asof hy gestraf word?

Die volgende oggend spring hulle vroeg al in. Tant Vlekkie wou eers niks weet nie, maar die seuns het haar toe sover gekry om op die stoep te gaan sit saam met sy ma, vir wie hulle ook daar sitgemaak het, al twee met 'n koppie tee op die houttafel tussen hulle. Willem kon sien dit was ten minste vir tant Vlekkie 'n ongewone ding om te doen. Hy wonder of sy al ooit op haar koel, wye voorstoep gesit en die uitsig daarvandaan waardeer het. Hy dink nie so nie.

Sy ma kyk nou op, staar voor haar uit asof sy alles sien maar niks herken nie. Sy lyk tog vir hom beter, varser ná die bad en hare was van vroeër.

Hy wens hy kan die oggend vir ewig uit sy gedagtes vee. Hy wonder of die vroue van die kerk ook dáármee sal help wanneer hy en die seuns eers terug by die huis is. Hy moet by die twee hoor, want hy dink nie hy sien weer daarvoor kans nie.

Dit is nie soseer die prentjie van sy ma se verrimpelde lyf, haar verrassend ferm borsies en haar digte bos pubiese hare wat hom ontstel het nie. Hy het homself daarop probeer voorberei en kon hom verbeel hoe sy moes lyk sonder haar klere. Dit was die reuk, die gevoel van onaardsheid wat saam met hulle die badkamer ingekom het. Toe tant Vlekkie die handdoek wat sy in die kamer om sy ma gedraai het, op die vloer laat val het.

Terwyl hy sy asem probeer ophou en hulle haar in die bad lou water tel, het tant Vlekkie gesels asof dit waarmee hulle besig was, so alledaags is soos deeg knie, brood bak, skottelgoed was. Net nog 'n takie. Hy het vroeër al gesien dat sy in sy geselskap begin ontspan, nie meer heeltyd haar valstande teen haar verhemelte vasdruk voor elke sin nie.

Hy kan niks onthou van wat sy in die badkamer gesels het nie. Hy was hulpeloos, oorkom deur die vreemdheid van die oomblik met die lang, ou vrou in haar swart rok wat oor die wit bad buk, waslap dik geseep, besig om sy ma te skrop asof sy 'n kind is. Oral, deeglik, sonder om te blik of te bloos. En dit terwyl hy sy ma styf onder haar arms vashou, sy skouers en boarms seer van die inspanning. Hy moes sukkel om die waskom aan te gee sodat tant Vlekkie skoon water kon intap om sy ma se hare mee af te spoel, die badwater was te vuil.

Later het hy die bad gewas voordat hy self ingeklim en lank in die warm water geweek het. Hy het hom verbeel sy ma se reuk het deur sy hande en arms sy lyf ingetrek, en maak nie saak hoeveel keer hy seep smeer en hoe warm hy homself afspoel nie, dit help nie. Veral in sy hande, sy polse, die sagte wit vel aan die binnekant van sy arms.

Toe hy 'n tweede keer skoon water intap, het tant Vlekkie sag aan die badkamerdeur geklop. Met 'n glimlag en tande wat klink asof dit agter haar woorde aan klap, het sy hom verskonend herinner aan die onlangse droogte waaroor hulle nog steeds besig is om te kom. Die seuns het hom kort daarna gesê hy moet kom help om die swaar katels en kaste weg te skuif. Hulle het op 'n muisnes binne-in een van die ou banke afgekom en weet nie hoe om die gediertes daar uit te kry nie.

"Ek het nie besef sy bad so min nie, Willie," sê tant Vlekkie later toe hy 'n stoel nader trek en by die twee op die stoep gaan sit. Hy is moeg en tam.

Hy kyk vir sy ma. Tant Vlekkie het haar een van haar eie rokke laat aantrek, dit hang los en lank tot oor haar knieë. Haar grys bolla is styf agter haar kop vas, sy lyk amper weer haarself. Net kleiner, maerder, asof haar lyf van onder haar skouers af ineengesak het.

"Dis te verstane. Tannie en oom Naas is besig op die plaas," sê hy en probeer glimlag. "Julle kan nie julle hand op alles hou nie."

Net toe hy dink om op te staan, sy hande weer te gaan was en 'n kussing binne te kry vir sy rug, kom Dawid uit.

"O, hier sit Pa!" sê hy, hande in sy sye. Hy frons al weer onder sy kuif. "Kom help, die muise is toe eintlik een hengse groot rot. Pa gaan nie glo wat die ding alles in die bank gedruk het nie."

* * *

Hulle sit op Brenda se stoep en kyk hoe die man oorkant die straat sukkel om 'n leiband om sy bullterrier se nek vas te kry.

"Is Lien se ou kleintjie nie oulik nie?" vra Brenda.

"Uhum," sê Vera.

"Dink jy nie hulle moet miskien terugtrek huis toe nie?" sê Brenda. "Net tot sy op haar voete is?"

Sy moes geweet het.

"Hoekom kan hulle nie weer by jou kom bly nie, Brenda? Hulle hét mos die eerste ruk, voor sy werk gekry het in die stad."

Brenda kyk weer vir die man. Die hond spring rond van opgewondenheid en blaf aanhoudend. Vera kan Brenda skaars hoor.

"Sy wil nie, sy's hardkoppig," sê Brenda. "Sy sê sy sal haar eie kind grootmaak."

Vera staan skielik op. Sy kan die geblaf en getjank nie meer vat nie. Dit maak haar op haar senuwees. "Dalk is dit dan beter so. Dis mos soos sy dit wil hê."

Brenda vat haar arm. "Ek't gedink jy's haar ma. Sy sal luister vir jou, Vera."

Sy kyk na Brenda se hand om haar arm, dit voel vreemd, die aanraking. Toe kyk sy vir haar. "Sy praat nie met my nie, Brenda. Jy't 'n beter kans met haar. Sy luister vir jou. Ek moet huis toe. Kyk jy uit vir haar, en die kleintjie. Ek kan nie."

"Hoekom nie?" Brenda se vingers druk stywer. Haar stem is harder, die hond blaf verder af in die straat. Vera kan nou elke woord hoor. "Wil jy uitgelos word om op jou sogenaamde teken te wag? Hoe lank nog?"

Sy trek haar arm uit Brenda se hand los. Haar ma het toe vertel.

"Die lewe is nie maklik nie." Haar keel begin toetrek. "As mens nie die kanse wat jou kant toe kom vat nie, sit jy op die ou end met niks."

Vera stap vinnig die stoeptrappies af kar toe. Sy verbeel haar die geblaf kom weer nader.

"Kanse? Watse kanse? Jy het lank terug jou kans gehad, Vera! En jy't dit weggegooi vir 'n man. Jy kan Lien help as jy wil! Dis ná alles jou plig as ma!"

Vera sê niks, sy probeer die kar oopgesluit kry.

"Ja, hardloop weg," sê Brenda sagter, en gaan sit weer op haar stoel. "Dis al wat jy goed kan doen."

Vera staan op en sit die ketel aan. Haar ma sit by die kombuistafel.

Sy wil alleen wees, veral ná die ontsteltenis met Brenda, maar haar ma het vir haar op die stoep gesit en wag. Sy't geweet sy was Johannesburg toe. Seker met Brenda gekonkel om haar daar te kry, kamma vir 'n kuiertjie.

"Hoekom Ma alles so moet uitbasuin . . ."

"Dit is nie normaal om alleen in 'n opgepakte huis te sit en wag vir iets om te gebeur nie. Ek moes met iémand daaroor praat. Om te probeer verstaan."

Vera gaan sit by die tafel, haar hande styf om haar koppie warm tee. "Brenda meen sy moet terugkom huis toe, hier op die dorp kom werk, vir eers. Sy dink nie Lien kom reg so op haar eie nie."

"Het Lien vir jou iets gesê?"

Vera skud haar kop. "Sy praat nie met my oor sulke goed nie. Sy het nog nooit nie."

"Jy ken skaars dic kleintjie, Vera."

"Ek was by die hospitaal toe sy gebore is, Ma. Ek het vir haar goed gekoop, ek het my bes gedoen. Lien het gekies om by Brenda te gaan bly ná die tyd. Sy wou nie hiernatoe nie."

Haar ma snork. Vera kyk haar vererg aan.

"Wat, Ma?"

"Wie sou dan nou wou? Met al die bokse wat so rondstaan. Dis asof jy permanent aan die trek is, Vera. Liewe Vader!"

"Dis mý huis, Ma."

"Dalk moet jy bietjie probeer," sê haar ma en blaas oor haar koppie tee.

Vera kyk vir haar. "Wat?"

"Met haar praat."

"Ma." Vera skuif haar koppie eenkant toe. 'n Paar druppels val op die tafelblad, sy trek haar palm daaroor en vee dit aan haar rok af. "Ek weet wat Ma dink."

Haar ma bly in haar koppie afkyk.

"Dis baie naby, ek belowe Ma. Ek kan dit voel."

"Dis nou al meer as twee jaar se gepakkery, gewaggery," sê haar ma. Sy wys om haar rond. "Kyk hoe lyk die kombuis. Dis net bokse waar jy kyk."

"Ma sê heeltyd so, ek weet, ek's nie blind nie." Vera staan skielik op. "Ek's moeg, Ma." Haar ma wil iets sê, Vera wys haar om stil te bly. "Ek wil vroeg gaan lê vanaand. Asseblief. Ek het 'n helse dag agter die rug."

Haar ma staan op en gooi haar tee in die wasbak uit.

"Ek loer môre daar by julle in, Ma, ek belowe," sê Vera.

* * *

Dit gaan toe beter as wat hy gedink het vandat sy ma by hom en die seuns ingetrek het. Sy praat partykeer selfs 'n paar sinne. Sy is beslis aggressief teenoor hom, nie met die seuns nie. Skel hom partykeer uit oor die plaas, oor sy pa wat dood is. Asof dit gister gebeur het. Maar die vroue by die kerk sê dis normaal vir iemand wat Alzheimer's het. Sy bedoel niks wat sy sê nie, sy onthou niks.

"Kry vir jou enetjie daar by die kerk, Willem," het Van Stenis nou die dag vir hom gesê. Hy sien die ou ook baie minder deesdae met dié dat hy sy ma ook nou nog heen en weer moet karwei. As dit nie kerk toe is nie, dan is dit na 'n vrouebidgroep toe, of vir toetse of iets by die kliniek.

"Daar's nog virgins in die kerk, hoor. Jy kan hulle train so na jou hand," sê Van Stenis.

Toe Willem vir hom frons, lag hy net. "Ek sê nou nie jy moet vir jou 'n jongetjie vat nie, man, dis nie wat ek bedoel nie. Jy's mos nie 'n pervert nie. Ons almal weet jy't beginsels." Hy knipoog vir Willem. "Jy sal verbaas wees oor die ouderdomme van die virgins in die kerke. Van die NG tot die Jehovas, deur die bank. Hulle spaar hulleself vir lank, hoor. Ek't so 'n girl geken. Sy was dertig. Wragtig. Dertig en nog 'n virgin."

Later die aand het hy daaroor gelê en dink in die bed. Hy was bly toe hy sy oë toemaak dat dit nie Poppie is wat in sy kop opkom nie, maar die oulike blonde meisietjie van die kerk, die een wat sy ma saans kom bad. Hy moet uitvind hoe oud sy is.

Turd (n.)
Old English *tord* "piece of excrement", from Proto-Germanic **turdam* (cognates: Middle Dutch *torde* "piece of excrement", Old Norse *tord-yfill*, Dutch *tort-wevel* "dung beetle"), from PIE **drtom*, past participle of root **der-* (2) "to split, peel, flay, tear"; thus "that which is separated ('torn off') from the body" (compare *shit* (v.) from root meaning "to split"; Greek *skatos* from root meaning "to cut off"; see *scatology*). As a type of something worthless and vile, it is attested from mid-13c. Meaning "despicable person" is recorded from mid-15c.

19

Lien is mal oor Joe. Dis die eerste keer na hóm. Hulle het by die werk ontmoet, in die kantien eenkeer. Hy's lank met blonde, reguit hare wat in sy rug hang, en hy's ernstig. Toe sy bietjie oor hom uitvra by die werk, hoor sy hy het allerhande pryse vir sy briljante politieke stories gewen. Die eerste aand wat hulle uitgaan, het hulle seks gehad. Tillie het weer die naweek by Brenda gebly. Sy kon sien hy was verras oor die seks.

"Ek kla nie," het hy gesê. "Ek't maar net gedink ons sal mekaar eers bietjie beter leer ken."

"Wat is daar om te leer ken?" het sy gesê. "Ek is ek en jy is jy." Sy het probeer snaaks wees, sy wou hê hy moes bietjie chill, maar hy't begin kriewelrig raak. "En wie kan nou nie van Tillie hou nie?" Sy het hom gekielie, sy hare speels getrek, maar hy't ernstig gebly.

Hy het op sy elmboog gelê en na haar gekyk. Reguit. "Ek hou van jou," het hy gesê, en sy hare soos 'n vrou agter sy oor ingedruk. "Maar ek wil nie jou lewe hê nie, nie jou probleme nie, nie jou kind nie. Ek wil net vir jou hê. Dis genoeg vir my." Hy het dit gesê asof dit die mooiste ding is wat hy nog ooit vir iemand gesê het. En toe soen hy haar weer.

Lien stap langsaan toe en klop twee keer voor die man oopmaak. Hy het 'n das aan en lyk net so ordentlik van naby as van ver af. Vandat hulle ingetrek het, het sy hom al 'n paar keer in sy rooi Mazda voor die semi sien indraai en parkeer. Hulle het nie 'n muur en 'n hek soos haar semi nie.

"Haai," sê sy en beduie met haar hand, "ons bly hier langs julle, in die ander semi . . . ek en my dogtertjie. Sy's vier."

"Ek weet," sê hy en kyk oor die lae betonmuur. Van waar sy staan, kan sy die oliekol agter die Mini sien wat die vorige huurder se kar op die gruis gemors het. Die sweempie van 'n glimlag om sy mond gee haar moed.

"Ek't gewonder of jy en jou vrou dalk vanaand na my kind kan kyk, asseblief."

Hy frons en vou sy arms oor sy bors. Sy kyk af na haar skoene.

"Dis snaaks om te dink daar's net 'n muur tussen ons twee huise," sê sy met 'n te hoë stem. "Ons kan netsowel almal saam in een huis bly . . . dis so na aan mekaar, die twee semi's." Sy kyk op. "Ek kan julle partykeer . . ."

Hy skud sy kop, hy lyk geïrriteerd.

"Laat ek gou hoor," sê hy, "ek kom nou."

Hy draai om en trek die deur halfpad agter hom toe. 'n Rukkie later praat hy iewers binne met 'n vrou. Lien loop nader en probeer verby die deur loer. Sy ruik aartappels en uie. 'n Vrou met 'n breë glimlag stoot die deur oop en Lien tree terug om plek te maak vir haar op die rooi gepoleerde stoepie.

"Haai," sê Lien, bly dat dit nie die man is nie. 'n Bont mat loop al die pad oor die houtvloer die gang af tot waar die kombuis begin.

"Het hy verduidelik . . . ?" vra sy.

"Ja, hy het." Die vrou staan terug, haar rug teen die oop deur. "Wil jy inkom?"

"Nee, dankie. Dis oukei. My dogtertjie is alleen." Lien gee 'n tree agtertoe en val amper toe sy die stoeptrappie mis.

"Pasop!" Die vrou mik vorentoe.

"Ek's oukei." Lien se wange gloei. Sy draai om en begin terugloop huis toe, die gruis hard onder haar skoensole.

"Hoe laat bring jy haar?"

Lien is al op die sypaadjie en kan die vrou skaars hoor bo die geraas van die karre in Brixton se hoofstraat, een blok verder.

"So seweuur?"

"Oukei." Die vrou draai om en maak die deur agter haar toe.

"Mamma gaan uit vanaand." Tillie kyk op na haar, sy sit in die sitkamer, die TV is hard. "Brenda kan nie na jou kyk nie, sy's besig met ander dinge."

Sy jok, maar Joe het haar laat fliek toe gevra en sy het nie genoeg tyd gehad om dinge met Brenda te reël nie. Sy sou anyway kwaad wees oor Lien Tillie so laat in die aand kom haal en Lien was nie lus vir 'n preek nie.

"Ek wil na Blenda toe gaan," sê Tillie en begin te huil.

Lien buk vorentoe, sy kielie Tillie se lyfie en blaas in haar nek totdat sy gil van plesier. "Nee, jy gaan nie Brenda toe nie, jy gaan langsaan toe," sê sy. "Dis nice mense, jy sal van hulle hou."

Tillie staan op. "Nee, Mamma!" sê sy en hou haar arms na Lien toe uit.

Joe staan in die gang, sy karsleutels klingel hard tussen sy vingers.

"Die fliek begin oor 'n halfuur," sê hy en kyk terug na die oop voordeur.

Lien tel Tillie op en swaai die pienk sak wat in die gang staan oor haar skouer. "Die sleutel is in die deur," sê sy en skuur verby hom. "Sluit asseblief, ek vat haar gou langsaan toe."

Die gruis onder haar swart oprygskoene klink hard toe sy die draai vat om die betonmuur tussen die semi's. Sy gaan staan voor die stoepie se trap en net toe sy wil opstap om te klop, maak die vrou oop en stap op die stoep uit. Sy kyk af na waar Lien op die gruis staan.

Lien glimlag, swaai die pienk sak van haar skouer af en gee dit vir haar. "Daar's twee Tupperware-bakkies met mince en rys in," sê sy. "Het julle chutney?" Die vrou antwoord nie, haar gesig lyk uitdrukkingloos. "En ek het 'n ekstra stel nagklere gepak ingeval sy 'n glipsie kry. Sy gaan slaap so agtuur. Sy's baie soet," sê Lien. Sy is skielik op haar senuwees, bang die vrou gaan dalk van plan verander, nie na Tillie wil kyk nie.

Tillie druk haar gesig in Lien se nek en begin van voor af te skree. Lien trek haar handjies om haar arms los en gee haar vinnig aan vir die vrou wat lyk asof sy nie mooi weet wat om met 'n kind te maak nie. Tillie probeer uit die vrou se arms wriemel en skree al hoe harder, haar armpies na Lien toe uitgestrek.

"Ek sal nie later as elfuur wees nie," sê Lien. Sy probeer vrolik klink. "Sy sal netnou ophou met huil, moenie worry nie."

Lien vryf oor haar warm vel waar Tillie vasgehou het en begin vinnig wegloop. Toe sy by die muur se hoek kom, hoor sy die vrou se stem duidelik bokant die geraas van die karre en haar kind se geskree. Sy gaan staan maar sy kyk nie om nie.

"Wat is haar naam?" roep die vrou.

"Tillie!" sê sy voor sy om die hoek hardloop en in die wit Citi Golf spring.

"Bly daar kleurlinge langs jou?" Joe vat 'n sluk bier en trek aan sy sigaret.

"Ja," sê sy. "Hoekom vra jy?"

Hy haal sy skouers op. "Net gewonder."

"Dis al amper twaalfuur. Ek moet Tillie gaan haal," sê sy ná 'n rukkie. "Ek het nie gedink die fliek gaan so lank vat nie."

Hy sê niks en vat nog 'n sluk bier. "Mag kleurlinge in Brixton bly?"

Sy skuif haar leë wynglas eenkant toe. "Ek sou dog jy weet. Seker maar. Hulle is dan daar. Hulle lyk baie ordentlik."

Hy druk sy sigaret in die asbak op die kroegtoonbank dood en skuif sy stoel agtertoe. "Nou ja, kom. Laat ek jou huis toe vat," sê hy en trek sy suèdebaadjie aan.

Dis halfeen toe Lien vir Tillie uit die man se arms vat. Haar wangetjies is rooi, sy lyk ontsteld in haar slaap. Sy suig verwoed aan haar duim. Die man het nog steeds sy das aan, maar sy hemp lyk gekreukel, asof hy op die bank aan die slaap geraak het. Hy sê niks maar sy weet hy's vies. Sy kan sien wat hy dink van haar. Hy maak die deur toe voor sy kan jammer en dankie sê, die pienk sak is op die stoep neergesit.

Sy loop die paar treë terug na haar semi toe, die harde gruisklank weerklink die hele pad teen die betonmuur vas in die stilte van die vroeë oggend. Sy sukkel om die sekuriteitshek en voordeur oop te sluit. Nadat sy vir Tillie op haar bed gaan neerlê het, sluit sy die deure en sit die TV in die sitkamer aan. Sy draai die klank sag.

Ná 'n rukkie vergeet sy van Joe wat met skreeuende bande in sy Citi Golf weg is toe sy dit nie meer kon uithou nie en hom vir die derde keer gevra het oor sy eks-meisie Clara wat by die *Citizen* werk.

* * *

Elke keer wanneer sy 'n sigaret aansteek, hoor Vera dit: "Laat dit gaan." Net dít, laat dit gaan. Vir die laaste twee weke is dit daar. En sy wil nie kanse vat, dit ignoreer nie, al is dit hoe moeilik. Netnou mis sy dalk iets groters as sy nie luister nie, as sy nie bereid is om te reageer op die kleiner tekens wat oor haar pad kom nie.

Vandag het sy besluit om op te hou. Sy het die pakkie sigarette onder die kraan geweek en toe in die asblik gegooi. Sy hou die vuurhoutjies en haar paar lighters in die tweede laai van bo af in die kombuis, saam met die kerse. Mens weet nie wanneer dit nodig sal wees nie. Sy gaan sit in die sitkamer en kyk na die meubels om haar.

'n Tweedehandse handelaar kom volgende week. Die pryse maak nie vir haar saak nie, nie dat sy hom dit sal laat agterkom nie. Sy wil van die onnodige goed ontslae raak. Daar's te veel. Sy wil so min as moontlik om haar hê, sy soek spasie. Die tyd kom nader, en sy wil nie dat aardse goed haar terughou nie.

Daar's 'n ou Tretchikoff-skildery, een wat haar ma nog destyds by háár ma gekry het, in die garage. Lien het haar gesê om dit te hou, sy dink die ding gaan eendag nog baie geld werd wees. Maar wat weet die kind tog? Sy met haar snaakse idees. Vera het in elk geval nie tyd om te wag nie. Sy's moeg om die ding heeltyd saam te piekel wanneer hulle trek. En sy hou buitendien nie van die prent nie, die kaal vrou vol olierige druppels water. Dalk gee sy hom sommer vir die man present om dankie te sê dat hy al die goed van haar hande af vat.

* * *

Lien gaan laai Tillie vroeg die aand by Brenda af.

Die twee is close, Tillie hardloop na haar toe as sy haar sien en gee gilletjies wat Lien nie ken nie, en Brenda druk haar altyd styf teen haar bors vas as sy haar optel, voor sy haar oral oor haar gesig en kop soen en op die bank neersit en kielie.

"Kyk na jouself," is al wat Brenda sê toe Lien bly staan, sê sy kan nie kuier nie, sy moet nog pak, en deur toe loop met haar sak oor haar skouer, haar sleutels in haar hand. Tillie het nie gehuil oor haar soos met die bure nie. Dis asof Lien nie saakmaak as sy by Brenda is nie.

Dis 'n geraas en geskree op die bus. Lien sit langs die gekrapte venster en kyk uit oor die veld vol doringbome en modderhutte buitekant Pretoria, en toe hulle later oor die brug Warmbad binnery en by die kafee stop, dink sy hoeveel verder mens deur 'n bus se venster as 'n kar s'n kan sien.

Sy en Joe het twee weke terug opgebreek. Hy's weer by Clara. Sy's 'n ernstige joernalis, het hy haar eenkeer vertel, en sy is baie slim. Sy't by Rhodes geswot en political science gecum. Hy sê hy't deur haar geleer hoe om ordentlike politieke stories te skryf, hy skuld haar eintlik. Hulle kan vir ure lank filosofeer oor goed, sy was eers gay toe hy haar ontmoet het, sy's 'n vegan, sê hy, en dis die enigste rede dat hulle destyds opgebreek het, hy't moeg geraak vir die gepicket voor die abattoirs, vir die stank wat rondom die plekke hang, en veral vir háár reuk wat 'n mengsel van chickpeas en jasmine incense was, altyd. Hy't Lien gesê, toe hy nou weer met háár opbreek, dat Clara deesdae nie meer so streng is oor haar dieet nie, en toe Lien uitfreak en hom vra wat dan van haar chickpea-en-incense-reuk wat hy nie kon verdra nie, toe sê hy dat sy nou net 'n klein bietjie soos mielies ruik. En dis nog steeds gemeng met die reuk van jasmine, maar dis oukei, hy't dit op 'n manier gemis. Dis 'n unieke reuk, eie aan Clara. Toe't Lien die foon neergesit.

En nou's sy saam met Sam op pad Zimbabwe toe, konsert toe. Hy't 'n ekstra kaartjie gehad, sy moes net vir die bustrip betaal en hy't gesê hy ken mense in Harare, hulle kan sommer daar plak vir die twee aande. Sam is lank en blond, hy lyk bietjie soos Joe, maar hy's baie meer easy-going, nie so uptight nie, en hy werk vir die *Rand Daily Mail*. Hy's Engels. En dis great. Hy sê hy skryf elke dag oor so baie pyn en lyding in die townships en moet soveel keer dodge vir bullets tussen die agro Natte en die lefties dat hy seker maak hy't 'n befokte tyd as hy nie werk nie. Soos nou. Hy dink die idee van work hard and play hard moes hý uitgedink het. Hy weet hoe. Dis die motto van sy lewe.

Hy gryp haar aan die arm toe hulle by Warmbad se kafee uitklim. Sy kan die bier aan sy asem ruik toe hy haar soen.

"Hoekom is jy so stil?" Hy knyp haar boud.

Iemand stamp hom van agter af en hy val teen Lien. "Hei!" skree hy en swaai sy arm met die bierbottel in sy hand gevaarlik naby haar kop verby, agtertoe. Hy lag toe hy sien wie dit is. "Sandy, gedra vir jou," sê hy vir die mooi kleurlingmeisie met haar wilde bos krulhare en swart oë. Hy draai om en kyk vir haar, sy rug op Lien.

Sandy staan met haar hande op haar heupe, haar plat maag steek onder haar kort afgesnyde T-shirt uit, sy't nie 'n bra aan nie.

"Ek hoor ons gaan later stop vir 'n swem," sê sy vir Sam. Sy't so 'n sexy rasperstem.

Lien kom staan langs Sam, sy probeer die woede wat sy in haar keel voel opstoot, afsluk.

"Ek hoor die ouens sê so," sê Sam. "Ons moet net nie die konsert mis nie."

"Dis fokken warm," sê Sandy en vryf stadig oor haar maag. Sy druk haar vinger in haar naeltjie.

"Ouch," sê Sam en lag.

"Ek's al klaar dronk van al die bier," sê Sandy. "Ek gaan 'n Coke koop." Sy kyk nie vir Lien toe sy verby hulle skuur die kafee in nie. Sam kyk haar agterna.

"Ken jy haar?" vra Lien.

Sam lag en druk haar teen hom vas. Sy voel die bier in sy hand agter uitklots, en trek haar rug bak teen die skielike koue.

"Ek't haar al 'n paar keer op parties gesien." Hy byt speels haar oor. "Sy wil eendag 'n DJ raak, by Radio 5. Het jy haar mooi stem gehoor?" Toe druk hy sy tong in haar oor en kielie haar in die sy.

Lien lag en stamp hom weg. "Sy's baie mooi." Sy vou haar arms. Sy kyk hoe nog mense uit die bus bondel, strompel en oor mekaar struikel. Almal lag en lyk lekker out of it. "En sy's sexy." Sy kyk weer na hom.

Hy frons. "So what," sê hy. "Jy's ook." Hy wieg op die maat van Tracy Chapman se "Fast Car" wat iemand op die bus hard begin speel het. "Insecurity is boring, get over it. Have some fun, oukei? Nou's nie die tyd vir drama nie."

Hy haak by haar arm in en trek haar die winkel binne.

"I want a ticket to anywhere, me myself I got nothing to prove," sing hy hard saam terwyl hy die groot koeldrankyskaste se deure oop- en toeswaai om hulle af te koel.

In Potgietersrus stop die bus weer, die drywer sê daar's iets nie lekker met die bearings nie. Almal klim uit en sit in 'n ry op die sypaadjie, allerhande kleure koelerbokse staan tussenin, hulle gee vir mekaar biere aan, terg en sê die pote is vol kak hier, hulle gaan in die tronk gegooi word. Walms van warm rubberbrieke meng met Marlboro-sigaretrook. Karre en busse stroom verby op pad Harare toe, almal waai, party mense klim uit die bus en kry lifts in karre wat al klaar volgeprop is met jong mense, ander hardloop 'n ent agterna vir die snaaksigheid en skree simpel goed. Daar's 'n gevoel in Potgietersrus wat Lien dink nog nooit ooit daar was nie, en ook nooit weer sal wees nie. Dis aansteeklik. Dis asof iets groots gaan gebeur. Enige tyd. Dit voel soos 'n revolusie.

Later is hulle weer op pad, Sam lê uitgepass met sy kop op Lien se skoot, soos meeste van die ander klomp op die bus. Sandy lê 'n paar sitplekke verder en slaap, haar kop agteroor teen die sitplek se reling. As Lien terugkyk, kan sy haar lang bruin nek sien, oop en bloot, haar gorrel lyk soos 'n tortelduifie s'n, maklik om om te draai.

Dis net ná twee en baie warm. Lien kyk hoe die bekende landskap tussen Potgietersrus en Pietersburg stadig verbywieg. Hulle ry deur die dorp, oor die straat waarin haar pa se spares-shop is. Dit voel soos 'n vreemde plek, dis asof sy nog nooit hier was nie. In die groot bus met 'n klomp wit jong mense, behalwe vir Sandy, op pad na 'n swart land toe, na 'n konsert wat hier teen die wet sou gewees het.

Sy wonder waar Nikos is, of hy toe met sy cosmetics-girl getroud is. Sy wonder waar haar pa nou is, wat hy sal dink as hy moet weet sy ry deur die dorp, never mind haar broers. Sy wonder of haar pa eers weet van die naweek in Harare, van al die oorsese sangers wat kom, of hy weet wat beteken human rights. Hy dink seker daar's al weer iets aan die gang by Moria, die ZCC se kerk, as hy die honderde busse en karre so deur die dorp sien ry. Hy sal nie eers raaksien dis 'n klomp wit jong mense nie. Enigiets anderkant Pietersburg se grense is vir hom net so goed soos die res van die wêreld.

Hy't haar nou die dag uit die bloute gebel, sy't nie geweet wat om vir hom te sê nie, dit was so 'n groot surprise.

"Ek het 'n nuwe boyfriend, Pa," is al waaraan sy kon dink toe dit stil raak. Sy't op haar senuwees geraak en skielik nie geweet van wie sy praat nie, of dit Joe of Sam was nie, Joe wat nou net met haar opgebreek het, en nog voel soos haar boyfriend, of Sam wat sy nou net ontmoet het, en wat amper soos haar boyfriend voel.

"Het hy 'n kar?" wou hy weet. Sy kon hoor hy's ongemaklik.

Sy't aan Joe se Citi Golf gedink toe sy sê: "Ja, Pa."

Toe sê hy hy het geld in haar rekening betaal en hy hoop alles gaan goed met die kleintjie. Sy kon hoor hy't Tillie se naam vergeet, maar sy was so bly oor die geld dat sy dit oorgesien het.

Dis warm in Louis Trichardt. Dit voel nóg warmer as twee ure terug toe hulle laas gestop en in die plaasdam langs die pad geswem het, Sandy in haar pantie en kort top sonder 'n bra. Sy kon netsowel kaal gewees het. Sam kon sy oë nie van haar afhou nie. Lien het met haar voete in die water gesit, die los korreltjies van die sementdam se rand het sy later hard uit haar rooi handpalms aan haar rok afgevee.

Een van die ouens op die bus sê hy't in Louis Trichardt grootgeword, en hy koop die drywer met 'n bier om om na die publieke swembad toe te ry, deur 'n woonbuurt. Dis Saterdagmiddag en die strate is stil.

Meeste van die klomp op die bus het weer die bietjie nugterheid van die damswem weggedrink met nog bier en wyn, en die harde gejuig en gelag dein en sak soos die bus om die draaie ry, soos die ou vir die drywer die pad swembad toe wys.

Sam tokkel met sy vinger teen 'n koue bier tussen sy bene, en toe hulle stop, kyk hy by die venster uit na die groot groen grasperk om die omheinde swembad.

"Lyk lekker," sê hy ná 'n lang sluk. Hy kyk vir Lien wat langs hom sit. "Jy gaan seker dié keer swem, nè?"

"Ek't jou gesê ek't nie my costume gebring nie."

Hy frons. "So what. Swem met jou bra en pantie, of skinny dip, moenie so serious wees nie. Hier." Hy hou die halfvol bier na haar toe. "Drink dié, en cheer up."

Sy trek haar gesig. "Ek wil nie bier hê nie."

Hy buk af en haal 'n bottel witwyn uit sy koelerboks en gooi 'n blikbeker vol. Hy vis vir ys in 'n plastieksak en gooi twee blokkies in. Sy sê nie sy het al meer as genoeg wyn in nie.

"Kom, bring dit saam," sê hy en staan op. Sy sien sy oog is op Sandy wat voor uitklim. "Let's go have some fun!"

Buite staan almal in 'n ry voor die swembad se ingang. Daar's 'n Indiërman in die betaalhokkie, hy lyk op sy senuwees. Dis vir haar weird om 'n Indiër in Louis Trichardt te sien. Sandy staan met 'n groepie joernaliste van die *Transvaler* en gesels, maar sy kyk elke nou en dan terug en smile vir Sam terwyl sy aanhou praat. Lien sluk groot slukke wyn.

"She's black," sê die Indiër wat Engels praat in Louis Trichardt. Dit raak al hoe weirder.

"She's coloured, man," sê iemand hard.

"She's still not white," sê die Indiër.

Lien skud die laaste bietjie van haar lou wyn op die gras uit. Almal drom nou om die hokkie saam, niemand staan meer in ’n ry nie. Dis doodstil.

Die Indiër wys na die kennisgewingbord wat agter hom in die kantoor hang. “Look what it says.” Hy staan op en loer so ver hy kan deur die venster voor sy neus, sy mond naby die gat, soos ’n luidspreker. “And no alcohol allowed! Look!” sê hy en wys na nog ’n bord langs die ander een agter hom.

Daar’s ’n sweetkol onder sy arm. Sy bokbaard wip op en af soos hy praat. “I don’t want any trouble,” sê hy en sit weer. Hy vou sy arms op die toonbank voor hom. Hy lyk ingedruk in die hokkie. Sweet loop langs sy slape af, hy los dit, hy’s seker gewoond daaraan. Die Noord-Transvaalse hitte. Lien wonder of hy elke nou en dan skelm ’n dip vat.

Sy stamp Sam sag teen sy skouer. Hy’t die bottel wyn in die een hand, sy bier in die ander een. “Kom ons sit hier,” sê sy en wys na ’n plekkie langs die draad, ’n entjie weg van die gedrom, weg van Sandy se lang, patetiese gesig wat die hele tyd rondkyk, almal se oë soek, simpatie bedel. Lien wikkel haar arm deur Sam s’n sodat haar bors teen sy ribbes skuur.

Hy lag vir haar, druk haar stywer vas. “Jy’s opgecheer,” sê hy. “Kom ons gooi vir jou nog ’n bietjie wyn in.”

Lien kyk weer vir Sandy. Langgesig-Sandy, Sandy met die wind uit haar seile.

“Okay, okay, just quickly then!” hoor sy die Indiër sê.

Lien voel haar hart sink. Haar tweede beker wyn is amper klaar en sy sukkel om te fokus. Dis bloedig warm. Die Indiër is nou uit sy hokkie en sy sien hoe almal deur die swembad se ingang bondel, half struikel.

“Sjuut!” hoor sy. Iemand giggel homself simpel.

“Leave your bottles inside, okay? Here in my office. Five minutes, I tell you. Just five. They’ll kill me if they find out.” Hy wuif vir Sandy. “You go in too, but five minutes!”

Sandy kyk in ekstase om haar rond. Sam lag hard en trek Lien regop. Sy's onvas op haar voete, sy voel naar.

"Lyk vir my daar's hoop vir ons land after all," sê hy. "Kom ons gaan swem, en jy ook!"

Hy gryp Lien aan die arm en hulle strompel laaste deur die metaalversperring wat die senuweeagtige Indiër vir hulle oophou.

Yskoue chloorwater skiet in haar neusgate op toe Lien met haar vintage rok in die swembad spring, die leë blikbeker nog styf in haar hand. Dis seer.

Dis laat toe hulle daar aankom. Die bus het 'n paar keer oorverhit, hulle moes weer stop net voor hulle die grens oor is.

Lien het op 'n stadium in die bus se gangetjie aan die slaap geraak en toe iemand haar per ongeluk wakker skop, sien sy Sandy is besig om Sam se lang blonde hare te vleg.

"Kyk," sê Sam toe Lien haarself optrek en op die sitplek voor hom gaan sit, "ek lyk nes Bo Derek. Ek het braids."

Toe hoor sy dit, die eerste klanke van Peter Gabriel se "Sledgehammer", sy kan dit amper nie glo nie. Dis vir haar so mooi, dit voel of haar hart uit haar bors gaan bars. Sam spring regop. Dis donker, maar iewers van agter af flits 'n lig helder oor die mense in die bus, dit lyk of hulle in 'n movie is, dit lyk soos 'n straal uit 'n vlieënde piering, iets uit 'n ander wêreld.

Almal word wakker, die bus vibreer van die harde tromme, Lien ook, deur haar arms, van haar vingers wat om die sitplek se reling vashou op in haar lyf in. Sy draai om en kyk terug, sy sien die groot stadion agter haar, die strale kleure wat heen en weer oor alles skyn. Almal kyk rond, begin opstaan, praat, lag, skree, soos stokkerige Pinocchio's wat skielik lewend raak.

Buite hardloop sy en Sam hand aan hand oor die oop veld na die stadion toe. Sy weet nie waar Sandy is nie. Sy hardloop so vinnig as wat sy kan, in haar vintage rok wat gekrimp het van die swem in Louis Trichardt, weg van Sandy af, agter Sam aan. Sy voel vry, jonk en radikaal. Dis 'n revolusie. Vir wat weet sy nie, maar dit voel lekker.

"Open up your fruitcage, where the fruit is as sweet as can be," skree sy en Sam saam met Peter Gabriel.

Shingle (n.)
"Thin piece of wood", c.1200, *scincle*, from Late Latin *scindula* (also the source of German *Schindel*), altered (by influence of Greek *schidax* "lath" or *schindalmos* "splinter") from Latin *scandula* "roof tile", from *scindere* "to cleave, split", from PIE root **sked-* "to split". Meaning "small signboard" is first attested 1842. Sense of "woman's short haircut" is from 1924; the verb meaning "to cut the hair so as to give the impression of overlapping shingles" is from 1857.

20

"Dis meestal net 'n klomp studente en koerantmense wat gaan. Jy sal uit voel."

"Moet ek kom?"

"As jy regtig wil." Hy haal sy skouers op, sit terug in sy stoel en kyk by die groot vensters uit.

Sy stoot haar bord kos weg, die aartappels en boontjies proe aangebrand. Sy kyk om haar rond. Die kantien is vol dié tyd van die dag. Mense staan in 'n ry by die deur uit terwyl hulle wag vir 'n beurt by die metaalkosbakke. Almal gesels en lag. Sy volg Joe se oë deur die venster. Hoë grys geboue, en agter in die verte bult 'n dynserige mynhoop uit.

Sy kan nie glo hy was 'n week terug amper op sy knieë voor haar nie. Hy't haar gesmeek om hom weer 'n kans te gee. Hy en Clara is twee weke terug uit, sy sal nooit verander nie, het hy gesê. En hy dink sy is beslis gay. Hy sal Lien se naam op sy voorkop tattoeëer, het hy belowe, so reg is hy om te commit, Tillie is ook in die deal, geen probleem nie. Hy sê hy was buite homself toe hy hoor sy was saam met Sam na die Human Rights-konsert toe. Hy moes homself heeltyd terughou om haar nie te bel nie, sê hy, al was hy toe nog by Clara, hy't sy bes probeer om dinge met haar te laat werk, vir lank nou, maar hy kon net nie meer nie. Hy het Lien elke dag gebel van hy en Clara uit is.

Sy kyk vir hom. Nou is hy weer sy ou self. Vol kak. Sy mis Sam, happy-go-lucky Sam wat kort ná die konsert in Zimbabwe met Sandy afgehaak het. Niemand kan haar sê sy het dit nie gesien kom nie.

"Ek wil graag gaan," sê sy ná 'n rukkie en kyk vir hom. "Brenda gaan na Tillie kyk. Ek werk anyway."

Hy sê niks. Sy vat sy hand op die tafel.

"Johannes Kerkorrel, die Cherry-Faced Lurchers, Koos Kombuis . . . wanneer gaan daar ooit weer so iets wees, Joe?"

"Wat gaan jy daar maak? En hoe's dit dat jy skielik so 'n groupie geraak het? So al agter die muso's aan. Jy gaan jou naam nog weggooi."

"Ek gaan konsert kyk! Wat's jou probleem?"

"Ek gaan werk." Hy kyk weer by die venster uit, trek sy hand uit hare en vou sy arms. Hy leun terug en wieg op sy stoel. "Jy't nie geld om te gaan nie, en ek kan jou nie help nie."

"Dit kan nie baie wees nie. Ek sal by die restaurant wyn drink voor ek kom," sê sy. "Dis verniet."

"Werk jy Saterdagaand?" Hy kyk weer vir haar.

"Ek sê jou mos! Maar die bands begin anyway mos eers later te speel. Ek sal jou nie pla nie, as dit is waaroor jy worry. Jy kan werk."

"Met wie gaan jy uithang? Jy ken nie een van die joernaliste of fotograwe nie."

"Jy's daar."

Hy sê niks, wieg net op sy stoel, kyk buitentoe.

"Ek moet gaan werk." Hy staan skielik op.

"Sien ek jou later?"
"Ek sal bel."

Sy is nie 'n goeie waitress nie. Sy trek drie keer 'n week en een keer elke naweek haar swart broek en wit hemp aan, maak haar bruin gepermde hare styf in 'n poniestert agter haar kop vas, bind voor die vistenk haar wit voorskoot om haar lyf en probeer om geïnteresseerd te lyk.

Elke aand leer sy die name van die verskillende soorte visse. Die eienaars sê hulle moet vir die customers sê die visse is daardie selfde middag vars van Mosambiek of die Wilde Kus af ingevlieg, terwyl almal weet dit lê al vir weke lank yswit in die inloopvrieskas. Ook garnale, mossels, alles kom gevries aan, behalwe partykeer 'n sak lewende krewe.

"Ek wil vanaand elke liewe kreef verkoop hê, meisies," sê Carlos dan, een van die vier eienaars, wanneer hulle sesuur vergadering hou, voor hulle hulle seksies vir die aand kry, hulle wynglase en eetgerei blink vryf, kyk of die sout- en peperpotjies vol en die servette skoon en reg gevou is. "Julle weet die goed leef nie lank buite soutwater nie."

Hy gooi die krewe altyd vir die aand saam met die visse in die groot vistenk. Die gaste "uhm" en "ahh" dan wanneer hulle verbyloop na hulle tafels toe en hulle tentakels in die donkerblou lig van die tenk sien spartel soos die goed agter die klein plastiekkasteel, die skatkis en wiegende seewiere probeer wegkruip.

Sy ken die name van die verskillende likeurs nie goed genoeg om aan die klante voorstelle te kan maak nie, soos wanneer mens watse soort likeur saam met wat drink nie, of sónder wat nie.

Die bestuurderes het gefrons toe Lien eendag vir haar sê sy gee nie om wat die name en details van die likeurs is nie. "Jy móét omgee," het sy gesê. "Jy het nie 'n keuse nie. Anders fire ek jou."

Die verskillende tipes wyn is ook 'n probleem. Sy het nooit besef daar is so baie om van te kies nie. Casal Garcia ken sy goed, dis amper soos sjampanje met al sy borreltjies. Dis haar favourite. Van Casal Garcia kan sy customers vertel, bietjie verduidelik, as sy moet: van wat sy alles optel, die fyn geure wat sy raakproe soos die borreltjies ná elke sluk op haar tong oopbars, van die baie nuanses vasgevang in die ligblou bottel wat net uitkom ná die derde glas wanneer haar kop begin draai. Hulle het vir haar al die fancy woorde geleer, en sy noem hulle as sy vir die customers wyn moet voorstel. Meer as dit is vir haar moeite.

Laat in die aand lê sy partykeer en dink daaroor, oor haar lewe. Sy dink aan wat sy sal sê as iemand haar sou vra hoekom sy so 'n slegte waitress is, hoekom sy nie omgee oor haar werk nie, party sal dalk vra hoekom sy haar lewe so weggooi, soos Brenda, vir een. Die gemors wat sy daarvan maak.

Sy dink sy sou sê dis omdat sy nie die lewe se reëls ken nie. Sy weet nie hoe dit werk nie. Is dit anders van plek tot plek, van mens tot mens? Of geld dieselfde reëls oral, vir almal? Hoe gee jy om oor iets wat jy haat? Hoe sê jy nee as 'n man se oë blink wanneer hy na jou kyk? So asof hy iets in jou raaksien waarvan jy nie weet nie. As ander mense so seker is van hulleself, oor goed waaroor jy nie is nie, hoe kan jy help om hulle nie te glo nie?

"Ek doen vryskutwerk vir hierdie nuwe Afrikaanse koerant," sê Joe. Hy loop so 'n entjie voor haar uit. "Ek moet gou daar omgaan. Kom."

Dis laatmiddag en hy het haar buite die gebou gekry vir 'n vinnige drink in die bar oorkant die straat, voor sy met die bus Triomf toe moet ry om vir Tillie by Brenda te gaan haal.

Sy laai Tillie elke oggend by Brenda af, los die Mini daar tot die middag, wanneer sy haar weer gaan haal. As sy die aand waitress, trek sy sommer by Brenda aan en ry dan werk toe. Daar's klere in die kas vir haar en Tillie. Sy slaap die meeste aande by Joe oor ná sy gewaitress het, partykeer saam met Tillie by Brenda, maar sy probeer om dit nie te doen nie. Sy weet Brenda dink dis 'n mors van geld dat sy en Tillie nie weer by haar intrek nie, sy sê sy kan kom en gaan soos sy wil, sy sal nie vrae vra nie, maar Lien weet: dis nie hoe dit werk nie.

Hulle loop af in Sauerstraat, Markteater se kant toe, hy sê die koerant is in die ou Standard Bank-gebou in Newtown.

"Hulle is radikaal." Hy kyk nie om na haar toe nie. "Hulle is die nuwe stem vir verligte Afrikaners, Afrikaners wat anders dink as die norm, wat nie bang is om aktief deel te neem aan die stryd teen apartheid nie, wat nie bang is vir die gevolge nie."

Dit klink vir haar soos iets wat Clara sou sê, iets wat hy by haar gehoor het. Sy sê niks, maar hy wag nie vir haar om iets te sê nie. Hy's te opgewonde, sy kan sien. Wanneer hy só raak, raak hy prekerig.

"Dis jammer jy kan nie skryf nie, of foto's neem nie," sê hy en kyk vinnig terug na haar toe. Hy lyk mooi met sy groot leersak oor sy skouer, sy donkerblou oë en lang blonde hare. Hy het sy tweedehandse corduroy-baadjie aan, en sy uitgewaste Levi's. "Jy kon dalk werk gekry het daar, deeltyds, hulle soek skrywers."

"Ek weet darem bietjie iets van kuns af."

Dalk het sy dit te sag gesê, want hy antwoord nie.

Dis stil toe hulle daar aankom. Almal is agter hulle computers aan die werk. Dis amper soos om in 'n kerk in te stap, daar's 'n gewyde gevoel, 'n soort heiligheid hang in die lug. Sy loop agter Joe aan en probeer om nie links of regs te kyk nie. Hier en daar skuif 'n stoel, sy vang een ou se oog, hy't 'n sigaret tussen sy lippe, sy sien sy kop is op 'n ander plek.

Haar gepermde hare voel skielik uitspattig, haar make-up aangeplak, haar bruin lipstiffie goedkoop. Haar jeans is te styf, haar wit hippie-bloes te laag oopgeknoop. Almal lyk so casual, cool. Die enigste twee vroue wat sy sien, lyk jonk met skoon gesigte, nie puisies nie, hulle het nie make-up nodig nie. Bruin hare, al twee, natuurlike krulle, hulle hoef nie te probeer nie. Toe die een opstaan, kyk sy vir Lien, net vir 'n sekonde vang hulle mekaar se oë, maar dis genoeg vir Lien om te sien dat sy weet sy is nie een van hulle nie. Die vrou lyk slim. Ongeïnteresseerd. Besig met dinge waarvan Lien niks weet nie. Clara lyk seker so.

In 'n kantoor in die hoek sit 'n jong vrou agter 'n lessenaar. Sy kyk Joe op en af toe hulle inloop, sy hou van hom, sy kan sien. Sy kyk skaars vir Lien. Joe stel haar ook nie voor nie, hulle praat oor werk, geld. Oor politieke goed. Oor townships en straatname wat sy nie ken nie.

Op pad uit loop hulle verby 'n klompie ou lessenaars wat teen mekaar in 'n hoek gedruk is. Agter teen die muur is 'n groot poster van Johannes Kerkorrel. Lien gaan staan. Sy kyk vir drie mans wat voor die poster gesels. Een kom na haar toe aangestap, hy't 'n baard, hy's vriendelik. Hy lyk nice.

"Hallo," sê hy. "Ek's Hugo." Hy steek sy hand uit. "Wie's jy?"

"Lien."

"Wat kom maak jy hier, kom jy ons help skryf?"

"Nee." Sy kyk af. "Ek's saam met my vriend hier." Sy wys na Joe wat by die deur staan en kyk vir haar. Sy sien hy frons. "Hy's die skrywer."

"O." Hy lyk teleurgesteld. "Wat's jy dan?"

"Ek weet hoe laat dit is sonder om op 'n horlosie te kyk." Sy kan nie glo wat uit haar mond uit kom nie. Sy kan sien hy ook nie.

"Wat?"

"Ek oefen dit."

Hy kyk terug na die ander twee mans wat in die hoek onder die Johannes Kerkorrel-poster staan en gesels en toe weer terug na haar toe. Hy sê eers niks, Lien voel hoe sy bloos, voel sy oë op haar, al kyk sy af vir haar voete.

"Nou maar, hoe laat is dit?" vra hy.

Sy kyk op.

"Moenie op jou horlosie kyk nie!" sê hy en wys sy vinger na haar toe.

"So. Hoe laat is dit?" vra hy weer.

"Ek's partykeer so 'n paar minute uit, dié kant toe en daai kant toe," sê sy.

Hy glimlag, en al is hy kort en al kan sy nie lekker sy gesig deur sy digte baard uitmaak nie, hou sy van hom. Hy's nice, sy kan sien. Sy glimlag skielik, minder op haar senuwees, en maak asof sy dink, tik haar voorvinger teen haar lip en kyk op na die pragtige hoë plafon, vol patroontjies.

"Mmmm," sê sy en begin uitwerk wanneer sy die laaste keer op haar horlosie gekyk het, hoe laat dit was toe Joe haar kom haal het, sy weet altyd, want hy's gewoonlik laat, sy probeer onthou hoe dit voel wanneer sy wag, hoe lank dit so voel en toe sê sy: "Dis kwart oor vier!"

Hy kyk op sy horlosie en sy sien sy arm is net so harig soos sy baard.

"Jislaaik!" sê hy en kyk weer om. "Die girl ken die tyd, julle . . . uit haar kop uit!" Hy lag hard en loop terug na die ander twee toe.

Toe Joe haar aan die arm daar uitlei, sien sy hulle kyk haar agterna. Hugo waai met 'n groot glimlag, die ander twee staan stil, hulle frons, hande in die broeksakke.

"Moenie my naam gat maak nie, Lien," sê Joe toe hulle buite is. Hy is briesend waar hy voor haar staan, sy hand nog styf om haar arm. Dis seer, en sy voel na aan trane. "Die klomp hier is intellektuele mense. Hulle werk met ernstige sake in die land. Toon bietjie respek en hou jou ligsinnigheid vir wanneer jy mense met jou voorskoot aan bedien."

Hy los haar arm so vinnig dat sy amper oor haar eie voete val en hy loop weer voor haar uit. Sy stap agterna en vryf oor haar arm.

"En lees bietjie die koerant, enige fokken koerant, dat jy nie altyd so oningelig is nie, dan het ons dalk volgende keer iets om oor te praat, voor en ná seks," sê hy sonder om terug te kyk.

"Hy dink ek is dom."

"Net omdat jy nie koerant lees nie, maak jou nie dom nie," sê Melissa. "Hy's 'n rassis."

Lien is geskok. Melissa glimlag vir haar. "Dalk nie teenoor swart mense nie, maar teenoor die Engelse. Het jy nie agtergekom hoe 'n issue hy oor ons het nie?"

"Hy't dan 'n Engelse girlfriend gehad."

Melissa snork. "Seks is 'n ander ding, mans ken nie boundaries daar nie, anything goes."

"Ek't nie geweet jy's so sinies nie," sê Lien. "Anyway, ek het gister al die koerante gekoop. Die *Vrye Weekblad* ook."

"Die wat?"

Sy verstaan die Afrikaners se identiteitskrisis nie, het Joe eenkeer oor Melissa gesê toe hulle drie een aand in Jamesons gesit het. Hulle het na 'n nuwe band geluister, Mango Groove, Melissa het gaan dans.

"Ken jy dit nie?" vra Lien. "Dis 'n nuwe alternatiewe Afrikaanse koerant. Joe freelance vir hulle."

Melissa haal haar skouers op. Hulle staan voor die groot vistenk, oë op hulle tafels. Dis Vrydagaand en die restaurant is vol. Melissa haal haar boekie en pen uit haar voorskootsak. "My customers wil order," sê sy en begin wegloop. "Ek lees net *The Star*, elke aand."

Dis omdat Melissa nie 'n kind het nie, dink Lien. Omdat sy 'n laerskoolonderwyseres by 'n township-skool is wat deeltyds waitress vir sakgeld, of om vir haar iets nice te koop by Reminiscene in Melville, hulle favourite vintage shop. Sy bly al vir drie jaar by haar Engelse boyfriend, Gary, in Yeoville, hy's 'n fotograaf en Lien was al by baie van hulle parties saam met hulle leftie-vriende. Dis al waaroor hulle praat, politiek. Melissa is links gebore, dis in haar bloed, nes baie ander Engelse mense, hulle hoef hulleself nie te herontdek nie, hulle is van kleins af liberaal, hulle weet wie hulle is. Hulle is gemaklik in hulle velle. Nie soos party Afrikaanse mense nie. Dis asof hulle velle nie ver genoeg kan rek nie. Hulle is ongemaklik, hulle sukkel, baklei, hulle jeuk, gedurig. Sy ook. Melissa het nie 'n clue nie. Joe is reg. Hulle het dit maklik, die klomp Engelse. Hulle identiteit is uitgesort.

Later, toe dit stil raak, trek Carlos haar die kombuis in en praat in die verste hoek met haar. Sy moes geweet het dit kom. Hy moan oor haar hare.

"Wat het jy aangevang?" Hy praat sag en kyk kwaai na die chefs wat onder mekaar fluister en loer na waar hulle staan. "Dink jy jy kan so kom werk? Jy kan bly wees Dean is nie hier nie, hy sou jou op die plek gefire het. Laat jou hare ordentlik sny môre, wat van dit oor is, anders hoef jy nie terug te kom nie. Dié's 'n upmarket restaurant, nie 'n . . ." – hy wuif sy hande dramaties rond – "hospitaalkantien nie. Jy lyk siek. Dis jou laaste kans."

Hy loop weg en wys vir die ouens in die kombuis om aan te gaan. Lien loop agterna. Melissa wag vir haar voor die vistenk.

"Wat sê hy?"

"Hy sê my hare lyk terrible."

"Hy's reg. Dit lyk asof jy luise het. Jy lyk soos 'n weeskind wat sy eie hare gesny het."

"Ek hét my eie hare gesny, en ek hou daarvan, ek kon net nie agter lekker bykom nie," sê Lien en haal haar voorskoot af op pad na die staftafel toe waar almal altyd saam eet ná 'n skof. Carlos het al die eerste bottel wyn oop en wink hulle nader. Hy smile. Dit lyk asof hy klaar oor die ding met haar hare is.

Toe sy iewers ná een in die oggend by Joe se woonstel in Yeoville aanklop, is sy onvas op haar voete, val sy in sy arms toe hy die deur oopmaak, ignoreer sy sy weggedraaide gesig en voel oor sy lyf.

"Jy stink," sê hy. "Klim eers in die stort." Hy stoot haar weg, loop terug na sy kamer toe, en draai skielik om. "Wat het jy met jou hare aangevang? Jy lyk soos 'n brandsiek hond."

"Ek het dit vandag self gesny, ek was moeg vir die perm," sê sy. "Hou jy nie daarvan nie?" Sy vryf haar hande deur haar kort hare.

"Het jy so gaan waitress?" Hy skud sy kop.

Sy lag. Ernstige Joe. "Jip, ek't 'n lekker vet tip gekry by iemand wat gedink het ek het kanker." Sy lag weer.

"Dis nie snaaks nie," sê hy en loop aan kamer toe.

Dat sy later niks voel toe hulle seks het nie, hy wat bo-op haar en binne-in haar dof en ver voel, blameer sy op die baie wyn in haar lyf.

"Onthou, volgende naweek begin die Voëlvrykonsert," sê sy toe hy minute later uitasem langs haar lê, haar oë op die plafon. "By die Countdown-klub."

Dis al iets interessants wat sy raakgelees het toe sy deur die *Vrye Weekblad* geblaai het, verby die heavy politiek en al die intellektuele stories oor slim Afrikaners, dom Afrikaners en 'n storie wat Joe geskryf het en waarvan sy nie kop of stert kon uitmaak nie. Toe kom sy op die artikel af oor die groepie jong mans wat in Afrikaans anti-apartheid rock-liedjies sing. Een lyk nogal cute.

"Ek gaan ook konsert toe," sê sy. "Tillie bly vir die hele week by Brenda, tot ná die naweek, ek kan maak wat ek wil, ek's so vry soos 'n voël!"

Hy lag nie vir haar grappie nie. "Pasop net dat jy nie te vroeg peak nie," sê hy en draai op sy sy, gesig na die muur toe.

Sy sê niks, sy weet nie wat hy bedoel nie.

Hy sê dis te laat toe Lien hom vra hoekom, twee aande later by die Harbour Café in Yeoville.

Hy't haar kom haal ná haar waitressing-skof. Hy doen dit nie gewoonlik nie, sy moes geweet het.

Te laat vir wat? wil sy hom vra terwyl sy afkyk in haar halwe plastiekglas wyn. Die Harbour Café is cool, hier is plastiekglase cooler as kristal. Dis heeljaar Kersfees hier, stringe flikkerende liggies krul oral in die binnetuin teen die bome uit, in die takke op, en as 'n string liggies blaas, hang dit net daar, forever after, want dis cool.

Het my oë te laat oopgegaan? Het ek te laat begin koerant lees? Te laat vir jou interessant geraak? Maar sy sê niks, en hy wil nie vir haar kyk nie, hy kyk oral om hom rond, na almal, die meisies met hulle stywe fifties-rokkies vol blomme wat net bokant die knie sit, hulle swart oprygskoene, party met stukkende fishnets aan, so asof hulle rebelleer teen mooiwees, hulle deurmekaar gepermde hare, party het lipstiffie aan wat lyk asof dit vars gesmeer is, oor die rande van hulle monde. Hulle wil mooi wees, maar ook nie, nie obviously nie. Hulle's eerste cool, dan – dálk – mooi. Hang af. So cool is hulle. En sexy, al het van hulle dik boude en dik kuite. Dis wat uit hulle monde uitkom wat saak maak, wat die cool ouens met hulle in die bed wil laat klim. Die liberale Engelse girls. Cool gebore, nie soos sy nie, 'n Afrikaanse meisie wat probeer cool wees. Al haar vriende is Engels, sy ken nie Afrikaanse meisies nie, net Santie van skool af. Santie wat een van die dae trou. Die twee Afrikaanse girls saam met wie sy waitress, tel nie. Hulle bly by hulle Engelse boyfriends wat die corporate ladder klim, iewers in 'n kantoorblok in Randburg.

"Ons is te verskillend, Lien," sê hy.

"Jy's 'n asshole," sê sy skielik – uit die bloute van onse hemel, dink sy. Wanneer sy so begin slegte rympies maak as sy kwaad word, weet sy sy's dronk. Net solank sy dit nie hardop begin sê nie.

"Wat?" sê hy.

"Fok jou," is al wat sy uitkry voor sy opstaan en begin wegloop. Sy dink nie sy het dit al ooit vir iemand gesê nie: fok jou. Dit voel lekker, sy voel Engels, sy wens die professor was daar, nou, dan sou sy vir hom ook gesê het, fok jou professor, fok jou Schalk, fok jou Nikos, fok julle almal, Sam ook. Sy gryp oral om mense se knieë vas soos sy uitloop, dis gepak, die tafels is vol, mense sit oral op die rande van die blombeddings, haar bene is lam, haar kop draai.

Joe kry haar later buite waar sy met 'n groep ouens op die sypaadjie sit en gesels. Hulle gooi heeltyd vir haar wyn in, sy lê teen een se skouer.

Toe Joe haar aan die arm regop trek en met haar wegloop kar toe, hoor sy hulle agterna roep. Engelse ouens sê "Lien" baie mooier as Afrikaanse ouens, dink sy. Halleluja, halleluja. Haalehe-luhu-jaa! Toe Joe haar arm hard druk, so hard dat sy skree, weet sy die hallelujas was hardop.

Melissa gaan saam met haar konsert toe, sy sê sy't niks om te verloor nie en Gary is weg op 'n shoot in Botswana. Ná hulle skof drink hulle twee bottels Casal Garcia uit en ry met die Mini na die Markteater. Op pad sing hulle hard saam met Stevie Nicks, Lien slaan teen die stuurwiel met elke woord en Melissa swaai haar arms en klap haar vingers in die lug. Die vensters is oop, dit voel of die hele wêreld hulle kan hoor. Die huise en geboue vlieg verby al die pad van Melville af, deur Braamfontein, oor die brug. *Baby, you'll come knocking on my front door, same old line you used to use before.*

Dis vol toe hulle by die Markteater aankom. Hulle parkeer ver.

"Ek verstaan nie die ding nie," sê Melissa toe hulle nader loop, haar arm deur Lien s'n gevleg, hulle leun teen mekaar. Die musiek raak al hoe harder. Dis rou, bakleierige klanke met stomp sinne tussenin. Dit klink tegelyk kwaad en hartseer. Dit klink bietjie soos Joy Division se "Love Will Tear Us Apart". Dis Joe se favourite song, hy't dit vir haar op 'n mixed tape gesit, die laaste keer toe hulle weer opgemaak het iewers tussen hom en Clara. Daar's ook 'n Edie Brickell song op. Hy't gesê die Edie Brickell song laat hom aan haar dink.

Lien het haar swart tweedehandse rok en haar swart oprygskoene aan en sy het bruin lipstiffie oor haar lippe gesmeer, soos 'n Engelse girl. Sy't ná haar skof die rok in die restaurant se badkamer aangetrek. Melissa sê met haar wit gemakeupde gesig lyk Lien soos 'n spook uit die nuwe *Beetlejuice* movie wat sy in Hillbrow gesien het. Lien dink sy lyk cool.

Melissa het die swart broek en wit hemp waarmee sy gewaitress het aan. Sy loop met haar een hand diep in haar broeksak gedruk, haar kort swart hare agter haar ore, en as Lien nie van Gary geweet het nie, sou sy gedink het sy's gay.

"Wow, dis 'n revolusie," sê Lien. Dis deesdae haar favourite woord. Sy gryp Melissa se arm stywer vas toe sy amper oor die sypaadjie val en hulle gaan sit en giggel eers tussen die rye geparkeerde karre voor Melissa haar optrek en hulle verder stap. Lien se oë soek Joe se lang ponytail tussen die gros mense.

"Watse revolusie? Dis meer soos 'n gegryp na wind." Melissa klink ernstig. "Hierdie tipe ding gaan niks verander nie, dit gaan net die politici afpis. Hulle gaan alles verbied nog voor dit iets kan word of kan beteken. It's thoughtless, disorganised and emotional."

Sy klink soos sy gewoonlik klink as hulle om haar en Gary se eetkamertafel sit en politiek praat. Soos grootmense wat alles sien en verstaan. Soos mense met opinies, wat seker van hulle saak is. Lien voel altyd soos 'n idioot as sy so na hulle sit en luister – saampraat is iets wat sy nooit doen nie, of eers oor dink nie. Behalwe nou.

"Daar's nie so iets nie," sê Lien.

"Wat?"

"'n Gegryp na wind."

Melissa lyk geïrriteerd toe sy na Lien kyk. "You know what I mean."

"Wel, jy's verkeerd. Dis 'n gejáág na wind." Sy trek aan Melissa se arm vir effek.

Skielik voel dit asof sy alles weet. Oor alles. "Dis 'n manier vir verligte jong Afrikaners om te sê hoe hulle voel, Melissa – oor apartheid, oor hulle identiteit."

Dit klink nie soos haar stem nie, of iets wat sy sou sê nie. Dalk is dit iets wat sy raakgelees het toe sy vinnig oor die Voëlvry-artikel gekyk het. "Afrikaners is nie almal konserwatiewe rassiste soos die wêreld van ons dink nie, ons moet dit regmaak, ons image verander."

Melissa sê niks. Hulle stap stil by die ingang in, wys hulle kaartjies en gaan staan agter in die groot saal. Die musiek is woes. Lien het nog nooit so baie dronk jong mense op een plek gesien nie, en so baie in Afrikaans hoor sing en vloek nie. Almal dans, bottels bier en wynglase hoog in die lug. Die musiek is aansteeklik en sy sien Melissa glimlag. Dis te hard om te kan praat en sy's bly. Sy weet nie wat om nog te sê nie. Wat daar ís om nog te sê nie. Dit lyk of dit alles anyway besig is om te gebeur. Lien wys bar se kant toe en toe Melissa knik, gaan koop sy twee glase wyn.

Sy weet hulle het seks gehad toe sy Sondagoggend wakker word en hom in haar bed sien lê, sonder 'n draad klere aan. Sy kan nie sy naam onthou nie, sy dink nie hy't haar gesê nie.

Sy gooi in die badkamer op, ruik die wyn in die geel strale wat uit haar keel skiet. Dit maak haar weer naar. Ná 'n rukkie gaan sit sy op die koue vloer langs die toilet, kyk af oor haar kaal lyf en trek haar bene styf teen haar bors vas.

Sy begin onthou: die konsert. Sy druk haar gesig teen haar knieë, klou haar bene vas. Sy en Melissa het gestry omdat Melissa gesê het Voëlvry is jong Afrikanermans se wank.

"Voëlvry!" het sy aangegaan. "It says it all! Are you blind and deaf? Wys my een vrou op die verhoog, Lien!" het sy geskree. "Net een! Hulle staan almal soos 'n klomp groupies om die stage rond! Worshipping the guys. En almal is wit! 'n Klomp wit boerseuns wat hulle toys gooi! Die Afrikaanse girls doen nog steeds net wat hulle altyd met mans doen: put them on a pedestal and then act all surprised when they get fucked over. Time and time again. Net soos jy."

Melissa se gesig was wild, Lien kon spoeg in haar mondhoeke sien aanpak, haar oë was rooi. Dit het gelyk of sy hondsdolheid het.

"Joe was reg oor jou!" het Lien teruggekap. "Jy't nie 'n clue nie! Dis maklik vir jou om te praat. Jy's 'n feminis!" Sy't haarself ingehou om nie vir Melissa ook fok jou te sê nie.

"En jy dink dis 'n belediging?" Melissa het haar kop geskud en gelag. Sy't haar vinger teen Lien se bors gedruk. "That just proves it. Jy weet nie waarvan jy praat nie. Joe was ook reg oor jóú, Lien. Jy's dom."

"Nee, jy's die een wat dom is, Melissa," het sy gesê, bly dat sy iets geweet het wat Melissa nie weet nie. "Hulle is nie almal Afrikaans nie, oukei." Sy onthou sy't met haar glas wyn verhoog toe gewys en die helfte oor iemand se kop uitgegooi. "James Phillips is Engels . . . vir een." Sy't ander name probeer onthou, sy weet daar was nog, maar sy kon nie. "Dis nie al nie, oukei . . . ek weet, o, en klink die Cherry-Faced Lurchers miskien vir jou Afrikaans?"

Melissa het net haar kop geskud, so asof sy jammer is vir haar, en toe is sy daar uit. Hoe Melissa by die huis gekom het, weet Lien nie, maar sy het nog 'n glas wyn gekoop en is vorentoe, verhoog toe, tussen almal deur, tot sy hulle gesien het, Joe en die lang blonde meisie.

Hulle was reg voor, amper teenaan die verhoog, sy aan sy met die ander joernaliste en fotograwe. Hulle het soos 'n tweeling gelyk. Sy arm het styf om haar skraal lyf vasgehou toe sy vorentoe leun om foto's deur haar groot kameralens te neem. Die meisie ken duidelik haar storie. Lien wou aanhou loop, met hom praat oor alles wat Melissa gesê het, by hom hoor dat dit nie so is nie, Joe moes sê Melissa is die een wat dom is, nie weet nie, wat nie 'n clue het nie. Sy wou hoor alles is oukei, sy ook.

Toe sien sy haar, Karla Krimpelien, 'n girl op die stage. Met 'n kitaar, en 'n stem met attitude. En swart krulhare. Sy was vir Lien so mooi in haar vintage rok, haar fishnets en haar Dr. Martens-boots wat gelyk het asof hulle sole uit springs gemaak is, so hoog hop sy op en af in die lug, en sy het oopmond gelag, vir almal om haar, sy was nie bang nie, vir niemand nie. Lien het saam gedans, nog wyn gedrink, tot sy vergeet het van Joe en sy nuwe meisie, en die ander ou se oog gevang het.

Sy moes langs die toilet aan die slaap geraak het, want toe sy opstaan en terugloop kamer toe, is hy weg. Klere en al.

* * *

Vera loop deur die huis. Dis skemer. Sy trek haar vingers oor die muur soos sy stap. Alles is op sy plek, niks het verander vandat sy uit die badkamer gekom en haar nagklere en kamerjas aangetrek het nie.

Sy gaan staan by die ingang na die oopplan- sit-eetkamer, en sy weet dadelik, nog voordat sy hom in die hoek sien staan met die rewolwer bewend op haar gemik, dat die bokse in die hoek by die oop venster net so effens na regs geskuif is.

Sy stap die trappie af die sitkamer in en mik vir die bank wat teen die muur staan. Die twee sitkamerstoele is klaar verkoop, maar sy dink nie hy het planne om te sit nie. Die hand wat die rewolwer vashou, volg haar beweging. Sy gaan sit, voel vir sigarette in haar leë kamerjassak en dink vir die eerste keer van sy opgehou het dit was 'n fout.

"Rook jy, Schalk?" Haar stem is hees.

"Nee, tannie. My ma maak my dood."

Sy maak haar keel skoon. "Nou sê dan jou sê. Wat wil jy hê, Lien se nommer?"

"Dis al, tannie! Asseblief. Ek sal enigiets doen."

"So sien ek." Sy skud haar kop. "Ek dog dan jy's lankal getroud."

Haar oë raak stadigaan die donkerte gewoond. Gelukkig is die gordyne afgehaal, weggepak in 'n boks, en raak hy duideliker in die flou lig wat deur die kantgordyne skyn. Hy kyk af toe haar oë syne vang en laat sak die rewolwer langs sy sy.

"Dit was 'n ongeluk, tannie," sê hy. "Met die meisie. Sy't my gevang. My ma het my gewaarsku, maar ek wou nie hoor nie. My ma sê sy's 'n Jesebel, tannie."

"So jy's nou 'n polisieman, en hulle het vir jou 'n wapen gegee."

"Ja, tannie, en nee, tannie." Hy lig die rewolwer op, swaai dit links en regs, kyk daarna. "Ek's lankal al 'n speurder." Hy kyk weer vir haar. Asof hy skielik onthou wat hy daar doen. Hy lig die loop. Sy maak haar oë toe, probeer om nie weg te deins nie, sy wil hom nie die skrik op die lyf jaag nie.

"Wat gaan jy doen as jy eers die nommer het, Schalk? Gaan jy my dan skiet?" Sy maak weer haar oë oop.

"Nooit, tannie! Ek sal tannie los."

"En as ek jou gaan aangee?"

"Ek sal dit ontken, sê tannie is mal . . ."

"Hulle sal jou nie glo nie."

"Is! Dit lê die hele dorp vol! Dat tannie koekoes is. Ek sal getuies kry as dit nodig is."

Sy voel weer oor haar kamerjas, druk die leë sak 'n paar keer. Wat het haar besiel?

"En as ek nie die nommer vir jou gee nie, gaan jy my dan skiet?"

"Ja, tannie."

"Doodskiet, of net wond?"

Hy bly stil. Óf hy het nog nie daaraan gedink nie, óf hy wil haar nie sê nie.

"Sy maak 'n ander man se kind groot. 'n Geleerde man," sê sy.

"Ek gee nie om nie, tannie. Ek't gehoor hy wil haar anyway nie hê nie. Gee net vir my die nommer, asseblief."

"Sy't 'n ander boyfriend, Schalk. 'n Joernalis." Sy jok. Sy weet nie met wie Lien deesdae haar tyd mors nie. Sy hou nie tred nie. En Brenda sê nooit niks.

Hy lyk van stryk af gebring, nou's haar kans. Sy staan skielik op, hy skrik, lyk onvas op sy voete. Die mannetjie is dronk. Sy begin stadig in sy rigting stap, voordeur toe.

"Waar gaan tannie heen?"

"Ek gaan die nommer haal," sê sy en wys na die rottangtelefoontafel en -stoel met die telefoonboekie op. Sy wonder wat sy by die handelaar sal kry vir die stelletjie.

Dis snaaks, sy stap elke dag verby dit, sit op die stoel en gesels met haar ma of Brenda op die foon, maar nog nooit het sy gewonder wat dit werd is nie. Noudat haar lewe deur 'n dronk man bedreig word, nou wonder sy.

"Dis nie in die boekie nie, tannie! Ek het klaar daar gekyk. Moenie my probeer fool nie! Moenie iets probeer nie."

Sy gaan staan stil, 'n paar treë voor hom, steek haar hand na hom toe uit. Sy is skielik woedend. "Gee my die rewolwer, Schalk."

"Nee, tannie," sê hy. "Bly weg." Hy lyk onseker, onvas op sy voete. Na aan trane. "Ek wil haar nommer hê, asseblief. Mens gooi nie iemand net so weg nie."

Net toe sy dink om hom 'n verkeerde nommer te gee, toe sy dink hoe dom sy is om nie lankal daaraan te gedink het nie, toe daar 'n nommer in haar kop en in haar mond begin vorm, toe lui die foon.

Hy skrik en tree terug. Sy sien hy gaan teen die bokse agter hom val, teen die oop venster waardeur hy geklim het. Die oomblik toe sy oë rek en hy sy balans begin verloor, toe hy sy val met die ander hand probeer keer, doen sy iets wat sy nooit gedink het sy sou in haar lewe met iemand doen nie: sy bespring hom.

Sy ruik sy asem teen haar wang, probeer hom met haar elmboog verder omstamp, teen die bokse vas – dié lê nou oral oor die vloer, omgetiep, gelukkig het sy alles toegeplak, niks het uitgeval nie.

Deur die hele petalje, van die begin tot die einde, wag sy vir die skoot, stel haar dit selfs voor, maar toe die knal uiteindelik afgaan, is die laaste gedagte toe sy saam met hom grond toe sak dat ás sy nie dood is nie, sy beslis nou doof is.

* * *

Lien kom laat Sondagaand in Triomf aan.

Toe sy uitklim, sien sy Brenda met Tillie in haar arms op die stoep staan. Hulle gesigte lyk vir haar geel in die helder lig. Al twee waai eers met groot glimlagte, en toe frons Brenda. Tillie begin te huil. Sy onthou skielik haar hare en vryf oor haar kop. Dis somer, maar soos sy nader stap, begin haar tande op mekaar te klap van 'n koue wat skielik oor haar lyf gekom het.

"Ek hoort nêrens nie, Brenda," sê sy later. Sy weet sy's nog babelas, sy weet sy kry haarself jammer, maar sy kan nie help nie. Hulle sit in die sitkamer, Lien se arm is seer met Tillie wat op haar skoot aan die slaap geraak het. Haar kind raak groot en swaar.

"Ek's 'n slegte ma," sê sy.

"Jy's 'n jong ma."

"Ek's nog steeds 'n slegte ma."

"Ek kan sien," sê Brenda ná 'n lang stilte.

Lien kyk vir Brenda, haar ken rus op Tillie se kop. "Wat?"

"Jy's nie lekker nie. Al vir lank nie."

"Ek't gedink om in 'n kibbutz in Israel te gaan bly, vir 'n rukkie."

Brenda frons. "Dis uit die bloute. En Tillie?"

"Ek gaan haar saamvat. Ek't gehoor daar's kleuterskole daar. Ek't nou die dag van die werk af een van die kibbutze gefax. Ek dink ons moet wegkom van alles af. Ek wil oor begin. Probeer ophou foute maak."

"Mens kan net soveel keer oor begin," sê Brenda. "Almal maak foute."

"Ek, lyk my, meer as ander mense." Lien streel oor Tillie se sagte hare, soen haar voorkop.

"Wat van Tillie se pa?"

Lien haal haar skouers op. "Ek dink nie hy sal omgee nie. Hy ken haar anyway nie. Hy is nou uiteindelik terug uit Amsterdam uit, het ek jou nie gesê nie?"

"Nee!"

"Ja. Hy het my gebel, by die werk een aand."

"Hy sal Tillie wil sien," sê Brenda. "Jy kan nie nou land-uit nie, Lien."

"Hý was dan, sonder haar. Hoekom kan ek nie?"

"Hoe voel jy oor die feit dat hy terug is?" vra Brenda ná 'n rukkie.

"Ek weet nie. Dit was weird om sy stem te hoor. Ná al die tye wat hy nie met my wou praat nie, my nooit gebel het nie. Hy't oud geklink. Soos iemand wat ek nie ken nie." Sy rek skielik haar oë, so asof sy belangrike nuus het. "O, en daar's nog iets wat ek jou nie gesê het nie."

Brenda kyk vir haar. "Wat?"

"Ons het 'n nuwe manager by die werk. Sean. Hy's Indies." Sy lag vir Brenda se gesigsuitdrukking. "Moenie altyd so worry oor my nie, Brenda. Ek's nie weer verlief nie, oukei! Hy's getroud."

"Nou wat dan?"

"Hy's 'n reborn Christian. Hy't my na hulle kerk toe genooi, volgende Sondag. Net om te probeer." Sy lag weer vir Brenda. "Hei! Relax! Ek weet jy's nie religious nie. Ek's ook nie, of ek dink nie so nie. Ek gaan dit net bietjie uitcheck." Sy soen Tillie se kop. "Ons gaan anyway kibbutz toe, ek en Tillie. One of these days."

Brenda bly ernstig. "Daar's goed wat ek seker nooit sal kleinkry nie, Lien, soos die kerk nou, maar ek breek nie meer my kop daaroor nie. Die lewe is te kort. Een ding wat ek wel weet, uit ondervinding uit, is dat weghardloop nie help nie. Ek het dít al in my lewe uitgefigure gekry. As mens net die eerste stap reg vat, in die regte rigting, dan val die res in hulle plek, waar dit hoort. Dis soos magic."

Lien glimlag, al voel sy trane aankom. Sy waardeer dit dat Brenda haar taal so meng.

* * *

Hulle sit langs die bokse. Die rewolwer lê 'n ent weg op die gladde sitkamervloer, oomblikke terug het dit nog om en om getol en het sy gewonder waarheen die loop gaan wys as dit stop, en of nog 'n skoot sal afgaan.

Die foon het opgehou met lui. Schalk lê op haar skoot en maak haar kamerjas met sy trane nat, en terwyl sy oor sy kop vryf, voel sy nog minder seker as voorheen oor hoe dinge in die lewe werk. Hoe sy goed moet lees. Óf mens goed kán lees.

"Polisiewerk is stresvol, tannie," sê hy. "Tannie het geen idee wat ons elke dag sien nie."

Sy het nie 'n idee nie. Dit is waar.

"Ek's jammer. Ek sou tannie nooit geskiet het nie, ek sweer. Ek wou net haar nommer gehad het. Ek was desperaat. Ek mis haar so, tannie." Hy begin opnuut te huil, sagter, hortend.

Sy gril vir hom, kyk rond, soek iets waarmee hy sy neus kan blaas. Haar bene voel nat en koud deur die dun kamerjas.

"Tannie het geen idee nie," sê hy weer sag.

Sy kyk af na sy digte bos hare op haar skoot, toe op na die gat in die dak. Sy skud haar kop.

'n Junior konstabel daag later op, die bure moes gebel het oor die lawaai, en sy maak 'n storie op oor hoe die rewolwer per ongeluk afgegaan het toe sy daarna gekyk het, en sy sê dat sy vir Schalk ken. En dat hy net haar dogter se telefoonnommer kom haal het, dié het hy verloor.

Sy sien die konstabeltjie ken vir Schalk, is half skrikkerig vir hom, "speursersant" hom links en regs. En dit terwyl Schalk hard probeer om sy pose te hou. Wat hy goed regkry. Sy kan amper nie glo hy't netnou nog haar kamerjas natgehuil nie. En sy sê dit nie, maar sy weet hy besef ten einde laaste hy sal nooit die nommer uit haar kry nie.

Dit vat haar 'n hele ruk om die gemors skoon te maak, die stukke plafon op te vee, die bokse af te stof en weer op mekaar te pak. En sy maak die venster toe. Die gat in die dak sal sy later die week laat regmaak.

Sy stap kombuis toe, haal haar vuurhoutjies uit die laai en die sigaret wat die konstabel haar gegee het, uit haar kamerjassak. Sy maak 'n koppie tee, gaan sit op die bank in die donker sitkamer, steek die sigaret op en kyk deur die rookwalms na die gat in die plafon. Sy verbeel haar sy sien 'n skrefie lig deur die dak se swart teëls skyn. Seker die maan.

Dis toe die foon vir die tweede keer die aand lui.

Haar hart begin wild te klop. En sy weet skielik, voor haar heilige siel, dis haar teken. Sy spring op.

"Hallo?" Sy is skaam vir die hoop in haar stem.

"Naand, Vera."

Sy het nie geweet haar hart kon so ver en so vinnig afsak nie, dat dit is hoekom mense praat van jou hart in jou skoene nie. Dat dit so pynlik kan wees nie. Teleurstelling.

"Naand, Brenda." Sy gaan sit op die rottangstoel. Haar bene bewe, sy is skielik naar. Dalk nog van die skok. "Wat is dit?"

"Ek probeer jou al heelaand in die hande kry. Waar was jy?"

Sy maak haar oë toe. "Wat is dit, Brenda? Is iets fout?"

"Dis Lien."

"Is sy oukei?"

"Sy wil die kleintjie saam met haar land-uit vat, na 'n kibbutz toe. In Israel."

Sy kan haar ore nie glo nie. "Na 'n wát toe?"

"'n Kibbutz. Weet jy nie wat 'n kibbutz is nie?"

"Nee."

Vera is verslae. Sy verstaan nie wat besig is om vanaand te gebeur nie.

"Ek sal later verduidelik," sê Brenda. Sy klink op haar senuwees. Nie haar gewone self nie. "Eerste dinge eerste."

Vera is stil.

"Vera?"

"Ek's hier, Brenda."

"Ek het gedink . . . ek't gewonder of ons haar nie dalk kan help nie. Ek en jy."

Sy kan die gat in die dak sien daar waar sy sit, dit lyk soos 'n groot oop wond. Stukkend geskeur. Dit kon haar lyf gewees het. Sy trek die kamerjas stywer, begin te bibber en trek haar bene op, teen haar lyf vas, die foon teen haar oor. "Wat bedoel jy? Met wat?"

"Sy't hulp nodig," sê Brenda.

Ek ook, wil sy sê, maar sy sê nie. "Ek luister."

"Ek weet dinge gaan maar moeilik met jou . . ." Brenda sukkel om haar sê te sê, sy kan hoor. "Ek weet jy wag vir jou teken," gaan sy aan. "Ek dink net, ons moet dalk vir Lien eerste help. Dis dringend. Nie net oor haar nie, daar's Tillie ook."

Vera vee die trane wat begin loop aan die kamerjas oor haar knieë af.

"Vera?"

"Wat het jy gedink, Brenda?" vra sy toe sy weer kan praat.

"Ek het gedink sy moet gaan studeer. Weer 'n kans kry."

"Kuns?" Sy probeer die teleurstelling uit haar stem uit hou. Die teleurstelling oor Lien, al haar dinge, en oor haarself.

"Ja. Sy's baie goed. Ek het haar werk gesien toe sy hier gebly het, destyds."

Vera kan nie meer nie. Al die dinge wat sy nog altyd gedink het oor Lien se lewe kom uit. Deurmekaar. Maar sy gee nie meer om nie.

"Dis tydmors, Brenda. Wat gaan sy met 'n kunsgraad maak? Dit gaan haar nie help nie. En Tillie? Waarvan gaan hulle leef? Lien het een ná die ander boyfriend. Mens kan haar nie vertrou nie. Wat gaan sy maak as sy klaar studeer het? Watse werk is daar vir kunstenaars? Dan sit sy net weer van voor af. Met niks."

Sy moes geweet het Brenda sal 'n antwoord reg hê, en dat sy met haar sal saamstem later, as sy eers tyd gehad het om daaroor te dink, tyd gehad het om oor haarself te kom.

"Dit gaan nie altyd oor wát mens studeer nie, Vera. Dit gaan oor dát mens studeer. Lien gaan geleerdheid kry. Dis soos 'n belegging in haar en Tillie se lewe. Sy gaan 'n ander mens uitkom aan die ander kant, dit kan ek jou belowe. En dan praat ons weer agterna, ná vier jaar, oor waarheen dan." Toe sê sy: "Jy's haar ma. Net jy kan haar help om koers te verander."

Vera sit haar koue, kaal voete op die vloer neer. Hulle is lam van die naalde en spelde.

"Jy wil hê ek moet die geld wat ek by die myn gekry het, vir haar gee om mee te gaan studeer? Is dit wat jy probeer sê?"

"Ja."

"Wat van my?"

"Probeer om dit as jou teken te sien. 'n Eerste teken. Een vir nou. Na dié een sal daar nog een kom. Na dié een eers uitgeloop is. Ek belowe jou dit."

Sy kan die opgewondenheid in Brenda se stem hoor.

"Wat as sy weer 'n fout maak?"

Brenda bly vir 'n rukkie stil. "Dan weet ek nie. Maar ten minste weet jy jy het jou bes vir haar gedoen."

Later voel sy beter as wat sy gedink het sy sou, ná alles. Sy gaan stort, trek skoon nagklere aan en gaan krap die pakkie sigarette uit wat sy vir noodgevalle weggesteek het, onderin 'n boks wat sy nog nie toegeplak het nie. Toe maak sy tee en gaan lê.

In die bed sien sy hoe die maanlig deur die kantgordyn mooi

patroontjies teen die muur maak. Sy het dit nog nooit opgemerk nie. Toe, ná 'n rukkie, verbeel sy haar paddas kwaak in die verte. Dis ook vir haar mooi. Sy kan dit amper nie glo nie, toe sy seker is oor die klank, dat mens hulle kan hoor al die pad van Riebeeckmeer af.

Maandagoggend agtuur bel Vera die handelaar. Hy antwoord ná die derde lui.

"Ek het 'n laaste paar goedjies," sê sy.

"Ek's nou daar."

En dit is toe ook so. Sy dink hy bly óf net om die hoek óf sit net om die hoek in sy trokkie en wag. Dis seker die Tretchikoff wat sy hom destyds gegee het wat die man so paraat maak, hy dink daar's nog.

"Jy lyk mooi, mevrou, as ek dit maar mag sê." Sy sweer die man bloos. Hy staan op die stoep, boekie en pen in sy hande.

"Dankie," sê sy en glimlag. Sy het dít lank laas gehoor.

Hy stap agter haar die huis in, gaan staan skielik, maak 'n aanmerking oor die gat in die dak. Sy sê die plafonmense kom later die oggend 'n nuwe stuk insit.

Dit was 'n ongeluk, voeg sy by toe sy sien hy frons. Hy knik stadig, oë op die gat, dit lyk nie of hy haar glo nie.

Hy glimlag wel breed toe hy die goed opskryf, vra weer of daar nie dalk 'n paar erfstukke los in die garage rondstaan nie, en weer sê sy vir hom nee, haar ma is nog nie dood nie.

"Ek's haastig, ek wil so teen die einde van die week weg wees."

Hy krap sy kop met die agterkant van sy pen. "So op die oog af lyk dit soos drie trippies," sê hy. "Ek behoort teen Woensdag, laatste, als weg te hê."

Sy maak die voordeur oop, staan eenkant toe.

"Ek sal bel oor die pryse," sê hy.

"Dankie." Sy wys na die rottangtelefoontafel en -stoel. "O, en dié ook."

Later, toe Vera met 'n koppie tee in die kombuis sit, dink sy aan die ou matras wat nog in die buitekamer lê. Dalk moet sy die handelaar weer bel en vra om dit ook te kom haal, om die ding vir haar weg te gooi. Maar sy is nie lus om te verduidelik nie. Te sê dat sy die matras elke dan en wan natgegooi het nie. Hy sal dink sy's mal. Koekoes. Nes die res van die dorp, as mens vir Schalk kan glo.

Vera sluk die laaste van haar tee en gaan staan in die kombuisdeur met 'n sigaret. Lien se verbleikte serp hang nog in die buitekamer se venster. Toe sy omdraai binnetoe, wonder sy wat die nuwe huurders van die ou matras gaan maak.

Op pad Bosmanstraat toe het sy by die OK 'n koek gaan koop, 'n lemoenkoek, haar ma is mal daaroor.

"Wat gaan jy daar doen, Vera?"

"Ek weet nie, Ma. Dalk iets van myself maak."

Haar ma skud haar kop en breek 'n stukkie van die koek met haar vurkie af. "Ek sal seker nooit die einde daarvan hoor nie." Sy vat 'n hap en kyk by die venster uit, so asof sy met haarself praat. "Het jy nou jou teken gekry?"

Vera glimlag. "En ek sal seker ook nooit die einde dáárvan hoor nie."

Hulle sit vir 'n rukkie in stilte.

"Ek't gehoop Lien gaan anders uitdraai as ek en jy," sê haar ma.

"Ma oordryf," sê sy sag en staan op. "Sy gaan oukei wees."

"Hoe weet jy? Wanneer het jy laas met haar gepraat?" Haar ma se stem is beskuldigend.

"Praat help nie altyd nie, Ma. Partykeer is iets anders nodig."

"Soos wat?"

"Ek weet nie, ek sal sien."

"Wat sien?"

"Ek sê mos vir Ma, ek weet nie."

"Vir wat jy heeltyd so geheimsinnig moet wees, weet g'n mens nie."

Toe buk sy en soen haar ma op haar voorkop. Haar ma kyk op, haar oë lyk hartseer.

"Kom kuier, Ma. Dis nie ver nie."

'n Rukkie later is sy daar weg. Die volgelaaide karretjie trek swaar oor Randfontein se brug, deur die dorp, verby Uncle Harry's-padkafee en die stadsaal oorkant. Sy krap in haar handsak op die sitplek langsaan vir 'n sigaret.

* * *

En toe, eendag, sien Willem haar aangestap kom, so uit die bloute, deur die venster, tussen die agterstevoor letters van die winkel se naam deur. Hy staan regop. Kan nie wees nie. Sy hart begin vinniger te klop. Hy glimlag en stap om die toonbank deur toe. Cecil kyk nie op van die order-boek af toe hy verbyloop nie. Willem leun teen die kosyn en kyk vir haar waar sy vir die verkeerslig wag om groen te raak, trek sy vingers deur sy kuif. Sy hare raak yl. Dit pla hom nie so baie soos hy gedink het dit sou nie.

Karre ry voor haar verby en tussen hulle deur sien hy haar lang swart hare teen haar wang waai, haar groot donkerbril. 'n Trok kom stadig aangery en vir 'n paar sekondes kan hy haar glad nie sien nie. En toe die trok verby is, is sy weg. Hy kyk rond. Hy loop uit en drafstap oor die sypaadjie na waar hy haar laas gesien het, staan op die hoek in haar spore, kyk links en regs.

Toe sien hy haar verder aanstap. Waar gaan sy heen? Hy hardloop oor die rooi verkeerslig, karre toet vir hom, hy waai vir hulle, glimlag skeef vir 'n vrou in 'n groen bakkie en begin drafstap toe hy haar weer veilig in die oog het. Sy lyk goed, so van agter af, dink hy.

Hy loop stadiger. Ná 'n rukkie gaan hy staan. Kyk haar agterna totdat sy twee blokke verder om die hoek verdwyn. Dis nie sy nie.

Hy't vergeet Vera het haar hare lankal gesny, kort, en sy kleur dit nie meer swart nie. En toe hy haar laas gesien het, was haar heupe breër. Sy het beslis meer as net 'n paar hammetjies bygekry.

Met sy hande in sy broeksakke draai Willem om en soos toe hy 'n kind was, bokspring hy rondom die rande van die sementsypaadjieblokke, al die pad terug winkel toe.

* * *

Dis laat toe sy agter Brenda se kar stop in die oprit. Triomf voel vir haar nog relatief veilig in vergelyking met die res van Johannesburg. Nie dat sy veel van die res van Johannesburg gesien het nie, maar Lien het haar vertel van deesdae se hoë mure en die elektriese heinings wat mense om hulle erwe opsit. Brenda sê sy bly in Triomf omdat sy sleg voel oor wat destyds met die mense in Sophiatown gebeur het, dis haar manier om nie te vergeet nie, om deel te voel van die onreg. Vera verstaan nie hoe sy dink nie.

In Triomf is die muurtjies voor die huise nog laag, meestal van beton, en daar's 'n blink voosheid aan die plekke wat haar bietjie aan Homelake en Pietersburg se onderdorp laat dink. Mens kan nog inry in party van Triomf se erwe, so sonder hulle hekke. Dis asof sy dit alles vir die eerste keer raaksien, die bekendheid. Dalk kan mens enige plek in die wêreld tuis voel, dink sy, as jy net weet waarvoor om uit te kyk.

Sy klim uit net toe die voordeur oopgaan en sy Brenda onder die helder stoeplig sien staan, dit lyk of sy glimlag.

"Kom in." Brenda wink haar nader. "Ek wag al heelmiddag vir jou. Jy's laat. Jy kan jou tasse later uithaal. Dis als in die boot, nè?"

"Ja." Vera stap agter haar die huis in. "Ek was eers gou by my ma om, toe Uniewinkels toe om 'n paar goedjies te koop. Ek het die oulikste rokkie vir die kleintjie gekry. Nogal nie te duur nie."

Brenda glimlag. "Kom, ek gaan wys jou waar slaap jy. Ek kan sien jy's moeg."

In die gang staan Brenda eenkant toe sodat sy kan instap. "Dit was eers Lien se kamer."

Vera kyk rond. Van Lien se goed staan nog op die vensterbank. 'n Afgeleefde spaarblikkie wat sy vir haar gekoop het met 'n verjaardag, toe sy nog 'n kind was, en 'n snaakse pienk gediertetjie, net hare en groot swart oë.

"Sit jou handsak neer. Ek gaan gooi eers vir ons wyn in," sê Brenda. Vera rek haar oë, en Brenda glimlag. "Dit sal jou lekker laat slaap."

Later stap sy en Brenda die gang af tot in dié se studeerkamer. Sy was nog nooit daar in nie. Brenda lyk trots, bietjie soos 'n klein dogtertjie wat vir haar ma 'n prentjie wys wat sy geteken het. Dis bietjie ongemaklik, so voel dit, vir hulle twee om so oor die weg te probeer kom, vir Lien en Tillie se onthalwe.

Vera is verbaas om te sien dat mure van bo tot onder toe kan wees van die boeke. Twee ou staanlampe brand dof in teenoorgestelde hoeke, die groen lampskerms is gevlek, en hier en daar skyn 'n helder strook lig deur 'n skeurtjie. 'n Groot houtlessenaar staan agter in die vertrek. Die ding lyk ingedruk, toegepak, en 'n tikmasjien steek uit agter stapels boeke.

"Lyk maar oes, nè?" sê Brenda. "Ek het nie tyd om by alles uit te kom nie." Sy klink verskonend, amper weerloos.

Vera kyk vir haar. "Dis mos hoekom ek hier is," sê sy. "Ek's goed met dié tiep van ding. Ek het jare lank die winkel se boeke gedoen, alles gemanage. Moenie worry nie, Brenda."

"Jy moet nou net nie oorneem nie." Sy hoor Brenda probeer streng klink.

"Ek weet, ek kom help jou net. Ek ken my plek."

Brenda glimlag.

"Dit ruik bietjie muf," sê Vera en loop om die venster agter die swaar gordyne oop te maak.

"Vera . . ."

"Toemaar, ek weet." Sy draai om en kom staan weer langs Brenda in die deur. "Ek sal môre bietjie inspring, jy sê net waar jy wil hê ek moet begin."

Toe Brenda ná ete bed toe is, lê Vera lank en luister na die stad se geluide. Dis vreemd. En nuut. Die gordyne het sy oopgelos. Lien se spaarblikkie en harige pienk gedierte is nou swart geëts teen die donkerte buite, en met die Brixton-toring se punt wat in die agtergrond rooi flits, maak dit vir haar 'n mooi prentjie.

Shed (v.)
"Cast off", Old English *sceadan, scadan* "to divide, separate, part company; discriminate, decide; scatter abroad, cast about", strong verb (past tense *scead*, past participle *sceadan*), from Proto-Germanic **skaithan* (cognates: Old Saxon *skethan*, Old Frisian *sketha*, Middle Dutch *sceiden*, Dutch *scheiden*, Old High German *sceidan*, German *scheiden* "part, separate, distinguish", Gothic *skaidan* "separate"), from **skaith* "divide, split".

21

Lien word wakker van die kat se gemiaau en trek die duvet oor haar kop. 'n Rukkie later skop sy haarself oop en lê met haar arms en bene wyd oor die bed gesprei. Sy kyk lank na die plafon.

Sy moes haar in die pad gelos het daai dag. Toe die kat verblind in die Mini se ligte gaan staan en Lien sentimeters voor haar gestop het. Dit was laat, en eers toe sy die kat optel, kon sy voel sy is swanger. Sy't haar in die kar gelaai en huis toe gevat. Wat anders kon sy doen?

Net toe miaau die kat weer. Dit klink vir haar weird. Sy staan op, trek haar sweetpakbroek aan en loop by die agterdeur uit. Sy vryf oor haar hare. Dis langer as wat dit was, maar dis nog steeds kort. Dit lyk beter, het Brenda nou die dag gesê.

Die buitekamer se deur staan oop. Sy het die kat met haar nuwe kleintjies gister soontoe geskuif toe hulle haar begin irriteer het in die kombuis.

Die kat is wit met blou oë, haar ses kleintjies is elkeen 'n ander kleur grys. Lien staan in die deur en kyk na die groepie wat op die kombers in die hoek bondel. Die kat kyk heeltyd vir haar, die kleintjies knie en wriemel om hulle ma se pienk maag, een suig verwoed aan 'n tepel.

Eers ná 'n rukkie sien sy die fyn laag vlooie wat oor hulle dein en sak. Die kat miaau weer, dis of sy die gestamp en -stoot aan haar lyf nie voel nie, sy staar net heeltyd vir Lien.

Terwyl Lien in die kombuis soek vir die blikkie vlooipoeier, wonder sy of die kleintjies oukei sal wees as sy dit op hulle klein lyfies gooi, hoe giftig dit is.

Later dra sy hulle een vir een terug kombuis toe, sit almal op 'n skoon handdoek in die hoek naaste aan die agterdeur neer en gooi die ou vrot kombers in die asblik buite. Die kat lyk rustiger, sy gaan lê op die handdoek, maak haar oë toe terwyl die kleintjies van voor af aan haar vol lyf knie.

Lien sit die ketel aan, en op pad badkamer toe gaan staan sy voor haar ma se spieël met sy goue krulle wat Brenda hier aangebring het. Brenda het gesê toe haar ma hoor dis al in hulle huis waarvan Lien gehou het toe sy 'n kind was, het haar ma die spieël en sy tafeltjie by die tweedehandse handelaar in Randfontein gaan haal, net ná sy sak en pak by Brenda ingetrek het. Dis nice van haar ma. Dié twee is nou skielik close, ná al die jare wat haar ma vir Brenda 'n kommunis genoem het. En wie weet wat nog anders. Weird.

Sy kyk vir haarself in die spieël en trek aan die kort hare langs haar ore. Sy kan hulle al amper om haar vinger draai, nes 'n krul. Sy moet by die haarkapper uitkom, dit raak te lank in haar nek.

Die skoolsaal is vol. Meestal jong mense, haar ouderdom. Hulle is nice op 'n manier wat sy nie ken nie.

Lien sit in die tweede ry van agter, naby die gang en die oop deure. As sy omkyk, kan sy die straat sien. Hy bring Tillie vroeg. Dis die eerste keer dat hy haar vir 'n naweek gevat het van hy terug is. Dis nou al maande, en hoewel hy nou en dan kom inloer het om haar te sien, en sodat Tillie aan hom gewoond kan raak, moes hy eers settle, het hy gesê, voor sy vir 'n hele naweek kon kom.

"Ek't planne," was sy woorde toe sy hom sê waar sy gaan wees. "Ek laai haar sommer daar af."

Die tyd wat hulle afgespreek het, is net ná die kerkdiens, maar partykeer raak van die mense so in vervoering deur die heilige gees dat hulle eers later klaarmaak. Hy verstaan dit nie. Hy dink sy is mal, nog meer as die tyd toe hy in Amsterdam was en sy die fluitjie in sy ore geblaas het. Maar sy gee nie meer om nie.

Sy voel die heilige gees nie soos die ander mense nie. Sy staan stil as hulle vir haar bid, as sy voel hoe hulle aan haar raak. Dis lekker. Dis asof hulle regtig omgee.

Sean en sy vrou Rita klim oor haar bene en skuif anderkant langs haar in. Hulle is haar nuwe vriende, maar hulle voel soos familie, so baie weet hulle al van haar af.

Die eerste dag toe Sean by die werk begin het, het hy haar eenkant toe geroep, en toe sommerso sonder seremonie in sy kantoor vir haar begin bid. Hy't sy sagte hande op haar skouers gedruk, sy kon sy knoffelasem ruik, hy was so naby, maar sy het nie omgegee nie.

Lien kyk nou na hom, hy kyk nie vir haar nie. Sy oë is op die verhoog.

Rita is Afrikaans. Hulle hou hande vas. Hulle hou altyd hande vas. En wanneer hulle nie hande vashou nie, is een van sy bruin hande altyd op Rita se been. Enige tyd wanneer pastoor Neil iets sê waarmee Sean saamstem, druk hy Rita se been of slaan 'n paar keer saggies daarop, so asof dit syne is.

Sean en Rita is die eerste gemengde couple wat sy ken. Melissa sou trots gewees het op haar. As hulle nog vriende was. Dinge was nooit weer dieselfde ná hulle stryery by die Voëlvry-konsert nie, en toe sy Melissa nou die aand bel, weer probeer nice wees met haar, en haar vertel van die kerk, kon sy aan haar stem hoor

Melissa is teleurgesteld. Sy het Lien nie eers aangevat daaroor nie, soos sy gedink het Melissa sou nie. Dis asof sy gedink het Lien is 'n lost case. Too far gone, het Lien gedink Melissa dink. Toe't sy nie verder gepraat nie, niks gesê oor haar nuwe mixed-race friends nie.

Deesdae praat hulle skaars daar voor die vistenk, die aande dat hulle saam waitress. Of dit nou stil of besig is.

"Pastoor Neil wil sy eie kerk bou," fluister Sean ná 'n rukkie. Hy wys na die jong man wat in sy stywe T-shirt met die afgesnyde moue op die verhoog rondloop. Hy het 'n groot glimlag en oë wat lyk asof hulle heeltyd tranerig is.

Sy vrou is soos altyd kort op sy hakke en het die swart langhaarpruik op wat pastoor Neil vir haar saamgebring het ná sy kuier by 'n kerk in Singapoer. Sy is swaar gemakeup, lyk dikkerig in haar lang pers rok en onderbaadjie vol valletjies wat sy styf onder haar borste vasgemaak het. Haar gesig blink, dit lyk of sy heeltyd warm kry.

"Ja, sal dit nie fantasties wees nie?" sê Rita. Sy lyk opgewonde. "Ek's moeg om op hierdie harde skoolstoele te sit."

"Ek hou van die skoolsaal," sê Lien.

Sean frons. "Die kerk is besig om te groei."

Sy's nuut en sy weet hy voel verantwoordelik vir haar. Hy wil nie hê sy moet goed sê wat hom gaan laat skaam kry vir haar nie.

"Ek sal môre by die werk vir jou alles verduidelik, oukei? Dan sal jy beter verstaan. Die kerk gaan ons nodig hê," sê hy.

Rita vat skielik haar hande. Dis warm. Lien sien haar sagte blou oë en die glimlag om haar groot, rooi lippe. Sy is baie mooi. "Hoe gaan dit nou?" vra Rita en druk haar hande so asof hulle 'n geheim deel.

Lien kyk af na Rita se ligpienk naels, die twee goue bandjies om haar ringvinger.

"Hy't 'n meisie," sê sy. "Sy's van Amsterdam af, hulle's glo verloof. Hy't my gesê toe hy Tillie kom haal het Vrydag, vir die naweek."

Rita lyk jammer vir haar. "Ons het dan so gebid dat dinge weer uitwerk tussen julle. Dis die Here se wil dat gesinne bymekaar moet wees." Sy lyk ewe skielik kwaai. "Maar dis sommer nonsens! Ons bid en vas volgende week dat dinge regkom, Lien. By die Here is niks onmoontlik nie."

Pastoor Neil klap sy hande hard. Hy staan nou voor op die verhoog.

Hulle staan op en sing. Party mense steek hulle hande op. Sy dink later toe hy preek hoe baie sy daarvan hou dat hy alles so eenvoudig en maklik laat klink, hierdie lewe wat vir haar partykeer so swaar is.

Hy's laat. Sy staan buite en wag, almal is al weg. Die skielike stilte is lekker, niks mense, pratery en vattery nie, net die boom se bas wat sy deur haar rok teen haar skouers kan voel druk.

Sy sien iemand langs hom in die kar sit toe hy aangery kom en sy staan regop, loop tot op die rand van die sypaadjie. Hy stop langs haar, die vrou met die kort swart hare, fyn gesiggie en wipneusie skaars 'n meter van haar af. Sy lyk Frans. Lien ruik haar deur die oop venster. Hulle kyk vir mekaar en sê niks. Sy sien Tillie het agter op die sitplek aan die slaap geraak. Hy klim uit.

"Waar's jou kar?" vra hy toe hy Tillie uittel.

Hy gaan lê haar op die Mini se agtersitplek neer, draai om en kyk vir die matras wat op die dak vasgemaak is. Sy't dit in die buitekamer in Randfontein gaan haal, laas week, ná die nuwe huurders haar ma gebel en gekla het, en nou is die matras nog nie van die dak af nie, sy wil wag dat die vlooie in die buitekamer eers bedaar voor sy dit daar bêre.

"Dis tyd dat jy ontslae raak van dié sorry sight," sê hy. "Die ding stink. Dis onhigiënies."

"Jy't destyds gedink dis briljant."

"Als het 'n sell-by date. Die ding is oor sy tyd. Gooi dit weg, doen iets nuuts, begin van voor af." Sy oë is net so koud soos sy stem.

Sy kyk hulle agterna. Dit lyk asof hy en die vrou lag, tot hulle in die verte verdwyn.

Sy't net vir Tillie aan die slaap toe die klokkie lui. Dis 'n gesukkel met haar die laaste week. Lien dink dis dalk die vreemdheid met haar pa.

Sy kyk deur die venster en herken eers nie haar ma wat voor die hek staan nie. Sy lyk anders in die maanlig, met haar kort swart hare en grys slape. Sy't al weer 'n pakkie in haar hand. Dis seker vir Tillie. Dis nice van haar. Lien sluit oop.

"Ek gaan nie lank bly nie," sê haar ma, "ek bring net ietsie vir die kleintjie." Sy druk die plastieksak in Lien se hand. "Slaap sy?"

Lien knik en gee haar ma 'n drukkie. Sy wys sy moet saggies praat.

"Dankie, Ma. Pleks Ma gebel het, ek het nie iets om te eet in die huis nie, is Ma honger?"

"Nee, nee. Ek en Brenda het klaar geëet."

Haar ma gaan sit op een van die fluweelstoele in die sitkamer en vee oor die armleuning. Lien gaan sit oorkant haar.

"Wil Ma bietjie wyn hê? Ek't wit as Ma wil?"

Dis nog 'n ding wat haar ma by Brenda aangeleer het. Wyn drink. Sy sê dit laat haar beter slaap in die aand, een glasie.

"Dit sal lekker wees, Lien."

Toe Lien weer oorkant haar gaan sit, sê haar ma: "Het ek jou al gesê? Ek hou van al jou ou goed. Dit laat my dink aan my kinderdae, ons ou mynhuis in Homelake."

Lien vat 'n sluk wyn. "Ek het Ma se spieël en tafeltjie in die gang gesit. Het Ma gesien?"

"Ja, dit pas daar. Dié's vir my baie mooi," sê sy en vee weer oor die armleuning. Sy steek 'n sigaret op en Lien gaan haal 'n asbakkie in die kombuis. Hulle sit vir 'n rukkie stil voordat haar ma sê: "Hoe gaan dit by die werk? En die kerktoeganery?"

Lien kyk af in haar glas. "Goed. En goed by die werk ook, Ma."

"Het jy al iets van die kibbutz-mense gehoor?"

"Ma vra my elke keer. Nee," sê sy. "Ek dink nie hulle soek kleintjies daar nie. Ek wou ophou met waitress. Maar ek spaar vir vliegtuigkaartjies, vir as hulle laat weet."

"Wil jy nie weer gaan studeer nie?"

Lien kyk op. Sy het dit nie verwag nie. "Daai dae is verby, Ma. Ek het verantwoordelikhede."

"Dit hoef nie te wees nie." Haar ma vat 'n sluk wyn en kyk deur haar sigaretrook vir Lien. "Ek het nog die geld van die myn. Brenda wil nie hê ek moet haar betaal nie, ek bly verniet, eet verniet. Ek help haar met haar boeke en goed. Jy moes sien hoe haar kantoor gelyk het toe ek net ingetrek het, omtrent 'n gemors. Sy's dalk goed met mense, en sy kan dalk die regte goed skryf om dinge te laat gebeur, om mense sover te kry om hulle geld weg te gee vir wie weet wat, maar sy weet niks van liassering en boekhou af nie, of van papierwerk nie. Van opvolg om goed betaal te kry nie. Niks. Sy't my nodig." Sy glimlag. "Ek het nooit gedink die dag sal kom dat ek haar met bad debts help nie."

Haar ma babbel. Sy druk die sigaret dood en sit die glas wyn op die vloer langs haar neer. Toe skuif sy vorentoe. "Ek's ernstig, Lien. Oor jou studies."

"Ma, ek kan nie. Dis nice van Ma, regtig. Maar ek het aanbeweeg. Dit gaan beter. Ek moet werk, ek het verantwoordelikhede, en anyway, wat van Tillie? Waarvan gaan ons leef as ek gaan swot? Dis nie prakties nie."

Haar ma vat haar arm. "Tillie kan by ons kom bly. Permanent. Sy bly in elk geval meestal by ons. Wanneer jy werk, of waitress in die aande, of . . . uitgaan."

Lien sluk haar wyn op en sit die glas neer. "Wat gaan aan met Ma en Brenda? Wat koek en knoei julle so saam?"

Haar ma skuif weer terug in haar stoel en vee heen en weer oor die armleuning. Sy lyk op haar senuwees.

Lien kyk op. Bokant haar ma se kop teen die muur hang prente van verskillende blommerangskikkings in ou houtrame. Sy versamel hulle. Waar sy ook al in tweedehandse winkels kom, soek sy hulle, enige prente van blommerangskikkings, van enige soort blomme. Sy mind nie. En sy hang hulle dadelik op wanneer sy by die huis kom. Dit voel asof sy tuis is elke keer as sy na hulle kyk.

Haar ma draai in haar stoel om. Sy kyk vir die prente. "Ons kan plek maak vir hulle in die garage, tot jy klaar geleer het. Ek sal alles toedraai en mooi vir jou wegpak, ek belowe, Lien."

"Wat gaan Tillie se pa sê, Ma? Hy sal dink ek soek nog geld by hom. Of gunste vir die universiteit. En waar gaan ek bly? Het julle daaraan gedink?"

"Ek kan nou nie vir hóm praat nie, maar jy kan bly net waar jy wil. Jy kan by ons intrek as jy wil, daar's drie slaapkamers. Jy kan jou ou slaapkamer terugkry. Ek sal in die ander een intrek. Of jy kan koshuis toe. Ek sal jou help. Jou pa kan ook help."

"Pa kan homself skaars help. En hy't vir Ben en Dawid en Ouma om na te kyk. Ek kan anyway nie teruggaan soontoe nie, Ma. Na die universiteit toe nie."

"Is dit oor hy daar is?"

Sy sê niks.

"Daar's Kaapstad, Lien."

"Kaapstad? En Tillie?"

Haar ma bly stil.

"Ma, ek kan nie sonder Tillie nie!"

"Jy kan as jy wil. Jy kan kom kuier, ons kan vir jou gaan kuier! Dit sal goed wees vir haar."

"Wat? Om sonder haar ma groot te word?"

"Om te sien haar ma maak iets van haarself."

"Ma klink nou nes Ouma. Is sy ook in die ding ingesleep?"

"Nee, sy weet van niks." Lien glo haar nie.

"Ons het 'n klomp katte, Ma. Ons het 'n huis vol goed. Ons het 'n lewe."

"Watse lewe, Lien?"

"Ma! 'n Regte lewe! Ek het 'n ordentlike werk en ek waitress in die aande. Ek het nie 'n boyfriend nie, ek laat sny my hare by 'n haarkapper, ek gaan kerk toe, Ma! Ek maak my kind groot! Is dit nie goed genoeg nie?"

Haar ma staan op, dit lyk asof sy wil huil.

"Ma."

Sy gaan sit weer, haal nog 'n sigaret uit haar handsak en steek hom op. "Jy't nog die matras op die kar se dak vas," sê sy ná haar eerste trek. "Ek het gesien toe ek inkom."

Lien lag, sy's verlig hulle praat oor iets anders. "Ja, ek moet die ou ding nog afhaal."

"Hoekom bring jy dit nie in nie?"

"Ek wag vir die vlooie in die buitekamer om te bedaar, Ma. Hy stink te veel vir die huis."

"Gaan jy die matras hou?"

"Dis al kunswerk wat ek het, Ma."

"Jy kan nog maak." Haar ma staan op. Sy druk haar halfgerookte sigaret dood. "Jy's goed, Lien."

Haar pa bel 'n paar aande later. "Ek hoor jy gaan kerk toe," sê hy.

"Ja, Pa," sê sy.

"Jou ma sê vir my jy lyk deesdae so mooi, jou hare is nie meer geperm nie."

Hy't haar nog nie met haar kort hare gesien nie, dink sy. Dis hoe lank terug al. Sy weet nie wat om te sê nie, toe sê sy: "Dankie, Pa."

"Julle moet kom kuier, jy en die kleintjie. Ouma sal haar graag wil sien, vir jou ook."

"Ma sê dit gaan beter met Ouma."

"Dis maar op en af. Een dag is sy compos mentis en ander dae is sy nie." Die glimlag in sy stem klink skielik weg. Sy kry hom jammer.

"Hoe gaan dit met Ben en Dawid?"

Sy hoor af en toe van Ben, hy't haar nou die aand gebel en gesê hy's bly sy's nou by 'n kerk, hy is net bang dis dalk nie die regte tipe kerk nie. Dis alles of niks by die Here, sê hy.

"Goed, goed," sê hy. "Ben klaar volgende jaar uit, jy weet seker, nè?"

"Ja, Pa."

Toe raak dit stil.

"Lien!" Hy klink skielik weer opgewonde.

"Ja, Pa?"

"Jy kan nog altyd 'n lugwaardin word as jy wil, weet jy? Dis nie te laat nie."

Sy glimlag. "Ek dink nie hulle vat ongehude moeders nie, Pa. Maar dankie anyway." Dis iets wat sy van *Moeder, vertel my tog* onthou: ongehude moeders.

Sy gaan sit by die kombuistafel met 'n koppie tee. Die kat spring deur die oop venster bokant die wasbak en kom skuur tussen haar bene deur voor sy by haar kleintjies in die hoek gaan lê. Hulle miaau half deur die slaap maar raak vinnig rustig teen hulle ma se warm lyf. Lien kyk vir hulle. Die klompie moet nuwe huise kry, so gou as moontlik.

Later hoor sy vir Tillie kreun en gaan staan lank in haar kamerdeur voor sy op haar tone ingaan. Sy't haar bed teen die muur geskuif en kussings aan die ander kant gepak om te keer dat Tillie afval. Haar lyfie raak lank. Lien trek die duvet onder Tillie se voete uit en gooi haar toe. Sy voel oor haar blonde krulle, vee oor haar wang, haar wenkbroue, vat aan haar pienk oortjie. Sy lyk nes haar pa, glad nie soos sy nie. Almal sê so, almal wat weet hoe hy lyk.

Haar hart voel soos lood toe sy omdraai en die deur op 'n skrefie trek. Sy loop terug kombuis toe. Sy's nie vaak nie. Die klok teen die kombuismuur wys dis ná twaalf.

Sy gooi 'n glas wyn in voor sy die agterdeur oopsluit en die naweek se koerant gaan soek in die boks langs die asblik. Sy het die gewoonte gehou van Joe se dae af, koerantlees elke dag, al skip sy nog die politieke stories. Sy onthou daar's iewers 'n artikel in wat sy wil lees.

By die kombuistafel gaan sit sy, vat 'n slukkie wyn en begin blaai. Toe sy op die storie afkom, vee sy die dubbelbladsy plat en beskou lank die foto's van die groot berg, van die smal, klipperige straatjies en die huisies van allerhande kleure wat haar aan die prente teen haar mure laat dink, die foto's van die blou see. Niks soos Durban se vaalgrys branders nie. Dit lyk soos 'n vreemde land. Soos 'n brosjure van 'n droomeiland vir ryk mense.

Moederstad, lees sy. Moederstad. Sy wonder of dit lyk soos dit klink. Soos 'n vrou. Of haar buitelyne rond en sag is, hoe vriendelik sy is. En of daar torings is wat skerp die lug in opsteek. Soos Johannesburg s'n. Dit lyk nie so nie. Sy hoor die see is koud, nie soos in Durban nie. Mense is kliekerig daar, en meeste mans is gay. Melissa het haar destyds gesê dis hoekom sy nooit daar sal gaan bly nie, straight ouens is skaars. Lien lees die artikel weer stadig deur, kyk na die foto's.

Later staan sy op en loop die gang af, verby Tillie se kamer. Sy gaan staan voor haar ma se spieël. Lank kyk sy vir haarself in die dowwe lig wat vanuit die kombuis die gang af skyn.

Sy kyk vir haar bruin oë, die fyn plooitjies rondom, haar neus, en haar mond. Sy sien die paar merkies op haar wange wat van haar puisies oorgebly het. Sy draai haar kop links en regs, probeer haar ore met haar kort hare toetrek. Toe vat sy oor haar kaal nek. Dit voel koud. Dalk laat sy in Kaapstad weer haar hare groei.

ত

BAIE DANKIE

ଋ

Prof. Etienne van Heerden, my studieleier. Onder jou bekwame hand het ek geleer snoei en sny aan alles wat oorbodig was aan die teks.

Marga Stoffer en Etienne Bloemhof. Julle vertroue en belangstelling in die storie was letterlik en figuurlik goud werd – baie dankie vir die studiebeurs!

Hester Carstens. Thanks for the ride – ek waardeer jou insig, toewyding en geduld geweldig.

Louise Steyn. Jou skerp oog en laaste, uiters kritiese insigte is inspirerend.

Dale Halvorsen, aka Joey Hi-Fi. Die omslag-ontwerp is regtig besonders en ek waardeer al jou moeite met foto's soek.

Ma, Arno en Henry. Dankie dat ek kon skryf oor al die dorpe en plekke waar ons al gebly het. Dit gee die nodige egtheid aan die denkbeeldige karakters se lewens.

Ella Loots. Ek waardeer dit dat ek enige tyd op jou knoppie kon druk om te help met die regte woorde en hulle betekenisse.

En laaste, maar allesbehalwe die minste, die res van my familie en vriende wat die afgelope jare tweede viool moes speel terwyl ek aan hierdie roman gewerk het. Baie dankie.

Split is voltooi as deel van 'n meestersgraad in skeppende skryfwerk aan die Universiteit van Kaapstad.